El aroma
de la incertidumbre

M. H. Guerra Mutis

Para ti, por ti y gracias a ti, DRA,
manifestación pura y hermosa de la incertidumbre.

1. Obsesión

En momentos como este, en los que siento que estoy inmerso en un universo monótono que me enloda, que me inhabilita y rasga mi consciencia, me cuestiono una y otra vez acerca de la realidad de mi existencia.

Este aletargado universo que se contrae y se dilata y me reduce sin más a este inerme escritorio, entorno con el que estoy ahora interactuando, entorno únicamente definido por lo que perciben mis sentidos. ¿Cuál entorno?, me pregunto sin cesar. ¿Existe realmente un entorno en el cual estoy inmerso por defecto o es simplemente una imagen proyectada de lo que mi mente está procesando? ¿Qué es realidad y qué no lo es? Si mis sentidos interactúan con el entorno y mi realidad se define a partir de esa interacción, ¿cómo puedo tener la certeza de que todo aquello que perciben mis sentidos y traduce mi cerebro es la realidad verdadera?

¿En qué momento de todo el proceso de interacción con los demás y con la naturaleza misma, el cual es para mí temporalmente infinitesimal, soy consciente de que la realidad que estoy experimentando «realmente» es «la realidad» que los demás también están experimentando? ¿Por qué sosegadamente asumo que esta es «la realidad única y verdadera», si no conozco con precisión cómo funciona o cómo está funcionando mi entramado cerebral o no tengo la certeza de que, lo que aparentemente perciben mis sentidos, es lo que «realmente» sucede fuera de estos? Es extraño sentirme en el limbo de la inconsciencia imaginando las realidades que yo podría experimentar si yo fuese un ser humano que sufre algún tipo de sinestesia o, tal vez, algo más complejo y menos evidente: imaginando las realidades como si yo fuera una persona que sufre «sutilmente» de esquizofrenia o de algún desorden mental, congénito o provocado, por ejemplo. ¿Qué es real para mí y qué no lo es para un esquizofrénico? ¿En qué momento podría quedar yo inmerso en una realidad que no es real para los demás?

La estructura cerebral, y en sí la mente, «traduce» en pensamiento consciente lo que aparentemente perciben los sentidos, y el resultado converge en la consciencia de sí mismo en una clase de realidad que aparentemente evoluciona constantemente: la certeza de las interpretaciones de las realidades que se gesta a partir de capas de interconexiones que yacen en el cerebro.

Pero ¿qué pasaría si, aleatoriamente, se presenta el caso en el que alguna de esas capas se encuentra ligeramente defectuosa y no se percibe si el nivel de afectación de esa capa defectuosa está provocando alguna «clase de realidad» en apariencia real?

Me siento agotado, la colmena está incómoda. La música de fondo de mi vecino de cubículo me incomoda. Sigo ojeando cientos de hojas de casos aparentemente aislados. Todos están resueltos y cerrados. Lo más interesante es que, para mí, existe una correlación evidente entre estos casos en un porcentaje relativamente alto, y hay una tendencia en todo esto: de aquí podrían salir más casos.

¿Qué es esto? A ver qué hay aquí.

Caso 411495121 asignado al capitán Klaus Vegner, de la policía de Twente.

Maikel De Jaager, occiso de 36 años, como se pudo constatar, de nacionalidad holandesa. Remitido al hospital local de Twente el día 27 de enero de 2009 a las 00:50 con trauma craneoencefálico severo. Hora de deceso, 01:50, por fallo cardiaco y pulmonar. Será remitido para necropsia a las 08:00 del día 31 de enero de 2009 y se programa su cremación para el día 12 de febrero de 2009, siguiendo lo estipulado en el reglamento interno. Familiares cercanos contactados durante las indagaciones preliminares solicitaron no intervenir en el proceso. La necropsia fue autorizada por el fiscal del caso, el señor Carl Schoepper. Entre los objetos personales del occiso, se encontraron dos (2) pasaportes, uno (1) holandés y uno (1) colombiano, este último con fotografía que presenta rasgos faciales similares a las del occiso, pero bajo el nombre de Antonio Correa Landines.

__28 de enero de 2009.__ Por los rasgos faciales y físicos y los registros existentes de identidad del occiso, se establece que su nacionalidad es holandesa, y no colombiana. Considerando la similitud en los rasgos faciales de las fotografías de los dos (2) pasaportes, se solicitó cotejo de huellas dactilares con la policía colombiana. Con base en el análisis de la información contenida en los pasaportes encontrados, no se descarta que sean la misma persona. Las huellas digitales no se han podido correlacionar por falta de respuesta de la policía colombiana. Se solicitó a la policía colombiana el registro decadactilar del señor Correa Landines para descartar falsificación. De acuerdo con los resultados de la investigación conjunta y preliminar con la policía colombiana, ambos pasaportes podrían ser auténticos. Se descarta la posibilidad de que el occiso haya incurrido en delitos relacionados con tráfico de sustancias psicoactivas o tráfico de armas u otros delitos, y que su muerte haya sido provocada por retaliación de mafias. A partir de lo informado por la policía colombiana, no se encuentra registro de actividad delictiva para los nombres relacionados, ni pendientes con la justicia. En el pasaporte colombiano encontrado se evidencian sellos de múltiples entradas a Brasil, Chile, Argentina, Panamá, Guatemala, Costa Rica, Honduras, países asiáticos y de la Unión Europea. En el pasaporte holandés solo se evidencian entradas a territorio colombiano y varias entradas a territorio irlandés. El nombre Maikel De Jaager aparece en los registros como docente de cátedra en la Universidad de Twente. El nombre Antonio Correa Landines aparece en los registros tanto holandeses como colombianos como consultor científico y de ingeniería en Europa y en Latinoamérica. Según información preliminar suministrada por las autoridades colombianas, para el señor Correa Landines existe una denuncia por desaparición fechada el día 29 de enero de 2009. En el campo de observaciones de la denuncia se reporta que no se hizo presente a una rueda de prensa organizada por la Alcaldía de Bogotá, en Colombia, que se realizó el día 27 de enero de 2009 para el lanzamiento del inicio de obras de la tercera fase del transporte masivo de dicha ciudad. La denuncia de desaparición está firmada por S. D. Rey A. Hasta el momento, no se tiene información de las circunstancias de la desaparición del señor Correa Landines en Bogotá (por parte de la policía colombiana se presume secuestro *porque el señor Correa Landines está catalogado por gestión del riesgo como persona secuestrable), pero no se ha remitido la información completa.*

1 de febrero de 2009. *Con base en la revisión de la causa del fallecimiento del señor De Jaager, se establece que es un hecho aislado posible e inusualmente asociado a delincuencia común local o intento de robo, no obstante, no se descarta que haya sido suicidio. Las evidencias halladas en el sitio de los hechos no son concluyentes. De acuerdo con los resultados de Medicina Legal, el trauma craneoencefálico fue provocado por impacto severo contra objeto contundente. Aparentemente, el señor De Jaager perdió el control de su bicicleta o se autoinfligió las heridas craneales en el lugar en donde fue hallado agonizante. El señor De Jaager fue encontrado por el reverendo Heinrich, siendo este quien lo trasladó al hospital local de Hengelo. El reverendo Heinrich es un reconocido sacerdote católico benedictino de Hengelo, capellán en la Universidad de Twente, quien, según la información por él suministrada, encontró al señor De Jaager sangrando e inconsciente a un lado de la ruta N743 entre Hengelo y Borne cuando regresaba del oficio fúnebre del doctor Andrew. En el lugar donde fue hallado el señor De Jaager, se encontraron restos de sangre en uno de los árboles al lado de la carretera y no se evidenciaron señales de forcejeo o de acto violento. Solo se encontraron las huellas de los zapatos del señor De Jaager y las huellas de su bicicleta. El cotejo del ADN de los restos de sangre encontrados en el sitio de los hechos contra la sangre del occiso es concluyente: la sangre encontrada en el sitio es de Maikel De Jaager. Se verifica la ausencia de sustancias psicoactivas en el cuerpo de este.*

6 de febrero de 2009. *De acuerdo con los registros locales, se confirma la doble nacionalidad holandesa y colombiana del* *señor Maikel De Jaager y del señor Antonio Correa Landines. En los registros aparece que el señor De Jaager nació en Ámsterdam el 31 de mayo de 1973. El señor De Jaager medía de 1,80 m de estatura, era de tez trigueña, contextura delgada, ojos café claros y sin señales particulares. En los documentos notariales no existe registro de parientes vivos. Oficialmente, aparece con doble titularidad como ingeniero mecánico e ingeniero civil egresado de la Universidad de Rotterdam (2000) y doctorado (2004) en Semiconductores, Nanotecnología y Fotónica Cuántica de la Universidad de Queens en Belfast (Irlanda del Norte). Se desempeñaba como catedrático de la Universidad de Twente desde el año 2005, después de finalizar postdoctorado, dictando Dinámica No Lineal de Fluidos, y alternaba su labor académica con tutorías en Mecánica Clásica, Mecánica Estadística y Mecánica Cuántica y asesorías locales en Ingeniería Disruptiva. En los días previos a su deceso, el señor De Jaager se encontraba disfrutando del inicio de un año sabático; según información suministrada por el decano de la Facultad de Ingenierías de la Universidad de Twente, esta licencia se le había otorgado para adelantar estudios avanzados en Fluidos No Lineales y Optoelectrónica en la Universidad Blaise Pascal (Francia) y para la ejecución de otros proyectos personales de investigación y consultorías, actividades de las cuales no fue posible obtener detalles específicos. Según información suministrada por el personal docente y algunos de sus estudiantes en la Universidad de Twente, el señor De Jaager, aunque era una persona aislada, tenía un comportamiento ejemplar como docente y como persona, y contaba con formación católica fuerte a pesar de su carácter científico. Participaba activamente en los oficios eucarísticos, tal y como lo confirmó el reverendo Heinrich en su declaración.*

20 de febrero de 2009. *El señor De Jaager vivía solo en una casa campestre en las afueras de Borne, cerca de la localidad de Hertme, la cual tiene en posesión por ser herencia de sus padres, ya que estos fallecieron en 2003. La casa sigue a nombre de los padres de Maikel De Jaager. Maikel De Jaager tenía en la casa una pequeña granja en la cual cultivaba lo que necesitaba para su alimentación y preparaba sus propios alimentos, ya que era vegetariano. Se transportaba siempre en bicicleta hacia la universidad y mantenía una relación cordial y parcialmente comercial con sus vecinos más cercanos. El señor De Jaager perdió a su esposa, la señora Lisa McLeod, en un accidente automovilístico a las afueras de Ámsterdam cuando regresaban de su luna de miel en París. El señor De Jaager y la señora McLeod habían contraído nupcias antes de culminar sus estudios de doctorado, a finales del año 2003. El señor De Jaager y la señora McLeod se habían conocido en Belfast en el año 2001. Después de este trágico accidente, el señor De Jaager decidió suspender todo tipo de relación afectiva con la familia de la señora McLeod, como fue informado y confirmado por el padre de esta, ya que en el mismo año perdió también a sus padres.*

20 de marzo de 2009. *Con respecto a la relación con el señor Correa Landines o la actividad profesional del señor De Jaager con el señor Correa Landines en Colombia, no se encontró evidencia alguna durante la investigación seguida en la casa campestre en Hertme y en la oficina del señor De Jaager en la Universidad de Twente. Se asume la presencia del pasaporte del señor Correa Landines en manos del señor De Jaager como coincidencia, pero esto no es concluyente, ya que existe también un registro de doble nacionalidad para el señor Correa Landines.*

15 de mayo de 2009. *Considerando que en el pasaporte del señor Correa Landines aparece un registro de entrada a territorio* *de los Países Bajos datada el 20 de diciembre de 2008, se presume que el pasaporte del señor Correa Landines se extravío en territorio holandés casualmente y llegó a las manos del señor Maikel De Jaager por su parecido físico. Esto es una hipótesis no muy fundamentada y muy poco probable, pero es la única explicación a la que se puede recurrir hasta el momento. El caso se cierra a los dieciséis (16) días del mes de mayo de 2009. Se concluye por parte del forense del caso que la muerte del señor De Jaager fue suicidio con base en los registros de Medicina Legal y en los cotejos de la información recolectada que se adjuntan a este reporte. A fecha de hoy no se han recibido los registros oficiales solicitados, ni información adicional por parte de la fiscalía colombiana sobre el estado de la investigación de la desaparición del señor Correa Landines. Los móviles del aparente suicidio del señor De Jaager se asocian al nivel de depresión que mantuvo durante los años siguientes a la muerte de su esposa y padres, y a su fuerte aislamiento social.*

Capitán Klaus Vegner. Policía de Twente (Hengelo).
20 de junio de 2009.

—Stephanie, ¿tú sabes dónde puedo localizar al capitán Vegner?

—Emmm, el capitán Vegner se retiró del servicio a finales de 2009 y falleció plácidamente de un infarto cardiaco, según reportó el forense de Sallanches, a mediados de marzo de 2010 en su casa de la campiña francesa.

—¿Cómo dices, Stephanie? Explícame, por favor.

—Ah, sí, tú no lo debes saber porque acabas de llegar a Holanda, ¿verdad? ¿Qué estás leyendo, Marky?

—Estaba leyendo un reporte de investigación escrito por el capitán Vegner sobre el «aparente suicidio» de...

Inmediatamente, Stephanie me interrumpe:

—Ah, el «suicidio» del señor Maikel De Jaager.

—Sí, Stephanie. ¿Sabes algo particular de este caso? ¿Tienes el reporte del forense de Sallanches?

—Pues, la verdad, no más de lo que aparece en ese archivo y que, cuando el capitán Vegner falleció, parece que estaba leyéndolo, porque, según escuché, una copia de ese reporte la encontraron junto al cadáver del capitán Vegner.

—¿Cómo dices, Stephanie? —pregunto sorprendido por ese comentario.

—Sí, Marky, parece que no quedó convencido de lo que escribió en su conclusión, ya que, como me lo manifestó varias veces aquí en la oficina, es el caso más incoherente que le había sido asignado en sus cuarenta y cinco años de servicio.

—¿Y qué se hizo al respecto?

—Pues nada..., nada..., como el caso había sido cerrado por él mismo y nunca se recibió nada de la policía colombiana, nadie se preocupó más por el caso. Además, no se encontró nada adicional a dicho reporte en el escritorio ni en el resto de la casa del capitán Vegner como para establecer la necesidad de reabrirlo basándose en hallazgos nuevos que el capitán Vegner haya deducido en sus ratos libres, muchos por su puesto después de su retiro, con esa investigación.

»A mi viejo Vegner lo encontraron a finales del invierno, en marzo de 2010, unos gitanos eslovacos que quisieron adueñarse de la casa antes de percatarse de la presencia del cadáver. Afortunadamente, avisaron a las autoridades francesas en Saint-Gervais-les-Bains, cerca de Sallanches. De allí nos contactaron, lo repatriamos y lo sepultamos en el cementerio de Hengelo el 27 de marzo de 2010.

—Stephanie, y el reporte del forense de Sallanches, ¿dónde está?

—En Sallanches debería estar el reporte original y completo. Aquí solo nos llegó un resumen del resultado. Toma, aquí lo tienes. Como puedes ver, no dice mucho.

—Stephanie, ¿el capitán Vegner estaba casado? ¿Tenía hijos?

—No tenía hijos, y sí, sí estaba casado, pero su esposa murió exactamente un mes después de que el capitán Vegner se retirara del servicio en diciembre del 2009. Pobrecita, no lo aguantó ni un mes en casa. Yo lo acompañé con mi esposo para esa Navidad. No podía dejar solo al viejo después de esa pérdida tan repentina. Me hace mucha falta el viejo Vegner. El sarcasmo se lo debo a él. Lo visito en su tumba por lo menos dos veces al mes, cuando estoy aburrida y me quiero reír con él un rato recordando sus apuntes geniales. Te cuento un secreto..., a veces lo escucho llegar a la oficina.

—Stephanie, ¿puedo hacerte una pregunta? ¿Cuántos años tenía el capitán Vegner cuando se retiró del servicio?

—Ah, Marky, me has asustado, pensaba que me ibas a preguntar mi edad. El capitán tenía, igual que yo ahora, sesenta y cinco años, pero bien vividos.

—¿Por qué lo dices?

—Ah, Marky, porque mi viejo Vegner sí sabía vivir y murió como quería morir: después de su esposa y solo en el campo. Nada le era difícil de resolver, siempre encontraba una solución genial, pero, la verdad, el caso del señor De Jaager le causó algo que nunca le había conocido: insomnio severo y ansiedad crónica, que imagino que fueron inducidos por la diferencia horaria con Colombia y la ineficiencia de la policía colombiana. Creo, aquí entre nosotros, que fue la causa por la cual cerró el caso y procuró su repentino retiro a pesar de que le rogamos que no lo hiciera. Yo, particularmente, le dije muchas veces que el retiro lo iba a matar, que él no estaba acostumbrado a las cosas inconclusas y que demasiado tiempo libre lo llevaría a la tumba. Y ahí está ahora, dos metros bajo tierra.

»¡Definitivamente lo echo mucho de menos! Cada vez que lo visito, se lo recuerdo con un tulipán blanco con una cinta roja que dice: «Te lo dije, viejito». Bueno, Marky, son las cinco de la tarde, me voy, no me invites a tomar cerveza, que mi esposo es un alemán aburrido y muy celoso que siempre, a lo largo de los treinta años que llevamos casados, me espera entre las cinco y cuarto y cinco y treinta en la puerta de la casa con una flor robada del jardín del vecino. Todavía lo tengo enamorado a pesar de que ya no nos hacemos nada. *Doei,* Marky...

—*Doei,* Stephanie, seguimos hablando mañana.

—No, Marky, ni se te ocurra dirigirme la palabra ni mirarme mañana.

—¿Por qué?

—¡Mañana es mi último día en el servicio activo! Me jubilo y mi historia aquí termina en un mes a partir de mañana. ¡Cuando supe que venías a trabajar aquí agilicé mi proceso de jubilación! Mañana llega por fin mi reemplazo y no tendré tiempo para ti. Espero que no te enamores, ya que, según la foto de su currículo, es una linda italiana.

—¿Italiana?

—Sí, Marky, italiana, latina, un metro setenta y cinco de estatura, piel bronceada en el Mediterráneo, unos ojos verdes más grandes que tus gafas, cabello color negro tan intenso como las profundidades del universo... Ah, y soltera. También viene de Interpol, y apaga ya ese computador y vete para tu casa a alimentar ardillas, que estoy segura de que son las únicas que te visitan por estos días.

—*Doei,* Stephanie —respondo a la despedida a Stephanie.

Percibo cabos sueltos con respecto a este caso. No alcanzo a comprender qué motivó al capitán Vegner a cerrarlo de esta manera tan abrupta. Tantas incoherencias ameritarían revisar un poco más las evidencias y tratar de aclarar la relación de Correa Landines con Maikel De Jaager. ¿Qué estaría pensando el capitán Vegner en relación con el caso del señor Maikel De Jaager antes de morir? Tal vez nunca lo sepa. En fin. ¿O encontraría algún indicio en particular que lo motivara a replantear los móviles de la muerte de Maikel De Jaager?

Bueno, me voy, le haré caso a Stephanie y seguiré sus instrucciones. Al fin y al cabo, tiene razón, por estos días de inicio otoño solo me visitan las ardillas y mis amigas las hormigas. ¡Ah, y los cuervos! Uy, aunque cabe otra posibilidad: ¿el capitán Vegner se retiraría para enfocarse personalmente en el caso de Maikel De Jaager? ¿Qué sentido tendría si, estando activo, todos los recursos estarían a su disposición? Definitivamente, tengo que averiguarlo. Mañana hablaré con el capitán Dunnebier para que me respalde en la reapertura del caso. Es necesario. Ese reporte del forense de Sallanches está muy resumido e incompleto. Bueno, a descansar. Como de rutina, hago una última revisión antes de salir: mis llaves, mis Lucky, mi billetera, mi Pietro Beretta. Todo puesto en su lugar.

Son las cinco de la tarde, el frío del ocaso empieza a invadir mis huesos y mis músculos se relajan con un simple vistazo al cielo holandés, el cual está trazado por decenas de estelas blancas como pinceladas geométricas que se difuminan levemente en un lienzo azul teñido de degradé puro y degustable con tonalidades rosas y naranjas. Me encuentro embebido en el paisaje forestal a esta hora, salpicado por el asomo de luciérnagas que se apuntalan inmóviles en la cúpula celeste. Cuán insignificante soy, me repito una y otra vez, qué insignificantes somos los seres humanos ante tanta inmensidad.

El frío me acompaña hasta que mi mundana existencia se arrulla con el resplandor que emana la pequeña chimenea de mi hogar temporal. Un sándwich y a dormir. Mañana pensaré cómo abordar al capitán Dunnebier para que permita reabrir el caso.

***

—Hola, Marcos, buenos días.

—Capitán Dunnebier, buenos días. Gracias por recibirme.

—Cuéntame, muchacho, ¿cómo te has sentido en este primer mes en Holanda? Estoy al tanto de que has sido un soporte valioso para nuestra labor antinarcóticos en la provincia. De hecho, nos hemos ganado una felicitación del Servicio General de Inteligencia y Seguridad y directamente del jefe de la Defensa de los Países Bajos por los operativos con resultados positivos que has coordinado. Este soporte con Interpol es la mejor decisión que hemos tomado. Te hago extensiva la felicitación, muchacho.

—Gracias, capitán. He logrado adaptarme muy bien con el grupo que usted dirige aquí, en Koninklijke Marechaussee. Todo el personal a su cargo está muy comprometido con los valores policiales y es un gran equipo de trabajo. Me complace saber que, a nivel nacional, ya están viendo los resultados, y tengo la certeza de que así será por mucho tiempo más. Estoy comprometido con mi misión desde que entré a Interpol, y estoy convencido de que aún se pueden hacer muchas cosas para mejorar el sistema.

—Bien, muchacho, así es. Me gusta ese entusiasmo. Me recuerdas a mí en mis primeros años. Pero bueno, muchacho, cuéntame: ¿qué necesitas? ¿De qué quieres hablarme?

—Bueno, capitán, tengo entendido que usted reemplazó al capitán Vegner después de su retiro a finales de 2009. Posteriormente, el capitán Vegner fue encontrado muerto en su casa en Sallanches a mediados de marzo de 2010 y fue repatriado a Holanda posteriormente.

—Es correcto, muchacho, así es.

—En la información que he estado revisando de los casos que han llegado en los últimos cinco años, con el fin de enterarme de qué tipo de casos se manejan aquí y cuáles pueden o han podido estar relacionados con narcotráfico, y tal vez evidenciar alguna tendencia o correlación, me encontré con un caso particular que evidentemente no está relacionado con narcotráfico pero que sí tuvo un interés particular para el capitán Vegner.

—Muchacho, ya sé de qué caso en particular me vas a hablar.

—Sí, capitán, el caso del suicidio de Maikel De Jaager. Le confirmo su sospecha.

Sin mediar palabra, Dunnebier hace un gesto de negación con su cabeza y gira su cuerpo hacia la ventana, en la silla en la que se encuentra sentado, en un acto típico de elusión.

De repente, como si estuviera visualizando en su mente al capitán Vegner, agacha la cabeza y posa sus manos alrededor de su nuca, y un instante después arrastra su mano derecha por su cara hasta llegar a su regazo. Con su mirada al infinito del paisaje citadino, y solo limitado por la membrana de color cobrizo que lo separa de ese universo, suspira y exhala con vehemencia y, aún con su mirada a ese infinito, se dirige a mí.

—Muchacho, ¿sabes que todos aquí decimos que ese caso fue el que mató al viejo Vegner?

—Sí, señor.

—Stephanie tuvo que lidiar con él durante ese periodo. Afortunadamente, ella es una mujer excepcional y tolerante en extremo. Ese caso transformó totalmente al viejo Vegner. Pasaba noches enteras aquí, en la oficina, esperando alguna información de Colombia, comunicándose telefónicamente con la policía colombiana y otras entidades desde aquí a altas horas de la noche. «Aprovechando la diferencia horaria», decía.

»Fueron unos meses tortuosos porque, a medida que se inmiscuía obsesivamente en detalles del caso, las cosas aquí no avanzaban y la situación empezó a escalarse. Todo porque no tomaba las decisiones como antes diligentemente lo hacía. Se obsesionó con ese caso, muchacho, y al final no logró nada de lo que pensaba. Asumo que leíste cómo cerró el caso. Desde mi perspectiva, empujado por la desesperación. En una única conversación que tuvimos sobre el tema, antes de que se retirara, me comentó que había algo que no encajaba. Aunque hubiera hecho el cierre, había elementos circunstanciales demasiado elaborados como para pasarlos por alto. En fin, dime qué es lo que quieres hacer.

—Reabrir el caso, capitán Dunnebier.

—Ay, muchacho, ¿apenas llevas algo más que un mes aquí y ya quieres enfangar tu vida y enredar nuevamente la nuestra con ese caso?

—No, capitán. Usted conoció mejor al capitán Vegner, y yo, en lo poco o mucho que he podido leer del caso, he detectado que existen elementos que requerirían ser revisados con más detalle. Mis argumentos para la reapertura del caso son los siguientes:

»Uno: no se recibió aquí información oficial de la policía colombiana sobre Antonio Correa Landines.

»Dos: la declaración de suicidio de Maikel De Jaager no tiene asidero. Ir en bicicleta y estrellarse intempestivamente contra un árbol y llegar agonizante al hospital no tiene sentido.

»Tres: toda la información original del caso fue recogida por el capitán Vegner. Según el reporte de la policía de Sallanches, encontraron el cuerpo del capitán Vegner con algunos documentos encima.

»Cuatro: el cadáver del capitán Vegner estuvo por lo menos una semana en su casa en Sallanches hasta que fue encontrado por los gitanos que lo reportaron y el posterior levantamiento del cadáver.

»Cinco: el reporte del dictamen del forense de Sallanches es solo un resumen. El documento completo está o debe estar en Sallanches, según lo comentado por Stephanie.

»Seis: usted tampoco está convencido de que el capitán Vegner haya cometido una equivocación.

Dunnebier gira pausada y dubitativamente en su silla hasta que se encuentra directamente con mi mirada. Una expresión de desesperanza marca sus ojos. Me está mirando fijamente, pero no lo hace. De repente, da un golpe fuerte sobre su escritorio, haciendo caer de su equilibrio a la escultura magnetizada que lo adorna. Mirada fija, silencio absoluto, respiración agitada. ¿Qué es esto? ¿Debo decirle algo más o debo guardar silencio? Súbitamente, y con una voz que pareciese emitida directamente por su cerebro sin ser articulada en su boca, establece su sentencia:

—Organiza todo siguiendo el procedimiento y abre el caso nuevamente. No quiero reportes parciales, quiero el resultado final. Cuenta con los recursos que necesites y no descuides lo que has hecho aquí hasta el momento. El viejo Vegner se lo merece.

2. Decisión

—Por favor, ¿Stephanie Brinkhaus?

—¿Sí?

—Hola, Stephanie, te habla Marcos Gandara Verastegui, de la División Antinarcóticos de Interpol Barcelona. Mi jefe de aquí, de la policía de Barcelona, me entregó tus datos para que entráramos en contacto, ya que en una semana tengo que presentarme ante tu jefe, el capitán Dunnebier.

—Ah, sí, ya recibí el correo con tu información. Tienes residencia por cinco meses en Eureka Villa Park en Deurningen mientras te ubicas, ya sea en Oldenzaal o aquí en Hengelo. Para que lo sepas, tienes asignado un cubículo y un ordenador de escritorio y un portátil... Ah, y una Prieto Beretta de nueve milímetros. Oye, oye, españolote, ¿en realidad eres tan guapo como apareces en la foto del registro? Aquí dice que mides un metro ochenta, que tienes tez trigueña, ojos marrones..., ah, y ojeras pronunciadas, ja, ja, ja, ja, ja.

—Ja, ja, ja, ja, ja. Stephanie, no me hagas sonrojar. No tanto, y las ojeras son por mis gafas..., ja, ja, ja, ja, ja.

—Oye, oye, españolote, porque si es así, vas a poner en aprietos a las chicas de la división. Te vas a dar cuenta dentro de una semana, cuando todas te caigamos encima.

—Okey, Stephanie, muchas gracias. Una última pregunta: ¿habrá alguien esperándome en Schiphol?

—No, no, españolote, ¡toma un taxi, que aquí te esperamos..., y olé...!

—Okey, Stephanie, espero conocerte pronto. Gracias —le digo. Qué mujer tan divertida y qué voz tan encantadora.

Bueno, dentro de una semana a Holanda... Desde que se hizo efectiva la restricción en los *coffee shops,* se ha incrementado el consumo y el tráfico ilegal de drogas en un ochenta por ciento, particularmente en las provincias estudiantiles, situación preocupante porque, a mi parecer, después de tantos años, después de tantas libertades y durante tanto tiempo, ahora solo hay restricciones. Lo entiendo, pero no puedo creer que también hayan restringido y parcialmente clausurado el Red Lights District. Entre molinos de viento, Rembrandt, Vincent van Gogh y la moderna arquitectura, visitar Ámsterdam y sentarse en uno de sus parques a disfrutar de la diversidad humana multilingüe reunida en un solo lugar es fascinante. Una razón más para vivir Holanda a plenitud. Definitivamente, en estos últimos años muchas cosas han cambiado: un presidente de ascendencia africana en Estados Unidos, la tendencia del mundo hacia un socialismo *light,* la paz firmada en el Medio Oriente, el surgimiento insípido de la Unión Latina (ULAM) a pesar del desastre económico en la región, dicho sea de paso, por ahora tan solo un intento de remedo de lo que ha significado la Unión Europea. El calentamiento global no solo ha afectado a los glaciares, también ha afectado al comportamiento humano...

Joder, se me ha hecho tarde organizando todo este caos de oficina... Joder... Sofi, no te llamé en todo el día, debes estar de un genio que ni tú misma te lo soportas. Hoy celebraríamos nuestro octavo año juntos, qué sorpresa te voy a dar, pero ¿cómo te digo que me han trasladado a Holanda? ¿Qué vas a pensar? ¿Qué vas a decirme? Ah, qué coño, de frente y con tranquilidad. Mis llaves, mi arma, mis Lucky, una botella de vino, un poco de jamón ibérico y queso. Rumbo a casa.

***

—Buenas noches, Joaquín.

—Buenas noches, señor Marcos.

—Joaquín, ¿has visto entrar a Sofía?

—Sí, señor, llegó sobre las ocho de la tarde.

—Joder, son las nueve y media. Uhm, no me espera nada bueno y no la llamé, debe estar preocupada como siempre, y esta vez, molesta. Joder, habíamos acordado no desconectarnos tanto... Ah, pero bueno, ella tampoco me llamó... Argh, sí, sí me llamó, joder, cómo no me di cuenta... Uhm. Bueno, a enfrentar la situación sin especulación.

Subo al apartamento y abro con cautela la puerta de entrada. Me quito los zapatos y sigilosamente camino hacia nuestra habitación. Sofi, ahí estas, dormida plácidamente, ahí estas desnuda entre nuestras sábanas, impregnando con tu delicioso aroma cada milímetro cúbico de nuestra habitación. Qué hermosa eres, qué hermosa se te ve dormida... Joder..., qué fuerte roncas... ¡Hasta tus ronquidos son melodiosos, una mezcla perfecta entre *Carmina Burana* y *La cabalgata de las valquirias...* Qué perfección, ja, ja, ja, ja, ja. Uy, ¡caramba! Te has autodespertado con tu melodía, ja, ja, ja, ja, ja.

—Hola, Sofi.

—Hola, amor, ¿hace cuánto que llegaste?

—Tal vez hace unos tres o cinco minutos. ¡Te iba a despertar con un beso, pero tus estruendosos ronquidos se me han adelantado! De haberlo sabido antes..., ja, ja, ja, ja, ja. ¡Oh, Dios...!

—Ya, ya... No me molestes, llevo horas esperándote. ¿Por qué no me has llamado? ¿Por qué no me has devuelto la llamada? ¿No ves cómo estoy para ti? ¿Se te ha olvidado nuestro aniversario?

—No, no se me ha olvidado. Te he traído tu vino favorito, Carmen Carmenere, llegado directamente de Chile, ya que, como bien sabes, no se consigue aquí en Barcelona.

»¿Te acuerdas, mi vida? Hoy, hace exactamente ocho años, en una tarde soleada, abrí totalmente mi alma, mi mente y mi corazón al ser más maravilloso que la vida me ha puesto en mi camino. Abrí mi vida para ti sin atadura alguna y con la firme intención de iniciar una historia excepcional, llena de muchísimo amor, compromiso y absoluta comprensión. Abrí mi corazón para ti, con la firme intención de darme la oportunidad de ser feliz y de sentirme feliz a tu lado, al lado de una mujer fantástica, una mujer excepcional, una mujer profesionalmente rigurosa y sencillamente hermosa en toda su extensión. Podría expresarte muchas cosas más, pero entiendo que no es tu fuerte escucharme en este plano. Quiero simplemente darte las gracias por estos años que nos hemos dado la oportunidad de estar juntos, con sus buenos y malos y a veces absurdos momentos, pero de eso se trata la vida, de eso se trata vivir y cómo lo he hecho, vivir con amor verdadero y, sobre todo, amarte con intención.

»Te amo, mi vida linda, y guardo siempre para ti la firmeza de mis sentimientos, algunas veces minimizados por la tristeza y la incertidumbre, pero fortalecidos por los momentos maravillosos que me has dado. Que la vida te proteja siempre, mi Sofi, y, como te lo he repetido siempre, eres una gran mujer que brilla por sí misma y cuyo resplandor me hará siempre encontrar el camino hacia ti, aun cuando la oscuridad que te haya rodeado y que hayas dejado entrar intente amainar mi felicidad. Aquí estaré a tu lado, contigo hasta que la vida y tú así lo determinéis. Feliz aniversario, mi Sofi, y que el tiempo que la vida nos dé juntos sea el mejor recuerdo de nuestras vidas. Brindo por tus éxitos venideros y por los logros que estas a las puertas de alcanzar.

»Venga, vale, brindemos por nuestra vida juntos, por este momento en el cual la vida nos permite seguir juntos. Te amo, mi Sofi, y no te imaginas cuánto y qué soy capaz de hacer por ti, para protegerte, para cuidarte, para adorarte toda la vida.

—Salud, amor, gracias por todo lo que me expresas, por estar aquí conmigo en este momento. Te amo, Marcos Gandara Verastegui. No me dejes sin saber de ti todos los días de tu vida. Mírame...

—Sí, Sofi, no me canso de observarte desnuda, no me canso de observarte cuando juegas, cuando te acaricias, cuando me acaricias, cuando mezclas tus tiernos encantos con mis burdos sarcasmos... Te he echado de menos todo el día, y no quiero seguir haciéndolo. Es en serio, ¡no quiero seguir echándote de menos!

—Ven, Marcos, hazme el amor, no imagines tanto, solo hazme sentir, solo hazme disfrutar, te quiero aquí, en mí. Mira cómo estoy, tócame y mírame, siénteme fluir como te encanta. Embriágate y deléitate aquí, degústame completa como solo tú lo haces... Siénteme profunda, dame tu esencia.

—Te amo, Sofi, te deseo a cada momento, no puedo sacarte de mi mente un solo instante: tus rizos rubios enredados en mis dedos, tu sabor indeleble en mis labios, tu aroma perenne en mi piel, esas contracciones particulares de tu vientre, tus suaves gemidos que hacen vibrar mi corazón y mi espíritu... Te amo, Sofi.

La ternura de tu piel, el aroma de tus senos y la forma en que poco a poco se tensionan me enloquecen. Me deleito observándote en placentera interconexión de nuestros universos, recorriéndote con la yema de mis dedos y mis labios humedecidos, disfrutando la variedad de tus sabores únicos, palpando intensa y constantemente tu fluir, preparándote inconscientemente consciente para mí. Tengo ganas de ti, te deseo en demasía. Olvídate de todo y fóllame con todas tus ganas. Conéctate en mí con todo tu deseo, disfruta cómo te corres y disfruta lo que sientes cuando haces que me corra. Déjame explorarte toda. Déjame lamer tu deliciosa esencia de mujer y embriágame con tus dulces orgasmos.

Hazte sentir que realmente eres única en mi piel. Mírame fijamente cuando me estés follando y clávame todo tu placer en mis entrañas. Déjate fluir toda y desvanécete con seguridad en mi ser. Dame a mí todo lo que sabes dar de ti y que solo me has dejado ligeramente probar de tu deseo infinito de mujer. Aquí hay buen asidero.

Sofía reconoce que me encanta acariciarla y mimarla después de amarnos, enredados en esa esfera de calor que nos envuelve en el aroma de nuestros cuerpos humedecidos y casi resbaladizos. Estar a su lado y dormir abrazados en ese momento infinito me tranquiliza, me siento demasiado bien y me siento pleno. Acople perfecto de nuestros cuerpos desnudos, entrelazados en ese abrazo vientre-espalda, ese delicioso y sutil aroma de canela de su cabello que me dopa y que me permite soportar su cuello cuidadosamente con mi brazo, posar suavemente mi mano derecha en sus senos y mi mano izquierda entre sus piernas y su vientre, teniendo la certeza de que así amaneceremos, porque siempre nos ha hecho falta dormir pegados, a pesar de llevar tanto tiempo juntos.

Esa deliciosa sensación primera que permanece inmutable, incrustada en nuestros sentidos, incrustada en mi alma, incrustada en mi piel, en sus entrañas. Esa protección que sé que sientes y que me manifiestas que te transmito, esa tranquilidad que aleja los temores del día y nos revitaliza. El sabor de la certeza y la confianza que destilamos mutuamente día a día. Ese compromiso cómplice que nos une y que nos mantiene juntos. Aprendiste a dormir desnuda a mi lado, aprendiste a arroparte con mi piel, aprendiste a saborear el calor de nuestra intención de permanecer juntos sin ataduras.

Duerme, mi vida hermosa, duerme, que tus sueños están protegidos por mi ser.

***

—Buenos días, Sofi, te amo... Te amo más de lo que puedas imaginarte.

—Buenos días, amor, yo también te amo.

—Sofi, tengo que decirte algo. Te veo hermosa siempre, tienes un hermoso despertar, tienes un hermoso amanecer que me motiva día a día a luchar por ti, por los dos, por permanecer juntos. Ese calor que emanas me envuelve y me enloquece, no soportaría perderte.

—Amor, dame un beso. Buenos días, buenos días, buenos días. Me siento feliz, feliz, feliz, aunque no me hayas llamado anoche. Estas aquí conmigo, y eso es lo que me importa.

—Sofi, tengo que decirte algo.

—Okey, dime, mi amor, pero eso sí, si es algo serio, mejor déjalo para esta noche; si es algo nuevo, dilo de una vez; y si me vas a proponer matrimonio, mejor ni me lo digas.

—No, Sofi, es algo serio y nuevo, por lo tanto, te lo digo de una vez: en una semana tengo que estar en Holanda. Me trasladaron a la División Antinarcóticos de la policía de Twente.

—¡Uy! Realmente es serio... Me parece un cambio excelente para tu carrera, pero ¿es eso lo que realmente quieres? ¿Qué quieres hacer conmigo? ¿Me quieres cerca de ti en esta nueva etapa?

—Sofi, yo me siento y soy feliz contigo, el hecho de haber estado juntos tanto tiempo me ha permitido comprender que eres la mujer con la que quiero compartir el resto de mi vida. Esta asignación, según entiendo, no va a ser temporal. Siendo honesta y sincera, ¿estarías dispuesta a dejar todo lo que tienes aquí e irte a vivir conmigo a Holanda?

—Marcos Gandara... Yo también siento que te amo, que te necesito a mi lado y que he pensado también lo mismo con respecto a compartir el resto de mi vida contigo. A pesar de que nunca he estado de acuerdo con que una persona tan académicamente brillante como tú se desgaste y arriesgue su vida en la policía resolviendo casos que cualquier otra persona menos académica podría resolver, creo que he aprendido a compartirte con tu trabajo. Sin embargo, siempre he tenido la esperanza de que te retires y regreses a la vida académica. Pero, como puedo percibir, eso ya no es una opción viable para ti.

—Pero Sofi...

—Marcos, por favor, deja que termine de hablar, que hoy he amanecido inspirada y, hasta este momento, feliz. Esa bendita costumbre tuya de dañarme mis hermosos momentos contigo.

»La posibilidad de vivir en Holanda me atrae, me llama muchísimo la atención, pero, como tú ya sabes, tengo una muy buena posición en la universidad y sería muy traumático para mí y para mi familia dejarlo todo. Ya he hecho cambios antes por permanecer contigo, pero esta vez me siento muy estable con lo que estoy haciendo y con lo que he alcanzado. Hasta ahora, yo he sido muy flexible y tolerante con tus cambios, pero esta vez te toca el turno. No quiero seguir llevando una vida de gitana. Marcos, ¿estarías dispuesto a rechazar el traslado a Holanda y seguir llevando una vida normal conmigo aquí en Barcelona? ¿Estarías dispuesto a reevaluar la posibilidad de volver a la academia? Marcos, tú sabes que cuentas conmigo aquí si quieres regresar a la universidad.

—Sofi..., ya he aceptado el traslado.

—Bueno, Marcos, parece ser que no hay nada más que hablar.

—Pero Sofi...

—No, Marcos, tengo que salir ya, tengo una reunión a las diez con el grupo de investigación.

Sofi se levanta rápidamente, dejando su desnudez en mi mirada y su aroma impregnado en mis labios y en mis dedos. Me encanta su desnudez, me fascina observarla, sus modos y sus curvas me enloquecen. Trato de acercarme, pero me rechaza con una mirada fría y destructora. Trato de retener en mí su desnudez abrazándola fuertemente por la espalda, posando mis manos en su encantadora vagina, pero es inútil, está muy enfadada. Se desprende de mí y siento el dolor de piel desgarrada como cuando se separa una tira de velcro. Huye rápidamente al cuarto de baño y cierra la puerta con afán y crudeza. Me acerco a la puerta con sigilo y la escucho sollozar a un ritmo que se confunde con el sonido del agua al correr a merced del efecto Coriolis. Se desvanece límpidamente la pasión.

Trato de hablarle, de expresarle lo que siento.

Te amo toda, mi Sofi, desde tu mente áspera hasta tus hermosas formas. En este momento y en todo momento, te deseo con la pasión que solo tu conoces. No me impongas límites. Me enamoré de tu mente y consagré este sentimiento en tu cuerpo. Tu belleza física es perfecta, tus curvas son océanos en donde quiero seguir ahogándome. Tu piel es fascinante y tu sabor de mujer, por Dios, tu sabor de mujer es alucinante. Espérame, déjame experimentarte así, como yo espero, sin haber sido ajena, sin ser ajena a mí. Mi deseo se desborda y quiero que seas tú quien lo contenga con tu deseo contenido. Quiero sentirte fluir con ese ímpetu que me enloquece. Quiero seguir viviéndote toda, quiero percibir siempre tus vibraciones en mí, con todo el gusto e intención de siempre. Quiero acariciarte toda, límpida, sin huellas, para que vuelvan a ti mis sentimientos más sublimes y tan fortalecidos como la primera vez.

No quiero abrir puertas ajenas. No me hagas pasar por puertas ajenas. Vívelo conmigo, vive conmigo lo que tú sabes que yo te atesoro. Vívelo sinceramente conmigo. Consolídate en mí. Consolidémonos juntos. Hazme sentir con sinceridad que realmente me mereces, que te merezco, que nos merecemos mutuamente. Despliégate y abrázame, protégeme. Abórdame con la certeza que me inspiras para hacer las cosas solo pensando en ti. Abórdame con la certeza de mi fortaleza, mi firmeza y mi compromiso hacia ti ampliamente demostrados a lo largo de estos años. Simplemente, vívelo y ánclate en mi puerto, permanece anclada a mí. Que cuando tengas que zarpar, lo hagas con la convicción de que me viviste intensamente porque valió la pena continuar acompañándome. Rendirse es lo más sencillo. No te rindas, por favor.

Al salir del baño, Sofi no cruza una sola palabra conmigo, su mirada está enfocada en su interior. Solamente la observo. Me siento inexistente. Totalmente ignorado.

Se viste rápidamente, toma una tostada del cesto de pan que se encuentra encima de la mesa, recoge sus llaves y abre la puerta del apartamento. Se detiene un instante, voltea lentamente su cabeza, percibo unas gotas en su rostro que escurren de su cabello y que se confunden con sus lágrimas. Me mira con tanta melancolía que escucho los gritos de su alma.

—Sofi, ¿vas a estar aquí esta noche? —le pregunto.

—Sí, Marcos, nos vemos esta noche.

Abre la puerta y se va. En este momento reacciono. No me había dado cuenta de que la relación con Sofi estaba tan deteriorada por mis cambios y es la primera vez que percibo un grado de tristeza tan alto en las palabras habituales de despedida matutina de Sofi. Tengo miedo, no quiero perderla, espero que todo se resuelva esta noche.

No me había fijado, tres llamadas perdidas. Ah, está vibrando el móvil nuevamente. No tengo cabeza para contestar. Vuelve a sonar, es un número desconocido.

—Ey, Marcos, ¿eres tú?

—Sí, ¿quién habla?

—Habla el coronel Velázquez, necesito que vengas a la morgue para mostrarte algo relacionado con el caso de la incautación que hiciste en Girona.

—Coronel, estoy de camino, nos vemos allí en una hora.

—Okey, Marcos, aquí te espero.

Bueno, vamos a ver de qué se trata. Me alisto rápidamente y salgo.

Camino a la morgue, mi sensación de pérdida se incrementa. Sofi... Sofi... Sofi... Uhm, no sé qué estás pensando, pero me preocupa que vayas a tomar una decisión que no me agrade. Pero bueno, sea lo que sea, espero no desequilibrarme. Tengo mucho que hacer y varios casos que resolver. Sofi, contesta. Sofi, contéstame, por favor... Nada.

Hago la llamada pendiente.

—¿Coronel Velázquez?

—¿Detective Marcos Gándara?

—Sí, coronel, buenos días. Ya estoy en la morgue.

—Okey, Marcos, ya te veo. Ven, acércate.

—Bueno, cuénteme, coronel, ¿de qué se trata el hallazgo?

—Marcos, ¿reconoces este tatuaje en el antebrazo de este cadáver?

—Sí, coronel, es el tatuaje de la silueta de un zorro con la santa muerte inmersa en él. Es típico de los bajos mandos emergentes del cartel de Tijuana en España y en el Reino Unido. ¿Dónde hallaron el cadáver? ¿Ya han identificado al fallecido?

—Sí, Marcos, lo encontramos a un lado de la A-2 en dirección a Girona y fue identificado como Esteban Rodríguez, oriundo de Veracruz, México. Marcos, ¿recuerdas el caso no resuelto del homicidio del exnarco colombiano Leónidas Vargas en el Hospital 12 de Octubre de Madrid en enero de 2009?

—Sí, coronel, lo recuerdo. ¿El cadáver está relacionado con ese caso?

—Efectivamente, Marcos. Según la investigación que hemos venido realizando después del homicidio de Leónidas Vargas, todo indica que este señor había seguido traficando, ahora formando parte del cartel de Tijuana, y era el enlace de ese grupo en España. Durante todo el tiempo que estuvo en el país, su perfil bajo y su condición física le permitieron que no se levantaran sospechas al respecto de sus andanzas.

»Según la información que tenemos, Vargas entró en conflicto con el cartel en octubre de 2008 por la aprehensión del cargamento de cocaína que tú ayudaste a incautar, y el cadáver del aquí presente fue el autor material del homicidio en Madrid.

»Después de casi cinco años de investigación, tenemos las pruebas y estábamos a punto de capturarlo, pero parece ser que tenemos una fuga dentro del cuerpo policial que también retrasó sistemáticamente el proceso de la investigación. Presuntamente, este individuo tenía mucho que contar. Le dieron un tiro de gracia y lo abandonaron a un lado de la carretera.

»Marcos, te he llamado porque sé que has sido muy eficiente en tu trabajo y sé que has participado activamente en la incautación de drogas desde 2008. Me preocupa tu seguridad. Te quiero mostrar algo, un momento, por favor... Carlos, tráeme la bolsa de evidencias con los objetos encontrados en el cadáver de Rodríguez.

Carlos se acerca con la bolsa en sus manos, que están cubiertas con guantes de nitrilo de color blanco.

—Marcos, ¿qué ves en estos trozos de papel?

—Oh, oh... Mi nombre y la dirección de mi apartamento.

—Sí, Marcos, esto puede indicar que el cartel de Tijuana te ha identificado. Aunque no tenemos evidencias claras de que exista alguna orden en tu contra o precio por tu cabeza, te aconsejo que te pongas en contacto con tu gente y tus informantes para que podamos estar tranquilos. Marcos, seriamente te pregunto: ¿has recibido algún tipo de amenaza o ha habido algún hecho particular o fuera de contexto que se pueda relacionar con esto?

—Pues la verdad, coronel, hasta ahora no he recibido ningún mensaje extraño, y menos después de tanto tiempo. La gente con la que me muevo no me ha informado de nada en particular. Lo único diferente es que he sido trasladado a la policía de Twente en Holanda y debo estar allí en una semana.

—Perfecto, considero que es lo mejor que puedes hacer en este momento. Esperemos que este papelito sea lo único que tienen o tuvieron relacionado contigo. Trata de averiguarlo de todas formas para descartar que exista cualquier evidencia que te relacione con las incautaciones de droga. Como te digo, parece ser que tenemos una fuga en el cuerpo policial y hemos estado trabajando en resolverlo. Estamos haciendo una depuración severa a todos los niveles.

—Okey, coronel, muchas gracias por esta información. Coronel, una última pregunta: ¿este papel fue escrito por el fallecido?

—Marcos, estamos en eso. Según las indagaciones preliminares, parece ser que sí, pero lo más importante es tener claridad sobre cuánto saben de ti. Insisto, revisa el tema con tu gente y me cuentas.

—Okey, coronel, lo mantendré informado.

Joder, la primera vez en estos casi ocho años de servicio que veo una posibilidad de amenaza clara en mi contra por mis actividades en Interpol. Ahora sí te entiendo, Sofi.

Cojo mi móvil y marco el número de Doc, informante que me ha estado guardando la espalda todo este tiempo.

—¿Qué tal, Doc?, ¿cómo están las cosas?

—Bien, Marcos. Nada extraño, solo lo de la A-2.

—Sí, Doc, ya me he enterado. Tengo una tarea para ti, necesito que averigües qué saben de nosotros y si hay alguno de los nuestros enredado con ellos.

—Okey, Doc, tarea difícil, no imposible, y costosa.

—¿Cuánto y cuándo?

—Diez mil euros. Una semana.

—Mucho y mucho.

—No, Marcos, el riesgo es muy alto y me pueden descubrir. Necesito mover mucha gente.

—Está bien, Doc, diez mil euros, pero en menos de una semana.

—Okey, Marcos, lo intentaré.

—Gracias, Doc, el procedimiento es el mismo de siempre.

—Okey, Marcos, si tengo algo antes, te aviso y te lo dejo donde siempre.

—Bien, entonces, ¡suerte! Esperaré el resultado.

Salgo de la morgue camino a la comisaría con algo de preocupación. Tengo que empezar a tomar precauciones.

Ya en la comisaría, miro con suspicacia a todo el mundo. Me siento observado, casi paranoico con todo lo que está sucediendo. Me distraigo un poco revisando la información en mi ordenador. Mi bandeja de correos está vacía. No tengo pendientes por ahora. Mi jefe me llama por el intercomunicador y me pide que asista en su representación a una reunión de planificación. Asisto, tomo notas, pero no intervengo.

El tiempo se me pasa. La reunión termina después de casi tres horas. Regreso a mi puesto de trabajo y procedo a escribir los aspectos básicos e importantes de la reunión. Remito el documento a mi jefe y mi intranquilidad emerge. Sofi, ¿qué debo hacer, Sofi? No me pongas a decidir más nuestro futuro juntos. Simplemente, acompáñame como siempre lo has hecho. No tengo cabeza para más. Mejor me voy.

Apago el ordenador, recojo mis cosas y salgo de la oficina. Me despido de los que aún quedan allí. Paso por la cafetería que queda enfrente de la comisaría y pido un café. Tengo hambre, pero no voy a comer nada. Me siento en una de las banquetas. Tengo mucha ansiedad. Ya es hora de enfrentar lo que sea que me espere con Sofi.

Tomo mi ruta habitual hasta mi apartamento. Llego y no la encuentro ¿Sofi? ¿Sofi? ¿Dónde estás? ¿No has llegado a casa? ¿Qué hora es? Son las ocho y media. ¿Qué pasaría? ¿Por qué no estás en casa, Sofi? ¡Oh, no!, no veo tus cremas en el baño. No puedo creerlo. ¿Te has ido, Sofi? ¿Me has dejado? No, no, no puede ser. No me lo puedo creer, no está tu ropa en el armario, no están tus cosas. ¿Te has ido, Sofi? ¿Por qué, Sofi, si teníamos que hablar? ¿Por qué me has dejado, Sofi? ¡Uy!, una nota en la nevera: «Quiero una vida normal, quiero estar tranquila. Por favor, no me llames, no me busques».

¿Por qué me haces esto, Sofi? ¿No entiendes que te necesito a mi lado? Joder, no me contestas. Tengo que buscarte. Llaves, billetera, mi arma, mis Lucky, luces apagadas. Rumbo a definir mi futuro con Sofi. Salgo de mi apartamento en dirección al de Sofi con la firme intención de resolver todo esto.

Conduciendo de forma imprudente, estoy a punto de provocar un accidente. El recorrido, que usualmente me toma cuarenta minutos para llegar al apartamento de Sofi, esta vez lo hago en tan solo veinte. Aparco mi coche enfrente de la portería del edificio de apartamentos. Me bajo con ansiedad y me dispongo a entrar.

—Hola, Francisco, buenas noches. Con tu permiso...

Francisco me retiene y se interpone en mi camino con inflexibilidad.

—Buenas noches, señor Marcos. Lamento informarle que la señora Sofía no está y tengo órdenes estrictas de no dejar que entre al apartamento.

—¿Qué significa esto, Francisco?

—Sí, señor Marcos, lo lamento mucho, pero no puedo dejar que entre.

—Okey, Francisco. La esperaré aquí entonces.

Asunto complicado. No quiere recibirme, no quiere hablarme. Las luces del apartamento están encendidas. No me contesta el teléfono.

—Oiga, Francisco, ¿seguro que Sofía no está? Veo las luces del apartamento encendidas.

—Señor Marcos, voy a ser sincero con usted para que no pierda el tiempo y me evite complicaciones: la señora Sofía me ha dicho que, si usted venía, le dijera que no está, y que, si usted insistía, tenía autorización para llamar a la Benemérita.

—Tranquilo, Francisco, lo entiendo. De todas formas, dígale que estuve aquí y que, por favor, se comunique conmigo, que tenemos que aclarar las cosas... O mejor, páseme un pedazo de papel.

Garabateo unas cuantas frases y se la paso a Francisco.

—Entréguele esta nota y, por favor, asegúrese de que la reciba —le digo.

—Está bien, señor Marcos.

—Gracias, Francisco, y hasta pronto.

—Que le vaya bien, señor Marcos.

Me subo al coche y acelero ensimismado y sin dirección alguna ¿Por qué me haces esto, Sofi, si sabes que yo te amo? ¿De qué ha servido tanto tiempo juntos? Esto está mal, ocho años juntos tirados por la borda. Cada segundo que pasa, siento que Sofi incrementa exponencialmente su distanciamiento. El móvil suena. Argh, no es Sofi, es el coronel Velázquez. Ahora qué querrá.

—¿Marcos?

—Sí, coronel Velázquez, ¿cómo está?

—Marcos, por favor, veámonos nuevamente en la morgue ya mismo.

—Okey, coronel, voy de camino.

Me enfoco en la ruta hacia la morgue a toda prisa, como si percibiera que mi tiempo con Sofi está siendo encerrado en uno de esos fríos habitáculos y debo evitarlo. Llego a la morgue y todo es caos.

—Hola, Marcos.

—Hola, coronel. ¿Qué hay de nuevo?

—Marcos, estoy preocupado. Acabamos de encontrar otro cadáver, esta vez en la C-31, cerca de Badalona...

—¿Y qué tiene de particular este individuo?

—Marcos, es el segundo homicida implicado en el asesinato de Leónidas Vargas, y encontramos esto en uno de los bolsillos del fallecido.

—Oh, oh... Nombre y dirección de mi novia.

—Sí, Marcos, lo he verificado en tus archivos y por eso te he llamado. El asunto, definitivamente, es delicado. ¿Ya has contactado con tu gente?

—Sí, coronel.

—¿Y qué te dicen?

—Pues, coronel, por ahora, nada. Están indagando.

—Marcos, te recomiendo que adelantes tu viaje a Holanda y que te lleves a tu mujer. No esperemos a que algo desagradable suceda. ¿Ya tienes tus cosas listas para el viaje?

—La verdad, no, coronel. De hecho, Sofía hoy me ha dejado y no quiere saber nada más de mí. No me recibe, no me contesta, no me quiere hablar.

—Te recomiendo que no dejes las cosas así con ella teniendo en cuenta esta situación. Si tus datos y los datos de ella están en manos de los de Tijuana, lo más recomendable es no hacer caso omiso de esta situación y que la adviertas sobre lo que está sucediendo. No quiero que te pase algo o que le pase algo a ella. Búscala y habla con ella.

—Sí, coronel, trataré de contactar con su familia para que ella me reciba y así poder discutir el asunto.

—Marcos, te agradecería que me mantuvieses informado en todo momento de tus movimientos. Estoy considerando la posibilidad de asignarte un par de escoltas hasta cuando salgas del país.

—No, coronel, por ahora no lo veo necesario. Estamos sacando conclusiones con base en evidencias circunstanciales. Además, no he recibido una amenaza directa.

—¿Y Sofía? ¿No crees tú que la situación por la que estás pasando con Sofía pueda deberse a que ella haya sido amenazada?

—No, coronel. Yo conozco muy bien a Sofía, me habría comentado algo. La situación con Sofía es cuestión de intereses personales y de nuestro futuro como pareja.

—Te aconsejo que no descartes la posibilidad de amenaza.

—Está bien, coronel. Voy a tratar de hablar con ella. ¿Qué hora es, coronel?

—Son las once y media.

—Okey, coronel, gracias. Voy al apartamento de Sofía nuevamente. Le informo de cualquier novedad.

—Perfecto, Marcos, espero tu llamada.

Salgo de la morgue hacia el apartamento de Sofi con la misma prisa con que llegué y con la firme intención de localizar y retener a mi Sofi sea como sea.

—Hola, Francisco, yo otra vez. ¿Qué hay de nuevo?

—Señor Marcos, la señora Sofía se fue.

—¿Y eso, Francisco?

—Sí, señor Marcos, al poco de irse usted, vi salir a la señora Sofía con tres maletas grandes sin decir una sola palabra. Se la veía nerviosa. Le pregunté que si volvía pronto y no me contestó. Las cargó en su coche y salió rápidamente.

—¿Hace cuánto salió?

—Señor Marcos, ella salió hace como una hora.

—¿Y le entregó la nota?

—No, señor, no pude. Como le he comentado, no emitió ni una sola palabra. Simplemente se fue.

—Okey, Francisco, muchas gracias.

Cojo mi móvil. Marco el número Sofi. No me contesta. Intento fallido nuevamente. Decido entonces comunicarme con el coronel Velázquez.

—Sí, Marcos, cuéntame.

—Coronel, se fue y no sé para dónde. El portero me informa de que salió con maletas y que la advirtió nerviosa.

—¿Se llevó el coche?

—Sí, coronel, se fue en su coche.

—¿Hace cuánto?

—Hace como una hora, según lo que me informó el portero.

—Okey, Marcos, vete para El Prat y busca el registro de aparcamiento. Yo, mientras tanto, reviso las aerolíneas en el sistema para saber qué rumbo ha tomado.

—Okey, coronel, muchas gracias.

¿Dónde estás, Sofi? ¿Por qué te has ido así? ¿Por qué tanto silencio? No puede ser que el coronel tenga razón. ¿Te amenazaron por mi culpa? No puede ser que esto esté sucediendo.

Arranco nuevamente con desazón. La ansiedad se me está haciendo insoportable. Lo único que me alcanza a aplacar levemente es la adrenalina que fluye por mi cuerpo por las imprudencias que estoy cometiendo al conducir hacia El Prat.

Llego con afán al aparcamiento principal. Aparco el coche a un lado de la puerta de acceso y me dirijo hacia el portero de turno. Me presento.

—Buenas noches. Marcos Gandara, Interpol. Estoy tratando de localizar un Volkswagen Golf color rojo escarlata con matrícula 1456BRL. ¿Podría, por favor, revisar en su sistema si este coche se encuentra aquí aparcado?

—Un momento, por favor, oficial. ¿Me repite nuevamente el número de la matrícula del coche?

—Volkswagen Golf color rojo escarlata, 1456BRL.

—Sí, oficial, aquí entró a las once y cuarto. Según el registro, entró por el lado del edificio PC, por lo tanto, el coche debe estar aparcado hacia esa zona.

—Disculpe, ¿tiene el registro en vídeo de la entrada de ese coche?

—Sí, oficial. Por favor, espere mientras busco el vídeo.

—Okey, gracias.

Me alejo un poco hacia la barrera de acceso y enciendo un cigarro, el cual termina dándome náuseas. El portero me hace una seña para que me acerque. Tiro el cigarro aún encendido y lo piso.

—Oficial, aquí está el vídeo.

—Gracias.

Allí estás, Sofi. Los vaqueros que me encantan, la camisa verde, la bufanda roja y el cabello suelto.

—Le agradecería, por favor, que envíe una copia de este vídeo a la siguiente dirección de correo electrónico: *mgandara@ interpol.int.*

—Perfecto, oficial, va en camino de su correo electrónico bajo el asunto 1456BRL, enviado desde *parklotgate1@aena.es.*

—Amigo, un último favor, guarde mi correo electrónico y la matrícula del coche. Cuando venga alguien a recogerlo, registre, por favor, los datos y la hora. Haga el registro en vídeo y lo envía a mi correo electrónico. Transmítales la consigna a sus compañeros en cada uno de los turnos. Esto es un tema judicial. No se le olvide. No importa cuándo suceda esto, ya sea mañana, la próxima semana o dentro de seis meses, lo importante es que se haga el registro.

—No, señor, no se me olvidará. Ya queda todo apuntado en la bitácora y voy a dejar una alerta en el sistema para que se emita o dispare en el momento en que suceda algo relacionado con el coche.

—Okey, cuento con ello.

El móvil empieza a vibrar.

—¿Coronel Velázquez?

—Sí, Marcos, ¿alguna noticia?

—Sí, coronel. Aparentemente, Sofía está aquí, en El Prat, vi el vídeo de registro de entrada del coche al aparcamiento. ¿Ha podido encontrar algún dato con las aerolíneas?

—No, Marcos, todavía no. Tal vez está haciendo la compra de billete en este momento.

—Okey, coronel, voy a tratar de localizarla. Si sucede cualquier cosa, lo llamo.

Localizo la entrada de la que me habló el portero. Aparco mi vehículo y, sin cerrar los vidrios de las puertas, salgo corriendo en busca de mi Sofi. Siento que estoy empezando a entrar en la misma crisis de pánico que experimenté cuando me perdí de mis padres cuando solo era un crío.

¡Sofi! Allí estás. Me acerco con la intención de abrazarla y me rechaza con el ímpetu del fastidio. La percibo nerviosa y ansiosa, con su móvil en la mano.

—Marcos... ¿Tú qué haces aquí? Te pedí el favor de que no me buscaras. ¿Por qué no me haces caso?

—Sofi, ¿por qué lloras?

—¿Por qué crees, Marcos Gandara? Por ti. ¿Tú crees que esto es fácil para mí?

—Sofi, ¿por qué haces esto?

—¿Por qué crees, Marcos Gandara? Por ti, por tu maldito trabajo, por mi vida junto a ti. Estoy cansada de ir y de venir, de adaptarme una y otra vez a tus cambios, de vivir asustada esperando la noticia de que has caído en uno de tus famosos casos. No quiero verte muerto, o que tenga que ir a reconocer tu cadáver en la morgue. ¿Tú crees que para mí es fácil dejarte?

—Pero, Sofi..., ¿no crees que estás exagerando? No soy tan estúpido como para dejar rastros que puedan comprometer mi seguridad ni la tuya, además, pertenezco a una institución que está muy bien organizada. Aunque admito que hay fallos y que ha habido momentos donde he sentido la muerte cerca, hasta ahora no he tenido que preocuparme por la vida que llevo, y me gusta lo que hago.

—Marcos, ¿te das cuenta de lo que me estás diciendo? Escúchate, maldita sea. ¿Comprendes lo que te acabo de decir y cómo me respondes? No quiero seguir viviendo con esta incertidumbre. Como te he dicho y te escribí en la nota que te dejé en el apartamento: quiero una vida normal, quiero estar tranquila. Si no es contigo y si tú no estás dispuesto a que nuestra relación sea normal, yo no estoy dispuesta a seguir contigo.

—Sofía, ¿no crees que esta conversación habría sido más útil para los dos en otro momento? Por favor, Sofía, te propuse irnos a Holanda... Eres lo único que tengo.

—Y qué, ¿seguir con lo mismo?

—No, mi Sofi linda, las cosas en Holanda son diferentes. Allí puedes seguir desarrollándote profesionalmente. Recuerda que voy a Twente, que es una provincia netamente estudiantil.

—No, Marcos, ya lo he decidido. Me voy a Tenerife.

—¿Y dónde quedó entonces el tema de tu buena posición en la Universidad de Barcelona y el cuento de que sería muy traumático para ti mandarlo todo a la basura por seguir conmigo? ¿Acaso ya no me amas? ¿O qué está sucediendo realmente?

—Marcos, crecimos juntos, las cosas ya no son como antes. Quiero otras cosas para mi vida. Te propongo que te vengas conmigo a Tenerife, ya, en este momento, sin pensar en nada más.

—¿Por qué me haces esto, Sofi?

—Como te dije antes, Marcos, es tu turno.

—No, Sofi, de eso no se trata.

—Sí, Marcos, de esto se trata, de que decidas ahora mismo qué va a ser de nuestra vida juntos, si así lo quieres.

«Atención, por favor. Pasajeros del vuelo Spanair 5234 con destino Tenerife hagan el favor de pasar a la puerta de embarque M-1 en la terminal C».

—Marcos, ese es mi vuelo.

—No, Sofi, por favor, no te vayas. En dos semanas o antes podemos estar juntos en Holanda. ¿Por qué te es tan difícil considerar la posibilidad de que estemos juntos en Holanda, si las cosas pueden ser diferentes para los dos?

—No, Marcos, las cosas no van a ser diferentes. Estoy cansada y no quiero, después de unos cuantos meses, tener que salir a otro lugar, como ya ha pasado antes.

—Sofía, por favor, ya te comenté que esta asignación no es temporal.

«Atención, por favor. Pasajeros del vuelo Spanair 5234 con destino Tenerife hagan el favor de pasar a la puerta de embarque M-1 en la terminal C».

—Marcos, ¿ya has decidido?

—Por favor, Sofía, no me hagas esto..., yo te amo y te necesito conmigo. Eres lo único que tengo.

Ese maldito femtosegundo que preside las decisiones y cuya acción marca el rumbo de lo que llamamos destino me aturde, me paraliza saber de antemano el resultado.

—¿Sabes qué, Marcos?, tú no me amas, eres un egoísta de mierda. Solo piensas en ti y solo has pensado en ti en todo este tiempo. ¿No te das cuenta de que yo también necesito o necesitaba contar contigo en mis decisiones, en mis planes? Haz memoria de las veces que te pedí que hiciéramos cosas, que pensáramos a futuro como pareja y tú nunca te decidiste. Ya no más, Marcos, como te dije, estoy cansada.

«Atención, por favor, última llamada. Pasajeros del vuelo Spanair 5234 con destino Tenerife hagan el favor de pasar a la puerta de embarque M-1 en la terminal C».

—Adiós, Marcos.

—Sofía, por favor, no te vayas.

—¡No, Marcos, déjame! Suéltame, por favor, que tengo que subir a mi avión. No hagas que empiece a gritar y arme aquí un escándalo.

—¡Sofía, Sofía, Sofía...!

—Adiós, Marcos. No me busques, no me llames. Olvídate de mí, de que existo y de que en algún momento formé parte de tu miserable vida.

Me desvanezco con el peso de la felicidad, la tranquilidad, la estabilidad y la rutina alcanzadas en estos ocho años a tu lado. Maldita sea ese femtosegundo cuya acción termina convirtiéndose en un eterno engranaje de posibilidades ya no viables que oprimen mi existencia. Qué dolor tan intenso estoy sintiendo en mi alma. Me dueles mucho, Sofía, esto es muy difícil de aceptar. Pero bueno, maldita sea. Te vas lejos de esta mierda que está sucediendo ahora en mi entorno, y te vas lejos en el momento preciso. A fin de cuentas, me tranquiliza saber que te vas por mi culpa y no porque hayas recibido amenaza alguna. Joder, qué ambivalencia. El hecho de que vas a estar lejos realmente me tranquiliza y me da tiempo para indagar sobre el riesgo al que pudiste estar expuesta por el hecho de estar conmigo. Me dueles mucho, Sofía, no sé cómo voy a soportar no tenerte a mi lado. Reorganizaré las cosas y te buscaré cuando todo haya pasado. La veo alejarse y desaparecer en dirección a la puerta de embarque. Se fue.

Cojo mi móvil y llamo al coronel Velázquez.

—Marcos, ¿qué hora es?

—Son las dos de la madrugada, coronel. Disculpe por llamarlo a esta hora.

—Tranquilo, Marcos. Te he estado llamando, pero no contestabas. Encontramos el registro de facturación de Sofía en Spanair para Tenerife.

—Sí, coronel, lo siento. Encontré a Sofía en sala de espera y estuve hablando con ella todo este tiempo. Me ha dejado, coronel, me ha dejado y se ha ido a Tenerife. No se fue por amenazas, se fue porque está cansada de la vida que llevo.

—Marcos, es lo mejor que ha podido suceder en estos momentos. Esta situación nos da tiempo para revisar lo que está pasando con los de Tijuana.

—Sí, coronel, también pienso lo mismo, y en cierta forma me tranquiliza.

—Sí, Marcos, tranquilo. *Go with the flow,* deja que las cosas se calmen. Si quieres, dentro de unos cuantos meses, la buscas e intentas rehacer tu vida con ella. ¡Vete a dormir, hijo!

—Sí, coronel, muchas gracias. Ya hablamos.

—Sí, Marcos, tenemos que revisar los antecedentes de los dos cadáveres. Te espero a las diez de la mañana en la morgue.

—Sí, coronel.

Salgo de El Prat con sentimientos de frustración e impotencia que se enmarcan en un sentimiento de tranquilidad ajena, adornada de ansiedad. Me dirijo, con más calma ahora, nuevamente hacia el apartamento de Sofi. Al llegar, le pido a Francisco que me permita aparcar el coche y que abra el garaje.

—Buenos días, Francisco —le digo—. Le cuento que Sofía se ha ido... Ahora sí puedo entrar, me imagino. Me voy a quedar aquí descansando un rato.

—Sí, pase, no hay problema. ¿Tiene las llaves?

—Sí, Francisco, gracias.

Ya sin la intervención de horas previas de Francisco y sin necesidad de llamar a la Benemérita, me abro paso hacia el apartamento de mi Sofi. Abro la puerta. Parece que hubiera pasado una tormenta jupiteriana por este lugar. El ordenador de sobremesa está encendido. Muevo el ratón y la pantalla se activa. ¿Qué mierdas es esto?:

Hola, amor mío. Hola, amor mío.

El amor de mi vida, por quien siempre estaré dispuesta a luchar y desear que la felicidad que me deseaba que me diera otra persona sea él mismo esa otra persona después de esta separación tan triste y dolorosa quien me la dé y me permita hacerlo feliz como lo hemos sido, que la felicidad que yo conozco siga siendo la misma que conocí y vivo aún con él en mi soledad. Te amo, Marcos, te amo inmensa e intensamente y me destroza la idea de abandonarte, de irme lejos huyendo de todo esto ahora que me encuentro en un momento tan difícil para nuestras vidas, pues esta decisión me ha llevado tanto a que te alejes de mí como a alejarme de ti.

Siempre guardé la esperanza, y aún la tengo, de que podamos ser felices juntos sin hacernos más daño el uno al otro. Soñé varias veces despierta y dormida que envejecíamos juntos. ¿Por qué no puede ser posible? No me he ido aún, hay tiempo, no para que te apartes a un lado del camino deseando y suplicando que me encuentre a alguien en este camino y sea ese alguien quien me haga feliz. ¿Por qué no tú, Marcos, por qué no puedo hacerte feliz? ¿Por qué no te lo permites?

¿Por qué te no te aventuras conmigo? Yo solo añoro el momento en que me digas que estás decidido a todo por mí, que te causo orgullo, que te sientes halagado estando conmigo, que yo soy la mujer que tú quieres, que amas, que adoras, y que no quieres pensar en nada más. ¿Por qué no pensar solo en los dos y arrancar a hacer la vida que siempre hemos querido para los dos? ¿Por qué esperanzarnos en que alguien sea quien lo haga si yo lo deseo con fuerza y desde mi corazón y mi profundo ser quiero que seas tú? ¿Por qué pensar así? ¿Por qué no ser más coherente con los sentimientos, que en realidad son por lo que nos debemos mover y actuar?

Hoy, mientras estoy escribiendo, estoy esperando ansiosa tu llamada, y más aún, he pensado que pudieras llegar a la puerta, créeme que alcanzo a pensar que tú puedes estar llegando, como si fuera tan fácil... Son las 22:03 horas del viernes 21 de julio de 2013. Curiosamente, también recuerdo que en un mes estaré cumpliendo 31, qué vieja estoy, siento que ya no tengo tiempo para algunas cosas y que, a esta edad, una mujer ya no es «muy valiosa como mujer». Tanto tiempo que pasa y una solo se hace vieja, inútil, enferma e insoportable. ¿Qué puedo esperar de aquí en adelante?

Creo que estás ocupado y ya no llamarás... Hoy he estado tan deprimida, tan triste, que he tenido que ausentarme de la universidad porque no he podido contener mi llanto, mis lágrimas tristes, mis sollozos y toda mi tristeza caprichosa que no quiere largarse... Estoy triste, Marcos, muy triste, y cada vez más. Quisiera verte pronto, pero no tengo ganas de hablar. Me voy, y no te voy a llamar...

Un besito, me voy.

Tu Sofi por siempre.

¡Joder! Agarro el interfono con desesperación y con el ánimo de culpar a cualquiera por este maldito momento...

—¿Francisco? ¿Por qué coño no me dejó entrar?

—Pero, señor Marcos, fueron órdenes de la señora Sofía...

—Argh... Maldita sea... No se preocupe, Francisco, discúlpeme.

—Está bien, señor Marcos.

Sofía, ahí estás tú, definitivamente... ¡Argh, joder! Y ahora, ¿qué es esto?:

Conocí a este maravilloso ser en mis últimos momentos en la universidad, en aquel entonces, éramos muy jóvenes e inocentes. Decidimos empezar una nueva historia para los dos y nos atrevimos, yo tenía tan solo 23 años y él 22, ambos estudiantes de ciencias puras, el azar nos reunió en una clase común... Pero bueno, no voy a hablar de nuestras vidas, sino de su vida.

El, un joven muy noble y de sentimientos puros y sencillos, leal y honesto. Su mente siempre me ha parecido fascinante, me encanta ver la posición de sus cejas y sus ojos cuando algo le intriga y escudriña en su mente cómo darse una respuesta. Su naturaleza humana me parece sublime aun cuando en ocasiones va a contracorriente de situaciones humanamente naturales.

Su sensibilidad me parece encomiable, pero para mí es difícil imitarlo en ciertas condiciones de su esencia, aunque muero por tenerlas como parte de la mía. Tan en contravía de lo que piensa y desea hacer que choca con ello directamente en la misma vía. Sus cualidades, jamás encontradas por mí en otro ser humano, me parecen fantásticas y admirables. He conocido a muchas personas y la nobleza que su presencia emana es suficiente para sentir tranquilidad, así mismo, esa tranquilidad también puede llegar a ser copiosamente obnubilada por la insaciable soberbia que te puede causar encontrarlo ante un conflicto por no poder aceptar su vida.

Su escritura enamorada es hermosa, límpida, apasionada, bella, bella... Sus detalles de loco enamorado perturban mi candidez y me hacen sentir afortunada.

En él encuentro muy pocas cosas detestables, excepto su manía por la autodestrucción y el aroma fuerte del humo de sus cigarrillos que en ciertas ocasiones me causa dolor de cabeza y disgusta mi nariz, aunque me fascine la forma elegante en que fuma, la forma elegante en que coge su cigarro entre la primera y la segunda falange de sus dedos índice y corazón para posteriormente posarlo suavemente entre sus labios, siempre cerca de la comisura izquierda... Su vicio, su maldito vicio por siempre considerarse despreciable y un ser que no merece la vida que el Supremo le ha dado y le sigue dando aun cuando él así no lo quiera. Cree que no lo sé, por eso dejó la academia y se involucró en la policía.

Es maravilloso en el encuentro, pues todo lo hace con tanta pasión que logra la perfección. Cuando me toma, me hace suya y me ama sin cansancio, me hace sentir que salgo de mi cuerpo y es mi esencia, mi alma, la que está junto con la suya unidas en el etéreo. Me fascinan sus labios, cómo se deslizan y recorren con afán mi frágil cuerpo sin dejar más huellas que sensaciones placenteras y perennes una y otra vez. Sus bellos ojos son una ventana de tranquilidad, de paz cuando veo a través de ellos, siento que debo calmarme y hablarle pausadamente en aquellos momentos de mi ira sin cordura, aquellos momentos en que siento que me abandonará y nunca más seré parte de sus pensamientos, de su vida.

Me encanta la pasión desbordada que le pone a su trabajo, su sensibilidad ante la naturaleza, las aves, la lluvia. Todo en él me parece muy bien construido, excepto la idea que tiene de sí mismo, su autodesprecio y su autodestrucción no me gustan en él, porque no puede aceptar su naturaleza. ¿Por qué no puede ver en sí mismo su bondad, su humanidad, su brillantez? ¿Por qué solo ve que él es oscuridad, maldad, destrucción? Sus piernas largas y delgadas me gustan mucho, sus manos grandes y bien formadas, su espalda ancha y sus brazos fuertes cuando me estrechan contra su pecho y me hace sentir que soy parte suya, su cuerpo largo, su nariz, su boca, todo en él tiene belleza, su oreja derecha (¿o era la izquierda?), que tiene una saliente para el placer... Sus escritos científicos, aunque cuando lea esto sonría y se desprecie diciendo: «¡Científicos, son solo basura!», me parecen muy buenos y me siento muy orgullosa de que los escriba. Lo amo en toda su esencia con la mía propia.

Joder... Sofía, Sofía, Sofía..., ¿cómo es esto posible? No, no, no es posible que te pierda así, sin más. Tengo que buscarte, tengo que alcanzarte, a la mierda todo esto, a la mierda mi vida... ¿Por qué mierdas tengo que ser tan estúpido? Estoy cansado. Sofía, perdóname, perdóname toda la vida. Perdóname, ¡perdóname! Estoy aturdido. Mi cabeza está a punto de estallar.

Descorcho la última botella de vino tinto que queda en el estante y me la bebo como si fuera el elixir de la felicidad. Acompaño sorbo tras sorbo con los ardores blancos de las dos cajetillas de cigarrillos que mantengo siempre de reserva en mi chaqueta. Paso a un estado de vulnerable inconsciencia y me desplomo en llanto de ausencia.

***

—¿Marcos? Buenos días.
—Sí, coronel Velázquez, ¿cómo está?

—Marcos, ¿qué ha pasado? Son las diez y usted no está aquí, como acordamos.

—Sí, coronel, lo siento mucho, me preparo y salgo.

—Marcos, nos vemos a la una, puntual... Salga, coma algo y nos vemos aquí a esa hora.

—Okey, coronel, gracias. Allí nos vemos.

***

—¿Dónde está el coronel Velázquez?

—No sé, no sé... ¿Quién es usted? Apártese, deje pasar al personal médico.

—¿Qué ha pasado?

—¿No ha escuchado el estruendo? Acaba de estallar una bomba aquí, en las instalaciones de la morgue. Señor, por favor, le he dicho que deje pasar.

—Mire mis credenciales... Soy oficial de Interpol y tenía una cita con el coronel Velázquez aquí en la morgue, pero he llegado tarde. ¿Sabe dónde está él?

—Siga, siga y búsquelo en todo este desorden, porque aparentemente no hay supervivientes.

No puede ser... Coronel Velázquez, coronel Velázquez, coronel Velázquez...

A medida que recorro todo ese desastre, el olor a sangre y a carne quemada se entremezcla con el olor intenso de la pólvora.

Por más que intente aplacar mi angustia y mi histeria, la sensación de incertidumbre se incrementa en la misma medida en que mi cuerpo baja súbitamente su temperatura y el sudor empieza a brotar en mi piel, llevándome a un estado de hiperventilación. Trato de calmarme cubriendo mi nariz y mi boca con la manga de mi chaqueta, pero el aroma es tan fuerte que se me hace insoportable y se intensifica en mi mente con la imagen de los despojos aún humeantes.

—Carlos, ¿estás bien?

—Sí, Marcos, solo tengo una herida en mi pierna.

—¿El coronel Velázquez? —Con un gesto, Carlos me hace saber que el coronel Velázquez está muerto—. ¿Dónde está?

—No, Marcos, es mejor que no vayas, es terrible, recibió prácticamente toda la onda expansiva de la detonación.

—No, Carlos, no puede ser, Carlos.

—Sí, Marcos, estábamos revisando la información del fallecido que entró la noche anterior, yo salí un momento a fumar un cigarro y, cuando estaba entrando, ocurrió la detonación. Todo fue confusión, no se podía ver absolutamente nada, los cuerpos del personal de la morgue se confundieron con los cuerpos de la propia morgue. Es un caos total y el olor es insoportable. Localicé al coronel Velázquez, pero perdí el sentido al ver ese desastre... Es horrible, Marcos, no alcanzo aún a reaccionar, pude haber muerto también, me siento impotente. Esto es muy terrible, Marcos, muy terrible.

»Quedamos en cero, Marcos, toda la evidencia se ha perdido, no tenemos nada. El coronel Velázquez había sido muy sigiloso con este asunto porque tenía claras sospechas de corrupción en la policía y la investigación la estaba llevando por su propia cuenta. Los únicos que lo sabíamos éramos tú y yo, ni siquiera el general González tenía conocimiento de las pesquisas.

—Carlos, tenemos que continuar con la investigación del coronel Velázquez, es nuestro compromiso por su memoria...

—No, Marcos, este asunto es muy delicado, prefiero pedir la baja... Tú sabes que tengo tres hijos que me necesitan y los amo demasiado, esta es una oportunidad que me está dando Dios para poder vivir a mis hijos hasta cuando Dios así lo disponga... Ya no quiero más de esto, no estoy tranquilo y no quiero arriesgar a mi familia por algo que realmente no tiene solución en el mundo, la naturaleza humana es cruel y, por más que intentemos ponerle orden a todo esto, siempre emergerá el caos por cualquier resquicio abierto en la inocencia.

Carlos solloza con desconsuelo. Su herida abierta en la pierna es considerable y está perdiendo sangre. Me quito mi chaqueta y le cubro la herida al mismo tiempo en que le digo que ejerza presión a la altura de su rodilla.

—Carlos, tranquilo, ya vienen los médicos. Te vas a recuperar pronto. Te prometo que te vas a recuperar pronto y todo va a estar bien para ti y tu familia.

Mientras me cercioro de que Carlos es atendido, empiezo a sentir que el móvil vibra insistentemente en el bolsillo derecho de mi pantalón. Mensajes de texto de Doc pidiéndome una y otra vez que me comunicara urgentemente con él.

Acompaño a Carlos a la ambulancia y una sensación de angustia y desesperanza embarga mi mente. Si hubiera llegado unos minutos antes, mi existencia ya no sería tal. Sofía, por fin te comprendo. Llamo a Doc.

—Marcos, ¿estás bien? ¿Sabes lo de la explosión en la morgue?

—Demasiado tarde tu mensaje, ¿no te parece, Doc? Estoy aquí, lo hemos perdido todo.

—¿Y eso, Marcos? ¿Estás bien? ¿Estás herido?

—¿Por qué tanto interés, Doc? Sí, estoy bien.

—Okey, Marcos. Te he dejado algo de adelanto, como acordamos, y una sorpresa. Recógelo en el sitio de siempre. Pero adelántame algo a mí también.

—Ahora no me jodas con eso, Doc, esto es un caos y no estoy de ánimo ni es el momento para que me estés cobrando.

—Está bien, Marcos, discúlpame. No ha sido fácil y lo que encontré es grande. Utilicé un método diferente y obtuve resultados rápido, como podrás ver.

—Okey, Doc, gracias. Tan pronto como pueda, lo recojo. Gracias y entiende que este atentado pudo haber estado dirigido a mí.

—Sí, Marcos, así es. Hay un entramado.

—Okey, Doc, gracias. Me aseguraré de dejarte los diez mil euros.

Esta situación me obliga a resguardarme en mi apartamento. No quiero. La suma de todas las cosas me conduce a ese estado de depresión profunda que no experimentaba hacía muchos años. Otra vez golpeándome la cabeza contra la pared, como cuando era un crío, golpe tras golpe en los momentos de enfrentarme a eventos y situaciones que no entendía, como queriendo reacomodar mi cerebro, reacomodar la colmena para que funcionara mejor. Ahora, además, me ahogo en mi encierro en el mar de humo del cigarrillo y en el aroma cetónico de las colillas humedecidas con vino tinto en el cenicero. Aroma que corroe mi espíritu y, de paso, mis bronquios y lo que quede de mis mucosas.

Mi aliento apesta tanto como la basura acumulada en mi mente. Sofía, ¿por qué te fuiste? Joder, ¿por qué te fuiste? Te entiendo, sí que te entiendo, pero es nuestra vida, es la vida que escogimos, con sus altibajos, con sus méritos. Juntos es más llevadera para mí. Sí, tienes razón, tal vez sí soy un egoísta de mierda, pero un egoísta con empatía y, lo más importante, un egoísta con un amor infinito por ti, por lo tanto, más del que siento o pueda sentir por mí mismo. Esto tiene que ser un mal sueño, estoy envenenado, todo este ambiente se está disolviendo en mi sangre. ¿Qué hora es? ¿Qué día es hoy? Joder, quiero llorar, estoy muy triste, me haces mucha falta, Sofía. Mírame, soy una mierda sin ti. Perdóname, perdóname, perdóname. La inconsciencia me persigue y me alcanza.

La vibración del móvil me despierta. Son las siete de la mañana. Es el mensaje de invitación a la celebración de las honras fúnebres del coronel Velázquez en la basílica de la Sagrada Familia a las once de la mañana. Ya han pasado dos días. Tengo que salir de aquí y continuar. Además, en menos de una semana tengo que irme para Holanda. Es la oportunidad que tengo para dejar ya todo esto atrás.

Parezco un monstruo, el espejo no engaña. Me prepararé para ir al funeral del coronel Velázquez y, antes de llegar a la basílica, pasaré por el sector de la Monumental a recoger la información que me haya dejado Doc en el casillero de siempre. No espero nada útil o que ya no sepa, tendré que dejarle el dinero de todas formas. Bueno o malo, muchas veces me ha servido. En fin, ya es hora de salir para estar a tiempo en el funeral.

Carlos está acompañado por su esposa y sus tres hijos. Todos con el mismo traje de misa dominical.

—Hola Carlos. Hola, Ester. Hola, chiquillos. —Todos responden al unísono con una sonrisa marcada por la tristeza del momento—. Carlos, ¿cómo sigues?

—Bien, Marcos, bien, gracias a nuestro Señor Dios. Me dieron de alta ayer en la noche. Gracias a nuestro Señor Dios no fue nada grave y no se complicó a pesar de la pérdida de sangre. Estaré en silla de ruedas por un tiempo, mientras mi pierna se recupera totalmente.

—Bien, Carlos, me alegra mucho que estés bien y que estés mejorando. Entiendo lo afortunado que eres, no tanto por ese mal momento por el que pasaste, sino porque tu familia está contigo siempre.

—Sí, Marcos, gracias a nuestro Señor Dios, mi adorada esposa y mis hermosos hijos me aman y yo los amo mucho. De la mano de nuestro Señor Dios y con ellos a mi lado, supero todo. Son mi fortaleza, mi soporte, mi vida, definitivamente. Por eso te dije lo que te dije ese día del atentado. La decisión ya está tomada, y voy a aprovechar estos días de baja para organizarlo todo. Ya veremos qué me pondré a hacer, porque de esto, ya no más.

—Sí, Carlos, lo comprendo.

La misa comienza puntual, a las once de la mañana. Todos los compañeros de trabajo del coronel Velázquez están presentes. La esposa del coronel Velázquez llora desconsolada y su hijo de apenas tres meses se agarra fuertemente a su cuello como queriendo expresarle su incomprensión por su llanto. No soy capaz de acercarme a ella. Estos momentos de dolor ajeno siempre me han sido muy difíciles de manejar. Nunca emergen las palabras adecuadas para tan siquiera soslayar que no se entienden los sucesos, y mucho menos dar una explicación que, de alguna forma, amortigüe el sufrimiento que no se está experimentando igual. Considero que con la presencia y el acompañamiento es suficiente.

El padre rector de la basílica inicia el desarrollo de su sermón con una sentencia que me llama la atención: «La capacidad de discernimiento y el libre albedrío han sido otorgados al ser humano por la Divina Providencia para permitirle sobrellevar y sortear las vicisitudes en el reino de Dios».

Le presto mi total atención a las palabras del padre rector, siguiendo cada uno de sus argumentos. Tratando de correlacionar cada palabra con mi vida, con lo que he vivido hasta el momento. Podría haber sido yo quien estuviese en ese ataúd. Al final de su sermón, el sacerdote simplemente dice: «Hermanos y hermanas, Dios nos ha dado a cada uno de nosotros la oportunidad de vivir plenamente su obra. En ese instante en que nos hacemos consientes de nuestra propia existencia, se inicia el proceso por nuestra propia cuenta. El proceso de elaborar nuestro propio presente y futuro, con las decisiones que tomamos a cada instante».

Considero un poco fuerte y tal vez inconveniente el sermón para un momento en el cual se está despidiendo a un ser querido que perdió la vida en un acto terrorista, pero tiene razón de cierta forma, aunque hay aspectos cuestionables. Para mí, la conclusión es esta: el destino no existe. Todo lo que le sucede a cada persona, sea esto considerado social o intrínsecamente bueno o malo, es una cadena de acontecimientos previamente marcados por las decisiones propias, hayan sido estas elaboradas o premeditadas, impulsivas, inmediatas o instintivas, y las interacciones con las decisiones de otros en el mismo escenario que es el universo. Igual he decidido interpretar el sermón del padre rector de esta forma y no de otra. En ese momento, aprovecho para mirar qué es lo que Doc ha encontrado.

Me sorprendo tácitamente al encontrar evidencias que vinculan al general González con los últimos hechos violentos que han ocurrido en Barcelona, una microcasete, una unidad USB y un par de folios con el organigrama y la vinculación de dos altos funcionarios de la Benemérita, el general Esteban González y el teniente Andreas Jordán. Me impresiona saber que el coronel Velázquez haya sido una víctima más de la ambición de González y que de paso haya intentado también acabar conmigo. Esto es una mierda. Remitiré esto a las oficinas de Interpol, con esto me sentencio, pero no me importa. Sigo revisando los folios y siento náuseas al ver lo que ha sido capaz de hacer González.

¿Esto qué es?, una reserva de hotel en Tenerife para dos personas a nombre de Sofi pagado con la tarjeta de crédito de Sofi. En la esquina superior derecha hay un pósit amarillo escrito a mano, tal vez por Doc: «Doc, revise esto con detalle, puede interesarle». Cojo el móvil e intento localizar sin éxito a Doc, salta el buzón de voz directamente. Llamo a Sofi y lo mismo, salta el buzón. No entiendo. Me pregunto si Sofi tenía la intención de que viajáramos juntos y preparó todo para que pudiéramos estar tranquilos si yo decidía irme con ella. Pero ¿cómo es posible, si ella me dijo que se iba a casa de su familia en Tenerife y no a un hotel? No tiene sentido esto..., ¿o sí lo tiene?

Cojo nuevamente el móvil e intento localizar sin éxito a Sofi. ¿Qué demonios está pasando? En fin, ahora no puedo hacer nada. Un momento, qué dice aquí: la reserva fue hecha hace una semana, y está por ocho días para dos personas. Joder, esto me distrae, no puedo hacer nada, después llamaré al hotel para indagar. Tengo que enfocarme en mi seguridad física, esto está muy turbio y no puedo darme la oportunidad de cometer errores. Me están siguiendo, eso está claro.

Me abstraigo tanto que no recordaba la rigidez de la silla en la que me encuentro sentado y que a mi lado están Carlos y su familia.

—¿Qué tienes ahí, Marcos?

Reacciono con sorpresa ante la pregunta de Carlos. Aunque los tres niños y Ester nos separan, intento disimular y eludir su pregunta. La mirada de los niños hacia mí refuerza el entorno de las palabras de Carlos, que se ahogan en el fuerte olor a incienso que inunda la basílica. No puedo involucrar a Carlos en esto, no puedo exponerlo, no puedo exponer a su familia. «Papeles, Carlos, simples papeles», le contesto con desesperanza y algo de desinterés.

Carlos se incorpora y continúa escuchando la homilía, pero ahora con desazón. De alguna forma, ha aprendido a conocer mis reacciones, sobre todo cuando algo me preocupa. Ester también se inquieta, estira su mano y la posa sobre mi hombro izquierdo. El calor que emana su mano derecha me tranquiliza un poco, pero, siendo sinceros, en este momento me da vueltas en la cabeza la reserva de hotel hecha por Sofi.

Es como un pequeño engranaje que acaba de emerger al lado del engranaje mayor y que empezó a moverse en mi cerebro en el momento que comprendí lo que decía ese bendito papel y que, a medida que intento conectar los eventos de los últimos días con ella, pareciera aumentar y disminuir de revoluciones en la medida en que la incertidumbre y la ansiedad se alternan al no encontrar una explicación inmediata que me tranquilice. Sumado esto a que Sofi no me contesta y tampoco me devuelve las llamadas. ¿Qué es esto? ¿Qué está pasando?, me pregunto una y otra vez. ¿Qué he dejado de ver? ¿Qué detalle se me ha pasado por alto? Insisto, no puedo hacer nada... por ahora.

3. Inquietud

—Marky, ven para acá.

—Ya voy, Stephanie... Supuestamente no querías verme hoy.

—Te presento a Verónica Craviotto, mi reemplazo. ¿No te parece hermosa, Marky?

—¿Hermosa? Hermosísima, Stephanie, bella. *Questa donna trovo bella. Bella come il mare, come il Mediterraneo. ¿Craviotto cognomen? ¿Venite da Varazze, della provincia di Savona?*

—*Sono sorpreso. Il signore parla italiano.*

—Bueno, suficiente, suficiente. Después van a tener tiempo para *parlare italiano. Ciao, ciao,* españolote...

—Quién te entiende, Stephanie...

Qué mujer tan hermosa. Caramba, caramba... Bueno, bueno, Marcos, reacciona, tendrás que perfeccionar tu italiano. Bueno, que sea un motivo de interacción, ja, ja, ja, ja, ja.

Joder, Sofía, ¿te das cuenta? Si estuvieras aquí conmigo, en Holanda, no estaría pensando estupideces.

—Oye, Stephanie...

—Ya te dije que no molestes, estoy ocupada con mi entrega del cargo porque me he jubilado..., y a ti te falta mucho tiempo en la policía para jubilarte. No molestes.

—Oye, Stephanie, ¿podrías, por favor, darme indicaciones sobre cómo llegar a la casa del capitán Vegner?

—Ya te dije que está en el cementerio de Hengelo.

—No, Stephanie, la casa en la campiña francesa, en Sallanches, en donde pasó sus últimos días.

—Sé a qué te refieres, ¿ya has revisado tu correo?

—Caramba... Muchas gracias, Stephanie.

No me había fijado en mi bandeja de entrada. Está el correo de Stephanie y... también un correo del *parking* de El Prat de hace más de quince días en la bandeja de *spam,* cómo no me he dado cuenta antes. En fin, abro el correo, no hay ningún mensaje en particular, solo trae un archivo adjunto, pero no lo reconozco como archivo de vídeo. Ahora lo revisaré.

Stephanie se me acerca con un sigilo casi sepulcral.

—Marky, a pesar de que han pasado más o menos tres años, la casa sigue en custodia de Interpol, bajo nuestra custodia, y prácticamente sigue intacta desde el momento en que se hizo el levantamiento del cadáver de mi viejo Vegner. Ningún familiar de él o de la esposa apareció, además, según lo que informaron en su momento, hay mucha información de la policía aún en el estudio y por esa razón la casa sigue en custodia. No han tomado la decisión sobre qué hacer con la casa. Es una casa muy linda tipo villa, la conocí hace algunos años y volví a visitarla durante el sepelio de la esposa de Vegner. Te cuento que, según el registro que tengo, el estudio de la casa del viejo Vegner está intacto.

—Stephanie, ¿sabes si hay más documentos, fotografías y otras evidencias del caso del señor De Jaager?

—No, Marky, lo único que hay aquí es lo que tú ya tienes.

—¿Por qué aquí, Stephanie?

—Pues, Marky, asumo que el capitán Vegner tuvo que recoger la mayor cantidad de información del caso para analizarla después de su retiro.

—Es decir, ¿tienes la certeza de que definitivamente el capitán Vegner continuó con la investigación del caso después de su retiro?

—Tener la certeza absoluta..., en lo absoluto, Marky, ya te dije que ese caso fue el que lo mató.

—Stephanie, ¿podría molestarte alguna vez cuando te vayas?

—Marky, para eso queda Verónica, para que la molestes todo lo que quieras. Considerando que estás inquieto con el caso del señor De Jaager, hay unas instrucciones precisas al respecto..., ¿verdad, Verónica?

Verónica solo expresa su asombro entre sus dientes con: «eh, eh, uhm, uhm..., sí, señora».

—¿Ves, Marky?, no tienes por qué preocuparte y tampoco por qué molestarme.

Me parece sospechoso, pero bueno, acepto tu verdad y la dubitativa complicidad que te da Verónica.

—Otra cosa: ¿todas las fotografías están digitalizadas?

—Sí, Marky, todas están digitalizadas y existe una copia en tu ordenador y en el de Verónica, y, si te hace falta, también hay una copia en la intranet de las oficinas centrales de Interpol. Si es el caso, introduce en *search* el número del reporte, se te abre una ventana que te pedirá una clave, y, si eres astuto y me has prestado atención todo este tiempo, sabrás cuál es... Recuerda, solo tienes tres intentos, después olvídate, porque el sistema lo interpreta como un ataque en el *cyberspace*.

Stephanie se retira. Procedo con la revisión de las fotografías. Estas fotografías son extrañas.

—Verónica, ven. ¿Qué observas en esta imagen del cráneo del Maikel De Jaager?

—La verdad, nada... Déjame mirar, porque solo veo sangre y un..., un... perfil de corte muy pero que muy interesante en el cráneo en esta área en particular. Qué extraño, tienes razón..., y no está reportado en los registros forenses.

—¿Este es el máximo detalle que podemos alcanzar?

—Sí, estamos limitados por la digitalización de la fotografía, porque, según lo que he revisado, es una copia digital de una impresión, y no sabría decirte qué resolución tenía la cámara con la que la tomaron ni si era digital o no. Marky, parece una inscripción, pero es muy diminuta y las probabilidades de que se presente este tipo de deformaciones con una geometría tan particular y simétrica solo sería posible si, y solo si, el objeto contundente tuviera ese relieve.

—Verónica, no quiero caer en especulaciones, ni mucho menos empezar a sugestionarte con mis observaciones, principio de incertidumbre.

—Sí, sí, Marky, lo sé, basado en el error de interpretación popular sobre la influencia del observador en la medición, que orienta su experimento hacia lo que quiere observar..., no aplicable en el dominio del continuo, por supuesto.

—Caramba, Verónica, me impresionas...

—Marky, aquí no eres el único que tiene conocimientos universales, ja, ja, ja, pero acuérdate de que esto no es *Rocket Science* y, cuando quieras perder tiempo, lo discutimos. Por ahora, sigamos analizando estas fotografías. Voy a revisar los archivos y su trazabilidad, porque debemos, si queremos salir de dudas, encontrar las fotografías originales, ya hayan sido tomadas con una cámara digital o con una analógica. Este tipo de cositas son las que me llaman la atención. Dame dos días y te traigo el resultado.

—Verónica, no tengas prisa, mañana salgo y me voy por una semana a la campiña francesa, así que tienes todo el tiempo que necesites para revisar el asunto. Voy a la casa del capitán Vegner en Sallanches. Me interesa revisar un par de temas que todavía no encajan.

—Marky, ¿y qué hacemos con los otros asuntos pendientes que tenemos aquí en Twente?

—No hay problema, Verónica, ya todo está arreglado y programado, quédate tranquila, que toda la carga te queda a ti. Me llevo el teléfono satelital.

—Uhm, ¿no acabo de llegar y ya estoy al cargo?

—Sí, Verónica, así de simple. *Take it easy, girl, I trust you. ¿Capito?*

—Uhm.

Qué interesante todo esto, hace ya un poco más de un mes estaba decidiendo mi vida sentimental con una crisis emocional y hoy estoy aquí, viajando hacia la campiña francesa a revolcar memorias ajenas, a indagar en mayúsculos silencios microscópicamente recalcitrantes y con la angustiante convicción de que el caso Maikel De Jaager tenía que ser un caso suigéneris y no un cúmulo de malas interpretaciones o coincidencias ininteligibles, a mi parecer.

***

—*Monsieur, nous sommes arrivés.*

Es cierto que los franceses solo hablan francés y no soy experto franco parlante...

—*Très bien, merci beaucoup* —respondo.

Hermosa casa con gendarmería a bordo.

—*Bonjour, monsieur...*

—*Bon après-midi agents...*, mis credenciales bastarán... ¿Alguno de ustedes habla o entiende inglés o español?

—No, no, no, *français, monsieur.*

—¡Buscaré por mi propia cuenta!

—*S'il vous plait, monsieur, je demande la permission d'entrer à la maison...*

—*D'accord, allez-y. Merci beaucoup...*

Al entrar, percibo el aroma de la soledad, una mezcla entre frío, humedad, nostalgia y silencio que se enarbola y se enrarece a cada paso que doy en el piso de madera perfectamente curada que no cruje. Veo a mi izquierda una escalera de madera en cuyos peldaños se entremezclan lo que parecen ser pequeñas luces incrustadas con glifos del preclásico finamente tallados que contrastan con un pasamanos de metal de color marrón, acabado en madera desgastada, sin nada en la pared de madera del fondo. A mi derecha, evidencio lo que aparenta ser una pequeña sala de estar, conformada por dos sillas de metal rústico y una mesa de madera del mismo color marrón desgastado del pasamanos, resguardada por una chimenea crepitante delicadamente organizada.

Debajo de la escalera, unas fotografías en blanco y negro colgadas en la pared y perfectamente alineadas donde se ve feliz al viejo Vegner con quien supongo que era su esposa en diferentes momentos de su tiempo juntos. Te recuerdo, Sofi... Esta, tal vez, es la vida que quise contigo, la vida que quisimos juntos, envejecer juntos.

Continúo mi recorrido. Asumo que la habitación principal o las habitaciones están en el segundo piso. En el centro del piso de madera, veo una marca, un símbolo que resalta pálido respecto de los colores de su entorno. No es un grabado en la madera, son figuras que cambian a medida que sigo mi camino.

Miro hacia arriba..., qué exquisitez, un vitral circular corona la parte central del techo. En este momento, solo alcanzo a observar las mismas figuras tenues del piso, la iluminación exterior es vaga, pero debe irradiar dulzura espectral al momento de alineación cenit. Me dirijo hacia el fondo, una gran ventana que, hermosamente traslúcida, permite ver los Alpes en todo su esplendor. Aquí están la cocina y el comedor, ambos sencillos en opulenta tranquilidad y felicidad. Hermoso pictograma.

A la izquierda, una puerta que conduce a algo que parece ser un balcón. La abro. Hay una pequeña escalera de madera que conecta con..., sí, definitivamente, un balcón que permite complementar la hermosa vista de los Alpes que ligeramente hace palidecer la vista desde la ventana. No me había fijado en el balcón en desnivel con respecto al área de la cocina y el comedor. Espectacular vista.

En el balcón, otro par de sillas metálicas y una mesa de madera, elementos similares a los que vi en lo que parecía la sala de estar, todos alineados hacia la derecha del balcón, pero esta vez resguardados con un aditamento para barbacoas, al igual que la chimenea, delicadamente organizado.

La brisa fría alpina cubre mi rostro con vehemencia y un ligero rocío empieza a mostrarse con timidez en mi chaqueta, trayendo a mi mente recuerdos y momentos con Sofi. *Tinni-*

tus recalcitrante estos últimos días. El olor seco del páramo se entremezcla con los óleos pináceos que entumecen mi mirada y ponen en placentero letargo mi ansiedad galopante, que se interrumpe una y otra vez al visualizarte junto a mí en este momento *dolce far niente*. Me rugen las entrañas como recuerdo lejano de la última vez que disfrutamos juntos un momento como este y una ligera lágrima se diluye en el rocío que cubre mis mejillas. Sofi, perdóname, desde donde quiera que estés, perdóname.

Una mano pesada revierte mi letargo y mi estado de alerta natural rápidamente me calienta y, entre cacofonías, escucho claramente mi nombre en un perfecto español aprendido: «Marcos, Marcos», y otras palabras inicialmente rudas que apenas puedo asimilar.

—Por favor, entre —escucho decir—, la temperatura está bajando rápidamente.

El gendarme hace que lance mis anclas nuevamente. Limpio la palidez de mi rostro con la manga de mi chaqueta y me dispongo a seguirlo.

—Perdón, cuando llegué a esta casa, ninguno de ustedes me dijo que hablaba español.

—Sí, Marcos, soy el único que habla español aquí...

De repente, un siseo desconocido me desconcierta y todo el ambiente cálido de la cocina empieza a oscurecerse al instante que el gendarme presiona lo que parece ser el control remoto del cobertizo de la gran ventana.

—Marcos, el pronóstico del clima en esta área no es halagüeño, se aproxima un frente frío y considero que no es conveniente que te quedes esta noche aquí. Nosotros nos vamos hacia Sallanches antes de que anochezca. Ven con nosotros, es lo mejor que puedes hacer ahora. Tómate unos tragos con nosotros, descansa y mañana temprano estamos aquí nuevamente. El clima ya no va a ser inconveniente para ninguno.

—Okey, gendarme, pero ¿cuál es su nombre?

—Sí, perdona, Marcos, yo soy el coronel Wilhem Di Alphonse. Fui asignado por Interpol para acompañarlo aquí.

—¿Perdón? No esperaba contar con compañía en esta travesía, de hecho, nadie sabe que yo...

—Sí, Marcos, nadie lo sabe excepto Stephanie.

Los dos sonreímos por la complicidad compartida con Stephanie y, pues nada, gracias, Stephanie, me tomaré un par de tragos a tu salud.

El camino hacia Sallanches en el Land Rover se me hace eterno, hasta el punto de que dormito en un par de ocasiones; estoy cansado. Definitivamente, el coronel Di Alphonse tenía razón, tal vez seguir ahí en la casa no tenía sentido y lo más seguro es que no hubiese avanzado nada, y mi tiempo es corto. Debo meterme en la mente del viejo Vegner si quiero entender de qué se trata todo esto.

Di Alphonse es un tipo en apariencia rudo, de unos sesenta años tal vez o más, con las arrugas faciales típicas de un hombre que lo ha vivido todo con rigor, robusto, un poco más alto que yo, pero con una ligera inclinación en su espalda que asumo que es debida a los años. Su rostro se ve marcado por el dolor, sus ojos verdes intensos dejan ver esas marcas de la vida y cabello ya no hay.

—Marcos. —Mi nombre se refleja con una mirada de Di Alphonse en el retrovisor—. En este sector de intersección, si sigues la ruta de la derecha, llegas a territorio suizo, y si sigues esta ruta por la que venimos hacia el sur, llegas a territorio italiano.

»Si tienes la oportunidad en algún momento de tu vida, te recomiendo que hagas ambas rutas, los paisajes alpinos son espectaculares. Procura hacerlo, ya sea en primavera o en verano, para que te deleites con tu novia o esposa, es decir, no hagas este viaje solo.

»Las vías están señalizadas y a lo largo de ambas rutas podrás encontrar toda suerte de sitios espectaculares para estar. Mira hacia tu izquierda, ahí está, el majestuoso Mont Blanc. Venga, detengámonos un momento.

Di Alphonse reduce progresivamente la velocidad del Land Rover, aprieta el botón de las luces de aparcamiento y se dirige lentamente hacia la berma, en la cual sobresale una baranda de contención que limita el espacio hacia un precipicio.

Los gendarmes que nos acompañan se miran unos a otros en ritual de desaprobación por la acción de Di Alphonse. Uno de ellos, el que está a mi lado, se pone las manos en la cabeza haciendo un gesto de negación que es imposible ocultarlo, por más de que lo intente.

Di Alphonse abre la puerta y una brisa fría e intensa nos golpea el rostro y renueva el pesado ambiente del interior del Land Rover.

El gendarme que va en el puesto del copiloto hace un gesto repetido con sus dos manos arrastrando su barbilla y transfigurando su cara a espaldas de Di Alphonse. Los demás gendarmes se ríen. Di Alphonse voltea la mirada y el gendarme en el puesto de copiloto disimula torpemente su gesto. Di Alphonse le devuelve el gesto, pero con una sonrisa.

Los demás gendarmes, en el puesto de atrás, se incorporan y me permiten salir del Land Rover. Los tres bajan y se unen en aquelarre en torno a un cigarrillo.

Me acerco a Di Alphonse con respeto a la vez que contemplo sacramentalmente la majestuosidad de los Alpes.

—Déjalos, son apenas unos críos que han vivido todo el tiempo en este lugar y para ellos esta majestuosidad no es tal. Yo no me canso de apreciarlo y sorprenderme con tanto, aunque me entristece saber que le hemos hecho tanto daño.

»El glaciar se ha venido encogiendo en los últimos años, pero bueno, a mi edad y considerando el tiempo que me queda, podré disfrutarlo así, como lo ves ahora: magnífico.

»A veces vengo a este punto en las noches de verano. Particularmente, me complace observar el momento del ocaso. Es impresionante ver el contraste de la vida en esa transición y la forma en que lentamente empieza a regir la majestuosidad infinita del universo. Esa es la imagen con la que quiero que termine mi existencia.

»Ya está haciendo metástasis y, en el transcurso de los próximos meses, el dolor será tan insoportable que no sé si alcanzaré a ver esta magnífica obra el próximo verano.

—No sé qué decirle, coronel.

—Tranquilo, Marcos, no estoy esperando que me digas algo, solamente disfruta plenamente de este momento en el cual tus decisiones te han puesto.

Permanecemos contemplando el paisaje por un tiempo mientras el ocaso repunta.

Sofi, tu presencia en mí es como la luminiscencia de las estrellas en el firmamento diurno: siempre estás ahí, aunque no pueda verte ni siquiera en la distancia.

La nostalgia me embarga por unos instantes y viene acompañada por una tristeza profunda por saber en mi interior que nunca volveríamos a ser los mismos, que tus sueños y los míos jamás se volverían a cruzar en este instante del tiempo que es nuestra vida. Que jamás volveré a escuchar tu hermosa sonrisa y que jamás se cumplirá nuestro deseo de envejecer juntos.

Uno de los gendarmes, en un acto de imprudencia absoluta, hace sonar el pito del Land Rover, poniéndome *ipso facto* en estado de obnubilación. Solo se escuchan las carcajadas de los gendarmes como cortinas musicales conspicuas ante nuestra reacción.

—Vamos, Marcos, que a estos críos lo único que les interesa es llegar lo más pronto posible para olvidarse de que forman parte de la policía y hundirse entre los azares mundanos que pululan en estos días en Sallanches.

Asiento con resignación ante la invitación del coronel Di Alphonse y lo sigo pausadamente en su ritmo terrenal, que se sincroniza con el ocaso.

Me alejo con decisión de este momento sublime al sentir que, al igual que el ocaso oculta lentamente la majestuosidad del paisaje, se me desvanece exponencialmente mi felicidad compartida con Sofi todos estos años. Es un momento de impotencia, es un momento de lejanía, una mezcla de sentimientos contradictorios que incrementan mi ansiedad y prácticamente me inhabilitan.

Entro al Land Rover como queriendo resguardarme, sin éxito, de mis emociones. Pesan, pesan mucho, me aplastan, me cuestionan, me flagelan. Estaría en este momento contigo, Sofi, disponiéndonos a cenar, disponiéndonos a compartir nuestro día, a discutir por esas estupideces que nos hacían reírnos del resto del mundo. Nuestro mundo único e infinito. ¿Por qué, Sofi? ¿Por qué decidimos olvidarnos? ¿Por qué no nos permitimos un momento de sensatez si teníamos la certeza de que todo podría seguir funcionándonos? ¿De qué se trata todo esto? ¿Para qué demonios nos amamos tanto, entonces?

Llegamos al Auberge de l'Orangerie por la Autoroute Blanche a eso de las nueve y media de la noche cuando ya había oscurecido. Los gendarmes tomaron cada uno su camino no sin antes recibir las instrucciones del coronel Di Alphonse con respecto a la hora de reencuentro al día siguiente y a dejar listo el Land Rover para nuestro viaje de retorno a la casa del viejo Vegner.

—Mañana por la mañana compraremos algunas provisiones para estos días, porque la intención es quedarnos allí.

—¿Me va a acompañar todos estos días, coronel? Considero que no es necesario.

—Por supuesto, Marcos, que es necesario. No quiero que haya otro muerto en esa casa.

—No es para tanto, coronel. Pero bueno, muchas gracias. Permítame que haga una llamada a Holanda —le digo, para luego marcar un número en el teléfono—. Sí, ¿hola?

—¿Marcos?

—Hola, Verónica, discúlpame por llamarte tan tarde. ¿Qué escuchas? *¿Radio Verónica?*

—No te entiendo la pregunta.

—Ja, ja, ja, ja, ja. *Radio Verónica* es una emisora famosa en Holanda, ja, ja, ja, ja, ja. ¿No la has sintonizado, Verónica? Ja, ja, ja, ja, ja. Bromeábamos Stephanie y yo a tus espaldas cuando apenas llegaste esa vez a la oficina, ja, ja, ja, ja, ja.

—*¡Stronzo!* Marcos, eres es un tonto, un idiota. ¿Para eso me llamas a esta hora?

—*Take it easy, girl...* El viaje fue un poco complejo por todas las escalas que tuve que hacer para llegar. Estoy en el Auberge de l'Orangerie, cerca de Sallanches. No sé en qué momento lo hizo, pero te cuento: resulta que Stephanie organizó acompañamiento con la policía local. Mañana regresamos a la casa del viejo Vegner y la idea es quedarnos allí el coronel Di Alphonse y yo esta semana. ¿Cómo están las cosas en Twente?

—Bien, Marcos, gracias por preguntar. Por ahora, nada extraordinario. Aquí, tratando de acoplarme y hacerme con los asuntos de Stephanie. Afortunadamente, todavía no se ha ido del todo.

—Verónica, hazme un favor. Antes de viajar, le solicité a Martjin, el chico de sistemas, que me ayudara con un archivo de vídeo. ¿Podrías preguntarle si logró descomprimirlo? Si es así, dile, por favor, que me lo envíe a mi correo electrónico por la mañana, ya que me gustaría revisarlo antes de irme hacia la casa del viejo Vegner.

—Okey, Marcos, mañana se lo digo a Martjin tan pronto como llegue a la oficina.

—*Grazie,* Verónica. Que descanses, mañana hablamos.

—Gracias, Marcos, igualmente.

Me incorporo en la mesa del restaurante escogida por Di Alphonse con un sinsabor extraño en mi mente. Me siento algo mal, no sé si es por el cansancio del viaje o porque presiento que esto no va a salir bien.

—¿Como te ha ido con tu llamada, Marcos?

—Bien, gracias, coronel. Todo bien en Holanda.

—Marcos, toma estas llaves, te han asignado la habitación 204 en Villa Diane, deja tus cosas allí. Te espero aquí, en el restaurante L'Orangerie, para que conversemos, comamos y nos tomemos unos tragos.

—Okey, coronel, gracias.

Me retiro y me dirijo hacia la habitación asignada. La habitación es cómoda, caliente y silenciosa, tiene un ventanal que comunica con un balcón sencillo que asumo que permite observar, en el fondo, los majestuosos Alpes y del cual espero que tenga el correspondiente *black out* para dormir tranquilo.

En la orilla del marco del ventanal veo un accesorio que resuena. Este tiene en elemento corredizo que, al moverlo hacia arriba y hacia abajo, genera múltiples sonidos suaves como de conservatorio. La cama es *king size (really nice),* enmarcada con un par de mesitas de noche con sendas lámparas, un tanto góticas a mi parecer. Las paredes son blancas rematadas en madera, no hay cuadros ni otros accesorios.

El suelo también es en madera, un escritorio sencillo, un buen televisor y un minibar... Déjame ver... ¡Uy!, artículos disponibles un tanto costosos, pero bueno, vale la pena. Perfecto, servicio wifi... Déjame ver... Okey, aquí esta, nombre usuario y clave. Bueno, vamos a ver el baño... Caramba, qué agradable, muy buenos acabados, ja, ja, ja, ja, ja, se parece a los de los apartamentos que compartía con Sofi en Barcelona, ja, ja, ja, ja, ja. Argh, Sofi, Sofi, Sofi... Cero respuestas, cero *feedback*. ¿Qué ha pasado contigo, Sofi? ¿Que nos ha pasado, Sofi? En fin, no puedo hacer nada.

Ubico mi portátil en el escritorio, lo enciendo, ingreso mi clave y, helo ahí, lo primero que veo en mi bandeja de entrada es un mensaje de Martjin enviado hoy a las seis de la tarde en cuyo cuerpo de correo dice: *«I got it, my friend».* ¿Con qué me voy a encontrar?

Me dispongo a abrir el archivo cuando suena un golpeteo en la puerta de la habitación. Cojo mi arma y me dirijo hacia esta y observo a través del visor. Al otro lado está de pie una mujer blanca, rubia, ligeramente de menor estatura que yo y que no viste el uniforme del hotel.

—Señor Gandara, buenas noches, traigo unas sábanas adicionales. ¿Me abre, por favor?

Dudo un poco. Después de todo este tiempo, aún sigo paranoico por el tema de Barcelona.

—Ya tengo suficientes —le respondo amable y suavemente.

—Señor Gandara, no quiero molestarle, pero esta noche se espera un frente frío en la zona y estamos repartiendo a nuestros huéspedes un par de sábanas adicional para que puedan dormir cómodos. Es nuestro servicio.

Todavía apuntando mi arma en la puerta en dirección a ella, le respondo que así estoy bien y le doy las gracias. Alcanzo a verla retirándose pausadamente con decepción. Mi ansiedad se calma hasta que suena el teléfono de la habitación. Joder, ahora qué... Descuelgo el auricular.

—Señor Gandara, disculpe, le habla Nicolle, de recepción.

—Sí, Nicolle, dime.

—Le llamo para presentarle mis disculpas por el inconveniente que acaba de ocurrir con mi compañera y particularmente porque no tenía el uniforme puesto. Ella ya ha terminado su turno y le pedí el favor antes de irse de que le entregara dos sábanas adicionales, ya que nos acabamos de enterar de que esta noche se espera un frente frío y la habitación que tiene asignada es la que está más expuesta y no me gustaría que se presentara algún tipo de inconveniente durante su estadía. Sé que es una sola noche, pero nuestra intención es que nuestros huéspedes se lleven la mejor opinión de nuestro servicio.

—Okey, Nicolle, no hay problema. Gracias por informarme, y dile a tu compañera que la espero.

Como si fuera un *déjà vu,* un momento después vuelve a sonar el golpeteo en la puerta de la habitación al mismo ritmo anterior.

Con la guardia baja después de la conversación con Nicolle, dejo mi arma encima del escritorio, me dispongo a abrir la puerta y, tan pronto como se libera el pestillo, siento un empujón que me hace perder el equilibrio. Trato de incorporarme retrocediendo con torpeza, pero mi esfuerzo es en vano y caigo sentado estrepitosamente al mismo tiempo que veo cómo esa hermosa mujer cierra la puerta de la habitación con una pasividad casi extravagante.

—¿Qué diablos está pasando? —replico con furia, intentando acercarme al escritorio para coger mi arma.

—Tranquilo, señor Gandara, no se moleste, por favor, y no intente ningún movimiento que le pueda costar la vida. Llevo esperándolo todo este tiempo, o mejor, llevo esperando a alguien como usted en compañía de Di Alphonse todo este tiempo.

Sus palabras en un tono de voz celestial y su delicioso aroma me dejan estupefacto, al igual que la simetría de sus formas que tímida y ligeramente se asoman a través de su gabán blanco de cuello alto, al mismo tiempo que evidencio que me apunta con una pequeña arma plateada que sostiene en su delicada mano izquierda, perfectamente femenina.

—Soy Hanna Strauss, hija de la forense de Sallanches y del capitán Vegner.

—¿Qué estás diciendo? ¿Hanna Strauss, hija del capitán Vegner y... de la forense de Sallanches? —balbuceo tratando de articular en mi mente lo que acabo de escuchar—. No es posible, no es cierto, el capitán Vegner no tenía hijos. ¿Cómo me demuestras que lo que me estás diciendo es verdad? —replico con vehemencia—. ¿Y por qué demonios entras así y me apuntas con un arma? ¿No consideraste que yo habría podido reaccionar de otra manera y en este momento podrías ser tú la que probablemente estuviera en una situación tan incómoda y amenazante como en la que me acabas de poner? ¿No consideraste otra forma más sutil de abordarme, por ejemplo?

—Por supuesto, señor Gandara. El resultado tenía que ser el mismo, y aquí estoy hablando enfrente suyo, simplemente jugué mis cartas y listo. Tenía la certeza de que un hombre como usted no sería capaz de hacerme daño. Eso lo aprendí de mi madre, y, antes de que me preguntes, sí, mi madre no sabe de esto, ella murió tres meses después de la muerte de mi padre, al cual ella tuvo la penosa labor de hacerle la necropsia... con mi asistencia.

—¿Qué estás diciendo, mujer?

—Sí, señor Gandara. Tranquilo, incorpórese, póngase de pie y acomódese en esta silla. Tranquilícese, que estoy siendo sincera, le estoy diciendo la verdad. Cuando Di Alphonse solicitó la reserva, yo estaba de turno. Por supuesto, él me conoce desde que yo era una niña, pero ni Di Alphonse ni nadie aquí sabe que yo soy hija del capitán Vegner. Ni siquiera el mismo capitán lo supo, aunque tuvo sus dudas y en muchas oportunidades compartimos momentos juntos, incluso con su esposa. Ni siquiera yo lo sabía hasta el día en que mi madre y yo acompañamos el levantamiento del cadáver e hicimos su necropsia. Y así debe permanecer por la memoria de mis padres, por lo tanto, ni una sola palabra a Di Alphonse al respecto.

Ya sentado y cómodo en la silla, empiezo a articular un poco mejor la cantidad de información que ha esputado esta mujer con heterocromía iridium en menos de treinta segundos. Todavía no me creo esta historia fantástica, y no sé si me la pueda creer.

Antes de que yo pueda decir algo, saca del bolsillo de su gabán una fotografía en blanco y negro en donde se ven cinco personas: cuatro adultos y una niña, tal vez en su adolescencia.

La observo con detenimiento y en ella reconozco, por sus facciones, a Di Alphonse, y al capitán Vegner, por las fotografías que están debajo de la escalera de su casa y por el registro que recuerdo de los archivos que estuve revisando desde que llegué a Holanda. Una mujer caucásica alta, que asumo que es la forense, abraza con complicidad a la niña, y reconozco por último a Stephanie. Dios santo, ¿qué es esto? ¿Stephanie?

—No lo puedo creer —le digo.

—De hecho, la fotografía la tomó la esposa del capitán Vegner. En ese momento yo tenía dieciséis años, ahora tengo veintiséis. Mi madre me contó la historia con el capitán Vegner entre sollozos durante su necropsia. Patético, ¿verdad?, que te enteres de que la persona que tienes enfrente, desnuda, extendida en loza fría metálica y a cuya necropsia estás asistiendo es tu padre. Es patético, ¿verdad?

La sátira invade mi mente, pero por respeto solo me atrevo a decir:

—Lo siento mucho, mujer.

No sé qué más decirte, pero aún no me convences de tu parentesco con el capitán Vegner. Solo conocí al capitán por fotografías del registro en la oficina en Twente y, aunque afortunadamente reconozco a Stephanie y a Di Alphonse, la diferencia en la apariencia física de la niña que se observa en la fotografía con la mujer que estoy observando aquí, en este momento, es abismal. Esto es una locura.

Realmente, tendrás que esforzarte más para convencerme, y más existiendo otras formas de abordarme menos agresivas para contarme esto. Empiezo a percibir tu incomodidad y no me gusta, además, que me sigas apuntando con esa arma. Tu historia es realmente asombrosa, no sé qué intención tienes, no sé ni me atrevo a especular sobre la razón real por la que estás aquí. Insisto, apuntándome aún con un arma, ni quiero argumentar al respecto. Ríete todo lo que quieras, admito y acepto mi posición en este momento, solo espero que hagas tu próximo movimiento.

De repente, veo que, entre las sábanas que aún sostiene en su mano derecha, hay algo que parece ser una carpeta con documentos. Me sigue con la mirada.

—Sí, señor Gandara. Lo único que me importa es que se resuelva el caso de la muerte de mi padre. Aunque por desconocimiento mutuo no pudimos disfrutarnos, le agradezco a mi madre todos los momentos maravillosos que me permitió compartir con él y en su presencia. Porque siempre estuvo presente.

O es una gran actriz o está diciendo la verdad. A veces siento que me he vuelto inhumano, que he perdido la empatía. La veo llorar. Observo cómo su arrogancia se va desvaneciendo al mismo tiempo que deja caer el arma, que resulta ser de juguete, y su hermosura se desploma de rodillas con la carpeta en sus manos, en cuya portada alcanzo a leer: «*Autopsie du capitane Vegner. Mars 2010*».

—Todo esto es un poco extraño para mí, Hanna. ¿Qué tienes ahí? ¿Qué información tienes para mí y que dices que has guardado todo este tiempo?

Hanna extiende su mano hacia mí con la carpeta como implorándome certeza y tranquilidad.

—Señor Gandara, es la información completa de la autopsia de mi padre y algunos documentos que encontramos en casa cuando fuimos a hacer el levantamiento del cadáver.

—No lo entiendo, Hanna, ¿por qué esta información no fue remitida completa a las oficinas en Twente? ¿Por qué no le entregaste esta información a Stephanie o a Di Alphonse? ¿Por qué esperar tanto tiempo para esto? Y deja de llamarme señor Gandara, que me haces sentir más viejo de lo soy.

—Señor Gandara, perdón, Marcos. Cuando se hizo el levantamiento del cadáver de mi padre, mi madre encontró ocultos en uno de los cajones de la cocina de la casa unos documentos que, al parecer, mi padre había estado revisando de un caso que él había cerrado. En varias oportunidades, él estuvo en Sallanches y, según mi madre, le manifestó ciertas inquietudes sobre un caso que no pudo resolver en Holanda. Estuvieron discutiendo algunos detalles a partir de unas copias de unas fotografías, esas que ves ahí, de la herida en el cráneo que presentaba un tal Maikel De Jaager.

»Además, mi madre tuvo muchas dudas sobre la causa de la muerte de mi padre. En el reporte forense oficial que se remitió a Holanda, mi madre concluyó, aunque no muy convencida, que la causa de la muerte de mi padre fue un ataque cardiaco fulminante. No obstante, como te comenté, no estuvo convencida de esto y envió unas muestras de tejido y fluidos a un laboratorio en Alemania. Según el resultado, que puedes ver ahí también, los análisis cromatográficos mostraron trazas en la sangre de una sustancia química llamada N-acetil-glucosamina que usualmente es producto de una reacción metabólica con una probabilidad del cincuenta y cinco por ciento de que haya sido provocada por la inoculación o ingesta continuada o recurrente de un elemento de alta toxicidad que se asocia con la ricina.

»Teniendo en cuenta que, cuando los gitanos eslovacos avisaron a la policía de Sallanches, el cuerpo de mi padre mostraba ya algunos signos de descomposición a pesar de las bajas temperaturas en el lugar, se estimó por parte de mi madre que la muerte de mi padre se había dado entre ocho y doce días antes del hallazgo.

»Di Alphonse acompañó todo el procedimiento, no obstante, mi madre no le comentó lo que la inquietaba y simplemente se guardó para sí el análisis completo que hizo. Mi madre no confiaba plenamente en Di Alphonse por algunas rencillas del pasado y me hizo jurarle que solo cuando yo estimara que fuese el momento de revelar la información a la persona adecuada lo haría. Yo tampoco confío en él, y me reservo para mí las razones.

—Aún no entiendo todo este enredo. ¿Por qué tu madre no envió el reporte completo a Holanda si era su deber? ¿Por qué no lo compartió con Stephanie por lo menos? Hay muchas cosas sueltas que no alcanzo a articular.

—Pues, Stephanie...

La conversación se interrumpe al sonar el timbre del teléfono de la habitación. Extiendo mi mano hacia el escritorio en donde este se encuentra y levanto el auricular. Al otro lado de la línea está Di Alphonse, quien, algo impaciente y con un tono de preocupación, me pregunta si estoy bien y si pretendo bajar para cenar. Hanna me hace gestos mudos de complicidad que inmediatamente comprendo. Le digo a Di Alphonse que me dé cinco minutos más para bajar y encontrarnos en el restaurante. Cuelgo el teléfono y Hanna suspira de alivio, llevándose su mano derecha a su hermoso rostro. Poso mis manos sobre sus hombros.

—Hanna, tengo que bajar a encontrarme con Di Alphonse. Creo todo lo que me has dicho y te voy a pedir un favor por tu propia seguridad: mantente alejada de todo esto, confía en mí, que tengo la intención de resolver este caso. Continúa con la vida que llevas aquí en Sallanches. Así como has esperado todo este tiempo en silencio, mantente igual, que yo te buscaré cuando sea el momento.

»Te agradezco que te hayas arriesgado a confiar en un desconocido como yo, no obstante, no me ha agradado para nada la forma en que me has abordado. Me has puesto en una situación realmente incómoda y me hubiese gustado haberte conocido de una forma diferente, bajo otras circunstancias y en otro momento de mi vida. Vete para tu casa, y reitero: sigue tu vida normal, como la has llevado hasta el momento. Yo te buscaré cuando corresponda.

Hanna me abraza fuertemente y me deja marcado un beso ligero en la comisura de mis labios. Sin expresar palabra alguna, recoge las sábanas del suelo y se dirige hacia la puerta. La abre con desazón, como si fuera la primera y única vez que interactuaremos.

—Oye —le digo—, déjame las sábanas, que a eso es a lo que has venido.

Hanna se da la vuelta con una ligera sonrisa.

—Marcos, toma, quédate con esta fotografía. Cuídala y devuélvemela cuando nos volvamos a encontrar.

Hanna sale de la habitación con decisión, dejándome inmerso en una estela de dulzura e incertidumbre.

Son las diez y media de la noche, ya ha pasado casi una hora desde que llegamos al hotel. Miro hacia el escritorio y dejo la carpeta al lado del portátil, que aún mantiene la pantalla encendida con la ventana abierta para poner en marcha el vídeo desencriptado por Martjin.

La ansiedad regresa. Dubitativo y con temor, presiono el botón *play* y empieza a correr el vídeo, el cual observo que tiene una duración de treinta minutos exactos. Me abstraigo por cinco segundos. De repente, suena nuevamente el teléfono de la habitación, contesto con inquietud sin dejar de observar el vídeo.

—¿Hola?

—Señor Gandara, soy Nicolle nuevamente. Quería preguntarle si todo está bien y si ha recibido las sábanas adicionales que le han sido enviadas. Además, aquí tengo al coronel Di Alphonse un poco inquieto por su tardanza en bajar.

Sin escuchar lo que está diciendo Nicolle ni responderle, cuelgo lentamente el teléfono sin desviar mi mirada de la pantalla del portátil.

Mi corazón empieza a palpitar a un ritmo errático, me siento mareado, todo se desploma en mi interior. Siento cómo mi alma empieza a resquebrajarse y cómo sus pedazos punzantes se incrustan en mi piel. Percibo cómo sube drásticamente la temperatura en mi cabeza y se tensionan implacablemente mis músculos. Una sensación de impotencia mezclada con ira enmarcada en la ignorancia inunda mis pulmones, que los siento casi colapsarse. Mi respiración se agita y las lágrimas empiezan a marcar mis mejillas.

No puedo creer lo que estoy viendo en ese vídeo de seguridad del aparcamiento de El Prat. Es Sofía de regreso a Barcelona, pero no está sola y no soy yo al que está abrazada y con quien se besa antes de subir al coche. Reacciona, Marcos, reacciona, la has perdido, pero ¿tan pronto la perdí? ¿Hace cuánto que te perdí, mi Sofi? ¿Por qué no fuiste sincera y honesta en tus sentimientos hacia mí? Jamás te fui infiel, Sofía, jamás, ¿por qué tú sí que tuviste el valor para hacerlo? Estoy seguro de que esto no es de ahora, me conoces tan bien que premeditaste todo, ya lo tenías todo listo, ya sabías que no me iba a ir contigo a Tenerife. ¿Hace cuánto que tenías planeado esto? No lo vi venir.

Tantas preguntas generan un cortocircuito en mi cerebro, no estoy siendo racional. La fecha del vídeo te pone en Barcelona nuevamente dos días después de que yo me fuera a Holanda, por lo tanto, la reserva del hotel en Tenerife que me entregó Doc fue tu plan de escape con él, pero ¿quién es él? Cojo mi arma y empiezo a juguetear inconscientemente con ella.

Con ansiedad e ira, retrocedo y adelanto el vídeo una y otra vez para intentar ver claramente el rostro del hombre que está con mi Sofi.

Hacia el final de vídeo, en la cámara del retén del *parking* por fin tengo una visual completa de su rostro en el puesto de copiloto: es Esteban Ballaguer, excompañero nuestro de universidad y docente ahora también. Con razón en esta oportunidad no has querido partir conmigo y hacer vida en Holanda. ¿Hace cuánto que estas con él, Sofi? ¿En qué momento dejaste de sentir admiración por mí? ¿En qué momento dejaste de amarme? ¿En qué momento dejé de gustarte? ¿Qué cojones hice o dejé de hacer para que tomaras la decisión de engañarme de esta forma tan absurda? ¿Por qué mierdas escribiste lo que escribiste en tu ordenador y lo dejaste encendido para que yo lo viera? ¿Por qué tanta crueldad, Sofi?

Me cuestiono una y otra vez debatiéndome entre la ira, la tristeza y la desolación. Siento muchísima rabia al darme cuenta de que ni siquiera soy tan buen investigador como pensaba al no darme cuenta ni leer las señales de la traición en Sofía. Siento tristeza como hombre, como ser humano, al no entender ni mucho menos tener las respuestas para recapitular mi existencia con Sofía y en qué momento se convirtió nuestra vida juntos en una farsa. Siento desolación y angustia al saber que, definitivamente, la he perdido.

Lo único que quiero es terminar mi existencia aquí mismo, inmediatamente. Mi arma está cargada, lo único que tengo que hacer es apretar el gatillo y listo. Me siento miserable, me siento poco hombre. La traición duele demasiado, es un sentimiento demasiado incómodo, es todavía más insoportable sentirlo en contradicción al amor tan grande e intenso que aún siento por Sofía y a la esperanza marchita de regresar a buscarla.

Cojo el teléfono satelital y marco el número de Sofía. Obviamente, no contesta. Marco otra vez..., se va al buzón de voz. Maldita sea, Sofía, ¿por qué me has hecho esto? Me golpeo una y otra vez la cabeza contra la pared de la habitación. Apunto con mi arma a mi cabeza. Sé que está cargada y lista para disparar. Sonrío de angustia, de temor, y me asusto ante la disposición y convicción que tengo en este momento de acabar con mi vida, ya, aquí.

¿De qué sirve? ¿Para qué matarme así? ¿Te gustaría, muerte, tenerme en tus manos? ¿Te gustaría, muerte, acogerme en tu seno? Suena el teléfono de la habitación. No contesto. Suena de nuevo. Me doy cuenta de que ya han pasado veinte minutos desde que Hanna se ha ido de la habitación. Este tiempo me ha parecido una eternidad, ahogándome en estos sentimientos contradictorios.

Emergen en mi mente los momentos felices que compartimos juntos y la ansiedad de dejar de existir. La impotencia de sentirme estúpido, incapaz, débil..., y a un solo movimiento de mi dedo índice derecho para acabar conmigo mismo. El teléfono sigue sonando, descargo mi arma y contesto con indecisión; esta vez es Di Alphonse nuevamente, pero lo escucho ya con un tono menos amable.

—Marcos, ¿vas a bajar al restaurante?

Secándome las lágrimas y disimulando mis sollozos, le respondo a Di Alphonse, aclarando mi voz:

—Coronel, ya bajo.

—Okey, Marcos, ¿estás bien?

—Sí, coronel, no pasa nada. Todo está perfecto. Gracias.

4. Omnipresencia

—Hola, Marcos, por fin has bajado. Estoy que pierdo la consciencia por la falta de alimentos a la que me tienes sometido, ja, ja, ja, ja, ja. Ven, siéntate. ¿Realmente estás bien? Estás muy pálido, muchacho, y tu semblante no es el mismo. ¿No te ha gustado la habitación que te hemos reservado? Si quieres, inmediatamente hacemos cambio. Nicolle, ven, por favor.

—No, coronel, no es necesario.

El coronel hace un gesto a Nicolle para hacerle entender que puede continuar con lo que está haciendo, que asumo que tiene que ver con la cena. Le hago saber a Di Alphonse que todo está perfecto.

—Coronel, estoy bien en la habitación, no hay inconveniente alguno. Me parece algo *fancy*, pero está muy bien y es muy cómoda y cálida, de hecho, me llamó la atención ese accesorio con el que rematan las puertas de los ventanales. ¿Sabe a qué me refiero, coronel?

—Por supuesto, Marcos, eso solamente lo vas a ver aquí, en este hotel.

—¿Por qué lo dice, coronel?

—Marcos, ese accesorio, como tú lo llamas, aquí se conoce como FF: *fenêtre flûte*. La historia se remonta a 1985, cuando un ingeniero inglés de apellido Fleming, familiar lejano de los antiguos dueños de este sitio, visitó en su tránsito hacia Italia, con su esposa y su hijo de ocho meses, esta zona donde se encuentra ahora el nuevo hotel, que antes era un sencillo hospedaje administrado por sus familiares. Es un invento genial que ojalá se pueda perfeccionar y popularizar. De verdad considero que es una gran idea, funcional y, sobre todo, sencilla.

»No sé por qué los nuevos dueños no le han dado la relevancia que creo que amerita. En fin, no sé si alcanzaste a percibir que realmente es una flauta que, a través de los pequeños agujeros con los que cuenta y cuyo diámetro se puede variar, permite el paso controlado del viento alpino.

—Exacto, coronel, me di cuenta, por supuesto, y pude percibir diversas notas musicales.

—Como te estaba comentando, la historia de la flauta se remonta a ese tiempo. Resulta que el hijo de Fleming, durante los tres primeros días de estadía en el hospedaje, no podía conciliar el sueño por las noches. Los esposos Fleming estaban desesperados y casi no dormían, ni tampoco los demás huéspedes, por supuesto. En los siguientes días de estadía, prácticamente pasaron por todas las habitaciones del hospedaje y el bebé fue atendido por los dos médicos disponibles en el área.

»El niño no paraba de llorar día y noche. Solo se calmaba al momento de recibir alimento del pecho de su madre, que con desconsuelo lo arrullaba en su seno. El ingeniero Fleming observó que el arrullo de su esposa tenía un efecto positivo en el comportamiento extraño de su hijo y empezó a correlacionar sus observaciones durante los días siguientes, ya que dicho arrullo en el momento de amamantarlo era realmente efectivo solo cuando los ventanales de la habitación estaban abiertos. Por razones obvias, no era posible mantener así los ventanales durante las noches, así que fue el momento en que Fleming empezó a experimentar.

»¿Has notado que, aun cuando los ventanales se encuentran cerrados, en una habitación en donde el viento golpea con fuerza se generan unos sonidos que son causados por los intersticios entre las puertas del ventanal y los marcos en que este se encuentra empotrado?

—Por supuesto, coronel. Ese aullar del viento es realmente incómodo en algunos casos.

—Pues bien, Marcos, Fleming empezó experimentar con el comportamiento de su hijo variando la apertura de los ventanales. Inicialmente, instaló campanillas del viento en la parte exterior de la habitación, pero no eran efectivas si se dejaban completamente cerrados los ventanales. Fue ahí cuando Fleming dedujo que el «aullar del viento», como tú perfectamente lo defines, era la causa de la inquietud nocturna de su hijo. Y uno hace lo que sea por alcanzar el bienestar de sus hijos.

»A la mañana siguiente del día en que logró identificar la causa, Fleming tomó las medidas de la puerta móvil del ventanal, elaboró unos planos detallados y se dirigió hacia un aserradero de las afueras de Sallanches. Por la tarde, regresó con la primera versión de la flauta, la instaló y ya conoces el resultado actual. El aullar del viento se transformó en las noches siguientes en notas dulces y tranquilizantes, logrando así la conciliación del sueño de su hijo.

»La familia Fleming, que pretendía solo estar un par de días de tránsito en el área, permaneció hospedada durante casi diez días. Desafortunadamente, la familia al completo pereció en un accidente automovilístico absurdo cuando llegaban a Marlioz-l'Abbaye, en la Autoroute Blanche. Según cuentan, fue un accidente tonto causado tal vez por el cansancio del ingeniero Fleming y su obsesión de los días anteriores por encontrar solución a la inquietud nocturna de su amado hijo. Los planos originales de la flauta aún permanecen aquí, en el hotel, bajo la custodia de los nuevos dueños, los cuales han perfeccionado el artilugio y lo han instalado en cada una de las habitaciones de Ville Diane. Diane era el nombre de la esposa del ingeniero Fleming.

—Aunque con triste final, excelente historia, coronel.

—Sí, Marcos, lo que debe ser toda la vida resumida en no más que diez días de estadía en un lugar alejado del hogar.

—¿A qué se refiere, coronel?

—Sí, Marcos, menos de diez días fueron suficientes para trascender. De eso se trata la vida, de eso se trata vivir. Trascender en los que nos rodean. Enseñar, resolver, no pasar desapercibido en esta oportunidad única, y estoy seguro de que es una oportunidad única universal.

Nicolle se acerca. Nuestra conversación se interrumpe.

—Señores, la cena está servida. Por favor, pasen a la mesa. Para el señor Gandara, pollo al vino, y para el señor Di Alphonse, la sopa de cebolla que tanto le gusta. Me tomé el atrevimiento de traerles a la mesa este vino tinto que nos trajo un huésped regular de Chile hace algunos meses, es un Carmenere. ¿Les gustaría catarlo?

No lo puedo creer... Sofía, joder. ¿Esto es un chiste o qué? Hay momentos en que me visualizo como una marioneta del

Gran Arquitecto, que se burla de mí y me empuja cada vez más hacia el abismo de estados mentales emocionales innecesarios, desde mi perspectiva.

—Nicolle, no hay problema —le respondo—, esa cepa la conozco muy bien. Muchas gracias.

Nicolle descorcha con solemnidad la botella de vino Carmen Carmenere y vuelven a mi mente los momentos de celebración de lo que supuestamente fue el octavo aniversario juntos.

La chica empieza a servir el vino en las copas y siento como si me desangrara en sincronía con el vertimiento del contenido de la botella. Mi sangre está pasando de un recipiente conocido a uno desconocido en una transición involuntaria provocada por alguien ajeno a los dos. Sofía, maldita sea... Me siento desvanecer nuevamente.

—Marcos, ¿estás bien? Estás muy pálido y parece que te hubieses disuelto en el vino —replica nuevamente Di Alphonse con preocupación, a lo que le respondo con sarcasmo:

—Por supuesto que estoy muy bien, coronel, excelente, solo que me he quedado atónito ante la delicadeza y perfección con que Nicolle vierte el vino en mi copa. ¿Eres acaso enóloga?

Desvío la atención de Di Alphonse hacia Nicolle. Nicolle se sonroja y solo atina a decir que sus padres han sido toda la vida trabajadores en un viñedo francés a las afueras de Sallanches y que su intención es la de ofrecernos el mejor servicio, ya que los vinos deben tratarse con tal sutileza que su estructura no se vea muy afectada por el «momento del alumbramiento».

Me quedo de una sola pieza al escuchar la descripción magnífica que hace Nicolle del ritual de servir el vino. Es fantástico imaginarse que la botella de vino «da a luz» al momento de servirlo.

—Maravilloso, Nicolle. —Me levanto de la silla—. Permíteme darte un abrazo.

Sin saber que un abrazo es lo único que necesito realmente en este momento, Nicolle retrocede mirándome con extrañeza y, al mismo tiempo que sostiene la botella, dirige su mirada hacia Di Alphonse con desconcierto.

Di Alphonse le hace un gesto de aprobación. Nicolle se despreocupa, pone la botella en la mesa y me permite abrazarla. Empiezo a llorar con desconsuelo. Nicolle arrastra sus manos por mi espalda tratando de consolarme en un gesto de empatía total, aun sin entender qué está sucediendo. Di Alphonse se levanta de la silla y también me abraza. No dejo de llorar. Di Alphonse trata de tranquilizarme y me acompaña hasta mi silla.

Nicolle se retira con preocupación y más desconcertada aún. El personal de servicio que queda a esa hora en el hotel han dejado de hacer sus labores de rutina y se dirigen hacia Nicolle con susurros de inquietud. Nicolle se incorpora nuevamente al *front desk* y se queda mirándonos por unos segundos.

—¿Qué te pasa, Marcos?

—Nada, coronel, nada. No me pasa nada, ya nada me pasa. Interprete este momento como el detonante que necesitaba para reincorporarme a la realidad. Comamos, por favor.

—No te entiendo, Marcos. ¿Estás cansado? ¿Tienes muchas preocupaciones? Tómate tu tiempo de vez en cuando, que no todo es el trabajo, y, como te dije de camino hacia aquí, haz la ruta completa entre Suiza e Italia con tu compañera de vida.

En estos momentos lo que menos quiero escuchar es lo primero que escucho. Insisto, hay situaciones en las que me siento como una de las marionetas del Gran Arquitecto, quien me pone intencionalmente y con burla en escenarios especialmente diseñados para que me aturda aún más en mi existencia.

Miro fijamente a Di Alphonse apretando fuertemente los cubiertos en mis manos. Di Alphonse inmediatamente percibe e interpreta mi dolor interior.

—Lo siento mucho, Marcos. No era mi intención ahondar en tu dolor con mi comentario. Claramente, ya entiendo qué está sucediéndote. Acabas de tener o estás pasando por uno de esos «incidentes emocionales».

»Lo único sensato que te puedo decir en este instante es que, en estados como estos que todos los seres humanos experimentamos en algún momento de nuestro trasegar por la vida, es importante reconocer e identificar la presencia de «reguladores emocionales» o «termostatos emocionales», como suelo llamar a aquellas personas, actos, condiciones, escritos, arte o enfoques que de una forma u otra nos permiten desahogarnos y hacer más llevaderos estos estados hasta la recuperación total en resiliencia.

»No sé exactamente qué tipo de «incidente emocional» estás atravesando, y es tu decisión si quieres compartirlo conmigo, y te digo que no te sientas presionado a hacerlo, aunque asumo de qué tipo es.

»La mayoría de las personas, cuando se enfrentan a la pérdida de un ser amado por condiciones naturales, tienen la certeza de la desesperanza del reencuentro, porque naturalmente no hay forma de lograrlo, ningún esfuerzo es realmente válido. En cambio, cuando la mayoría de los seres humanos nos enfrentamos a la pérdida de un ser amado por las decisiones propias de ese ser amado, lo único que le queda a la contraparte es el lastre esperanzador de la incertidumbre y la expectativa de regresar y de ser recibido para darle continuidad a la sensación de recompensa cuando realmente se ha amado con convicción e intención.

»Hay algunos y algunas que, en estas situaciones, buscan alivio a toda costa, a partir de su inseguridad e inmadurez y a veces intención, en una nueva pareja o en nuevas parejas en la inmediatez. Llenan sórdidamente los vacíos inaceptables de su propia existencia porque claramente saben que también han perdido por sus decisiones, faltándose al respeto a sí mismos y perdiendo claramente el amor propio.

»Existen casos, y muchos, donde la nueva pareja ya está antes de que nos demos por enterados, o, en su defecto, parejas potenciales «listas en demanda», es decir, parejas disponibles, fáciles, sin escrúpulos.

»En fin, continuando con el tema, otros regulan sus emociones con actos viciosos, y otros, en contravía de la propia existencia, como tú sabes, regulan sus emociones mediante actos de violencia contra sí mismos y contra las personas que aman o dicen amar. Esto último ya corresponde a la fase obsesiva-compulsiva de las relaciones.

»A mi entender, la pérdida o el sentimiento de pérdida es el sentimiento más difícil de articular en la mente, particularmente porque es un desprendimiento total de un acople físico y mental, en apariencia gratificante y funcional, que permite estructurar y construir en conjunto cuando la empatía mutua realmente existe o ha existido.

»Surgen cuestionamientos que poco a poco minimizan e inhabilitan socialmente. La autocompasión emerge, y por eso es importante y valioso reconocer y recurrir, en mi experiencia, a un termostato emocional, a aquel que no se sincroniza con tu autocompasión.

»En lo que concierne a las personas como termostatos emocionales, los que son realmente importantes y válidos son aquellos que, de alguna forma, te conocen y no tienen interés alguno o particular en ti. Aquellos que solamente están enfocados en tu bienestar emocional.

»Es difícil, lo sé, pero por lo regular son personas que, aunque tu no las hayas reconocido, siempre están ahí observándote en la lejanía y están dispuestas a atender tu llamada incondicionalmente cuando lo necesites.

»Esas personas tienen un tacto especial para percibir tus depresiones y, de repente, aparecen para ofrecerte soporte. A veces nos engañamos mostrándonos fuertes y pensando que no necesitamos ayuda de nadie... Eso, simplemente, como tal vez bien lo sepas, es un mecanismo de defensa inconsciente, porque sabemos internamente que nos sentimos débiles y conscientemente no lo queremos aceptar debido a que el dolor es muy fuerte. Dejar de estar con la persona que se ama es muy difícil para algunos.

»Marcos, te pregunto: ¿quién es o quién crees tú que es tu regulador emocional? ¿Tienes familia, amigos o compañeros de trabajo que puedas reconocer como termostatos emocionales?

—Ella, Di Alphonse. Ella era mi regulador emocional —le respondo con melancolía y desinterés mientras advierto el último trago de «sangre» remanente en mi copa—. Entiendo perfectamente todo lo que me ha dicho, y se lo agradezco.

Di Alphonse observa cada uno de mis movimientos en la mesa, reconociendo con certeza que todo lo que me ha dicho no ha funcionado para calmar mi dolor y en cambio lo único que ha logrado es hundirme aún más en este sentimiento ya profundo de angustia y depresión.

—¿Sabe a qué huele la incertidumbre, Di Alphonse? —le pregunto con arrogancia.

Di Alphonse se incomoda con mi pregunta y observo cómo trata de encontrar las palabras que me den respuesta.

—Te soy honesto, Marcos, no sé qué responderte.

—¿Ha sentido incertidumbre alguna vez en su maravillosa vida, Di Alphonse? —le pregunto con arrogancia acentuada.

Di Alphonse nota el enrarecimiento del momento y de la conversación. Me mira fijamente a los ojos con intriga y preocupación. Tratando de desarmarme y superar su incomodidad, le hace un gesto a Nicolle para que se acerque a la mesa. Nicolle llega y Di Alphonse le pide otra botella de vino. Nicolle se retira pausadamente.

—Marcos, tranquilo. Tú no me conoces, yo no te conozco, así que tranquilo.

—Estoy tranquilo —le respondo, y formulo una vez más las preguntas hechas y le digo que responda lo primero que se le venga a la cabeza. Que no piense mucho, que solo recuerde un momento de incertidumbre que haya experimentado alguna vez en su vida y lo traduzca en un aroma específico.

—No te sigo, Marcos, y me estás preocupando con tu actitud agresiva y arrogante.

—Di Alphonse, la incertidumbre huele a desgaste, huele a fricción sin lubricación. Es una esencia cálida, toxica y asfixiante que, en lugar de matar tu cerebro fulminantemente, logra activar la sinapsis y reconectar integralmente tu cerebro para promover tu mente a un estado de obsesión imaginativa persistente.

»Una vez que la esencia de la incertidumbre entra en tu sistema, todos tus órganos vitales responden armónicamente a un ritmo que solo temporalmente se desincronizaría, al momento de que puedas corroborar y aceptar que no hiciste lo suficiente para evitar tu culpabilidad.

—Sinceramente, no te entiendo, Marcos. Es la primera vez en mi vida que me enfrento a un cuestionamiento de este tipo. Soy un hombre viejo, Marcos, que ha tratado de vivir plenamente y con enfoque. Honestamente, me aturdes con tus raciocinios, desde mi perspectiva, fuera de contexto.

»Creo que entiendo tu dolor, no eres el único que ha pasado por alguna situación sentimental fuerte y te digo que estar enamorado es la sensación suprema que puede experimentar el ser humano y, por lo tanto, en lugar de interpretar dicha sensación como una debilidad, deberíamos todos los seres humanos interpretarla como una fortaleza, ya que, si lo analizas profundamente, es la razón primera para asegurar nuestra existencia.

—Tranquilo, Di Alphonse, no se preocupe ni se sienta de alguna forma intimidado, que no es mi intención cuestionarle ni generar algún tipo de sentimiento de rechazo hacia mí. Al fin y al cabo, vamos a tener que compartir esta semana juntos. Desafortunadamente, en este momento me siento como si me hubiesen ubicado instantáneamente en lo más profundo de la fosa de las Marianas sin ningún tipo de protección mecánica ni respiratoria, con esos diez kilómetros de agua encima aplastándome. No se preocupe, mejor entiéndame y continúe con su razonamiento, que quiero aprender de su experiencia de vida.

Nicolle se acerca en el momento justo. Trae en sus manos otra botella de vino Carmen Carmenere. Recoge los platos y nos pregunta amablemente si hemos disfrutado de la sazón del hotel.

Di Alphonse y yo asentimos con agrado. Nicolle nos pregunta si deseamos algo adicional, como un postre o algún complemento para la cena. De hecho, necesito glucosa en este momento. Le pido unos profiteroles de vainilla bañados en chocolate caliente. Di Alphonse se decide por una isla flotante con praliné de Saint-Genix, postre típico de la región alpina francesa.

Aprovecho el momento para ir al baño e intento nuevamente comunicarme a través del teléfono satelital con Sofi... Igual, se va al buzón de voz. Cero respuestas, cero *feedback*.

De regreso a la mesa, me detengo un instante en el área del vestíbulo donde hay un televisor encendido. Está sintonizado el canal FOX News International. No hay sonido o no alcanzo a captarlo desde donde estoy. Diviso en la imagen una noticia en donde reconozco al general González y al teniente Jordán siendo capturados por la policía e Interpol en Barcelona. Me acerco un poco más para confirmar lo que estoy viendo. En efecto, sí, son esos desgraciados. Siento alivio, los capturaron. Capítulo cerrado.

Regreso a la mesa. Las copas de vino están servidas, al igual que los postres. Di Alphonse ha distribuido parte de su postre en un plato adicional para mí. «Pruébalo», me dice. Asiento y, sin pensarlo ni decir una sola palabra, empiezo a degustar tan fascinante manjar. Mis papilas gustativas involucionan a su fase más primitiva y un sinnúmero de sensaciones placenteras recorren todo mi cuerpo.

—Qué delicia, Di Alphonse —le digo, y, ante mi expresión facial de placer, Di Alphonse suelta una carcajada.

—Ja, ja, ja, ja, ja. Marcos, si así son las expresiones en tus orgasmos, permíteme decirte que entiendo por qué te dejaron...

No me agrada mucho el comentario, pero igualmente le respondo con una carcajada. No le replico para no ofenderlo al decir lo que estoy pensando al respecto de su comentario: que esa es la expresión que imagino que tendré durante mis orgasmos cuando llegue a su edad... si acaso lo logro.

—Ya es hora de irnos a descansar. Mañana nos espera un largo día.

Asiento positivamente ante la sentencia de Di Alphonse, a quien, al parecer, los vinos no le han sentado bien. Pide la cuenta a Nicolle. Le digo a Nicolle que cargue la cuenta al servicio de la habitación. Nicolle se retira.

Es medianoche. Di Alphonse se nota cansado, aparentemente tanto o más que yo, no obstante, lo abordo preguntándole sobre el plan de mañana y mi interés por ir a la morgue de Sallanches antes de iniciar el viaje hacia la casa del capitán Vegner, aun cuando ya tengo en mi poder la información completa que necesito.

—Marcos, ya no hay morgue en Sallanches. Hace más o menos tres años se clausuró. Cuando falleció Eva Strauss, la antigua forense de Sallanches, todo lo trasladaron a Domancy. No te preocupes, queda de camino a la casa de Vegner. A propósito, ¿conociste a su hija, Hanna Strauss?

No le respondo. Me quedo en silencio esperando algo de información.

—Esa mujer está desequilibrada. Tan hermosa como su madre, pero desequilibrada. La conozco desde que nació. Tal vez, pienso, la falta de padre influyó en su desequilibrio, el cual se afianzó después de que murió su madre, meses después del levantamiento del cadáver del capitán Vegner. La idea de Eva era que ella siguiera al frente de la morgue de Sallanches, ya que también tiene estudios en Medicina Forense por la Universidad Descartes de París, pero no dio para más, no salió con nada. La veo como una fracasada. Ahora vive de lo que dejó su madre. No le gusta ejercer la medicina y trabaja por temporadas aquí, en la recepción del hotel. La verdad, no sé qué estaba pensando o qué está pensando esa niñita. Siento angustia y desazón cada vez que me la encuentro.

Di Alphonse cambia su expresión. Realmente sí le molesta hablar de Hanna. Me limito a escucharlo con detenimiento. El Carmenere le ha hecho estragos y me conviene saber qué tiene Di Alphonse que decir.

—Esa mujer está desequilibrada. Me molesta presenciar cómo una mujer tan valiosa, hermosa e inteligente se degrada progresivamente y se expone. Si hubiese sido mi hija, no habría permitido que llegara al punto en donde está. Yo me enamoré perdidamente de Eva y, Marcos, en algún momento pensé que Hanna era mi hija. Le pregunté a Eva todos los días después del nacimiento de Hanna si ella era mi hija, y nunca me respondió ni negativa ni afirmativamente.

»Ya nunca lo sabré. Con esto te doy respuesta a tu segunda pregunta, mi estimado Marcos: hace veintiséis años que siento incertidumbre, y me la llevaré a la tumba sin respuesta. Nunca tuve el coraje de robar una muestra de Hanna para hacer algún tipo de prueba, o porque no quise y ya ni siquiera quiero enfrentarme a una verdad que no sería capaz de soportar.

»Yo amé totalmente a Eva, y las múltiples veces que la sentí y que se hacía sentir como mi compañera de vida estuvieron seguidas y precedidas por momentos muy dolorosos de absoluta ausencia, desprecio, antipatía, desinterés e indiferencia, hasta el punto de no saber si tuve o no una relación con ella.

»Eva, además de hermosa, era una mujer fuerte, elegante, muy femenina, inteligente, maravillosa e inexpresiva que claramente sabía lo que quería. Tenía una facilidad única para descubrir y utilizar tus debilidades a su favor.

»Es difícil darte cuenta y entender después de tanto y de tanto tiempo que nadie te tiene en sus planes de vida, y sobre todo si es la mujer que amas, la mujer que en algún momento sentiste que te amaba y, lo más difícil de entender, la mujer que en algún momento o en muchos momentos te manifestó que te amaba.

»Me sentía totalmente realizado como ser humano cuando la escuchaba inesperadamente decirme con pasión: «Te amo». Sentía que ella lo hacía porque así lo sentía en ese instante supremo para mí.

»Lo más exótico y jocoso de todo esto era que, en mis momentos de claridad, cuando sentía que debía alejarme y me desinteresaba de ella, lo primero que hacía era buscarme a toda costa.

»Intentar planear algo con ella era muy complejo porque yo no era su prioridad, eso lo tenía claro, y, aun así, yo hacía cualquier cosa por estar con ella. Soy un hombre de iniciativas y para estar con ella me sobraba imaginación. Nunca me casé. Nunca busqué a otra mujer. No tengo hijos. Siempre estuve ahí, con ella, con dedicación, con resignación. Siempre la traté bien, la mayor parte del tiempo era yo el que la buscaba y nunca pude apartar mis sentimientos por ella. No quería, no quise, no quiero porque lo fue todo en mi vida.

»A veces, sus recompensas iban y venían. Me sentía pleno aunque supiera que lo único que recibía y recibiría serían migajas de todo lo que yo creía que ella me podía dar. Era una dulzura en sus momentos de cordura y una amargura en sus momentos de locura. A pesar de todo eso, disfrutaba plenamente de su compañía cuando ella así lo decidía y, pese a todo, hicimos muchas cosas juntos. Y ahora me ves como me ves, aquí, solo, y en pocos meses moriré solo.

»Cada vez que Vegner venía con su esposa a Sallanches, salíamos juntos, incluso después de que nació Hanna. Nos conocimos los tres, Klaus, Eva y yo hace ya treinta y cinco años. Por cuestiones a veces laborales, interactuábamos los tres. Eva nos imponía su ritmo con destreza.

»Su capacidad de enfoque y observación nos ayudó a resolver muchos casos aquí en Sallanches. Particularmente, como tú sabes, esos casos difíciles relacionados con turistas. Sus análisis siempre nos guiaron por la senda correcta. Klaus la consultaba también desde Holanda. Compartimos muchos momentos agradables y fue un eje fundamental en nuestras vidas.

»Me siento impotente con Hanna. Siento que he defraudado a Eva por no haber sido capaz de protegerla después de su muerte. Me siento decepcionado porque estoy seguro de que Eva no hubiese querido ver a su hija adorada como yo la he visto.

»Hanna perdió el interés por las cosas después de la muerte de su madre. Casi la pierdo. En una ocasión, hace ya más de un año, la encontré semidesnuda, totalmente golpeada y absurdamente drogada en un pub de mala muerte en Domancy. Sentí un dolor intenso cuando la vi en ese estado tan deplorable y en ese escenario decadente. Lloré angustiado. En ese momento me enteré de que se había vuelto una adicta a la heroína. Verla así fue impactante. Marcos, ver a «mi hija» en ese estado me despedazó el alma por completo, destrucción exacerbada al escucharle crueles improperios en ese momento y durante su recuperación.

»Al igual que con Eva, repetí la historia: siempre estuve ahí, con ella, con dedicación, con resignación, pero esta vez sintiéndome totalmente culpable por haber defraudado a Eva en esa tarea no encomendada.

»Marcos, los sentimientos son extraños. Mis sentimientos son y han sido extraños. La necesidad intrínseca de sentirme importante para Eva y de ser reconocido por ella no fue la mejor estrategia para vivir mi vida. Dejé a un lado mi autoestima.

»Lo único que rescato de todo esto y que de alguna forma resulta ser un aliciente ante tanto dolor e incertidumbre es la tranquilidad de haber hecho las cosas con amor profundo. Puedo decir con vehemencia que amé intensamente a Eva y viví ese amor con pasión, aunque haya sido efímero con frecuencia, y lo volvería a hacer. Evidentemente, Marcos, tienes razón: la incertidumbre huele a desgaste.

Di Alphonse es un hombre quebrado emocionalmente. Toda su vida se permitió la toxicidad emocional, ¿a cambio de qué? A cambio de nada. Se queda dormido.

Escuchar todo eso me deja agotado, molesto, incómodo conmigo mismo. De alguna forma que no alcanzo a asimilar, siento que me hace perder mi enfoque en lo que realmente me importa ahora. Con mi dolor por Sofi ya es suficiente. Darme golpes de pecho es infructuoso. No quiero empatizar con Di Alphonse porque se convertiría en una distracción para mi misión de esta semana. Información importante sí, para descifrar la vida que llevaba el capitán Vegner aquí en Sallanches, pero irrelevante. Ya tengo en mi poder parte de la información que vine a buscar. Posiblemente no encuentre nada más en la casa de Vegner.

Con tono fuerte, trato de despertar a Di Alphonse al mismo tiempo que pongo y muevo con ímpetu mi mano izquierda sobre su hombro derecho. «Coronel, coronel», repito dos veces. Di Alphonse se incorpora sin expresar sonido alguno. Le pregunto dónde va a pasar la noche, ante lo que me responde con un gesto de su mano como queriendo decirme que no hay problema.

Nicolle se acerca con los dos últimos meseros que quedan en el hotel esta noche y lo levantan suavemente y con respeto. Di Alphonse es un tipo robusto. Nicolle me mira, se la nota cansada y resignada. Su turno durará hasta la mañana siguiente.

—Tranquilo, señor Gandara. El coronel va a pasar la noche en el hotel. Ya está todo arreglado. Me dio la instrucción de que le dijera que esté listo con su equipaje a las ocho de la mañana en el vestíbulo. A esa hora puede hacer el registro de salida. Con gusto lo atenderé. Descanse, señor Gandara.

Con un poco de sorpresa, me despido de Nicolle no sin antes agradecerle la atención durante la cena y presentarle disculpas por el «evento emocional» en el que quedó involuntariamente inmersa. Nicolle agacha la cabeza y se despide, dándome la espalda y guiando a los meseros para que el coronel pueda hacer su travesía sin problemas hasta su habitación. Intento llamar nuevamente a Sofi, en vano, porque no me contesta.

Salgo a fumar un cigarro y el frío al abrir la puerta golpea mi cabeza como un yunque que me ha sido lanzado desde tres metros de altura. La noche está muy oscura y solo se percibe el resonar de los árboles con el viento que brama en el vacío. El vino empieza a hacer efecto. Me siento un poco mareado. Miro mi reloj y me doy cuenta de que ya es la una y media. La conversación con Di Alphonse se ha extendido demasiado. Pero bueno, algo de información he conseguido sacar.

Intento llamar a Doc. No da tono, directamente salta el mensaje de número sin conexión. Mañana haré otro intento. He dejado tirado a Doc. Que no se me olvide llamarlo para preguntarle cómo se concretó el asunto en Barcelona antes de la captura de esos desgraciados.

Este viaje, hasta el momento, ha estado lleno de sorpresas. Termino de fumar mi cigarro, lo necesitaba. Me fastidia cómo se impregna el olor en mi piel, en mis manos, en mi chaqueta. Sí, Sofi, ese aroma que no soportabas... Sí, Sofi, ese maldito aroma que ahora reconozco y que yo no quiero soportar en tu ausencia.

5. Aprendizaje

—Buenos días, Nicolle.

—Buenos días, señor Gandara. Veo que se ha levantado temprano, ¿pudo descansar?

—Evidentemente, Nicolle, muchas gracias por preguntar. La noche estuvo bien. El vino y la flauta me ayudaron a conciliar el sueño, a pesar de mi ruido mental, que nunca se extingue. ¿Has cargado la cena a la cuenta de la habitación?

—Sí, señor Gandara. Aquí está su cuenta. Si lo desea, por favor, pase a desayunar a la ronda de *buffet*. No tiene costo.

—Okey, Nicolle. Por favor, toma la tarjeta y carga la cuenta.

—Bien, señor Gandara. ¿Fue todo bien anoche con Hanna?

—¿Por qué lo preguntas, Nicolle? —pregunto con intriga mientras hacemos la transacción de pago.

—Disculpe, señor Gandara, en una oportunidad tuvimos un inconveniente con ella con un huésped después de que ella terminase su turno. Señor Gandara, en esa oportunidad, ella me manifestó, al igual que en esta ocasión, que había llegado la persona que había estado esperando desde hace mucho tiempo.

Me llama la atención ese comentario, no obstante, aunque trato de no darle importancia, me genera cierta curiosidad, pero no puedo hacerla evidente, así que le respondo amablemente:

—Nicolle, Hanna estuvo muy cordial y agradable, por cierto, simplemente se limitó a entregarme las sábanas adicionales que enviaste con ella.

—Bien, señor Gandara. No es usual que Di Alphonse venga aquí, al hotel, y organice alguna estadía especial como la suya.

Cuando me dispongo a indagar un poco más por el comentario, aparece Di Alphonse por mi costado izquierdo y todo, por obvias razones, se disipa. Nicolle se incomoda y me hace un gesto de intrascendencia. Inmediatamente se dispara mi desconfianza hacia Di Alphonse y hacia Hanna, por supuesto.

Tendré que averiguar detalles al respecto. ¿A quién trajo antes Di Alphonse? ¿Tendría algo que ver con el caso del viejo Vegner? ¿Hanna entregaría información del resultado de la necropsia a alguien más? ¿Definitivamente Hanna es una excelente actriz?

—Buenos días, Marcos. Veo que has madrugado, has podido descansar?

—Por supuesto, coronel. He descansado más de lo que creía que podría descansar para ser una sola noche. Excelente habitación, clima perfecto y comida excelente. Muchas gracias, coronel, por su elección.

—Bueno, Nicolle, es la segunda vez que acierto en gustos desconocidos. La vez anterior, aunque con problemas ahora irrelevantes, al final todo salió bien, como esperaba.

Me intriga todo esto. No quiero generar sospecha alguna con respecto al encuentro con Hanna, pero al parecer Di Alphonse sabe que Hanna estuvo anoche en mi habitación.

De repente, Di Alphonse hace otro comentario.

—Yo no sé qué demonios le pasa a esa niña. Por eso te pregunté anoche si habías conocido a Hanna. Como no me respondiste, asumí que tal vez sí. Eres prudente, al parecer. La vez anterior, no sé qué estaba pensando y se metió a la habitación donde se alojaba mi médico. Le hizo un montón de preguntas inconexas y hasta lo amenazó con un arma de juguete. ¿Puedes creerlo?

Aunque me agobia la desconfianza que siento, mi agitación mental empieza a disminuir un poco. Hanna tal vez se equivocó y, a raíz de su equivocación, se generó un escándalo que, por lo que parece, quedó entre ellos cuatro, porque, de lo contrario, Hanna hubiese sido despedida y no la habría conocido de la forma tan especial como la conocí. Para no ahondar más en el tema de Hanna específicamente, trato de dispersar la atención preguntándole a Di Alphonse si quiere pasar a desayunar.

—Vamos, Marcos, sí, ya es hora de ir a desayunar. Tenemos que aprovechar que la ronda de *buffet,* es gratis.

Di Alphonse le guiña el ojo a Nicolle, quien le responde de la misma forma y esboza una sonrisa de aprobación que me confunde, ya que también la he percibido intimidada. ¿Será posible que Di Alphonse se haya percatado del comentario que me hizo Nicolle y haya tratado de confundirme con el tema del médico visitante? Si hablo de Hanna, puedo estar abriendo la puerta para que Di Alphonse haga preguntas que no quiero ni debo contestar. Por ahora, esto es una investigación de la cual solo deben estar enterados de los detalles mi jefe y Verónica.

Trataré de sacarle información a Di Alphonse de alguna manera sutil. Tengo que generar confianza, porque si no es así, o mi vida corre peligro o voy a desenfocarme de lo que tengo que hacer esta semana en la casa de Vegner para avanzar en la investigación.

—Marcos, te recomiendo estas tortillas. El chef de aquí las prepara deliciosas. Combínalas con unas tostadas francesas, chocolate y un poco de fruta.

—Sí, señor. «A donde fueres, haz lo que vieres», solía decir mi jefe en sus cátedras de Operaciones Psicológicas. Le sigo la corriente, coronel.

Durante el desayuno, Di Alphonse, con total naturalidad, me cuenta los pormenores de la situación que se presentó con Hanna. Todo indica que fue un tema aislado y sin transcendencia en lo que concierne a la muerte de Vegner. No me imagino a ese pobre médico siendo intimidado por Hanna, esa mujer tan grande. En fin, el asunto no fue una situación furtiva en un momento fortuito, solo tal vez el afán de Hanna por liberarse pronto de la condena impuesta por su madre antes de morir. Ojalá consiga ya alivio esa mujer. Di Alphonse se encuentra con los gendarmes del día anterior, el Land Rover ya está cargado con los víveres necesarios para esta semana. Espero que Di Alphonse sepa cocinar, porque yo no tengo ni idea de cómo hacerlo.

Emprendemos la marcha. Le pido a Di Alphonse que me acerque al mercado local porque requiero recargar cigarrillos para la semana. Seguramente no los encontraré disponibles cerca a la casa del capitán Vegner, y menos de la marca que me gusta. Di Alphonse pasa por un sitio que a mi parecer es la antigua morgue. Para el Land Rover un instante, enciende las luces de aparcamiento y marca un número en su teléfono móvil.

—Hanna, buenos días. Por favor, baja un momento.

Joder... Esperaré la reacción de Hanna al verme aquí con Di Alphonse. Tal vez Di Alphonse quiere corroborar o descartar mi encuentro con ella la noche anterior a partir de las reacciones que evidenciemos los dos. No sé qué trama Di Alphonse. Mi desconfianza se dispara nuevamente.

—Hola, Hanna. Te presento a Marcos Gandara, de Interpol Holanda.

Hanna se queda perpleja, mirándome fijamente a los ojos por una milésima de segundo, y de inmediato se sonroja, cambiando totalmente su perplejidad por difusa coquetería. Nos presentamos mutuamente con la naturalidad de los desconocidos, como si nos hubiésemos puesto de acuerdo en cómo actuar ante ese momento incómodo enmarcado por la mirada inquisitiva de Di Alphonse.

—Hanna, voy a estar una semana en la casa de Vegner con Marcos. Toma este dinero y adminístralo, por favor. Pórtate bien, ve al trabajo todos los días y, para cualquier cosa que necesites, por favor, no dudes en llamarme. Tú sabes que la señal no es muy buena en la casa de Vegner, por eso me llevo el teléfono satelital de la comisaría. Tú ya conoces el número.

Hanna coge el dinero. No le responde en absoluto a Di Alphonse, como si no existiera o, mejor, como si acabara de retirar dinero de un cajero automático. Tampoco se despide de mí, simplemente se da la vuelta, dejando en el ambiente el delicioso aroma de su cabello rubio desordenado recién lavado. Sé que está loca, pero me impacta tal vez por la anarquía que emana, que se mezcla a la perfección con su delicioso aroma. Di Alphonse se queda mirándola con tristeza mientras entra al lugar. Yo también me quedo pasmado mirándola..., pero el culo. Qué culo tan hermoso, es una mujer realmente hermosa. Dos estados mentales diferentes en un solo punto focal: el fraternal y el mundano. Di Alphonse evidencia mi fijación y yo, al darme cuenta de que se ha dado cuenta, transfiguro mi vergüenza en un simple y ambiguo: «ya le entiendo, coronel».

—¿Te das cuenta, Marcos? Ni las gracias es capaz de dar. Ni un atisbo de respeto.

Con sagacidad, le respondo:

—Coronel, ¿para qué espera usted las gracias? Eso lo hace usted porque quiere, por lo tanto, no tendría que esperar nada a cambio. Creo que ella no tenía en su mente que usted pasaría por aquí. Según lo que he observado, tampoco estaba esperando que usted le diera algo de dinero. No obstante, dese cuenta de algo. Usted simplemente la ha llamado y le ha dicho: «Hanna, buenos días. Por favor, baja un momento», sin ningún argumento, sin prevención alguna, y ella lo hizo.

Di Alphonse cambia de semblante ante mis argumentos y esboza una ligera sonrisa en sus labios, mostrando algo de satisfacción. Hay momentos en que me aturdo conmigo mismo. Soy un prestidigitador nato, un maldito manipulador, ja, ja, ja, ja, ja. ¿O todo lo contrario? ¿Soy yo el que se está dejando manipular al creer que Di Alphonse no nota mi intención de manipularlo para desviar mi vergüenza?

—Así de hermosa y arrogante era Eva. Son impresionantemente parecidas, como si fueran obras de arte esculpidas por el mismo artista, en estado de contemplación suprema, con el mismo molde y en el mismo momento en el tiempo.

—Sí, coronel, lo admito: su hija es hermosísima —le respondo.

Aun sabiendo la verdad, emito ese comentario para superar el momento. Buscando solidaridad, Di Alphonse me pregunta si he notado algún parecido entre él y Hanna. Le respondo irresponsablemente que sí, y complemento mi ardid diciéndole que la forma de los ojos de Hanna es muy similar a la suya.

Emprendemos la marcha y nos alejamos moderadamente de Sallanches.

—Bueno, Marcos, ya estamos llegando a Domancy, ¿aún tienes intención de visitar la morgue para revisar si hay algo de información que te pueda servir?

—Sí, coronel, pasemos y revisemos. Aunque no encuentre nada, sí que me interesa revisar los archivos.

Continuamos nuestro viaje. Nos desviamos hacia Domancy y nos acercamos a la morgue, la cual queda a un costado del cementerio local por la Route du Chief Lieu. Allí Di Alphonse saluda al forense y me presenta. Di Alphonse le comenta que estoy haciendo una investigación y que la intención es revisar los archivos que fueron trasladados aquí de las necropsias que se practicaron en Sallanches en 2010.

El forense nos acompaña a un salón pequeño donde hay una serie de muebles archivadores perfectamente alineados. Nos indica el archivador donde se encuentran los documentos remitidos de Sallanches. Busco en el cajón correspondiente a los años 2009 y 2010. Obviamente, no hay archivo del capitán Vegner diferente al original de la copia sin detalles que se recibió en Holanda. En el archivo de 2009, encuentro una carpeta que me llama la atención.

Le pregunto a Di Alphonse si la esposa del capitán Vegner también murió allí. Stephanie solo me comento que ella había muerto en 2009, un mes después de que el capitán Vegner se retirara, pero no me dio detalles de si murió en Holanda o aquí.

—Marcos, ella también murió aquí.

—Di Alphonse, ¿cómo se llamaba la esposa del capitán Vegner? ¿Marjolein Groenveld?

—Exacto, Marcos, exacto. Ese era el nombre.

En el mismo instante en que me responde afirmativamente, Di Alphonse se me acerca con curiosidad. Le comento que he encontrado los archivos con el resultado de las necropsias del capitán Vegner y de su esposa y que me gustaría llevarme una copia para revisarlas con calma.

Di Alphonse se retira diciéndome que va a informar al forense al respecto. Se hacen los arreglos correspondientes y procedemos a retirarnos de la morgue. Nos despedimos del forense. Di Alphonse, con una carcajada cargada de sarcasmo, le grita con emoción al forense que no espera verlo pronto.

Ya en marcha hacia la casa del capitán Vegner, Di Alphonse me pregunta qué tipo de música me gusta escuchar y me dice que busque y saque de debajo del asiento del copiloto una caja y que la abra. Efectivamente, la encuentro. Las dimensiones de la caja son del orden de veinticinco centímetros de ancho por algo así como cincuenta de largo y veinte de alto, espacio insuficiente para albergar tal cantidad de discos compactos que me asombra.

—Caramba, coronel, qué colección tan selecta —le digo con sarcasmo, porque, de hecho, hay de todo tipo de música—. Qué bien, coronel, las colecciones completas de The Beatles, Rolling Stones, Queen, U2 y hasta de Madonna. Nunca imaginé que pudiera gustarle ese tipo de música.

—Escoge, Marcos, ¿qué quieres escuchar?

—*The Joshua Tree*, de U2, coronel. Ahí hay un par de canciones de reminiscencia.

Inserto el disco compacto en el equipo de sonido del Land Rover e inmediatamente presiono el *track* número tres. Preparo los demás álbumes que me gustan de U2: *Achtung Baby* y *Zooropa*.

Me relajo un poco. Empieza a sonar mi canción preferida, la que cantaba a dúo con Sofi cuando nos íbamos de karaoke. La letra es muy sencilla en contraste con la musicalización, que es extraordinaria. El ritmo es sensacional y me genera estados emotivos bastante profundos, sobre todo en este momento, después de haber visto a Sofi con otra persona.

Di Alphonse empieza a tararearla y a seguir el ritmo con los dedos de su mano derecha, puestos sobre la palanca de cambios del Land Rover.

—Te digo algo, Marcos, para mí, la letra de esa canción, en tres simples estrofas, representa todo lo que viví con Eva. Por amor y odio se hace todo, hasta aplastar y permitir ser aplastado, ja, ja, ja, ja, ja. El amor, el amor profundo por una mujer, mi amigo Marcos. El odio por uno mismo o por otro ser. Todo lo que hacemos los seres humanos es por amor o por odio.

»Todo aquello que queremos que trascienda es por amor o por odio, ya sea por amor propio o por el amor a alguien o por el amor a algo, ya sea por odiarnos a nosotros mismos o por odiar a alguien o por odiar algo. ¿Te has dado cuenta de que, sin esos sentimientos, la humanidad no habría trascendido? ¿Te enseñaron en la escuela que todos los seres vivos nacen, crecen, se reproducen y mueren? Pues te digo que, entre crecer y reproducirse o entre crecer y morir, está la trascendencia en los seres humanos.

»Si no existiera ese impulso interno o percepción de la trascendencia, tal vez llevaríamos la vida que lleva cualquier otro ser sobre la faz de la tierra. Para mí, esa es la principal diferencia, no la inteligencia. La inteligencia es la consecuencia del impulso de trascender. Pero transcender requiere motivación, y la motivación es el sentimiento de amor u odio. Sin amor y sin odio no existiría el arte, no existiría la ciencia, no existiría la religión.

»Por ejemplo, ponte en el plano de cualquier otro ser de la naturaleza y haz el siguiente ejercicio mental: ¿de qué forma crees tú que estaría estructurado socialmente el mundo si otros seres diferentes a los seres humanos tuvieran la noción de trascendencia? Empieza, por ejemplo, imaginando que los perros tuvieran la noción de trascendencia: ¿cómo se comportarían estos con sus amos o dueños? ¿Qué serían capaces de hacer por nosotros o contra nosotros para abordarnos y abordarse entre sí? ¿Qué serían capaces de hacer para conocernos? ¿Construirían? ¿Generarían arte? ¿Generarían ciencia y religión? ¿Qué nivel de respeto tendríamos los seres humanos por ellos? ¿Cómo los abordaríamos nosotros en ese caso? ¿Habrían encontrado la forma, a través del tiempo, de comunicarse con nosotros en nuestro lenguaje?

Este hombre, definitivamente, está quebrado.

—Coronel, ¿todo eso que me dice es solamente por escuchar una canción de U2? —le digo—. Usted es un romántico empedernido, y le agradezco que me haya puesto a pensar un rato. No obstante, considero que en su discurso ha pasado por alto algo importante, y es la evolución, coronel. Estoy de acuerdo con el hecho de que el concepto de trascendencia y también el de inmanencia caracterizan al ser humano, pero no como resultado de la existencia de los sentimientos de amor y odio. Mi enfoque al respecto radica en la percepción propia de la temporalidad de la existencia del ser humano. También estoy de acuerdo con el hecho de que, evidentemente, la vida esté enmarcada en las etapas que usted menciona y que, como usted dice, nos enseñaron en la escuela: nacer, crecer, reproducirse y morirse. La percepción propia de la temporalidad de la existencia es algo que no podemos articular muy bien en nuestros cerebros.

»No somos capaces de concebir esa simpleza y, por lo tanto, radicalizamos inconscientemente a todo nivel en trascendencia e inmanencia. ¿Cómo es posible que, con nuestra estructura mental y lo que nos ha costado evolucionar, terminemos siendo temporales como los demás seres de la naturaleza? De esa falta de aceptación de la certeza de nuestra temporalidad emerge todo eso que usted argumenta.

»El amor y el odio son simplemente estructuras mentales justificadoras para hacernos a nosotros mismos más llevadera la certeza de la temporalidad de nuestra existencia. En sus términos, endilgamos a los actos de amor y de odio toda nuestra resignación ante esa certeza. El discurso existencialista por excelencia, coronel. Lo que usted comentaba la noche anterior sobre el sentimiento de pérdida es simplemente eso: la certeza de la temporalidad de nuestra existencia y del resto de los seres de la naturaleza, que existen en el momento en que empezamos a ser parte consciente de este universo.

»Como usted también lo ha expresado, el sentimiento de pérdida es algo que no somos capaces de articular muy bien en nuestra mente, particularmente porque, desde mi perspectiva, paradójicamente nacemos perdiendo y, aun así, a algunos nos es muy difícil aceptar esto conscientemente. Adicionalmente, puede sonarle un poco contradictorio lo que voy a decir, coronel, pero considero que el romanticismo, por selección natural, está condenado a la extinción.

»Puede ser que, al desprendernos de toda ambivalencia o sentido moral, el ser humano evolucione a un ser equivalente a los demás seres existentes en la naturaleza, un perro, por ejemplo, siendo este el fin último de la evolución.

Noto un tanto pensativo a Di Alphonse después de haber expresado mis argumentos y las respuestas al ejercicio mental que me ha propuesto. No contraargumenta. No emite palabra alguna. Simplemente se limita a seguir conduciendo.

Termina de sonar la última canción.

—Bueno, coronel, ahora *Zooropa*. Dígame qué canción le gustaría escuchar, a ver si coincidimos —le digo.

—Okey, Marcos, bien. Por favor, *track* número cinco.

—Perfecto, coronel, ha escogido usted deleitarse y permitirse escuchar la segunda mejor canción de U2 de todos los tiempos.

La canción empieza a sonar, subo un poco el volumen y me sumerjo en el recuerdo del vídeo en blanco y negro de la canción, el cual vi por primera vez en la buena época de MTV.

Me acomodo un poco en el asiento. Quiero estar totalmente relajado y sin tanto ruido en mi cabeza para poder concentrarme y, de cierta forma, visualizar los últimos momentos del capitán Vegner en su casa. Tengo que evitar a toda costa que la abeja reina se incomode y se alborote toda la colmena.

—Marcos, si quieres, reclina el asiento y descansa. Todavía falta un buen trecho para llegar a la casa de Vegner. Acomódate bien el cinturón y trata de dormir un poco. Por mí no te preocupes, con la música me entretengo. Eso sí, deja, por favor, fuera de la caja el álbum *Aftermath*.

—Listo, coronel.

Acepto la sugerencia de Di Alphonse y empiezo a sentir la calma de la abeja reina en su colmena.

—Marcos, despierta, ya hemos llegado. Ven, ayúdame a descargar los víveres.

He soñado algo, pero no lo recuerdo bien. Tengo la certeza de que Sofi estaba ahí, en mi sueño, como siempre lo estuvo desde el primer día que la conocí. Bella, radiante, vital, con ganas de comerse el mundo, con ganas de vivirlo todo.

Mientras cargo en mi hombro derecho una caja pequeña con víveres y llevo mi equipaje en mi mano izquierda, sigo recapitulando lo que vi en ese maldito vídeo. En fin, todavía no entiendo qué fue lo que hice mal, pero ¿hice algo mal para ella? ¿No fui capaz de satisfacer sus necesidades como ella hubiese querido? ¿Qué le atrajo de Esteban? ¿Por qué y en qué momento decidió que yo no le servía para sus planes de vida? ¿En qué momento se disipó su interés por mí? ¿Por qué me hacía creer que yo era su compañero de vida, su complemento?

Vuelve a incomodarse la abeja reina y se alborota la colmena. Argh, tengo que dejar ya de pensar en Sofi. Tengo que enfocarme en lo que he venido a hacer.

Ya dentro de la casa de Vegner, siento la vibración del móvil en el bolsillo trasero derecho de mis vaqueros. Dejo mi maleta a un lado de la puerta de entrada de la casa y posteriormente dejo la caja encima de la mesa de la cocina.

Reviso el móvil y es un mensaje atrasado de Verónica informándome de que Martjin ya me había enviado el vídeo a mi correo electrónico. Hasta en este código binario Sofía vuelve a aparecer, como si intentar no pensar en ella fuera el combustible que se necesita para mantenerla ahí, en mi mente, atravesando capa tras capa de mis memorias, emergiendo una y otra vez en la superficie de mis sentidos.

Definitivamente, tengo que hacer algo. Tengo que enfocarme en lo que es realmente importante ahora. No sé si lograré algún día pasar la página de un capítulo de mi vida que duró ocho años. Un capítulo que, evidentemente, Sofi terminó de escribir a su manera, utilizando una escritura abstracta que fue reorganizada por un editor ajeno a mí. Ya es suficiente. Enfócate.

Escucho a Di Alphonse moviendo trastes en el segundo piso. Al parecer, está adecuando lo que debería ser nuestro alojamiento por estos días. Tomo el control del cobertor del ventanal y... hágase la luz. Eso era lo que necesitaba. Iluminación para poder explorar, para poder adentrarme en la hostilidad de los sentimientos incómodos que subyacen entre mi piel y mi alma.

Maldita sea, Sofi, ¿por qué me engañaste? ¿Por qué me fuiste infiel? Si estabas totalmente aburrida conmigo, ¿por qué no simplemente me lo dijiste y me dejaste? ¿Por qué me dejaste así, sin suelo, sin darme la oportunidad de reaccionar? Maldita sea. No debí abrir ese vídeo anoche. Maldita sea. Me siento totalmente estúpido, me siento desprendido, me siento mentalmente agotado, deprimido y aletargado. Termino de organizar los víveres.

Ya son casi las once y media de la mañana. No tengo ni idea de cuál va a ser la rutina de alimentación de Di Alphonse. Abro una bolsa con chocolates suizos que venía entre la caja con víveres y escojo uno al azar. Esto me tiene que servir por ahora. Le grito a Di Alphonse que si quiere uno. Me replica diciéndome que ya baja.

Me quedo un instante debajo del hermoso vitral. Muevo mi cabeza hacia atrás, mi cuello cruje, cierro mis ojos. Siento en mi piel cómo llueven los colores, que se intensifican rítmicamente al vaivén de las nubes con el viento del cenit y mojan mi frente. Percibo el aroma del esmalte mezclado con el de la madera, diluyéndose con el resplandor luminiscente. Este lugar es especial, es relajante. Miro hacia el suelo, escudriñando la asimetría de las figuras grabadas por el tiempo. Algo simétrico desentona. ¿Qué es esto? Una marca que no debería estar ahí, en la madera. Me agacho con curiosidad y visualizo en el centro de la imagen grabada por la luz una marca que tiene un detalle que creo reconocer.

Busco con afán mi cámara fotográfica entre mi equipaje, le monto la lente de aumento, me aseguro de que la iluminación es la adecuada para captar el más mínimo detalle de la marca, enfoco y presiono el obturador con precisión quirúrgica. Escucho los pasos de Di Alphonse bajando por las escaleras.

—¿Qué haces, Marcos? ¿Has encontrado algo?

—No, coronel, nada especial, coronel. Soy fotógrafo por naturaleza y quiero registrar la complejidad de las imágenes proyectadas en el suelo por el vitral, aprovechando el sol radiante en el cenit. Di Alphonse no indaga más. Se retira pausadamente y se dirige hacia la cocina. Lo escucho revoloteando sobre las bolsas de los víveres. Con un par de chocolates ya en la boca, Di Alphonse se acerca nuevamente.

—Ya casi es hora de almorzar. Voy a preparar algo. Mi sazón no es como la del chef del hotel, pero sé cocinar. Así que tranquilo, Marcos, que aquí no nos moriremos por inanición, ja, ja, ja, ja, ja.

—Okey, coronel. No hay problema, todavía no tengo mucha hambre —le digo.

La verdad, la abeja reina ha desplazado de lugar su incomodidad y ahora la colmena está alborotada en mi estómago, en mis entrañas. El chocolate que comí ha activado mi apetito. Sigo haciendo registro de la marca y verifico una y otra vez si la marca se repite en torno a la huella dejada por la luz en la madera. Hago el recorrido desde la entrada de la casa hasta la cocina, pasando por el sitio donde encontré la marca, y reviso los primeros escalones de la escalera.

Hago un barrido completo en este primer piso. Al parecer, no hay más marcas similares. Paso por la cocina nuevamente, el aroma de lo que sea que esté preparando Di Alphonse es tal que logra trasladarme a un recuerdo olvidado de mi infancia: hay un aroma específico, tal vez de tomates sofritos, que me hace recordar el momento en que mi madre le estaba enseñando a cocinar a mi hermana.

Le pregunto a Di Alphonse si en la casa hay forma de conectarse a la red. Di Alphonse responde con sagacidad que si me sirve conectarme a las telarañas, ya que son las únicas redes disponibles en este lugar. Le respondo con una sonrisa diciéndole que tendré que hacer entonces malabares con el satelital. Tengo que lograr la conexión con Verónica para que avance en el análisis de estas fotografías y las compare con las copias que estuvimos revisando de la herida de Maikel De Jaager.

Continúo con la búsqueda de más marcas, pero no percibo ninguna más. ¿Cuánto tiempo ha pasado ya desde la muerte del capitán Vegner? Además, con base en el reporte forense de Eva, no creo que le hayan dado el tratamiento adecuado a la casa, considerando que el evento no se clasificó como un crimen.

¿Qué otras evidencias, si esta marca es una evidencia, se habrán perdido en el tiempo? En fin, más tarde revisaré en el segundo piso, en el resto de los escalones y en el pasamanos si hay algo adicional o si la marca se repite en algún lugar de esta casa.

No escucho a Di Alphonse. Me dirijo nuevamente a la cocina. La puerta del balcón está abierta. Llego al balcón y veo a Di Alphonse en la parte baja de la casa. Ayer no me percaté de que había un gran jardín y una zona de estar bastante amplia que colinda con un mirador. Qué espectáculo.

Di Alphonse está adecuando una mesa y algo así como un tipo de parasol, extraño de hecho. Veo que el parasol tiene unas conexiones y un pequeño motor en el vástago. Pareciera que estuviese armando una antena de comunicaciones. De repente, el parasol se despliega y hace unos movimientos leves y automáticos, como si estuviera ajustándose o configurándose. Di Alphonse grita desde abajo requiriendo mi ayuda para organizar la mesa y llevar un par de sillas.

Llego al jardín con lo encomendado. Aunque estamos en otoño, el jardín todavía se muestra con una diversidad de plantas pequeñas con flores de todos los colores. El césped está recientemente cortado.

—Di Alphonse, ¿quién mantiene este jardín? —le pregunto.

—Marcos, quién crees... Pues, yo. Este jardín era como el hijo que nunca tuvieron Klaus y Marjo. Entre los dos lo organizaron e hicieron de este el espacio más agradable de toda la casa. Como la casa sigue en custodia vuestra, de Interpol, quiero decir, algo del presupuesto se lo destino al mantenimiento del jardín. Vale totalmente la pena mantenerlo, ¿no te parece?

—Por supuesto que sí, coronel.

—El mantenimiento de la casa es un tanto costoso porque a Klaus y a Marjo les gustaba la tecnología. ¿Ya has visto los tejados?

Inclino mi cabeza hacia atrás para visualizarlos. Por supuesto, unos paneles solares cubren toda el área del tejado.

—Así es, Marcos, todo funciona aquí por esos paneles solares. Si miras hacia tu izquierda, allá al fondo podrás ver un aljibe y la bomba de succión, también opera con energía solar. Aquí abajo, al frente tuyo, está todo el sistema de control y seguridad de la casa.

—¿Seguridad de la casa? —le pregunto con desconcierto a Di Alphonse—. ¿Acaso el capitán Vegner instaló cámaras de seguridad aquí?

—La verdad, no creo, Marcos. Me habrían comentado algo. Por sistema de seguridad de la casa me refiero a los sistemas de alarma, detección de humo y otros artilugios tecnológicos. Pero cámaras de seguridad, no creo que las haya instalado en algún momento, que yo tenga conocimiento, por supuesto. Ven, Marcos, ayúdame a servir la mesa.

Acompaño meditabundo a Di Alphonse. ¿Será posible que el capitán Vegner no haya instalado cámaras de seguridad en su casa? ¿No lo estimaría necesario? ¿Será posible que estén instaladas y yo no las haya visto?

Subimos por el balcón y nos dirigimos hacia la cocina. Di Alphonse me dice que saque los cubiertos de un cajón de la alacena y que saque el vino de la caja con víveres que aún no hemos abierto y que se encuentra sobre la mesa del comedor principal. Luego avanza delicadamente con la cocción copiosamente aromática y humeante y se dirige hacia la mesa con el parasol. Un momento: ¿el parasol no estaba en otra posición? Tal vez no me fijé bien.

—Perfecto, Marcos, servido. Espero que te guste.

Di Alphonse ha preparado lo que era evidente: la exquisita sopa de cebollas. El plato fuerte es un estofado típico, *boeuf bourguignon,* y para acompañar qué mejor que Les Hauts de Barville Rouge. De postre, los chocolates suizos que me abrieron el apetito.

—Excelente gusto, coronel. Muy buena cocción y elección del vino, lo felicito.

—Gracias, Marcos. La verdad, es lo único que sé preparar bien. Solía hacerlo de vez en cuando para Klaus y Marjo.

Escucho un ligero siseo en el parasol, miro hacia arriba y observo cómo se va desplazando lentamente.

—A Klaus le gustaba la tecnología. Este «parasol girasol», como lo llamaba, fue un encargo hecho a una de esas empresas tecnológicas que están localizadas en Lingen, en Alemania.

»Este parasol, como el girasol, sigue el movimiento relativo del sol en el firmamento, de tal forma que automáticamente se ajusta la posición del parasol para asegurar que su sombra se mantenga proyectada en toda el área en torno a la mesa. Deberías ver cómo de extraño se comporta este aparatico cuando se acerca el ocaso, parece que fuera a caerse.

»Tiene, además, un sistema que le permite balancear la carga del viento. ¿Ves estos pliegues aquí? Por esos pliegues se distribuye la carga. Es un diseño interesante y sencillo.

»Yo estuve presente cuando a Klaus se le ocurrió la idea hace varios años aquí, durante unas barbacoas: «Ja, ja, ja, ja, ja. Marjo, estoy cansado de estar moviendo a cada rato esta bendita sombrilla», dijo. Y bueno, ya ves el resultado.

»Sí, una idea sencilla, y como la gran mayoría de las ideas sencillas, esta también nació para satisfacer una necesidad emergente.

No estoy muy convencido de que el capitán Vegner no haya instalado cámaras de seguridad en la casa. Si invirtió en tecnología para hacer sostenible su casa, lo más lógico es pensar que tuvo que haber instalado un circuito cerrado de televisión para vigilar sus artilugios. Aunque esta zona, según tengo entendido, no presenta problemas de seguridad o vandalismo, no estoy convencido de que no se le haya ocurrido hacerlo o no se haya planteado esa necesidad.

Joder, como siempre, este rayón en el vinilo no está dejando que continúe la melodía reproducida a través de la aguja del tocadiscos de mi cabeza. Estoy dejando que, en mi mente, se quede esta idea fija. Ya me veo esculcando todos los rincones de esta casa hasta que encuentre alguna evidencia de un sistema de cámaras de seguridad. Si lo encuentro, perfecto, si no lo encuentro, me quedaré con la bendita duda por el resto de mi vida. Suele sucederme, ja, ja, ja, ja, ja.

—Marcos, es la una de la tarde. Me voy a hacer mi siesta, eso sí, después de que complete mi ritual farmacéutico para lidiar con este amigo incómodo. Por favor, termina de organizar los víveres en la alacena y en el refrigerador. Si vas a fumar, por favor, hazlo aquí afuera, recoges las colillas y las depositas directamente en el contenedor de orgánicos.

—Okey, coronel.

Di Alphonse se levanta de la mesa, recoge los platos y se dirige lentamente a la cocina. Mientras se aleja, le pregunto si le gustaría algo de mi ayuda lavando los platos. Simplemente, me dice que no me preocupe por eso, que él hace la tarea completa.

Las cosas aquí, en casa del capitán Vegner, suceden a un ritmo lento: pasividad en suprema trascendencia. El lugar, el paisaje, la brisa fresca, el olor de los Alpes, el sonido del bosque; los sentidos entran en ciclo, en ciclo de contemplación extrema.

Enciendo un cigarro y mezclo el humo cálido con los últimos sorbos de mi copa de vino tinto. Me relajo. Ubico en el borde del mirador la silla que utilicé en la mesa. Tanta pasividad me aturde. En un sitio así me gustaría esperar el fin de mi temporalidad. Volver a la naturaleza en la tranquilidad de la naturaleza. Está claro que mi vida con Sofi ya no es posible. Ya no es posible envejecer juntos.

Mi vida con Sofi se disuelve en el espacio como se dispersa el humo que se desprende de este cigarro, y a merced del viento alpino. Los recuerdos quedan impregnados en mi mente como queda impregnado el olor del cigarro en mis manos, en mi piel, en mis ropas. Un último suspiro y sorbo para recaer nuevamente en esta mi realidad actual. Me quito mis zapatos y mis calcetines.

Emprendo mi tránsito al interior de la casa, pero esta vez la recorro alrededor para buscar algún detalle que me dé pistas sobre la vida que llevaba el capitán Vegner y, al mismo tiempo, conectarme naturalmente con el rocío y la suavidad del césped a través de mis pies descalzos. Miro hacia arriba y en la ventana diviso la silueta de Di Alphonse, llevándose su mano a la boca una y otra vez. Está haciendo su ritual farmacéutico, como bien lo describió.

La casa está limitada por una cerca natural que, al igual que los jardines posterior y anterior, se observa bien mantenida. El presupuesto de Interpol invertido ha sido útil y efectivo hasta el momento. No quiero ni debo pensar en el futuro. Tengo que concentrarme en hacer lo que vine a hacer. Ya es hora, Marcos, de que salgas de este letargo.

Entro a la casa por la parte frontal. La iluminación se ha reducido un poco, el cielo ha empezado a tornarse ligeramente gris. Limpio la planta de mis pies en el felpudo frontal, que asumo que dice «bienvenidos», porque está escrito en un idioma que no identifico, parece griego. Dejo mis zapatos, con los calcetines dentro, en la entrada. Camino descalzo hasta la cocina. El silencio me permite escuchar la tenue respiración de la casa, o tal vez es Di Alphonse, que ronca sin ritmo. Hago la tarea encomendada por Di Alphonse. Termino y me siento satisfecho con la organización y distribución que he hecho de los víveres.

Con sigilo y detenimiento, hago un barrido visual por toda el área que tengo a disposición. No evidencio cámaras de seguridad. Subo por las escaleras. La madera es un continuo que conecta suelo con paredes. No conozco la parte superior de la casa. Sin hacer el menor ruido, llego a la sala superior. Hacia el rincón izquierdo, junto a la baranda que separa los dos pisos, hay un piano y una pequeña biblioteca.

Identifico, cerca del piano, una pequeña escalera que comunica directamente con una puerta. Tal vez sea un ático. A mi derecha esta la habitación donde reposa Di Alphonse. Un poco más hacia el centro, hay otra habitación que supongo que será el lugar que voy a ocupar en esta planta. Espero que cada habitación cuente con baño. Nunca me ha gustado compartir baños con extraños. De hecho, no me he fijado en si, en el primer piso, hay baño para invitados.

Abro la puerta que se encuentra al lado del piano. Me encuentro con unos cuantos escalones. Subo por la pequeña escalera. ¡Helo aquí!, el estudio del capitán Vegner en el ático... Un escritorio de madera rústica en el centro, una silla ejecutiva, al parecer, muy cómoda y una biblioteca discontinua empotrada a los lados derecho e izquierdo del ático. Encima del escritorio, al lado del único portarretrato sin fotografía que se encuentra en este espacio, hay un control remoto similar al que ayer utilizó Di Alphonse. Al frente del escritorio observo un cobertor parecido al de la cocina. Activo el control y, enfrente de mí, una gran ventana circular empieza a desnudarse, la cual, aunque ofrece una vista espectacular a los Alpes, es casi imposible de ver desde la parte externa de la casa, ya que, desde aquí, solo se alcanza a ver parte del mirador en donde estuve. El resto es paisaje infinito.

La iluminación externa me ciega por un instante. Me doy cuenta de que el control cuenta con un juego de botones adicionales. Presiono uno de esos botones y empiezo a escuchar un siseo en la parte superior del ático. Miro hacia arriba y me encuentro con otro ventanal, que resulta ser un ventanal hacia la esfera celeste. La luz de la tarde inunda completamente el ático. Al parecer, al capitán Vegner también le gustaba la astronomía.

En la biblioteca hay una colección exquisita de libros clásicos perfectamente conservados y clasificados por periodos. El capitán Vegner tenía muy buen gusto. Sigo con la inquietud de la marca que encontré en el piso inferior y con la idea de que haya un circuito cerrado de televisión. Hasta el momento, ni lo uno ni lo otro en el recorrido hecho.

Me siento en la silla del escritorio y trato de visualizar al capitán Vegner en este lugar. El escritorio tiene un único cajón no muy ancho en la parte lateral derecha y también está empotrado en la estructura del escritorio. Me dispongo a abrirlo, pero está cerrado con llave. ¿Dónde estará la bendita llave?

Como el caso de la muerte del capitán Vegner no fue catalogado como homicidio, es muy probable que no hayan abierto este cajón durante el levantamiento del cadáver. En ningún espacio de la casa hay rastros de que se haya seguido el protocolo con rigor. Bueno, también es cierto que ha pasado ya algún tiempo y no puedo juzgar *a posteriori* que no se haya seguido el procedimiento *a priori*. Afortunadamente, la casa sigue bajo la custodia de Interpol. Tendré que preguntarle a Di Alphonse si sabe dónde puede estar la llave que abre este cajón, mientras tanto, seguiré mirando qué más detalles ocultos puede haber en este espacio tan acogedor. Me entretengo un rato ojeando los libros que hay en la biblioteca, de repente, escucho pasos acercándose. Es Di Alphonse, quien, estando de pie en el último escalón de la entrada al ático y aún un poco adormecido, me mira con sorpresa al verme aquí, descalzo y con guantes.

—Qué bien, Marcos, has encontrado el estudio.

—Sí —le respondo con apatía mientras sigo ojeando uno de los libros. Aprovecho para preguntarle si tiene conocimiento de dónde podría estar la llave que abre el cajón del escritorio.

—No sé, Marcos. Klaus era muy celoso con ese cajón. La única que sabía dónde guardaba la llave era Marjo, pero puedo asegurarte que esa llave debe estar aquí, en el ático. ¿Dónde específicamente?, creo tener alguna idea.

—Coronel, ¿por qué asevera que la llave está en el ático?

—Marcos, porque Klaus, el día del funeral de Marjo, me comentó que tenía que sacar unos documentos que tenía en su escritorio para ajustar un tema con su abogado en Holanda. Yo lo acompañé hasta aquí y, en un momento en que yo me quedé mirando por la ventana, escuché caer un libro y unas llaves. Posteriormente, vi que Klaus abría el cajón y sacaba lo que necesitaba. No pensé que llegara a ser una memoria útil.

—Por lo que dice, coronel, entonces es posible que la llave esté en la biblioteca.

—Pues es posible, Marcos. ¿Te ayudo a buscar?

—Okey, coronel. Yo reviso en este lado de la biblioteca y usted en el otro.

Empiezo con delicadeza a mover cada uno de los libros que había estado observando. Hay uno que me llama la atención, *La divina comedia,* de Dante Alighieri. Lo saco y lo reviso. Nada. Tengo que ser sistemático en la búsqueda si quiero encontrar la bendita llave. Distribuyo la búsqueda del centro a los extremos. Nada en el primer estante. Un momento, ¿qué hay aquí detrás? ¿Un cableado? Sí, un cableado, pero eléctrico. Lo sigo y veo que se conecta a una pequeña lámpara que sirve para iluminar la biblioteca. Ni llave, ni cámaras, ni más marcas. Nada. Di Alphonse continúa también la búsqueda, de manera infructuosa.

No quiero tener que usar la violencia para abrir ese bendito cajón. No sería justo con el capitán Vegner. Sigo buscando, esta vez sin método alguno. Ni siquiera zigzagueando algún patrón específico. Tendré que hacer algo que no quiero: vaciar toda la biblioteca. De repente, en el estante superior, veo un espacio.

—Coronel, una pregunta: ¿cuál era la estatura del capitán Vegner? ¿Cuánto media?

Di Alphonse sonríe y responde:

—Dos metros diez centímetros.

—Okey. Aquí debe estar esa bendita llave.

Doy la vuelta a la papelera de madera que se encuentra al lado del escritorio, la ubico en el sector en donde he visto el espacio abierto en el último estante de la biblioteca, me subo a la escalera improvisada, meto la mano y palpo algo como un sobre. Lo agarro con desconfianza y, en el preciso instante en que lo estoy sacando de su escondite, cae un juego de llaves al suelo. Son tres llaves color plata unidas con un amarre plástico.

—Ja, ja, ja, ja, ja. Las encontraste.

—Eso parece, coronel. Tendré que probarlas y después intentar descubrir qué abren las otras dos, eso si entre esas tres llaves está la del cajón del escritorio.

En este momento, las llaves son lo de menos. El sobre que tengo en las manos tiene unos glifos similares a los glifos del felpudo que está a la entrada de la casa. Definitivamente es griego: ΣίλβιαΔομενίτσα. Es lo único que está escrito en el sobre. Dentro hay una llave de bronce cuyo color denota poco uso. Lo que está escrito en el sobre se asemeja a una clave. ¿Pero una clave de qué? ¿Será del sistema que controla el evasivo circuito cerrado de televisión de la casa? Le pregunto a Di Alphonse si tiene conocimiento del sobre que acabo de encontrar. Me responde que no tenía idea de ese sobre, que él y el capitán Vegner eran buenos amigos, pero solamente eso. Me dice que, si él tenía cosas privadas, eso eran, privadas. Le pido con respeto a Di Alphonse que me traiga el paquete de bolsas para evidencias que está en mi maleta en el primer piso, cerca a la puerta. Di Alphonse actúa de inmediato. Es la primera vez en todo este tiempo junto a él que lo percibo enérgico. En menos de un minuto está en el ático nuevamente con el paquete de bolsas. Tomo una y guardo el sobre con delicadeza. Me bajo y recojo las llaves. Procedo a probarlas. Primera, nada. Segunda, nada. Suspiro. Tercera, clic..., se abrió el cajón. Di Alphonse aplaude y esboza una sonrisa satisfactoria.

—Vamos bien, Marcos, vamos bien. De aquí tiene que salir algo importante.

Abro el cajón con precaución. Lo primero que veo es un arma similar a la mía. Debajo hay unas carpetas rotuladas y un juego de lápices con las puntas desgastadas. Saco el arma, la meto también en una bolsa de evidencias. Me llama la atención y me pregunto por qué el arma está cargada, con el martillo activado y asegurada. No debería estar así. Saco tres carpetas. El primero tiene rotulado «administrativo», el segundo tiene el rótulo «jubilación» y en el tercero pone «seguros». Reviso el contenido de cada una de las carpetas.

Ninguna correlación con la información del caso de Maikel De Jaager. Tanto misterio para nada. Meto las carpetas «jubilación» y «seguros» en una bolsa para evidencias. Me quedo revisando la carpeta «administrativo». Hay facturas de servicios, recibos de pago de impuestos, los planos garabateados del «parasol girasol» y una cotización de 2008 para la instalación de un circuito cerrado de televisión. Le muestro el documento a Di Alphonse. Él abre los ojos más allá de sus arcos superciliares y empieza a orbitar por la habitación en busca de algún indicio de cámara de seguridad. Ajá, le he trasladado mi incertidumbre.

Sigo buscando entre los papeles, pero no encuentro nada más al respecto. Una factura no implica la instalación del sistema. No hay nada más. Suspiro profundamente. No hay nada más en este cajón, me repito una y otra vez. No lo puedo creer. Me detengo a observar con esmero las partes laterales internas del cajón. Me llaman la atención un par de rayones provocados tal vez por el rozamiento con algo y una pequeña muesca en el borde. Golpeo suavemente el fondo del cajón. A un lado se escucha hueco, al otro lado no. ¿Será un fondo falso? Las dimensiones del cajón que se observan desde el frente del escritorio no parecen indicar que pueda tener un doble fondo. Intento mover el fondo, sin éxito.

El capitán Vegner tenía una colección de dagas abrecartas en una de las bibliotecas. Me levanto de la silla del escritorio y me dirijo hacia dicha colección. Tomo la daga más delgada. Intento meter la punta de la daga en la muesca. Un ligero movimiento del fondo se hace evidente. Di Alphonse me mira como un ayudante de cirujano. Hinco un poco más la daga, la giro hacia atrás y el fondo se levanta ligeramente. Es un fondo falso. Di Alphonse asiente. Lo retiro lentamente y encuentro una carpeta rotulada «Maikel De Jaager = Antonio Correa Landines». Tenía razón. El capitán Vegner se obsesionó con este caso. De repente, en mi cabeza emergen pensamientos antagónicos.

Me asalta la duda: ¿el capitán Vegner se obsesionó o tendría algo que ver en este caso? ¿Todo esto es un ardid para asegurar que no quede duda de la honra del capitán Vegner? Si es así, ¿quién o quiénes estarán detrás de esto? ¿Di Alphonse? ¿Stephanie? Siento cómo mis manos empiezan a sudar dentro de los guantes y aumenta la temperatura en mi cara. No puedo demostrarle la más mínima inquietud a Di Alphonse. Aquí estoy solo. Mi arma está abajo. El arma del capitán Vegner ya está empaquetada en la bolsa de evidencias. Relájate, Marcos, relájate. Asume que aún puedes tener confianza. Di Alphonse se queda mirándome con desconcierto porque no he abierto aún la carpeta.

—Tómate todo el tiempo que necesites. Puede ser una caja de pandora.

—¿Por qué lo dice, coronel?

—Porque creo que este es un hallazgo muy importante y lo que haya ahí dentro, con tu ayuda, le dará o no paz a Klaus en donde esté, y, de paso, nos dará paz a nosotros.

Me siento incómodo con el comentario ambiguo de Di Alphonse. Relájate, Marcos, relájate. Di Alphonse se retira lentamente del estudio diciéndome que me tranquilice. Para distraerlo, le entrego la factura del circuito cerrado de televisión que he encontrado y le pido que contacte con los proveedores para que nos indiquen si ellos instalaron el sistema en la casa. Eso me da tiempo para coger el arma del capitán Vegner, sacarla nuevamente de la bolsa de evidencias y dejarla aquí disponible mientras decido si reviso la información. No me siento tranquilo. Hay muchas cosas sueltas que no me gustan.

Por más que intente ser racional, mi instinto de conservación va en otra dirección. No confío en nadie. Si era amigo del capitán Vegner hace más de treinta años, si se consultaban temas laborales entre sí, ¿por qué el caso de Maikel De Jaager no fue discutido entre ellos? Eventualmente, entre ellos lo habrían resuelto. Las probabilidades de encontrar las llaves no eran muchas, pero, por coincidencia, una «memoria olvidada» de Di Alphonse provocó un resultado. No me gusta sentir que estoy siendo sutilmente coaccionado. Percibo una tendencia en todo esto que espero que no resulte en el incidente que temo. Aguzaré mis sentidos y escucharé a mis instintos.

La voz difusa de Di Alphonse al teléfono irrumpe en el angustiante silencio de mis temores. La iluminación en el estudio es cada vez más tenue, como mi confianza. El cielo se ha tornado totalmente gris, anticipando la tormenta y lo que creo que me espera. Es hora de salir de aquí. Cierro el cajón del escritorio, recojo las evidencias, desactivo el martillo de la pistola del capitán Vegner, la acomodo en la parte posterior de mi pantalón y la oculto con mi chaqueta. Activo los cobertores externos de los ventanales y salgo del ático. Pruebo una de las dos llaves remanentes y confirmo que una de estas asegura la puerta del estudio.

Cierro con llave, dejo las evidencias encima de la cama de la habitación donde asumo que me quedaré y cargo conmigo el sobre y la carpeta que encontré con la información que se supone que es del caso. Aún no la he abierto ni siquiera para ojearla. Salgo de la habitación. Veo a Di Alphonse sentado en la cama con el teléfono en su oído, con sus manos está hojeando lo que creo que es la factura. No lo escucho hablar, tal vez lo dejaron en espera. Bajo las escaleras lo más rápido que puedo. Recojo mi maleta y mis zapatos. Subo nuevamente a la habitación y me encierro en ella. Estoy alterado y no quiero cometer errores. En este estado anidan la imprudencia y la violencia. Relájate, Marcos, relájate. Mi desconfianza, últimamente exacerbada, es insoportable.

El peso de la duda me quiebra lentamente la espalda. El zumbido incómodo de llamada perdida en el satelital me saca de la abstracción, sosegando el enjambre en mi cabeza. Dos llamadas de Verónica, una de un número desconocido y un mensaje de texto del capitán Dunnebier preguntándome cómo están las cosas. Marco el número de Verónica. Al primer timbre, me contesta.

—Hola, Marcos, ¿cómo has estado? ¿Recibiste mi mensaje?

—Hola, Verónica. Bien, gracias, y sí, sí lo recibí. Muchas gracias.

—¿Realmente todo va bien, Marcos? Te escucho agitado o ¿incómodo?

—Sí, Verónica, todo está bien y avanzando. Tengo que enviarte unas fotografías que he hecho en la casa de Vegner y necesito que las compares con las fotografías del cráneo de Maikel De Jaager. Tan pronto como tenga acceso a red, te las envío. Son imágenes de alta resolución. Si no tengo éxito, te las entregaré cuando regrese a Holanda. Mantengámonos en contacto, por favor. Voy a llamarte todos los días que esté aquí, a esta hora, ¿okey?

—Okey, Marcos. ¿Pero seguro que estás diciéndome la verdad? No te conozco mucho, pero te percibo preocupado.

—Sí, Verónica, tranquila. Todo está bien. Cuéntame, ¿cómo van las cosas allí? ¿Ya se ha ido Stephanie?

—No, Marcos, Stephanie sigue por aquí. De hecho, acaba de salir de una reunión con el capitán Dunnebier. Del resto, todo tranquilo. Sigo adaptándome.

—Bien, Verónica. También debo comunicarme con el capitán Dunnebier. Por favor, dile que me estaré comunicando pronto y que es posible que acelere mi retorno.

—Okey, Marcos, se lo comentaré. De todos modos, me quedo intranquila. Si no me llamas mañana, yo te llamo, y me contestas, por favor.

—Sí, Verónica, no te preocupes, que todo va perfecto. Demasiado perfecto, diría yo. *Ciao,* Verónica.

—*Ciao,* Marcos.

Verónica tiene razón, no me conoce bien y ya es capaz de percibir, a partir de una conversación telefónica, que algo no anda bien conmigo. El enjambre está muy activo hoy. No dejo de pensar en la posibilidad de que todo esto sea una treta armada por alguno de los dos: Stephanie, Di Alphonse y Vegner se conocieron hace mucho tiempo y eran muy cercanos. Lo más seguro es que Di Alphonse y Stephanie se sigan comunicando. Si el capitán Vegner tuvo algo que ver con la muerte de Maikel De Jaager, aunque haya sido accidental, ¿estarán ellos dos tratando de encubrirlo?

Definitivamente, estoy haciendo filigranas con todo este enredo. Necesito ver toda la evidencia que tengo disponible, y espero que no sea evidencia plantada para desviarme en esta investigación. El enjambre se tiene que calmar. Doc, caramba. Se me había olvidado Doc. Cojo el satelital y marco el número que habitualmente utiliza para recibir mis mensajes. Suena dos, tres veces. Normalmente contesta al tercer timbre. Nada. No responde. Lo intento nuevamente. Nada, no hay respuesta. De repente, entra un mensaje de texto que dice: «No puedo hablar ahora. Me has dejado solo, estoy en problemas. Te llamo más tarde». Sí, pobre Doc, en qué lío estará. Espero que no sea por mi culpa. Claro que ahora «culpa» significa «Sofía». Hagamos un último intento con Sofía. Decido salir de la habitación, pero esta vez portando mi arma y mis zapatos. Descargué el arma del capitán Vegner y la introduje nuevamente en la bolsa de evidencias. Llevo conmigo los cartuchos.

Al salir de la habitación, veo a Di Alphonse recostado en la cama. Parece dormido. Me dirijo con sigilo hacia el mirador nuevamente. Me llevo una botella de vino y mis Lucky. Quiero despejar mi mente, quiero que mi colmena se calme. Qué mejor sitio que este para disipar con la fría brisa de los Alpes tanto calor interno que me carcome. Descorcho el vino y enciendo un cigarrillo. Marco con dudas el número de Sofi.

—¿Hola?

—Hola, Sofi, gracias por contestarme. Llevo casi dos meses tratando de comunicarme contigo.

—¿Qué quieres, Marcos? Estoy ocupada.

—¿Cómo estás, Sofi? Como te digo, he intentado comunicarme contigo desde tu viaje a Tenerife —le digo más con resignación que con sarcasmo—. ¿Cómo has estado?

—Muy bien, Marcos. Dime, ¿qué quieres?

—Quiero hablar contigo. Quiero entender qué es lo que está pasando ¿Qué fue lo que hice mal, Sofi?

—Marcos, estoy ocupada, ya te lo he dicho. No hay nada de qué hablar.

—Sofi, por favor. Te echo mucho de menos y no soy capaz de vivir la vida sin ti. Llevamos un poco más de un mes separados y no ha sido fácil para mí estar sin ti, sin escucharte, sin verte sonreír, sin sentirte a mi lado.

—Ay, Marcos, por favor. Deja tanta estupidez, que, cuando tomaste la decisión de irte a Holanda, no estabas pensando en mí.

—¿Tienes la certeza de que la decisión de irme a Holanda fue la razón de nuestra separación?

—Por supuesto que sí, Marcos, ¿o qué más podría ser?

—Esteban, por ejemplo.

Un silencio ensordecedor inunda mi auricular. El ambiente se enrarece de la misma forma en que se incrementa el potencial eléctrico unos segundos antes de que emerja un rayo y siento la artillería antiaérea preparándose para contraatacar ante la intimidación, ante el hostigamiento. La hecatombe está a punto de suceder. El rayo está a punto de romper el espacio.

—Maldito seas, Marcos, todo es culpa tuya. Me hiciste perder ocho años, Marcos, ocho años, y eso no te lo perdonaré jamás. Yo necesito a un hombre de verdad a mi lado, un hombre con ambiciones, un hombre que sepa cómo mantener la esperanza de que la relación seguirá siendo viable el resto de la vida, un hombre que viva con ilusión, un hombre que se arriesgue a todo por mí y que sepa amarme con todas mis imperfecciones. Un hombre que sepa leerme, un hombre que no necesite estar preguntándome cómo me siento ni que me esté preguntando en todo momento si lo amo, si lo echo de menos. Un hombre que esté seguro de sí mismo y, por lo tanto, que actúe con decisión.

—Sofi, por favor —la interrumpo—. Me estás describiendo con una precisión inigualable. ¿Acaso no soy lo que tú describes? Dime con sinceridad qué es lo que está pasando. No intentes cargarme emocionalmente la culpa, ni mucho menos intentes minimizarme como hombre.

Sofi, entre sollozos de ira y tristeza, continúa con su declaración.

—Así es, Marcos, tienes toda la razón, estoy describiendo con total precisión lo que «no» eres. Y te digo que me hiciste perder ocho años de mi vida porque fueron ocho años esperando que tomaras decisiones radicales para los dos sin tus malditas inseguridades. Todas las decisiones que tomaste las tomaste pensando solo en ti, en lo que tú aparentemente querías. Tú nunca entendiste mis necesidades. Tu maldito egoísmo disfrazado de nobleza hizo disminuir día tras día el «amor», el «respeto» y la «admiración» que pude haber sentido en algún momento por ti.

»Me di cuenta muy tarde de que «andar contigo», «hacer vida juntos» y «llegar juntos a la vejez» era simplemente una farsa, la ilusión de un oasis en el desierto. Me agotaste, Marcos, me cansé de ser tu Sofi amada solo en palabras y no en acciones. Te convertiste en lo peor que se me pudo haber cruzado en mi camino. Te volviste como ese excremento que pisas, ese que se queda adherido a la suela de tu zapato y, por más que intentas deshacerte de él, no puedes, porque hasta el olor repugnante se te queda grabado en tu mente y lo percibes nuevamente con solo mirar tu zapato.

—No entiendo, Sofi, por qué me dices todo eso. Trata de calmarte, que no quiero entrar a enfrascarme en una discusión pírrica. Lo que estás diciendo no tiene sentido. Quieres discutir y confrontarme para liberar y descargar tu conciencia. Ya es suficiente, Sofi, no sigas faltándome al respeto. Para mí, desde el primer momento en que te conocí, dejó de existir el resto del mundo, como supuestamente debería suceder, porque la intención es crear un mundo nuevo cuando se ama con sinceridad, convicción, empatía y compromiso.

»Me enfoqué plenamente en ti y te lo hice saber en el acto. Te manifesté con claridad qué era lo que esperaba de mi vida al lado tuyo y encontraste correspondencia con lo que tú supuestamente querías y esperabas. ¿Recuerdas la discusión fuerte que tuvimos hace como cuatro años? Yo sí la recuerdo bien, porque te expresé que, si yo no era el hombre que te hacía sentir completa y feliz, lo único que tenías que hacer era tomar la decisión de dejarme y punto. Eres una mujer maravillosa, excepcional y talentosa, y supuestamente en ese momento tomaste la decisión de direccionar tu vida hacia donde supuestamente querías. Te dije también que tú fácilmente podías alcanzar tu felicidad y, si considerabas que tenías que dejarme a un lado, lo único que tenías que hacer era decírmelo y punto.

»No aprendiste a entender lo que siento por ti, y lo que me importa es que seas feliz y que te sientas plena. Puse mi mundo a girar en torno a ti nada más, y trabajé fuerte en todos los aspectos, para que así lo notaras y lo vivieras. Jamás pretendí agobiarte, ni mucho menos aplastarte emocionalmente como estás intentando hacerlo en este momento conmigo. ¿Recuerdas las respuestas varias que me dabas las veces que te propuse matrimonio y que formáramos una familia? Nunca fue el momento adecuado para ti, porque no estabas dispuesta a «sacrificar» tu vida profesional por mí. ¿Que más podía hacer, Sofi? ¿Qué más esperabas que hiciera, si ni siquiera estuviste dispuesta a tener un hijo conmigo? Yo sé, Sofi, que te practicaste dos abortos en estos ocho años, ¿creías que no me iba a enterar?

»Pues sí, Sofi, pero preferí entender tus prioridades y simplemente callar con dolor y dejar de lado esa opción, porque siempre soñé con la posibilidad de tener un hijo, y aún más con la mujer que amo. ¿Quién es el egoísta, entonces? Si cometimos errores, los cometimos los dos, y ten absoluta certeza de que nunca te fui infiel, por más oportunidades que se me hubiesen presentado. Fueron muchas, Sofi, y siempre estuve firme en ti, firme en tus entrañas. Mi intención era estabilizarnos más económicamente, iniciar una nueva historia juntos como familia en Holanda, un nuevo país para los dos, comprar una casa para los dos, dejar la correría a lo largo y ancho de España, y te lo dije, la asignación no es temporal.

—No me hagas reír, Marcos. No te hagas ahora la víctima. El mesías hecho hombre nuevamente, ja, ja, ja, ja, ja. Marcos Jesucristo Gandara, el hijo de Dios, sacrificado por el amor de la humanidad, ja, ja, ja, ja, ja.

Sofía interrumpe con uno y otro sarcasmo y balbuceos irrespetuosos.

—¿Qué te pasa, Sofía? —le reclamo—. Nunca me habías faltado al respeto de esta forma al hablarnos. Explícame cómo es posible, o mejor, respóndeme: ¿de dónde ha salido todo ese cinismo tuyo, inexplicable para mí hasta este momento, que te permitió el día de nuestro octavo aniversario manifestarme «todo tu amor por mí» aun sabiendo que habías hecho ocho días antes una reserva para ti y tu amante en un hotel de Tenerife? ¿Desde cuándo Esteban entró a formar parte de nuestra relación, sin mi consentimiento al menos? ¿Hace cuánto que estás con él, Sofi?

»Soy sincero, Sofi, no tenía la menor idea de lo que estaba sucediendo entre vosotros hasta esta semana, a raíz de la investigación que dirigí en Barcelona. Por eso te lo pregunto directamente. Deja tanta parafernalia. Deja de estar transfiriéndome responsabilidades, que sabes plenamente que las decisiones las tomaste tú y, lo más triste de todo, con total intención. Me conoces o me conocías muy bien para atreverte a dar los pasos que diste, por eso lo hiciste. Lo único que te faltaba era la estocada final.

—Marcos, estoy embarazada, y esta vez he decidido tenerlo.

Sofía... Sofía... Me quedo con tu nombre en mis labios, con tu vida en mi alma y mi alma rasgada como piel en el pavimento. Me has colgado la llamada.

Marco nuevamente. Maldita sea, contesta, contesta ya. El timbre suena una y otra vez en mi oído hasta que se me agota mi ira y mi desasosiego. Quiero mandarlo todo a la mierda. Quiero tirar mi vida por el inodoro, porque eso es mi vida, un desecho anómalo y pestilente. Basura que lixivia, que contamina e inunda el universo. Y ahora, entonces, embarazada, ¿pero de quién? ¿Será mío ese hijo o de Esteban? Maldita sea, contesta, Sofi. ¿Cuánto tiempo tendrá que pasar para lograr certeza en mi patética vida? ¿Qué tengo que hacer para alcanzar la maldita tranquilidad que merezco? Argh, a la mierda todo. A la mierda Sofi y su hijo. Si decidió quedarse con Esteban, pues que se quede con Esteban. ¿Qué más puedo hacer?, ¿rogarle que vuelva? Además, ¿hace cuánto tiempo que está con Esteban? Maldita sea, no puedo dejar de amarla.

Un paquete de cigarrillos, una botella de vino y aún siento rabia y decepción y ni una pizca de embriaguez. Se supone que esto sirve para lidiar con sentimientos obtusos. Maldita sea. Lo peor que me podría haber pasado, que llevaras doble vida, Sofía, y que lo hayas hecho tan bien que no haya habido sospecha por mi parte. ¿Cómo demonios hiciste para hacerlo? ¿En dónde quedaron tus benditos escrúpulos?

Muchas preguntas en este monólogo que se repite una y otra vez. Monólogo perpetuo, estéril, deshidratado, corroído. Sé que de nada me sirve seguir así. Cuanto más lo pienso, más rabia y desesperación siento. ¿Y si ese hijo que espera Sofi es mío? ¿Qué tengo que hacer? ¿Qué debo hacer? ¿Qué siento por ese ser que se está gestando en el vientre de la mujer que amo, en el vientre de mi mujer que ya no lo es, que hace mucho tiempo que no lo es? ¿Nada? Maldita sea. Nada.

El frío desconsolador inunda mis entrañas. Quiero vomitar. Quiero sacarte de una buena vez de mi colmena. La tristeza, la angustia, la desesperación, la desconfianza y la incertidumbre han sido constantes en mi vida. He tenido que lidiar, a lo largo de mi existencia, una y otra vez con esos malditos sentimientos. ¿De qué maldita forma está estructurado mi cerebro, que fisiológicamente solo se reconecta con castigo y cero recompensas? He tratado de darle sentido a todo y, de hecho, fin a todo, procurando hacer las cosas bien. Cuando se supone que el resultado es el esperado, solo soy yo el que lo espera en mi imaginario.

Han pasado ya casi dos meses alejado de Sofi y se me hace eterno. ¿Qué hubiese pasado si llego a tomar la decisión de irme con ella? ¿En qué maldito problema estaría yo inmerso? ¿Por cuánto tiempo más habría ella mantenido su secreto? O, como lo expresó Di Alphonse, ¿estaría el maldito Esteban preparado y a la espera? ¿Cuánto tiempo me habría tomado salir del estado de latencia en que Sofía me mantuvo hasta ahora? Como siempre, maldita sea, me quedo estancado en pensamientos fútiles, en posibilidades y realidades alternas que no conducen a nada, sobre todo cuando esas realidades no me pertenecen. Lo único que hago es incrementar mi ansiedad por encontrar explicaciones complejas a lo inexplicablemente simple.

Tengo que ser consciente de que el pensamiento y el comportamiento humano son productos del proceso evolutivo y, en este caso particular, selección natural emocional, por lo tanto, Sofi es un predador y yo una simple presa que está siendo consumida. En fin, tendré que convertirme en predador algún día, si mi estructura cerebral me lo permite, o si no, una lobectomía en la colmena estaría bien, ja, ja, ja, ja, ja. Me quedaré con nuestros buenos momentos, Sofi, mientras me consumes. Dejaré que mis sentimientos por ti se mueran lentamente. ¡Salud, maldita sea, salud! ¡Odio amarte así, odio amarte tanto, maldita sea!

Miro hacia la casa y veo a Di Alphonse en la ventana haciéndome señas para que entre. Abre ligeramente la ventana y me grita que suba. Está haciendo un frío infernal, ya está oscureciendo y el vino se me ha subido a la cabeza. Camino hacia el interior de la casa por el balcón posterior. Aunque esté parcialmente ebrio, me aseguro de haber recogido todas las colillas y sigo las instrucciones de Di Alphonse. Ahí vas, Sofi, rumbo a la basura, ja, ja, ja, ja, ja. Tus cenizas ya han quedado esparcidas en los Alpes. Me has jodido, Sofi, me has jodido. Estoy ebrio, evidentemente. Tambaleándome un poco, me quito los zapatos, entro a la cocina, cierro la puerta y busco algo para comer.

Tengo hambre otra vez y no veo por aquí intención alguna de Di Alphonse, por ahora, de prepararme otro plato exquisito. Con mi boca llena de pistachos acaramelados y un poco de jamón ibérico, continúo mi tránsito por la sala de la casa. Me aseguro de que la puerta principal esté cerrada y me dispongo a subir. Al dar el primer paso en el primer escalón, miro hacia arriba y veo la silueta de Di Alphonse a contraluz. Es gigante. Sigo subiendo sin prestar atención.

—¿Qué te pasa, amigo mío?

—Nada, coronel, nada. Todo está perfecto. Todo está bien a excepción de mi maldita vida sentimental, ja, ja, ja. Tenía razón usted más que yo, coronel. Me falta mucho por aprender.

Con mi cabeza hundida en el suelo de madera y mi guardia en la planta baja, paso por el lado de Di Alphonse para dirigirme hacia la habitación.

—No hay problema, Marcos. No hay problema. Te cuento, he investigado y no hay nada. No hay registro de que se haya instalado un circuito de cámaras de seguridad en la casa, o por lo menos no con esa empresa cuya información aparece en la factura que encontraste. Mañana averiguo qué otras empresas prestan el servicio por aquí cerca. Sé que en Domancy no hay, y la única de Sallanches es la de la factura.

—Bueno, coronel, una variable menos. Mañana lo revisaré con más detalle mientras usted me ayuda con la indagación. Si me disculpa, me voy a dormir, así como estoy, no sirvo para nada.

—Okey, Marcos, que descanses. Nosotros somos los buenos en esta historia, no se te olvide. Estás en buenas manos y queremos lo mismo que tú quieres.

—Está bien, coronel. Mañana será otro día.

Entro a la habitación y cierro la puerta con seguro. Por supuesto, Di Alphonse tiene que haber escuchado el sonido del cerrojo, ja, ja, ja, ja, ja, qué ironía. Afortunadamente, todo está en el mismo orden en que lo dejé. Me quito la chaqueta, guardo mi arma en el cajón de la mesilla de noche que está al lado derecho de la cama, enciendo el radiador, bajo la persiana de la ventana, apago la luz y me tiro en la cama. Escucho murmurar a Di Alphonse por teléfono. No entiendo muy bien lo que dice, pero parece estar hablando con Hanna. Hermosa Hanna. Verónica, hermosa Verónica. Mañana será otro día, definitivamente. A dormir, abeja reina, no me jodas más.

***

Una pesadilla incómoda me despierta a las tres de la mañana en punto. Me levanto agitado. Un cigarrillo a esta hora no está bien. La casa a esta hora inhala quietud y suspira silencios. Enciendo la luz de la lámpara que está ubicada en la mesilla de noche del lado izquierdo de la cama. Necesito ocupar mi mente en algo. No tengo sueño.

Empiezo a revisar el registro de la necropsia del capitán Vegner. Hay diez folios y un juego de fotografías, además, hay un sobre con documentos que más tarde revisaré. Aquí está el resultado de los análisis practicados en Alemania de los tejidos y fluidos del capitán Vegner. Todos los documentos parecen originales. En apariencia, Hanna me estaba diciendo la verdad. El resultado de un posible envenenamiento es plausible con base en la probabilidad registrada. Podría tratarse de un homicidio. Tal vez Eva no encontró evidencias durante el levantamiento del cadáver que le permitieran concluirlo con certeza en ese momento y puede que tratase de averiguarlo por su propia cuenta. Lo que no entiendo aún es por qué no compartiría esta información con Di Alphonse.

Tendré que sentarme con él y tratar de deducir el nivel de conocimiento que él tiene de los detalles de esta necropsia. Si Eva hubiese escalado este asunto a Di Alphonse, posiblemente ya estaría resuelto, a menos que hubiese contemplado que el capitán Vegner cometiera suicidio. Habría algo aquí en la casa, pero claro está que el arma del capitán Vegner estaba cargada y con el percutor activado, como la encontré en su escritorio. ¿Pretendería el capitán Vegner suicidarse o estaría convencido de que algo relacionado con la muerte de Maikel De Jaager podría estar más allá de su control y anduvo sus últimos días paranoico y esperando el momento? Aquí dice que el cuerpo del capitán Vegner lo hallaron en la mesa de la cocina.

Reviso la necropsia de la esposa del capitán Vegner. Sufría cáncer estomacal y eso se la llevó. Nada relevante. Reviso la necropsia de Eva. También muerte por infarto cardiaco fulminante, según el reporte del forense de Domancy. Comparo fechas y, evidentemente, Eva murió tres meses después que el capitán Vegner. Saco los documentos que hay en el sobre. Es la copia del registro original de la necropsia de Maikel De Jaager que estuve revisando inicialmente en la oficina. Nada adicional. Solo me queda por revisar la «caja de pandora», la carpeta que encontré en el ático en el cajón con doble fondo del escritorio. Enciendo la luz principal de la habitación. Abro la carpeta y encuentro las fotografías originales del cráneo de Maikel De Jaager, y en perfecto estado de conservación. Hay fotografías ampliadas del área de la herida en el cráneo, unas hojas blancas tamaño carta con garabatos hechos a lápiz que asemejan la bendita marca y una nota que dice: «consultar con Eva en Sallanches». Definitivamente, el capitán Vegner sí percibió lo que Verónica y yo observamos en las imágenes del reporte forense. Tomo mi cámara, reviso las imágenes y veo que la marca del suelo coincide geométricamente, en una sección, con la marca en el cráneo de Maikel De Jaager. Al parecer, el capitán Vegner estaba tratando de esquematizar la marca.

Aquí hay algo grande. Quien haya provocado la muerte de Maikel De Jaager en Holanda también estuvo aquí, en la casa del capitán Vegner en Francia, y posiblemente también provocó su muerte, y tal vez la muerte posterior de Eva, si de alguna manera la correlacionó con las indagaciones que estaba haciendo el capitán Vegner. Con lo que encuentro en esta carpeta, descarto de plano que el capitán Vegner haya tenido algo que ver en el homicidio de Maikel De Jaager. Definitivamente, fue un crimen. En la carpeta también encuentro unas impresiones de unos resultados de búsqueda en internet: «Maikel De Jaager and Antonio Correa Landines», unas copias de unas portadas de lo que parecen ser registros de nacimiento de Maikel De Jaager y de Antonio Correa Landines y dos documentos escritos en inglés de la Fiscalía General de la Nación en Colombia dirigidos al capitán Vegner: uno, fechado el 16 de febrero de 2009, y el otro, del 17 de septiembre de 2009. En el primero informan que la investigación del caso de la desaparición del ingeniero Correa Landines fue asignada a la doctora Mariana Jiménez Orduz, fiscal sexto delegado para la Seguridad Ciudadana con funciones de policía judicial con sede en Bogotá. El número de contacto y la dirección en Colombia de la oficina de la fiscal están subrayados con lápiz. Informan además que una copia del registro decadactilar del ingeniero Correa Landines fue enviada por correo electrónico a la dirección registrada por el capitán Vegner.

En el segundo documento, la fiscal le da respuesta al capitán Vegner informando que la investigación entra en fase de cierre porque hasta ese momento no existen indicios o evidencias contundentes que permitan destinar recursos para concretar la investigación. Esto es el colmo. En fin. Toda esta información es suficiente para soportar aún más los argumentos que le planteé a Dunnebier para reabrir el caso y direccionar la investigación. Tendré que contactar con la fiscal en Colombia y posiblemente viajar a Bogotá cuando haya algo importante.

Ya son las seis y media de la mañana, escucho movimiento en la habitación donde está Di Alphonse. Haré el intento de preparar hoy el desayuno, al fin y al cabo, es lo único que medio sé cocinar, ja, ja, ja, ja, ja, vamos a ver cómo resulta. Me daré una ducha rápida y bajo a prepararlo. Arreglo los documentos y los guardo nuevamente en mi equipaje. Voy a relajarme con Di Alphonse para poder abordarlo durante el desayuno. Dedicaré el día a revisar si definitivamente no hay un circuito cerrado de televisión en esta casa. Le digo a Di Alphonse a través de la puerta de la habitación que me dispongo a preparar el desayuno y que en veinte minutos estará listo. Di Alphonse me responde que gracias y que espera no terminar envenenado. Se ríe a carcajadas y le respondo que eso también espero yo.

Ya sentados en la mesa, degustando un desayuno típico americano como esos que se ven en las películas, inicio mi interrogatorio sutil al coronel. Al final del desayuno, me doy cuenta de que Di Alphonse no tiene mucha información o sabe perfectamente ocultarla. Sus microexpresiones faciales durante la charla no me dan indicios de memorias ocultas. Bueno, en este momento entro en conflicto al respecto de mis capacidades reales para leer las señales de las personas, ja, ja, ja, ja, ja. No detecté nada en Sofi, pero bueno, excusémonos en el hecho de que estaba desprevenido y en este caso no. En fin, le comento a Di Alphonse el plan para el día de hoy y que es muy probable que precipite mi regreso a Holanda. Ya tengo en mi poder información relevante para justificar la formalización de la investigación y la destinación de más recursos.

El día se me pasa esculcando cada rincón de la casa. Si al capitán Vegner le gustaba la tecnología, el tipo de sistema tuvo que haber sido especial, tan especial que no lo encuentro. Le pregunto a Di Alphonse si hay algún resultado. Me responde que, por supuesto, el resultado es nada. Me comenta que hizo la indagación en las localidades cercanas y amplió su búsqueda hasta la empresa de tecnología en donde adquirió el «parasol girasol». Nada que hacer. No pierdo más el tiempo buscando «bichitos» en esta casa. Intento conectar el portátil a internet a través del satelital, sin éxito. Ya es hora de llamar a Verónica. Cojo el móvil y marco el número de Verónica. Al primer tono, contesta.

—Hola, Marcos, ¿cómo estás? Estaba a punto de llamarte. ¿Cómo ha sido tu día hoy?

—Qué te digo, Verónica. Tengo ya en mis manos información completa y no tuve conexión para enviarte las fotografías. Te agradezco que me ayudes para salir de aquí mañana. Considero que ya no tengo nada más que indagar por estos lares.

—Okey, Marcos, organizo ya mismo tu regreso. Espero que podamos discutir tus hallazgos y establecer el plan de acción que quieres seguir. Te espero en dos días aquí en la oficina.

—Sí, Verónica. Mi idea es iniciar mi viaje de vuelta mañana temprano. Te agradezco que organices mi salida desde Sallanches, en lo posible después de mediodía, para no gastar una noche más de hotel.

—Okey, Marcos. Procura descansar esta noche.

—Gracias, Verónica. Mañana antes de mediodía me das los detalles, por favor.

—Por supuesto, Marcos. Yo te llamo cuando tenga listo todo el itinerario. *Ciao,* Marcos.

—Okey, Verónica. *Ciao.*

Definitivamente, ese temita de las cámaras de seguridad inexistentes se ha vuelto una obsesiva pérdida de tiempo. Le comento a Di Alphonse que mi intención es salir al día siguiente y que espero llegar a Sallanches y emprender mi retorno a Holanda después de mediodía. El nivel de desconfianza que tenía inicialmente con Di Alphonse ya no es tal. Espero no estar equivocado. Me comentó muchas cosas de su amistad con el capitán Vegner, con Stephanie y con Eva, y del dolor que sentía por haber perdido a dos de sus mejores amigos. Stephanie, para él, es un caso aparte. Ella se convirtió a través de los años en su «termostato emocional». En este momento no tengo razones ni argumentos para dudar de ellos. Antes de pasar a mi habitación a dormir, le hago saber a Di Alphonse que voy a hacer todo lo que esté a mi alcance para resolver este rompecabezas.

—Marcos, gracias. Ya son más de tres años sin ellos, años en los que parece que el tiempo se hubiera sumergido en un denso lodazal lleno de tristeza y soledad que nos absorbe y nos ahoga lentamente.

—Buenas noches, coronel, y muchas gracias por su ayuda y su compañía estos días.

—Bien, Marcos. Cuenta conmigo para lo que necesites. Voy a organizar un poco esto. Mañana saldremos a eso de las seis de la mañana, no quiero tener inconvenientes después con Interpol. Desayunamos por el camino, ¿te parece?

—Así sea, coronel. Que descanse —le respondo.

Ya en la habitación, reviso que toda la información esté completa. Todo lo que se recogió como evidencia ya se lo he entregado a Di Alphonse, excepto la carpeta que encontré en el cajón del estudio del capitán Vegner. Estos dos días han sido algo extraños, aunque fructíferos, porque me han dado foco en dos aspectos importantes de mi vida. De aquí en adelante, tengo que apostar por la resolución de este caso antes de finalizar este año.

6. Meditación

La noche se me hace eterna. No puedo conciliar el sueño. Las imágenes del cráneo abierto de Maikel De Jaager y la bendita marca aparecen una y otra vez en mi colmena. Evidentemente, el trauma craneoencefálico fue provocado por alguien. Un golpe certero con un objeto que tiene un relieve específico que aparenta ser una especie de cruz maltesa. La marca que quedó grabada en la madera en el primer piso coincide con los esquemas que estaba garabateando el capitán Vegner, pero ¿cuál fue el motivo para que quedara allí grabada y en qué momento? ¿Será la impronta o la firma del asesino? ¿Sería un evento circunstancial? Tendré que deducirlo. No hay mucha información. Analicemos un poco esto y démosle una secuencia lógica.

Hay algo que aún no encaja. El capitán Vegner no dejó registro escrito excepto la referencia para consultar a Eva, ni siquiera notas al pie en ninguno de los documentos. Supongo que sí la consultó en algún momento y confirmó con ella lo que estaba observando en las fotografías del cráneo de Maikel De Jaager y, por lo tanto, Eva quedó involucrada y su muerte posterior pudo estar relacionada. Si es así, esto implicaría que el asesino se mantuvo activo todo ese tiempo siguiendo los pasos del capitán Vegner y de Eva.

Tengo que entrar a la morgue de Sallanches antes de irme y revisar si hay algo que permita inducir que el asesino estuvo allí presente. Espero contar con la suerte de la imprudencia o de la arrogancia del asesino. El dictamen de la causa de la muerte de Eva es similar al dictamen de la causa de la muerte del capitán Vegner. La única diferencia es que no hay registro de que se haya realizado la verificación posterior de tejidos ni de fluidos. Bueno, ya ha pasado el tiempo, tengo que prepararme para salir con Di Alphonse. No he podido dormir. Ya escucho a Di Alphonse dando vueltas en su habitación. Teniendo ya todo organizado, salgo de la habitación y saludo a Di Alphonse.

—Buenos días, coronel.

—Buenos días, Marcos. ¿Ya estás listo? Veo que no has dormido...

—Sí, coronel. Le cuento que me gustaría conocer la morgue de Sallanches, o lo que queda de ella. Particularmente, me interesa revisar, con todo respeto, el sitio donde encontraron muerta a Eva.

—Okey, Marcos. Si tienes tiempo, lo revisamos. Voy a contactar con Hanna para que podamos entrar.

Diligentemente, Di Alphonse llama a Hanna, le contesta milagrosamente al primer tono y procede a darle las instrucciones correspondientes. Salimos de la casa del capitán Vegner, organizamos nuestras cosas en el Land Rover y nos disponemos a iniciar nuestro retorno a Sallanches. Le expreso mi agradecimiento a Di Alphonse y, ya en marcha y después de conversar de cosas irrelevantes, entablo una conversación pendiente.

—Coronel, a propósito, ¿quién encontró el cadáver de Eva?

Di Alphonse, ante mi pregunta, cambia su semblante y se percibe afligido.

—Me duele en el alma no haber estado en Sallanches en ese momento. Marcos, el cadáver de Eva lo halló uno de los gendarmes de la comisaría. Ya habían pasado tres días, según el reporte del forense de Domancy.

—¿Puede explicarse, coronel?

—Sí, Marcos. Ni Hanna ni yo estábamos en Sallanches. Diez días antes de la muerte de Eva, Hanna tuvo un evento muy complejo asociado con drogas y fue necesario remitirla a un centro de rehabilitación en París. Eva y yo estuvimos acompañándola. Eva me pidió que me quedara con Hanna y, dos días antes de su muerte, Eva regresó a Sallanches. Simplemente, me dijo que tenía algo urgente que concretar. No me dio detalles en absoluto y, como siempre, no quise indagar. Yo me quedé con Hanna en París y recibí la noticia de su muerte estando allí, al día siguiente del hallazgo. No podía hacer nada. No podía dejar sola a Hanna.

»Un día después, logré localizar a Stephanie. Ella posteriormente viajó a París y se quedó acompañando a Hanna. Por más que lo intenté, no pude llegar a tiempo. Tuve múltiples complicaciones para llegar a Sallanches. Cuando por fin lo logré, ya habían trasladado a Eva a la morgue de Domancy y el protocolo para estos casos ya estaba prácticamente finalizado. Lo más difícil fue darle la noticia a Hanna. En ese estado, lo más probable habría sido una nueva recaída. Stephanie y yo decidimos guardar silencio mientras terminaban de pasar los días críticos de Hanna. Posteriormente, y tras consultarlo con los médicos del centro de rehabilitación, tomamos la decisión de informar a Hanna. Fue muy complejo todo. Afortunadamente, Stephanie estuvo presente.

»Hanna permaneció internada durante tres meses y después Stephanie se la llevó a Holanda. Hanna regresó a Sallanches unos meses después, y ya conoces la historia...

—Sí, entiendo, coronel.

En los casos del capitán Vegner y de Eva no se sospechó nada diferente de una muerte por causas naturales y, por lo tanto, cualquier evidencia al respecto se perdió en el proceso.

El tiempo se nos pasa enredados en conversaciones de todo tipo.

—Perfecto, Marcos, ya hemos llegado.

Hanna no está. En la puerta de entrada a la morgue nos está esperando el gendarme que encontró el cuerpo de Eva. Le hago algunas preguntas y me acompaña y me muestra el lugar donde la halló. Según él, Eva estaba tirada en el suelo, junto a su escritorio. Había una botella de vino tinto derramada que dejó una mancha en el suelo que alcanzo a divisar. Miro detalladamente y no encuentro nada en particular que llame mi atención.

El sitio ha sido recientemente modificado. No hay mucho que hacer aquí. Los cajones del escritorio están vacíos. Le digo con resignación a Di Alphonse que definitivamente no hay nada aquí que pueda aportar elementos relevantes a la investigación.

Ya son las pasadas las doce de la mañana y no he recibido comunicación de Verónica con respecto a mi itinerario. Intento comunicarme con ella en dos ocasiones y por fin contesta.

—Hola, Marcos, ¿cómo estás? Discúlpame, estaba almorzando. ¿Has recibido el itinerario?

—Hola, Verónica. Estoy bien, gracias. No he tenido la oportunidad de revisar mi correo electrónico, ¿podrías, por favor, detallármelo?

—Okey, Marcos. Viajas hoy en tren desde Sallanches a Lyon antes de las tres de la tarde. En Lyon tienes reserva para esta noche en el hotel Marriott Lyon Cité Internationale. Mañana sales de Lyon hacia París a las seis de la tarde y haces conexión hacia Ámsterdam por la noche. Tienes alrededor de una hora en el Charles de Gaulle. En Schiphol te estará esperando un vehículo que te traerá a Twente. Estimo que estarás llegando aquí a eso de la una de la madrugada. Descansa y nos vemos aquí en la oficina. Los detalles de los vuelos los puedes verificar en el hotel en Lyon, cuando tengas acceso a tu correo.

—Verónica, una cosa, ¿por qué pasaré tanto tiempo en Lyon?

—Marcos, ayer, después de que hablamos, se recibió una llamada de las oficinas centrales de Interpol en Lyon. El capitán Dunnebier atendió una llamada del secretario regional de Antinarcóticos. Estuvieron hablando y posteriormente me solicitó que ajustara tu itinerario para que atiendas una cita en las oficinas en Lyon. No sé los detalles. Lo importante es que te presentes allí mañana a las diez de la mañana en las oficinas de la Dirección Regional.

—Okey, Verónica, muchas gracias. ¿Sabes si tiene algo que ver con el caso del capitán Vegner?

—Marcos, como te he dicho, no conozco los detalles ni la razón. Tranquilo, que todo va bien por aquí y no he percibido preocupado a Dunnebier con la llamada.

—Gracias, Verónica.

Es un tanto inquietante el hecho de tener en este momento una cita en la Dirección Regional en las oficinas centrales de

Interpol... Ojalá sea un ascenso, ja, ja, ja, ja, ja, me vendría de perlas. Me despreocuparé del tema y emprenderé mi viaje de regreso.

Ya casi es hora de salir de Sallanches. Di Alphonse anda un poco preocupado porque no sabe dónde está Hanna. Ha intentado comunicarse con ella, pero no le contesta. En fin, ese tema tendrá que resolverse en algún momento futuro, no ahora. Di Alphonse me acompaña hasta la estación de tren. Se despide de mí con un fuerte abrazo. Me dice que no me puede acompañar más porque tiene que buscar a Hanna. Le preocupa que haya malgastado en drogas el dinero que le dio antes de salir hacia la casa del capitán Vegner. «Tal vez está en el hotel», le digo. Asiente, se despide nuevamente y se retira con su habitual parsimonia.

Hago la facturación de mi equipaje, me siento y empiezo a revisar mi móvil. Tres llamadas perdidas con prefijo francés, de hace dos días, que supongo que son las de las oficinas centrales de Interpol en Lyon para el tema de la cita. Dos llamadas de Verónica y un mensaje de texto de Doc diciendo que sale de Barcelona porque el asunto se ha puesto feo para él después de las capturas de González y de Jordán y que se comunicará conmigo en marea baja. Percibo que alguien me está observando. No hay mucha gente en la estación a esta hora.

Hago un barrido con mi mirada y veo en una esquina, parcialmente oculta por una columna que soporta la estructura del techo de la estación, a una persona con un atuendo negro que se asemeja al de los religiosos benedictinos. De repente, mi paranoica abstracción se convierte en exaltada angustia mezclada con temor al sentir una mano sobre mi hombro y un cuerpo que se empieza a acomodar en mis piernas.

—Hanna, ¿qué diablos haces tú aquí? Di Alphonse te está buscando y está muy preocupado por ti porque no le respondes ni le devuelves las llamadas.

Hanna, sentada en mi regazo, me abraza con dulzura por el cuello y posa su cabeza sobre mi hombro derecho con una ternura hacia mí que no sentía hace mucho tiempo. Me quedo totalmente paralizado. Su reconfortante aroma me embriaga y me recuerda los buenos momentos con Sofi. No expresa ni una sola palabra. Me besa en el cuello, me besa la mejilla derecha, se incorpora de frente. Me mira fijamente con complicidad y, sin dudar, besa mis labios con cariño. Magia total. Respondo sin resistencia y con complacencia. Me acaricia el cabello, se levanta y se va de la misma forma en que llegó.

Reclino mi cabeza sobre la pared. Me quedo observándola salir de la estación sin musitar una sola palabra, sin escucharle musitar una sola palabra, sin verle ningún gesto. Simplemente, se ha ido como se diluye un aroma acaramelado efímeramente envolvente. El tren ya está aquí. Cojo mi equipaje de mano y me dirijo hacia la puerta de acceso. Adiós, Sallanches. Bueno, rumbo a Lyon. Procuraré no llenarme de expectativas. Tengo algo de tiempo para revisar un poco más los documentos que encontré en la casa del capitán Vegner. Comeré y beberé algo para hacer mi viaje más placentero. Afortunadamente, voy solo y tengo toda la visual del paisaje y de las múltiples estaciones en donde para este bendito tren antes de llegar a Lyon.

Definitivamente, hay alguien detrás de todo esto, y es posible que el capitán Vegner y Eva se hayan acercado lo suficiente como para que los quitasen de en medio. Tengo la certeza de que los dos fueron asesinados por el mismo individuo que acabó con la vida de Maikel De Jaager. Tengo que organizar mis ideas si quiero resolver esto pronto.

Ya estando en Lyon, me dirijo hacia el hotel Marriott Lyon Cité Internationale. Hago el registro. Mi reserva está disponible. Me asignan la habitación 405, bastante cómoda y con una buena vista del centro de la ciudad. Me doy una ducha, arreglo un poco mis cosas y salgo a tomar algo. No venía a Lyon desde mi incorporación a Interpol hace cinco años. Caramba, ya han pasado cinco. Las noches aquí siempre serán fabulosas, *the other city of light*. Ya de regreso al hotel, y con algunos vinos encima, intento obsesiva e infructuosamente comunicarme nuevamente con Sofi. Necesito que me aclare todo, ¿o no lo necesito? ¿Ya todo está dicho? Argh, la dejaré en paz, que eso es lo que quiere. Debo desprenderme de ella. Ya ha tomado sus decisiones, y eso no va a cambiar. Simplemente dormiré. El tiempo pasa y mi descanso no es tal.

***

—*Bonjour, monsieur Gandara. Service de réveil dans la chambre. Il est huit heures du matin. Pour votre information, le buffet du petit-déjeuner inclus court jusqu'à dix heures du matin.*

—*Bonjour. Merci beaucoup.*

Espero que este largo día valga la pena. Bajo al restaurante del hotel y tomo mi desayuno. Sin más preámbulos, camino hacia las oficinas centrales de Interpol. Llevo conmigo los archivos del caso del capitán Vegner. No sé cuál va a ser el tema de la reunión, no obstante, aprovecharé esta visita para oficializar el soporte que requiero. Si tengo que viajar a Sudamérica, está claro que necesito recursos. Me acerco a la recepción de las oficinas y pregunto por el secretario de Antinarcóticos.

—Buenos días, ¿tiene cita? ¿Cuál es su nombre?

—Sí, gracias —saludo, y le digo mi nombre al mismo tiempo que le muestro mis credenciales de Interpol.

—Señor Gandara, bienvenido. Por favor, tome el ascensor y diríjase al quinto piso. Allí encontrará las indicaciones de la oficina del secretario. El señor secretario lo está esperando.

—Okey, muchas gracias.

Ya en el piso quinto y hacia el final del pasillo, veo al que creo que es el secretario de Antinarcóticos. Me saluda a lo lejos y amablemente me hace señas para que me acerque y entre a su oficina.

—Marcos Gandara Verastegui, bienvenido. Siéntate, por favor. ¿Te apetece algo de beber? ¿Un café? ¿Un té? ¿Agua tal vez?

—Gracias, señor secretario. Sí, señor, por favor, un café.

—Te he mandado llamar porque, además de tener el interés en conocerte por tus logros, quiero felicitarte personalmente por tus intervenciones exitosas en los casos que has venido coordinando con los cuerpos policiales. Barcelona fue un caso especial en el que tu participación y colaboración en nombre de Interpol fueron muy efectivas con la policía, a pesar de lo complejo de la situación. Según la última información, la red de corrupción interna de la policía de Barcelona está totalmente desmantelada. Desafortunadamente, hubo sacrificios importantes, como el del coronel Velázquez. No obstante, nuestra misión se cumplió a carta cabal gracias a ti. Así mismo, te felicito por lo que has logrado en este poco tiempo en Twente. Tus acciones y métodos se han convertido en ejemplo para los demás distritos.

—Muchas gracias. No sé qué decirle, señor secretario. Realmente, para mí esto es una sorpresa muy agradable y me motiva a seguir sirviendo a esta magnífica institución en el cumplimiento de su misión.

—No obstante, y a pesar de tus logros, estoy viendo con preocupación que en estos últimos días has dejado de lado tus obligaciones en Holanda. Quisiera entender qué es lo que te está sacando de foco últimamente. Está claro que, al ser asignado como soporte a la policía holandesa, tu jefe directo dejo de ser yo, pero no se te olvide que tienes que informarme, tal como lo venías haciendo en años anteriores y hasta ahora, de tal forma que podamos prestarte el apoyo que necesites cuando se requiera. Voy a comunicarme con el capitán Dunnebier en este momento para que me ayuden a entender cuál es la situación y así determinar si merece la pena que tú te involucres más o no.

Me quedo estático y sin palabras. El reclamo vestido de felicitación del secretario regional me toma por sorpresa en la calidez de su oficina. Ascenso ya no hay. Tiene toda la razón. El caso del capitán Vegner se está convirtiendo en algo personal. Dunnebier contesta. El señor secretario presiona el botón de manos libres.

Dunnebier me saluda. Le respondo al saludo con algo de resignación. Me dice que no me preocupe y que ya ha hablado algo al respecto del caso del capitán Vegner con el señor secretario. El señor secretario asiente con su cabeza, mirándome fijamente, y me da la palabra.

Inicio la teleconferencia explicando con todo lujo de detalles las particularidades del caso y los últimos hallazgos durante mi visita a la casa del capitán Vegner en Sallanches. Les argumento que este es un caso que merece la intervención directa de

Interpol no solo en lo que respecta al soporte que se ha venido dando en términos presupuestales para mantener la casa viable, sino también en recursos para resolver con celeridad el caso, y, además, porque cabe la posibilidad de que un ciudadano holandés haya sido asesinado en territorio extranjero.

Dunnebier respalda mis argumentos. El señor secretario interviene con una esperada pregunta sagaz, elocuente e intelectualmente detonante.

—¿Qué tiene que ver todo eso con Antinarcóticos?

El frío silencio desplaza la calidez de la oficina del señor secretario. Su pragmatismo administrador me deja mudo. Claramente, tiene la razón. Después de unos segundos de angustiante silencio a ambos lados de la línea, Dunnebier, en un intento casi desesperado por salir racionalmente a flote, se limita a contestar que todavía no lo sabe y que requerimos del soporte del Departamento de Antinarcóticos para esclarecerlo. El señor secretario levanta el auricular y me ordena salir de la oficina. Salgo y cierro la puerta, esperando que esta puerta no se cierre por completo.

Me siento en una de las sillas de la pequeña sala de espera que hay fuera de la oficina del señor secretario y, evidentemente, me siento a esperar con la esperanza de que este inusitado parto no se complique. A través de los vidrios que limitan la oficina del señor secretario, solo veo los gestos típicos de una acalorada discusión. Resolver el caso del capitán Vegner queda en manos ahora de la decisión que tome el Departamento de Antinarcóticos de Interpol.

El señor secretario cuelga afanosamente el teléfono, se levanta de su silla y dirige su mirada hacia el exterior. Me recuerda el momento en que le comenté a Dunnebier mi interés por reabrir el caso abruptamente cerrado por el capitán Vegner. El señor secretario, de pie, toma nuevamente el auricular. Con este en su oreja derecha, gira su mirada hacia mí. Me hace señas para que entre. Abro la puerta en el mismo instante en que el señor secretario cuelga el teléfono. No expreso ninguna palabra.

—Siéntate, Marcos. ¿Cuál es tu interés en este caso?

—Justicia, tal vez, señor secretario. Justicia. Cuando me encontré por casualidad con el reporte del cierre del caso de Maikel De Jaager, identifiqué algunas inconsistencias para ser un reporte escrito por alguien con tanta experiencia y con tantos años de servicio como lo era el capitán Vegner. Como le comenté, con base en lo indagado hasta el momento y la información disponible que he encontrado, todo indica que, en este caso, las muertes de dos ciudadanos holandeses y una ciudadana francesa fueron provocadas, y es muy posible que haya habido un homicidio de un ciudadano holandés en territorio extranjero, en Colombia específicamente.

—Marcos, Marcos... No sé qué hacer contigo.

—Señor secretario, con todo respeto, simplemente autoríceme continuar con el caso hasta resolverlo. Está claro que esto fácilmente podría ser trasladado a otro departamento, no obstante, le solicito que me permita darle continuidad, ya que, como puede ver, se ha avanzado y ya se puede configurar no solo uno, sino tres casos de homicidio relacionados, por el momento.

—¿A cambio de qué, Marcos?

—A cambio de nada, señor secretario.

—Marcos, vamos a hacer lo siguiente. Los recursos van a ser compartidos con la policía holandesa y te vas a tener que esforzar, porque vas a tener que responder por asignaciones especiales adicionales en cualquier momento en que lo necesitemos. Con respecto al caso del capitán Vegner *et al.,* tienes la obligación de informarme e informarle al capitán Dunnebier cada tres semanas, y solo tienes tres meses como máximo para que concluyas el caso. Si estás tan seguro de que lo puedes resolver, lo harás en ese tiempo. Si al completar los tres meses no lo has resuelto, el caso pasa inmediatamente al Departamento de Crímenes contra Personas. Voy a solicitar que se delegue a un funcionario local de ese departamento para que reciba toda la información y las evidencias que recopiles. Todos los registros y documentos serán mantenidos y administrados aquí. No puedo hacer más. ¿Está claro?

—Está claro, señor secretario, y muchas gracias por su apoyo. Dentro de tres semanas tendrá en su escritorio el primer reporte de avance en la investigación y las evidencias serán enviadas con regularidad a quien usted indique.

—Okey, Marcos. Tienes vía libre para que continúes, y no se te olvide el compromiso de comunicarte conmigo frecuentemente. Asegúrate de dejar todo organizado hoy aquí antes de viajar a Holanda. Busca a esta persona en la planta baja y coordínate con él. Baja inmediatamente, que ya va siendo la hora del almuerzo y por lo regular salen y vuelven a eso de las dos de la tarde. Tengo entendido que tu retorno a Holanda comienza a las seis de la tarde, así que aprovecha el tiempo.

—Gracias nuevamente, señor secretario. Así lo haré.

Salgo inmediatamente de la oficina a buscar a mi contacto en el Departamento de Crímenes contra Personas. Espero que todavía esté allí. Pregunto por él en la recepción. Afortunadamente, todavía no ha salido. Me dirijo hacia su oficina. Me presento y establecemos el procedimiento para la transferencia de la información. Todo está protocolarizado y me asigna un espacio en el servidor local y una dirección para la remisión de los documentos físicos originales.

Terminada la gestión, salgo de las oficinas centrales de Interpol hacia el hotel. Ya son las dos de la tarde. Tomo el almuerzo en el restaurante del hotel. Mientras me bebo la última copa de vino, reacciono al darme cuenta de que estuve a punto de ser retirado del caso del capitán Vegner y que tengo solo tres meses para resolverlo. Organizaré el esquema para abordar el caso tan pronto como llegue a la oficina en Twente. Afortunadamente, cuento con Verónica. Tengo el tiempo justo para llegar al Saint Exupéry y tomar mi vuelo a París. Algún día volveré a Lyon con más tiempo. Aprovecharé los vuelos para dormir. Voy a llegar de madrugada a Twente y debo estar temprano en la oficina para organizarlo todo.

***

—Buenos días, Verónica.

—Hola, Marcos, buenos días. ¿Qué tal tus vuelos? ¿Cómo te fue en Lyon? Dunnebier te espera en su oficina.

—Gracias, Verónica. Afortunadamente, todo muy bien. Después de que me reúna con Dunnebier, me gustaría sentarme contigo para que discutamos sobre los hallazgos de Sallanches. Como te comenté, tengo en mi poder las fotografías originales de Maikel De Jaager. También para que hablemos sobre los casos locales. Tenemos que seguir dando buenos resultados.

—Okey, Marcos. Tendré todo organizado para que lo discutamos y establezcamos el plan de acción.

—Oye, Verónica, ¿Stephanie sigue viniendo a la oficina?

—Solo estuvo ayer acompañando a Dunnebier durante la teleconferencia con el señor secretario. Hoy no creo que venga. Me comentó que se iba de viaje con su esposo.

—Okey, Verónica. Gracias. Nos vemos más tarde.

Ya en la oficina de Dunnebier, procedo a mostrarle las evidencias que encontré en Sallanches, y está de acuerdo conmigo en que existe una probabilidad alta de que el caso de Maikel De Jaager sea homicidio y que el capitán Vegner haya sido envenenado. Le informo que tengo previsto reunirme con Verónica para organizar la estrategia con el fin de continuar con la investigación y que, a más tardar a principios de la próxima semana, lo estaré informando de los detalles. Le comento que, por ahora, enfocaré mi búsqueda en la Universidad de Twente y en la antigua residencia de Maikel De Jaager, y trataré de entrar en contacto con la fiscal del caso en Colombia.

Una vez terminada la reunión con Dunnebier, me dirijo hacia donde está Verónica y le digo que me acompañe a la sala de reuniones. Primero me muestra cuál es el estado actual de la situación en Twente, cuántos casos nuevos hay y los progresos realizados. Posteriormente, revisaremos con detalle el caso del capitán Vegner.

Verónica es una mujer disciplinada y metódica. Me gusta eso porque me ayuda a aterrizar. Me presenta con minuciosidad el estado de progreso de las investigaciones locales. Todo está bajo control y se tiene ya establecida la asignación al grupo policial de apoyo. El caso más relevante tiene que ver con un cargamento de una tonelada de cocaína proveniente Sudamérica por la ruta africana, que entraría a Rotterdam para ser distribuida en el país. Verónica me comenta que se está haciendo seguimiento y que tanto Rotterdam como Ámsterdam están al tanto para hacer la incautación tan pronto como toque suelo holandés, si logra pasar los controles en el mar del Norte.

Una vez cerrado el tema de los casos locales, procedo a mostrarle las evidencias del caso del capitán Vegner que encontré en Sallanches. Le detallo los pormenores. Al igual que el capitán Vegner, Verónica estuvo garabateando la marca de la herida de Maikel De Jaager. En las fotografías originales se observa con mayor claridad. Le muestro los registros que hice en la casa del capitán Vegner y coincidimos en concluir que el asesino estuvo en la casa y que, por alguna razón desconocida para nosotros, dejó impresa la huella del objeto con el que golpeó a Maikel De Jaager y que le causó el trauma craneoencefálico.

Tenemos que enfocarnos en encontrar qué tipo de objeto es, tal vez sea un bastón o algo por el estilo. Las circunstancias en las que quedó grabada la marca en la casa del capitán Vegner son irrelevantes en este momento. Le muestro a Verónica el reporte completo de la necropsia del capitán Vegner, haciendo énfasis en los resultados del laboratorio de Alemania.

Correlacionamos las causas básicas reportadas de las muertes tanto del capitán Vegner como de la forense de Sallanches y concluimos que deben de estar conectadas. Establecemos el plan de acción para continuar con la investigación. Tenemos que presentar el resultado a principios del próximo año. Insisto, Verónica es muy inteligente, metódica y, para completar el conjunto, extremadamente bella. Me motiva. Su participación en esto es esencial. Nos distribuimos las tareas. Ella establecerá contacto con las autoridades de Colombia y yo iré a buscar información a la Universidad de Twente y a la casa de Maikel De Jaager. Dependiendo de la información que Verónica logre recopilar de la Fiscalía colombiana, tendré que viajar también allí. El tiempo es escaso.

***

Ya han pasado seis semanas desde que regresé de Sallanches y no hemos avanzado en el caso del capitán Vegner. Afortunadamente, las cosas aquí sí han avanzado y logramos incautar el cargamento de cocaína. Una tarea menos por cumplir. Le pregunto a Verónica si tiene alguna notificación de la Fiscalía colombiana. Nada hasta el momento. La fiscal del caso regresa de vacaciones en una semana. Hoy tengo cita con los nuevos residentes de la antigua casa de Maikel De Jaager. La casa fue prácticamente demolida y reconstruida. Es muy probable que no encuentre nada. Me siento en un callejón sin salida.

Ya rumbo a Hertme, me pongo en contacto con los nuevos dueños del terreno donde se erigía la casa de Maikel De Jaager, la cual fue demolida por su estado y el terreno fue puesto posteriormente en venta. Supuestamente, el capitán Vegner estuvo allí antes, pero en la información que tengo disponible no hay nada al respecto.

Durante la conversación telefónica, mi sorpresa es mayúscula cuando me comentan que, durante la construcción de los cimientos de la nueva casa, encontraron bajo el antiguo suelo, en una caja de hormigón reforzado, una especie de baúl sellado de aproximadamente cincuenta centímetros de largo por treinta centímetros de ancho y treinta de alto. Dicen que lo conservaron intacto porque no sabían qué hacer con él y que estaban esperando el momento para entregarlo a las autoridades locales. Les digo que, por favor, lo tengan disponible a mi llegada.

Al llegar a la nueva casa, los residentes me están esperando. Me presento, muestro mis credenciales e inmediatamente me hacen pasar a una pequeña sala de estar que conecta con el solar posterior. Veo el baúl, el cual, para mi desconcierto, en la tapa tiene grabada sutilmente la misma inscripción que hay en el sobre que encontré en la casa del capitán Vegner: ΣίλβιαΔομενίτσα. Esto es muy extraño. ¿Sería posible que el capitán Vegner lo haya visto cuando estuvo aquí? ¿Qué le impediría recogerlo y llevarlo como evidencia a Twente? Les informo a los dueños de la nueva casa que procedo a retirar el baúl y a llevarlo como evidencia a la comisaría de policía en Twente, y les agradezco haberlo conservado y que no hayan intentado abrirlo en todo este tiempo.

Los nuevos residentes me entregan un documento datado en noviembre de 2010 con lo que parece ser el inventario de lo que había en la casa de Maikel De Jaager antes de su demolición. En el documento se lee el destino de los bienes que había en la casa. Los libros fueron recibidos por la Decanatura de Ciencias de la Universidad de Twente; los muebles, electrodomésticos y vestidos fueron distribuidos en centros de beneficencia en Hengelo. En ese listado no se evidencian equipos electrónicos. En lo que respecta al baúl, considerando cómo fue encontrado, caben dos posibilidades: primero, que evidentemente sea de Maikel De Jaager, y segundo, que sea de antiguos dueños. No obstante, el hecho de que en el sobre que encontré en la casa del capitán Vegner en Sallanches tenga la misma inscripción que hay en la tapa del baúl me induce a pensar que es de Maikel De Jaager. Eso solo lo sabré cuando llegue a Twente.

Mi curiosidad se eleva exponencialmente y la abeja reina empieza a incomodarse en la colmena. Llamo a Verónica y le digo que tenga listo un juego de herramientas para abrir candados. Le digo que llevo algo hacia la comisaría que no me imaginé que podría hallarse, después de tanto tiempo, en la casa de Maikel De Jaager, ahora demolida. Acelero la marcha, mi ansiedad se confunde con el rugir del motor del Audi.

Al llegar a la comisaría, veo a Verónica esperándome impaciente en la puerta principal como un *catcher* deseando el inminente lanzamiento del *pitcher*. Nos dirigimos hacia la bodega de pruebas de la comisaría. Pongo el baúl sobre la mesa y me preparo como si fuera un médico cirujano para iniciar la delicada operación. Verónica hace meticulosamente el registro fotográfico protocolario. Rompo sutilmente el candado que me separa de la certeza. Le digo a Verónica que me siento como tal vez se sentiría Howard Carter en el valle de los Reyes. La expectativa es inmensa. Me quedo mirando fijamente a Verónica, quien tiene en sus manos la cámara fotográfica lista para disparar. Me pongo mis guantes de nitrilo y abro lentamente el baúl. El aroma del nitrilo se funde con el aroma de la madera húmeda.

Todo se nubla a mi alrededor y solamente escucho mi ritmo cardiaco. Lo primero que veo es un ordenador portátil Sony VAIO de color negro en la parte central. Definitivamente, esto tuvo que ser de Maikel De Jaager. Retiro el ordenador. En la esquina derecha hay un fajo de euros, un fajo de dólares y un fajo de billetes que parecen ser pesos colombianos. No me está gustando esto. ¿En qué cosas turbias estaba metido este Maikel De

Jaager? Verónica continúa haciendo el registro fotográfico. Retiro el dinero y lo cuento. Hay cincuenta mil euros en billetes de cien euros, diez mil dólares en billetes de mil dólares y diez millones de pesos colombianos en varias denominaciones. Introduzco los billetes en sus respectivas bolsas de evidencias y los etiqueto. Hacia la esquina izquierda hay unos documentos que parecen ser documentos legales de registro de nacimiento. Abro la portada de uno de los documentos y leo: «Maikel De Jaager». Abro la portada del otro documento y leo: «Antonio Correa Landines». Al igual que con los fajos de billetes, introduzco los documentos en bolsas para evidencias. Una especie de terciopelo de color rojo cobija los demás elementos que no están a la vista. Retiro la tela y encuentro perfectamente distribuidos en el fondo del baúl y en orden cronológico una serie de cuadernos o blocs de notas cuidadosamente encuadernados. Retiro uno por uno con delicadeza y los ubico en la mesa al lado del portátil. Al parecer, son diarios de Maikel De Jaager. El primer bloc tiene inscrito el año 2003 en su portada y el último bloc tiene inscrito el año 1983. En total son veinte cuadernos con las mismas dimensiones y, al parecer, cada uno con la misma cantidad de hojas: cien en total. En el fondo del baúl hay una serie de bolsas de gel de sílice.

—Verónica, ¿qué opinas? —le pregunto.

—Marcos, que tenemos que aprender holandés con fluidez y rapidez para poder leer y comprender todo eso que está escrito en esos cuadernos.

—Ja, ja, ja, ja, ja.

El comentario mordaz de Verónica me relaja. Verónica toma un par de guantes de la caja que está en uno de los estantes de la bodega de pruebas, agarra el ordenador portátil y lo revisa. Le da la vuelta y lo abre.

—Marcos, el ordenador tiene etiqueta de 2008 y aquí dice que el sistema operativo cargado es Windows Vista. Por lo tanto, es posible que este baúl haya sido visitado frecuentemente por Maikel De Jaager. Mira, la emisión de los billetes data de 2008, el año anterior al que murió Maikel De Jaager.

—Tienes razón. Lo que no encaja es por qué el último cuaderno está etiquetado con el año 2003. Si Maikel De Jaager llevaba registro detallado de su vida en estos «diarios», ¿dónde están los otros seis cuadernos? ¿Estarán digitalizados en el portátil? ¿Se cansaría de llevar el registro escrito a mano? Podríamos estimar que este ordenador ha estado aquí guardado casi cinco años. Ojalá que la humedad no le haya hecho estragos a la electrónica.

—Voy a llamar a Martjin para que nos ayude con el portátil. El chico es muy habilidoso en estos temas. Podríamos intentar cargar la batería o conseguir un cargador que nos sirva para activar el equipo. Si no es posible, tendremos que sacar el disco duro y conectarlo a otro ordenador. Opciones para acceder existen.

—Perfecto, Verónica, pero primero verifiquemos huellas y después procedemos con Martjin.

—Sí, tienes razón. Es lo que debemos hacer primero. Gracias por recordármelo, ja, ja, ja, ja, ja.

Como esperábamos, solo encontramos huellas que, al compararlas con el registro dactilar de Maikel De Jaager, coinciden plenamente. No cabe duda, la última persona que usó el portátil fue Maikel De Jaager. Verónica llama a Martjin y le comenta que necesitamos poner en marcha un ordenador portátil Sony VAIO de 2008. Alcanzo a escuchar las carcajadas de Martjin al otro lado del auricular y cómo cambia su tono de voz con galantería.

Verónica me dice que es mejor que suba el portátil a la oficina de Martjin y que la cadena de custodia está asegurada, así que no hay inconveniente. Además, que se cerciorará de que Martjin siga al pie de la letra el procedimiento en estos casos. Asiento y me quedo echando un vistazo a la información contenida en los cuadernos con el poco o mucho idioma holandés que por ahora entiendo. Definitivamente, son diarios de Maikel De Jaager. Son veinte años de su vida escritos a mano con una caligrafía impecable, incluso en el primer cuaderno, que data de 1983, cuando él tenía diez años.

Se observa cómo cambió ligeramente su caligrafía con los años, pero el orden es la constante. En los cuadernos rotulados de 2001 hasta 2003 hay párrafos escritos también en inglés que hablan de su vida en Belfast. Hay algo de poesía. Parece ser que estuvo muy enamorado en esa época. Nada relevante. Tendré que esperar los resultados de Martjin. Organizo las evidencias. Estoy en el umbral para remitirle el primer reporte al señor secretario y al capitán Dunnebier. Empiezo a escribir y suena el teléfono. Veo en la pantalla que la llamada es de la oficina de Martjin.

—Hola, Marcos. Martjin ha logrado encender el ordenador. Ya tiene acceso, pero pide una clave. Martjin dice que tiene una herramienta *software* para eludirla. Ya lo intentamos con el nombre de la esposa y el de Correa Landines, y nada. ¿Cuál crees que pueda ser?

—Intentadlo con la inscripción que está en la tapa del baúl. Al parecer, está en griego. Martjin, dame un minuto y te remito una imagen por el correo interno.

Saco de las evidencias el sobre que encontré en la casa del capitán Vegner, tomo una fotografía y se la envío a Martjin por correo electrónico. «Parece ser un nombre», me dice. Evidentemente, lo es. ¿De quién será ese nombre? Verónica aún está al teléfono.

—Hecho, Marcos. Se ha abierto la sesión. Ha funcionado. Te llamo luego.

—Okey, Verónica, ojalá que encuentres algo relevante. Verónica, hazme un favor: carga el registro fotográfico de las evidencias en el servidor para concretar el reporte para el señor secretario.

—Perfecto, Marcos. Hecho.

Continúo con el reporte para el señor secretario y para el capitán Dunnebier. Detallo cada uno de los nuevos hallazgos. Incluyo el registro fotográfico hecho por Verónica. Suena el teléfono, es de la oficina de Martjin.

—Marcos, estuvimos revisando la información del disco duro del portátil. Nada relevante, solo una carpeta principal con seis subcarpetas denominadas con nombres de países: Argentina, Brasil, Chile, Colombia y Guatemala, y la sexta carpeta tiene por nombre «*Onderzoek*». En cada una de las carpetas de los nombres de los países hay copias electrónicas de documentos que evidencian contrataciones de consultorías que van desde 2004 hasta 2008. Hay copias de facturas por servicios de consultoría.

»La mayoría de los documentos llevan la firma de Antonio Correa Landines. Según lo que he podido observar hasta el momento, los documentos tienen rotulaciones de entes de los Gobiernos de esos países. Las carpetas con mayor número de archivos son las de Colombia y «*Onderzoek*». No hay más carpetas, ni siquiera ocultas. Ya hemos revisado completamente el disco duro.

—Verónica, Martjin, ¿habéis revisado el administrador de correos electrónicos?

—Por supuesto que sí, Marcos, pero no hay nada relevante. El archivo *.pst* solo tiene información de 2009, y los correos electrónicos, en su mayoría, son de la Universidad de Twente. El último correo recibido es del 20 de enero de 2009, remitido por la Secretaría de Movilidad de Bogotá. Al parecer es una invitación, pero está dirigida a nombre de Antonio Correa Landines. El último correo enviado es del mismo día, y es la aceptación de la invitación. El correo está firmado por Antonio Correa Landines, no por Maikel De Jaager.

—Extraño, ¿no te parece?

—Sí, Marcos, es muy extraño todo esto.

—Sí, Verónica, esto está cada vez más interesante. Tenemos que revisar con detalle todo lo que hemos encontrado hasta el momento. Oye, ¿has revisado el registro del historial de búsquedas en internet?

—Sí, Marcos, también lo hemos revisado, pero al parecer tenía la costumbre de borrar el historial. Nos toca ir más profundo, con la ayuda de Martjin. Vamos a ver qué logramos. Vamos a estar por lo menos una hora más aquí y después nos vamos. Mañana te cuento.

—Perfecto, Verónica. Voy a continuar con la revisión de los diarios. A propósito, ¿nada de los otros seis diarios que deberían existir?

—Nada tampoco, Marcos.

—Okey, Verónica, no os robo más tiempo.

Cuelgo el teléfono. Termino el reporte y lo remito por correo electrónico. Miro por la ventana y me doy cuenta de que ya ha anochecido. Llevamos más de seis horas revisando esta información, pero no hay nada concreto. Definitivamente, son diarios escritos por Maikel De Jaager, ¿o por Antonio Correa Landines? Me concentro en los documentos de registro de nacimiento.

Me enfoco en el que dice «Antonio Correa Landines», el cual está escrito en español. Aquí dice que Correa Landines nació en un lugar llamado Floresta, en el Departamento de Boyacá, en Colombia, en 1973. Los nombres de los padres que aparecen registrados son Gustavo Correa y Mercedes Landines. El documento aparenta ser original, pero ¿por qué está este documento aquí en Holanda entre los diarios de Maikel De Jaager? En fin. Mañana será otro día. Me dispongo a salir. Organizo nuevamente los diarios y demás documentos. Ya no queda nadie en la oficina.

Salgo y veo al otro lado de la calle a Verónica con Martjin. Ambos me hacen señas para que los acompañe. Me limito a responderles el saludo y continúo mi camino rumbo a Deurningen. La noche es fría, el invierno se acerca sigilosamente. ¿Por qué me engañaste, Sofi? ¿Por qué lo hiciste? No quiero tenerte más en mi colmena. La abeja reina se incomoda. La ansiedad retorna. El viaje a casa se me hace eterno. Estoy cansado. No quiero comer. Solo quiero dormir y terminar de destilarte, Sofi.

***

—Buenos días, señor secretario.

—Buenos días, Marcos. Por favor, dirígete a la oficina del capitán Dunnebier para que hablemos de tu reporte.

—Okey, señor secretario. Capitán Dunnebier, buenos días.

—Hola, Marcos, estoy pendiente para que hablemos con el señor secretario sobre tu reporte.

La teleconferencia comienza. El primer comentario que hace el señor secretario se refiere a la calidad del reporte y el nivel de detalle en la descripción de las evidencias y actividades desarrolladas hasta el momento. De repente, el señor secretario expresa que la investigación, para asegurar su continuidad, debe ser financiada con el dinero casualmente encontrado en el baúl de Maikel De Jaager.

El capitán Dunnebier dirige su mirada hacia mí con un gesto de sorpresa. Desactiva el micrófono del teléfono y expresa que este caso es tan suigéneris que hasta la misma víctima subsidia la investigación de su muerte. El señor secretario continúa su intervención dando las instrucciones correspondientes y nombrando los procedimientos que se deben seguir para legalizar el dinero encontrado, de tal forma que pueda ser utilizado como presupuesto asignado para la investigación. Hace énfasis en que se debe reportar cada céntimo que se utilice y que ese dinero tiene que ser administrado directamente por la oficina en Twente. Intervengo en la conversación preguntándole al señor secretario si no ve alguna restricción en el uso de ese dinero considerando que no se cuenta con información alguna de Correa Landines y que eventualmente algún familiar o persona cercana, o él mismo si llegase a aparecer, pueda reclamar ese dinero.

—Marcos, tu razonamiento es correcto. No obstante, ten en cuenta que ya han pasado alrededor de cinco años y hasta el momento no existe notificación alguna.

—Sí, señor secretario, entiendo. Hago esta consideración porque no hemos podido contactar con la fiscal del caso Correa Landines en Colombia y no sabemos qué sorpresa pueda emerger.

—Sí, Marcos, es correcto y quedo advertido al respecto. Asumo toda la responsabilidad como tu superior. No te preocupes, que, si eso sucede, yo respondo. Legaliza el dinero conforme con los procedimientos internos, utilízalo y optimízalo para costear la investigación.

—Okey, señor secretario, así se hará. Muchas gracias por su soporte. Articularé el asunto con el capitán Dunnebier. Le pido un último favor: permítame contar con Verónica Craviotto para asegurar el éxito de la investigación.

—Okey, Marcos. Aprobado.

—Gracias, señor secretario.

Salgo de la oficina del capitán Dunnebier y llamo inmediatamente a Verónica. No puedo ocultar mi felicidad. Verónica me observa con intriga. No le he dicho nada aún. Solamente me quedo mirándola con una sonrisa cómplice.

—Este caso lo resolvemos sí o sí, Verónica —le digo—. Nos han dado vía libre y, aunque no lo creas, Maikel De Jaager nos patrocinará la investigación.

—¿Qué me quieres decir, Marcos? —pregunta intrigada Verónica.

—Lo que oyes, mi querida Verónica. El dinero que encontramos de Maikel De Jaager es el presupuesto que vamos a tener disponible para darle continuidad a la investigación, y tú estás autorizada oficialmente para que me acompañes en esta empresa.

—Ja, ja, ja, ja, ja, ¡qué suerte tienes! Tengo información de que la fiscal colombiana aún esta activa, según una búsqueda que he hecho en la base de datos, y espero que esté disponible para recibirte en Bogotá. Además, ya tengo a la persona de contacto en Interpol Colombia, se llama Richard Ruiz.

—Qué bien, por fin se están alineando los astros a nuestro favor. Procura tener los números de contacto listos. La idea es poder viajar a Colombia después de que haga las indagaciones en la Universidad de Twente. Yo estimaría estar viajando a Bogotá la primera o segunda semana de diciembre. Es muy importante que nos aseguremos de que realmente podamos hacer algo allí, particularmente por la época y por el tiempo que ha pasado. Contactemos con la fiscal para conocer directamente qué información tiene y decidimos cómo de relevante puede ser el viaje para la investigación.

***

—Verónica, buenos días.

—Buenos días, Marcos. Cuéntame.

—Por favor, reunámonos para establecer el curso a seguir. Tenemos muchas cosas por hacer y nuestro tiempo es escaso.

—Perfecto, Marcos, veámonos en la sala de juntas.

—Te he traído café, ¿te apetece algo más?

—No, Marcos, gracias, así está bien.

—Okey, Sof..., perdón, Verónica.

Me sonrojo inmediatamente. Verónica percibe mi evidente vergüenza por la equivocación y se limita a obviar el momento.

—Es interesante cómo funciona el subconsciente, ¿no te parece? —le digo.

—No, Marcos, lo increíble es que aún la tengas en tu mente, después de todo lo que me has contado. En fin. Hombres estúpidos.

—Sí, tienes razón. Bueno, Verónica, hagamos un listado de las personas a quienes debemos abordar.

—Primero: partamos del hecho de que no fue suicidio y que, por lo tanto, existe un asesino. Que ese individuo provocó inicialmente la muerte de Maikel De Jaager, posteriormente envenenó al capitán Vegner y, tres meses después de la muerte del capitán, envenenó a la forense de Sallanches, tal vez para intentar borrar cualquier conexión con el homicidio de Maikel De Jaager. Estamos de acuerdo, con base en la evidencia circunstancial, en que la muerte de la forense también fue provocada por ese individuo, aunque no tengamos la certeza.

—Correcto, Verónica.

—Segundo: no sabemos en este momento cuáles fueron los móviles del primer homicidio. Se establece una conexión entre los crímenes de Maikel De Jaager y del capitán Vegner, con base en la marca hallada tanto en el cráneo de Maikel De Jaager como en la sala de la casa de la campiña del capitán Vegner.

—Así es.

—Tercero: no tenemos registros importantes de Antonio Correa Landines. Sabemos, por la información que encontramos en el baúl y en el portátil de Maikel De Jaager, que había una relación entre los dos y que posiblemente sean hermanos gemelos.

—Mejor resumen no lo podría haber hecho yo.

Una sonrisa se asoma tímidamente en sus hermosos labios y sus ojos brillan con el calor del éxtasis mental.

—Marcos, deja de bromear, que esto es serio. Argh, ya me has hecho perder el hilo.

—Tranquila, Verónica. Concretemos, tenemos que enfocarnos en los posibles sospechosos.

—Sí, Marcos. Está bien. Al respecto, no tenemos nada. O al menos yo no tengo nada y no vislumbro, por ahora, quiénes podrían estar implicados. Solo conjeturas.

—Okey, así es. Conjeturemos. Especulemos hasta que encontremos tendencias o conexiones que sean racionales para los dos. Yo te enumero, al menos, tres individuos: el capitán Vegner, Antonio Correa Landines y el reverendo Heinrich.

Verónica se queda pasmada, mirándome con un gesto de arrogancia desconcertada.

—¿El capitán Vegner? Eso es ilógico, Marcos. ¿Estás loco o qué? Para mí eso solo es un exabrupto. Esa posibilidad no cabe la mires por donde la mires.

—¿Estás segura de que no cabe la posibilidad? Analízalo objetivamente. El capitán Vegner pudo haberle causado la muerte a Maikel De Jaager accidentalmente, por ejemplo. Después se hizo cargo personalmente del asunto y cerró el caso. No investigó más, estando vinculado a la fuerza. Se retiró después de que cerró el caso. Hay una marca en la sala de su casa que coincide con la marca en el cráneo de Maikel De Jaager. Las fotografías originales del cráneo de Maikel De Jaager estaban en su poder. Pudo haberse suicidado porque no pudo lidiar con su culpa y después de haber perdido a su esposa. Solo le comentó el tema, al parecer, a sus amigos Eva, Stephanie y Di Alphonse, quienes lo están o lo estuvieron encubriendo, y ahora Stephanie y Di Alphonse están manipulándonos para desviar el caso hacia un callejón sin salida. La muerte de Eva podría ser circunstancial.

—Tus argumentos tienen lógica, pero no me convencen. Y ¿qué hay de los documentos que encontraste en cajón de doble fondo en la casa en Sallanches?

—Pues, nada. El capitán Vegner tenía que indagar para no dejar cabos sueltos. Hasta ahora, lo que sabemos es que el único vínculo terrenal con Maikel De Jaager era Antonio Correa Landines, y, por coincidencia, este fue declarado desaparecido en Colombia el mismo día de la muerte de Maikel De Jaager. La coartada perfecta y circunstancial.

»A propósito, se me había pasado un detalle que podría ser la confirmación de que el capitán Vegner tenía conocimiento o estuvo en contacto con el baúl de Maikel De Jaager. En la carpeta cuya portada decía: «Maikel De Jaager = Antonio Correa Landines» que encontré en el sitio que mencionas, hay unas copias de la portada de los registros de nacimiento que encontramos en el baúl. ¿Qué opinas de ese argumento? ¿No es suficiente para ti como para que lo consideremos como un sospechoso más?

—¿Acaso el capitán Vegner no pudo haber localizado la información en las oficinas de registro respectivas aquí en Holanda y allí en Colombia? Son solo copias de las portadas.

—Está bien, te compro el argumento para el caso de la información de Maikel De Jaager, pero, para el caso de Antonio Correa Landines, como hemos revisado, no se recibió nada más de Colombia.

—A menos que le haya solicitado esa copia directamente a la fiscal.

—Okey, también te compro el argumento. Pero, entonces, ¿de dónde salió la información escrita en el sobre que encontré en uno de los estantes de la biblioteca del capitán Vegner, que coincide con la inscripción en la tapa del baúl y que resultó ser la clave de acceso al portátil de Maikel De Jaager?

Ja, ja, ja, ja, ja, qué bestia soy. La llave que hay dentro del sobre es la llave que abre el candado que destrocé, ja, ja, ja, ja, ja. De repente, Verónica y yo expresamos al unísono: «El sobre lo encontró el capitán Vegner cuando revisó la antigua casa de Maikel De Jaager»

—Toco madera..., me debes un café —le digo—. Sí, tal vez, y nunca supo qué hacer con él.

—¿Te das cuenta, Marcos? Además, se te ha pasado un detalle técnico: el baúl no se encontraba a la vista y solo fue posible hallarlo después de la demolición de la casa. Tú mismo me comentaste lo que te dijeron los nuevos dueños.

—Sí, está bien, Verónica, descarto al capitán Vegner como sospechoso. Enfoquémonos entonces en Antonio Correa Landines y en el reverendo Heinrich.

—Bueno, con respecto a Antonio Correa Landines, hasta que no logremos información concreta de la fiscal colombiana, no podríamos deducir algo relevante. Por lo tanto, sí y solo sí lo mantenemos en la lista en caso de que logremos ubicarlo aquí en Holanda el día de la muerte de Maikel De Jaager. De lo contrario, se descarta racionalmente. Con respecto al reverendo Heinrich..., uhm..., solo sabemos que fue la persona que encontró a Maikel De Jaager moribundo a un lado de la ruta N743 entre Hengelo y Borne, y que posteriormente lo trasladó al hospital de Hengelo, según lo que aparece escrito en el reporte del capitán Vegner. ¿Cuál crees tú que podría ser la motivación del reverendo Heinrich para asesinar a Maikel De Jaager?

—No lo sé, Verónica. Solo estoy especulando.

—Si el reverendo Heinrich fuera el asesino, ¿tendría sentido que lo hubiese llevado hasta el hospital de Hengelo sin saber que su víctima podría sobrevivir y posteriormente denunciarlo? A menos que...

—Sí, Verónica, a menos que esa fuera su coartada. Arriesgada, pero bien elaborada, es funcional. «La mejor manera de pasar desapercibido es mantenerse a la vista de todo el mundo», no sé quién lo dijo, pero sabemos que, en muchos casos, así proceden. ¿Qué hacía Maikel De Jaager en ese sitio? ¿Cómo pudo verlo a la hora en que dijo el reverendo Heinrich que lo encontró? Tendremos que entrevistarlo. Aún no lo podemos descartar como el posible asesino. Al fin y al cabo, es la última persona que vio con «vida» a Maikel De Jaager. ¿Cómo está tu fe últimamente?

—Firme. Absolutamente firme, Marcos.

—Okey, entonces, te toca el turno de abordar al reverendo Heinrich, además de indagar sobre la vida bancaria y crediticia de Maikel De Jaager. Había mucho dinero en ese baúl y tuvo que haber salido de alguna parte. Además, por favor, haz la revisión de los registros de migración. Al respecto, corrobora toda la información de las entradas y salidas de Holanda. Yo, mientras tanto, abordaré al decano de la Facultad de Ciencias y de Ingenierías de la Universidad de Twente e indagaré si alguien de esa facultad aún recuerda a Maikel De Jaager. Por lo pronto, contactemos con tu Richard Ruiz y con la fiscal en Colombia. ¿Qué hora es?

—Son las nueve y media de la mañana.

—Perfecto. Son las tres y media de la tarde allí. Buena hora para contactar con ellos. ¿Tienes a mano los números de contacto?

—Sí, señor. Aquí los tienes. Al agente Richard Ruiz lo llaman Ricky.

Ese último comentario de Verónica, fuera de lugar, me causa intriga.

—Okey, llamemos entonces primero al agente Ruiz, perdón, a Ricky.

Verónica me mira con desazón y se sonroja al percatarse de que se ha puesto en evidencia con respecto al agente Ruiz. Obviamente, se conocen.

—No me molestes, ¿estás celoso o qué?

—Ja, ja, ja, ja, ja. Verónica..., ja, ja, ja, ja, ja. ¿Celoso yo? Por favor, ¿tendría yo que estar celoso? Solo asumo que lo conoces o que formó parte de tu vida en algún momento.

—Bueno, ya es suficiente, Marcos.

Verónica coge el teléfono y procede con la llamada. Presiona el botón del altavoz. La llamada se establece y a los dos tonos contesta Ricky. Verónica, en un perfecto español, le habla a su interlocutor, el cual, con voz de asombro, se expresa con coquetería y familiaridad. Verónica se sonroja y corta con poca sutileza los halagos, memorias y reclamaciones que Ricky le manifiesta. Me siento un poco incómodo, no sé por qué, ¿o tal vez intimidado? No estaba equivocado, Verónica y Ricky se conocen, y puede que más de lo que yo creía. No me lo esperaba. Verónica, con apuro, le dice a Ricky que está en altavoz en el teléfono de una sala de conferencias y que yo estoy con ella en este momento.

Intervengo para presentarme y le agradezco todo el soporte que nos pueda brindar en Colombia. Le informo de que, seguramente, en una o dos semanas viajaré al país y que requiero de su apoyo para abordar personalmente a la fiscal sexto delegado para la Seguridad Ciudadana con funciones de policía judicial con sede en Bogotá, la doctora Mariana Jiménez Orduz, para tratar un caso de la desaparición de un ciudadano colombo-holandés vinculado a una investigación que estamos llevando aquí en Holanda. Ricky responde afirmativamente y dice que conoce a la fiscal y que organizará su propia agenda para la visita. No obstante, nos solicita mantenernos en contacto para ir precisándola, ya que tiene unos días libres en las dos últimas semanas de diciembre que no quiere desaprovechar para viajar a su ciudad natal. Le comento que, ya contando con su soporte, procederemos a contactar con la fiscal para fijar el rango de tiempo que tendríamos disponible para realizar el viaje y que contactaremos con él nuevamente si logramos ajustar o concretar algo con la fiscal. Acordamos en contactar con él hoy o mañana y finalizamos la conversación.

Ricky se despide cariñosamente de Verónica, diciéndole: «mi adorable Nikita», ante lo cual Verónica no responde y se limita a colgar el auricular. Me inquieta un tanto la reacción de Verónica, pero bueno, no conozco en absoluto su vida, ni su pasado, ni mucho menos sus intereses personales. En fin.

—Conocí a Richard Ruiz el año pasado, durante un curso de investigaciones forenses en Lyon. Era el único latino del grupo. Es la primera vez que contacto con él nuevamente.

—Tranquila, Verónica. No es necesario que me des explicaciones. Si tú lo conoces y consideras que es la persona que nos puede ayudar en Colombia sin necesidad de recurrir al soporte del Cuartel General de Interpol, para mí es suficiente. Lo único que tendríamos que hacer, eventualmente, es informarle al señor secretario. No necesitamos más.

—Okey, Marcos. Sí, cuando lo conocí, Ricky me pareció confiable y muy proactivo. Es muy atento. Fue el mejor del curso, de hecho. Hasta donde tengo conocimiento, es psicólogo de profesión.

—¿Muy proactivo, o atractivo, querrás decir? Ja, ja, ja, ja, ja. Tranquila, Verónica, ya te he dicho que no es necesario que me cuentes tus cosas personales. Como te he dicho, me parece excelente que nos vaya a prestar apoyo en Colombia una persona conocida, y mejor si es de tu confianza. Enfoquémonos en lo que tenemos que hacer. Llamemos a la fiscal antes de que termine su día laboral o de que se nos haga más tarde.

—Okey, Marcos.

Verónica, al igual que en la llamada a Ricky, coge el auricular y activa el altavoz del teléfono. Ocupado. Hacemos un segundo intento e igual. Sigue ocupado. Le digo a Verónica que esperemos unos diez minutos. Aprovecho para ir por un café. Verónica solo quiere agua, me dice. Se queda en la sala tomando notas en su libreta.

De regreso a la sala con mi café y su agua, se aguzan mis sentidos. Hoy está hermosísima. No me había fijado, hasta ahora, de que el uniforme le queda maravilloso. Resalta sus femeninas formas y ese último botón superior desabrochado de la camisa permite que emerja inintencionalmente, su delicada voluptuosidad latina, la cual está ligeramente cubierta con un delicado encaje.

Me abstraigo con disimulo por unos cuantos microsegundos antes de volver en mí al tropezarme con el borde del marco de la puerta de acceso a la «burbuja de cristal», como se le suele llamar aquí a la sala de conferencias. Se vierte parcialmente el contenido del vaso con agua, aun cuando respondo con mis reflejos de felino. Verónica me mira y sonríe. Alcanza a percibir mi mirada disimulada dirigida hacia su encaje y se sonroja. Yo también, pero no me importa, la sigo observando. Sutilmente, lleva los dedos índices y pulgar de su mano derecha al botón desabrochado y sigue mirándome fijamente al mismo tiempo que deja traslucir esa ligera sonrisa que me encanta. Su exquisito aroma se despliega en el ambiente de la sala de conferencias y se mezcla con el aroma de mi café. Sus mejillas se ruborizan.

Retira suavemente el cabello que cubre su frente y me dice: «Despierta Marcos», despierta. Se abrocha ese último botón de la camisa y posa su mano derecha con un par de golpecitos sutiles en mi mejilla izquierda, mientras le paso el vaso con agua, desconcertado. Evidentemente, me hace reaccionar. Evidentemente, me hace despertar. Me hace despertar sentimientos prohibidos.

Con el ánimo ahora ambiguo, trato de desquebrajar este sublime momento de estrés diciéndole que intentemos nuevamente la llamada a la fiscal, como queriendo perpetuar este efímero momento y, por lo tanto, mi nueva angustia sembrada en la colmena. Toma con su mano izquierda el vaso con agua. Delicadamente, retira las lágrimas condensadas y pasa sensualmente la palma de su mano húmeda por su cuello, levantando ligeramente la cabeza y cerrando sensualmente sus verdes ojos encantadores. Toma nuevamente el vaso con agua y esta vez lo lleva a su boca, deleitándome con su mirada fija a través del cristal en cuyo borde sus deliciosos labios asidores se jactan melodiosos al hidratarse.

Es todo un espectáculo que ocurre en un tiempo solamente dilatado por mis sentidos. Verónica hace un intento más por contactar con la fiscal, esta vez con éxito. El teléfono suena una, dos, tres veces. Al cuarto tono se escucha en respuesta una voz muy sensual y casi tierna que desentona con la imagen prejuiciosa que mi cerebro tiene incrustada. Verónica me mira con picardía y yo le respondo con un gesto de aprobación atónitamente desarticulado en mi rostro. Verónica, al observar mi solemne reacción, toma el liderazgo de la conversación en su perfecto español.

—Buenas tardes, ¿podría, por favor, comunicarme con la doctora Mariana?

—No, te has equivocado de número —escuchamos en el altavoz del teléfono.

—Okey. Muchas gracias —responde Verónica.

—Joder, nos hemos quedado en cero con la fiscal —le digo—. Tendrás que llamar nuevamente a tu Ricky y pedirle el nuevo número de contacto de la fiscal.

Verónica coge nuevamente el auricular y marca el número de Ricky, el cual responde inmediatamente. Esta vez sin el altavoz activo, le habla sigilosamente y le hace la solicitud. Verónica empieza a escribir en su cuaderno de notas el número que le está dictando su Ricky, se despide un poco más relajada en esta ocasión, marca el nuevo número y activa el altavoz con decisión.

—Buenas tardes, ¿podría, por favor, comunicarme con la doctora Mariana?

—Sí, soy yo —responde.

Esta vez, la voz encaja perfectamente con el esquema mental que tengo de la fiscal. Empuño mis manos y levanto los pulgares en gesto de aprobación. «Le debes una a tu Ricky», le susurro al oído a Verónica. Seguidamente, me lanza un beso al aire.

—Le habla Verónica Craviotto, de Interpol Holanda. Estoy aquí con Marcos Gandara, líder de investigación. Conseguimos su nuevo número telefónico de contacto a través del agente Richard Ruiz, de Interpol Colombia.

»La llamamos por un caso antiguo que hemos reabierto y que corresponde a la desaparición de Antonio Correa Landines, ciudadano colombo-holandés reportado como desaparecido el 29 de enero de 2009. Tenemos conocimiento de que el capitán Vegner de la policía de Twente, en Holanda, logró comunicarse con usted entre febrero y septiembre de 2009. Asumimos que usted debe recordar el caso, ya que continúa usted en ese cargo en la Fiscalía colombiana.

La fiscal se queda en silencio unos segundos y posteriormente la escuchamos tarareando, al parecer entre dientes, el nombre Antonio Correa Landines al mismo tiempo que percibimos el sonido de un teclado y que se abren y cierran con afán lo que podrían ser los cajones de un mueble archivador. De repente, escuchamos un «aquí está» y nos empieza a leer el oficio enviado al capitán Vegner en septiembre de 2009 donde se informa del cierre del caso.

—Sí, señora fiscal, nosotros tenemos en nuestro poder el oficio que nos acaba de leer. No obstante, Interpol ha dado vía libre para reabrir el caso, ya que hay una serie de evidencias circunstanciales que nos han permitido deducir una conexión con unos asesinatos aquí en Holanda y en Francia. Se requiere profundizar en la investigación, y eso implica la necesidad de contar con su soporte local, ya que se tiene previsto que el líder de la investigación se desplace a su país, si usted cuenta con información adicional o relevante para nosotros.

La señora fiscal, sin contención alguna, empieza a hacer un recuento de las conversaciones y comunicaciones escritas que sostuvo con el capitán Vegner en ese momento. Para nuestra sorpresa e inquietud, nos lista con detalle la información que tiene disponible del caso y nos comenta que tiene registro de que la información fue enviada por correo electrónico al capitán Vegner.

Nos confirma que, evidentemente, no se halló el cuerpo del desaparecido y que por tal razón el caso fue cerrado, considerando, además, asuntos presupuestales. Nos comenta que, posteriormente al cierre del caso, localizaron en Bogotá el último lugar de residencia de Antonio Correa Landines y su información financiera, donde se descubrieron transacciones bancarias a una cuenta a su nombre en Holanda.

Nos asegura, además, que no se halló vinculación alguna con actividades ilícitas, ni en primera instancia, como se informó al capitán Vegner, ni después del cierre del caso tras la investigación de su información financiera. Nos comenta también que es posible que la persona que interpuso la denuncia por desaparición fuera cercana a Antonio Correa Landines.

El registro de la denuncia ante una inspección de policía de Bogotá fue firmado por alguien que se identificó como S. D. Rey A., simplemente. Verónica sigue tomando apuntes, registrando con disciplina uno a uno los comentarios de la fiscal. «Aparece una nueva variable», le digo.

Interrumpo la intervención de la fiscal. La saludo y me presento respetuosamente. La señora fiscal me responde al saludo con indiferencia. Le pregunto si tendría tiempo para recibirme en Colombia durante la segunda semana de diciembre con el fin de que me permita revisar la totalidad de la información recopilada del caso y obtener las autorizaciones correspondientes para visitar el lugar de residencia de Antonio Correa Landines que nos ha informado e indagar un poco sobre el rastro de la persona que hizo la denuncia de su desaparición.

En el instante que estamos concretando la visita con la señora fiscal, entra el capitán Dunnebier afanosamente a la «burbuja de cristal». «Os estaba buscando», nos dice. Sagazmente,

Verónica le dice a la fiscal que volveremos a contactar con ella mañana a esta misma hora y se despide dándole las gracias.

—Señores, llevo más de media hora tratando de localizaros. Tenemos que salir hacia Rotterdam. Marcos, las indagaciones con base en la correlación que hiciste de las incautaciones menores realizadas los meses anteriores han sido confirmadas. No sé cómo haces, pero me impresiona la precisión en el resultado de tus análisis. Tenemos información de que, evidentemente, pretenden introducir otro cargamento de cocaína y Rotterdam nos ha pedido apoyo. Así que preparaos, muchachos.

Verónica y yo nos miramos desconcertados. No sabemos cuánto tiempo nos puede quitar esta asignación para continuar con nuestra investigación.

—Capitán, ¿cuánto tiempo estima que debemos estar fuera de Twente? —le pregunto.

—El tiempo que sea necesario, Marcos. No lo perdáis. Os doy como máximo hora y media para que os preparéis y nos vemos aquí nuevamente a las dos de la tarde.

El capitán Dunnebier se retira de la «burbuja de cristal». Le pido a Verónica que lleve consigo su cuaderno de notas. La llamada para concretar la visita a Colombia la podemos hacer desde Rotterdam, así como la búsqueda de información financiera y en el registro de migración, quedando pendiente, entonces, mi visita al campus de la Universidad de Twente y la entrevista con el reverendo Heinrich.

El tiempo se nos está acabando y todavía nos faltan muchas cosas por indagar. Esta semana tengo que enviarle el reporte al señor secretario y siento que no hemos avanzado mucho. Este viaje inesperado a Rotterdam nos acortará significativamente la línea de tiempo.

Ya camino de Rotterdam, empezamos Verónica y yo a hablar un poco más sobre nuestras cosas personales. Me cuenta su infancia y adolescencia en Varazze, a orillas del Mediterráneo, y los múltiples accidentes menores en bicicleta que sufrió en sus calles angostamente densas. También hablamos sobre las razones que la motivaron a entrar a la Academia de Policía Italiana y un poco acerca de su vida familiar. En lo que a mí respecta, le cuento que mis padres fallecieron en un accidente en mi adolescencia y que tengo una hermana mayor, Lucía, que vive desde hace más de diez años en Norteamérica y trabaja para el Gobierno.

—¿Hace cuánto que no ves a tu hermana?

—A L Mayor, como suelo llamarla, no la veo desde hace aproximadamente un año. Cuando podemos, nos organizamos para encontrarnos en algún lugar donde no se nos compliquen los desplazamientos. Siempre hacemos el intento para estar juntos en las vísperas de Navidad o fin de año, ya sea en Barcelona o en Florida, donde ella reside. Ella tampoco está casada ni tiene hijos, por lo tanto, es un poco menos difícil vernos. Somos un par de hermanitos muy ocupaditos.

—Te entiendo. Esta labor poco compatible con la familia. Por ser la niña consentida de mis padres, y única, por fortuna para mí, prácticamente y con gusto me siento obligada a pasar la mayor parte del tiempo que pueda con ellos. Sinceramente, en estos dos últimos años he tenido muy poco tiempo para compartir en familia. Muchos viajes a lo largo y ancho de «la bota». Ellos están bien y tranquilos, y eso para mí es suficiente mientras no pueda verlos con más asiduidad. Aunque, pensándolo bien, tal vez esa tranquilidad también me impulsó a vincularme con la policía italiana.

»Mi padre fue marinero y ahora se dedica a atender su negocio de venta de artículos para buceo. Mi madre sigue siendo maestra en la escuela local. La idea es que pasemos este fin de año juntos aquí, en Holanda, aprovechando que es temporada baja para el negocio de papá, así que procura cerrar la investigación pronto. No me vayas a estropear mi fin de año.

—Eso espero, Verónica, eso espero. Si bien este caso es un caos total, también quiero reunirme con L Mayor antes de finalizar el año. La ventaja es que tú vas a estar aquí, en Holanda. En cambio yo, como van las cosas, es posible que no pueda por mi viaje a Colombia. Bueno, Verónica, ya llegamos a nuestro destino.

La caravana de vehículos oficiales está estacionada enfrente de las instalaciones de la comisaría de policía del Grupo Básico Waterweg, según lo que alcanzo a leer, en la zona meridional. Tan pronto como llegamos, el capitán Dunnebier nos presenta e inmediatamente nos hacen pasar a una reunión para ajustar los detalles de la operación. Se estima que un cargamento de no menos de tres toneladas de cocaína estaría siendo transportado a Rotterdam por la ruta Coruña (España), Brest (Francia) y Kingsgate Bay (UK). Nos asignan las tareas específicas. Verónica queda en un grupo y yo en otro. La información de Inteligencia indica que el cargamento podría entrar por el sector de la terminal Euromax, hacia donde nos dirigimos en este momento.

Ya en el sitio, el nivel de tensión sube un poco en el grupo en el que estoy, el tiempo pasa sin novedades hasta el momento. Llevamos alrededor de cuatro horas esperando algún indicio. Converso un poco con uno de los oficiales de Interpol a cargo, para calmar mi ansiedad. Compartimos casos en los que hemos trabajado y tal vez cruzado por casualidad. Ya lo había visto antes en Barcelona. Me comenta que su grupo tiene previsto viajar en vuelo chárter a Perú si se logra incautar el cargamento que estamos esperando. La trazabilidad del caso muestra como punto de partida ese país. Me cuenta también que es muy posible que hagan escala en Miami y en Colombia. «Perfecto», le digo con entusiasmo. Ante mi reacción, me pregunta por qué. Le comento que tengo que hacer un viaje a Colombia para concretar una investigación de un caso que se había cerrado en la policía de Twente en 2009.

Se ríe y me pregunta sobre qué es el caso. Le comento que el caso está relacionado con la muerte de un ciudadano colombo-holandés y que no tiene nada que ver con narcotráfico. Le pregunto si habría alguna posibilidad de que pueda aprovechar para viajar con ellos hasta Colombia. «Sí, por supuesto», me dice, que todo depende de que tenga éxito la operación en la que estamos en este momento y que el vuelo chárter saldría de Ámsterdam o de Eindhoven a principios de la próxima semana.

De repente, se escuchan a lo lejos movimientos en la playa. El grupo de la marina holandesa está distribuyéndose con cautela. Miro a través de las gafas de visión nocturna y visualizo el paso del escuadrón de avanzada. En el horizonte se alcanza a divisar una embarcación. Espero que sea la que trae el cargamento. Ya son las dos y media de la madrugada. El frío del mar del Norte es agresivo e insoportable. Se cuela entre mi chaqueta de dotación y penetra con ímpetu en mi piel debajo de mi uniforme.

El olor a mar mezclado con el olor a hidrocarburo de la terminal ha empezado a hacer estragos en mí. Me siento un poco mareado. Además, no he dormido bien en estos últimos días. Pasa una hora más de espera. Me levanto del lugar donde he estado plantado las últimas seis horas y mis piernas casi no responden. Reviso nuevamente el área con las gafas de visión nocturna. El grupo de avanzada de la marina holandesa parece que hubiera desaparecido.

La embarcación está un poco más cerca de la playa. A lo lejos, en la parte continental, se empieza a escuchar el ruido leve de los motores de dos camiones de carga. Todo está listo. Al parecer, vamos a tener éxito. Los camiones se acercan con sigilo, con las luces apagadas. En el intercomunicador que tengo en mi oído se da la señal de alerta.

Todos estamos en posición esperando el momento en que atraque la embarcación. Los minutos de espera se hacen eternos. Mi ansiedad se dispara en sincronía con un disparo que proviene de uno de los camiones de carga. Todos continuamos en posición. El disparo es un señuelo de los traficantes para distraernos y hacernos intervenir.

Todo sigue en calma. La embarcación está llegando a la orilla de la playa. Es una embarcación pesquera de bajo calado. De la parte trasera de los camiones de carga empiezan a salir uno, dos, tres, cuatro, cinco individuos fuertemente armados. Esto no me lo esperaba. Inmediatamente, pienso en Verónica, que está en el otro grupo.

Por el intercomunicador se escucha la instrucción al escuadrón de avanzada de la marina. Son los únicos que tendrían la capacidad de armamento para responder ante una situación crítica. Los individuos armados se asientan en la playa. Le digo al oficial de Interpol a cargo que debemos estar atentos porque lo más seguro es que haya otra avanzada de los traficantes, sobre la ruta de escape. El oficial asiente y pide refuerzos a la marina. Afortunadamente, la base está relativamente cerca. Definitivamente, estos delincuentes, o son unos atrevidos, o son unos estúpidos. No sabemos con certeza si hay o no más individuos en los camiones de carga. La incertidumbre es alta. Tenemos confirmación de los refuerzos de la marina. Tienen a la vista un grupo de vehículos de alta gama aparcados a las afueras de la ruta de escape. Evidentemente, es un grupo grande de delincuentes.

El frío que sentía se diluye con la adrenalina que fluye por mi cuerpo. Esto va a terminar en un enfrentamiento. Esperemos que no haya civiles cerca del sector. La temporada no es la indicada para acampar. La embarcación atraca. Se escucha otro disparo. «Todos quietos», dice el oficial a cargo por el intercomunicador. Empieza el desembarque.

De pronto, vemos salir de los camiones otros seis individuos más, pero desarmados. En total hay once en tierra más uno o dos en la cabina de cada uno de los camiones. En la embarcación alcanzo a divisar a cinco más. «Podrían ser veinte en total», le informo al oficial a cargo. Inesperadamente para mí, empieza a sonar la alarma de emergencias de la terminal Euromax. Los individuos armados empiezan a disparar al vacío. Es el momento. El oficial a cargo ordena la intervención inmediata.

Todo es un caos. El escuadrón de la marina holandesa entra en acción y neutraliza secuencialmente a los traficantes en la playa. No obstante, perdemos dos hombres. El grupo de refuerzo entra en acción y neutraliza también los vehículos en la ruta prevista de escape, pero uno se da a la fuga. Todo está asegurado. ¿Verónica, dónde estas?, no logro verte. Empieza a despuntar el alba y la tormenta en la playa se disipa al compás de la oscuridad, que deja de ser crepuscular. Por fin veo a Verónica en la distancia, cerca de la playa y hablando con uno de los marinos holandeses. Me tranquilizo, está sana y salva, es la única mujer en el grupo.

La operación es todo un éxito, eso quiere decir que tengo que prepararme este fin de semana para mi viaje a Colombia. El capitán Dunnebier se me acerca y me dice que podemos ir a descansar antes de regresar a Twente después de mediodía. Busco al oficial de Interpol a cargo de la operación para concretar el tema del vuelo chárter. Le doy mis números de contacto y acordamos mantenernos en comunicación durante el fin de semana.

El capitán Dunnebier me mira extrañado y a la defensiva, como queriendo imponerme su superioridad de cargo, y, mientras hace un movimiento de reclamo con sus manos, me pregunta sobre el viaje. Le comento los detalles de lo discutido con el oficial de Interpol a cargo de la operación y que es una opción expedita para avanzar en la investigación del caso del capitán Vegner. Le digo que pretendo solicitar autorización del señor secretario tan pronto como pueda comunicarme con él y enviarle, este fin de semana, el reporte de avance de la investigación. Me pregunta por las cosas que pueda tener pendiente en Twente y le digo que las vacaciones de fin de año y el clima reducen la probabilidad de que eventos relevantes emerjan y que, además, Verónica está al tanto de las investigaciones locales, como le reportamos previamente.

El capitán Dunnebier le hace señas a Verónica para que se acerque al lugar donde estamos. Verónica se acerca y nos saluda. A pesar de la agitación por la operación, su exquisito aroma se mantiene. El mío no tanto. Huelo a caballo de corrida de toros. Ella lo nota y hace un gesto mordaz, poniendo sus dedos pulgar e índice de la mano derecha en su respingona nariz. Sonríe como ha aprendido que me gusta. El capitán Dunnebier se mofa y dice que, evidentemente, huele a almizcle español serrano. «Usted no huele tampoco a rosas, capitán Dunnebier, y usted tampoco, señor oficial —les digo—. Aquí la única que huele a flores silvestres es *La Madonna de Munch*». «*Madonna italiana*», replica Verónica. Todos sonreímos. Partimos juntos hacia las instalaciones de la comisaría del Grupo Básico, donde se supone que podremos descansar hasta mediodía.

Entrando a la comisaría, un grupo policial nos recibe con aplausos y felicitaciones y nos conduce hacia donde podremos descansar. Estando ya en la habitación asignada, caigo en el camarote totalmente rendido. Me disculpará la persona que hace la limpieza, pero estoy muy cansado para asearme. Ajusto la alarma en mi G-Shock y mi inconsciencia empieza a fluir al mezclarse con mi olor natural. Me siento flotar.

Intempestivamente, suena la alarma. ¿Ya han pasado tres horas? No puede ser. Escucho un golpeteo en la puerta. Es Verónica, preguntándome si ya estoy listo para salir. Le respondo que me dé veinte minutos. Ese es más o menos el tiempo que normalmente utilizo para prepararme cuando tengo prisa, de lo contrario, tardo una hora. Joder, no hay agua caliente. Bueno, a tonificar mis músculos, entonces. Mi General Tom, prepárese para encogerse. El agua está muy fría y me hace gemir y saltar. Hacía mucho tiempo que no me bañaba con agua fría. Mi piel empieza a tensionarse, mis folículos emergen y mi pecho empieza a tornarse rojo al recibir la embestida helada de la ducha. Mi respiración se intensifica. Mis manos palidecen y, evidentemente, mi General Tom ni se asoma, pero tendrá que hacerlo para asearlo.

Se termina el calvario. Salgo de la ducha y empieza el ritual. Meto mis cosas en mi mochila y salgo de la habitación, no sin antes ordenar un poco mi desorden. A las afueras del alojamiento, veo a Verónica sentada con el capitán Dunnebier, el cual levanta su mano derecha y apunta hacia su reloj de pulso con su índice izquierdo. Verónica me mira y me pregunta si estoy bien.

—Sí, por supuesto —le digo—. ¿Por qué?

—Tienes la cara muy roja, Marcos. ¿Qué te pasa?

—No me pasa nada. ¿Vosotros teníais agua caliente en la ducha?

—Por supuesto —responden al unísono y con complicidad evidente.

—¿Tú no, Marcos? —me pregunta Verónica con picardía.

—Pues no —le respondo con orgullo.

—No me digas que no te has percatado del botón al lado derecho del lavamanos que activa el flujo de agua caliente.

—Obviamente no, Verónica. ¿Qué botón?

Los dos se ríen a carcajadas. Verónica eleva sus manos con las yemas de sus finos dedos apuntalados en las yemas de sus pulgares, en el típico gesto italiano.

—*¡Stronzo!*

Le devuelvo el gesto empuñando mi mano derecha con el pulgar levantado y rozando la yema de arriba a abajo contra mi mejilla derecha.

—Marcos, eres es un tonto. Ese botón que no has visto es el interruptor del sistema que ajusta automáticamente el flujo de agua caliente para ahorrar el agua, evitando que tú hagas la mezcla directamente con las válvulas de la ducha.

—Bueno, bueno, muchachos, ya es suficiente —dice el capitán Dunnebier, y nos invita a seguir hacia la entrada principal de la comisaría.

—Estás muy guapa, y más haciendo tus gestos esenciales —le susurro al oído a Verónica.

En la entrada principal nos está esperando el oficial de Interpol que estaba a cargo de la operación. Nos saluda y nos agradece nuestra intervención en la exitosa operación. Nos despedimos e iniciamos nuestro retorno a Twente.

El capitán Dunnebier se sienta delante, en el puesto de copiloto, y Verónica y yo nos montamos en los asientos de atrás del Audi. «¿Comemos algo por el camino?», dice el capitán. Ante la propuesta, Verónica y yo asentimos. Le cuento a Verónica que ya tengo organizado el viaje a Colombia para el próximo lunes en un chárter de Interpol. Le propongo que aprovechemos para comunicarnos con la fiscal y, de paso, con Ricky. Verónica hace la llamada. La fiscal y Ricky aceptan la propuesta de visita.

—Todo está listo, Verónica. Mientras yo esté en Colombia, por favor, avanza con las indagaciones en Twente. La asignación en Rotterdam nos ha restado el tiempo que necesitábamos para avanzar en algo más.

Verónica se relaja en el asiento y empieza a adormecerse. En un momento de flagrante plenitud para mí, Verónica toma mi mano izquierda con ternura y se queda profundamente dormida. Siento cómo fluye su calor hacia mí y asumo inmediatamente la responsabilidad de velar su sueño cuando decide posar también su cabeza contra mi hombro para posteriormente acomodarse en mi regazo.

El viaje se tornaría silencioso y tranquilo de no ser por los ronquidos del capitán Dunnebier, que se confunden armoniosamente con el ruido del viento y la lluvia que golpea el vehículo en el camino de regreso a Twente. Nuestro conductor parece un robot. El hecho de ir de la mano de Verónica, ahora con su cabeza recostada en mis piernas, hace que este viaje sea infinitamente apacible. Me siento muy tranquilo. Al parecer, la abeja reina salió de su colmena y solo quedan allí sus hijos no natos. Pasividad suprema. Ciclo natural de los sentidos. Así me sentí la primera vez que viajé con Sofi. Joder, la abeja reina acaba de entrar a la colmena y el enjambre la secunda con respeto. En fin.

«Verónica, Verónica, ya llegamos», le susurro al oído después de retirarle del rostro con delicadeza su hermoso cabello negro. El capitán Dunnebier despierta y nos pregunta sin mirarnos cómo estamos. Verónica se incorpora en el asiento moviendo su cabeza para ajustar su cuello afectado por la contorsión del sueño y suelta, instintivamente al parecer, mi mano. Tiene marcada en la mejilla derecha una costura de su chaqueta. «También se te ve hermosa recién levantada», le susurro. Me avergüenzo y transfiguro la coquetería en tensión al darme cuenta de que el capitán Dunnebier me está observando y está moviendo ligeramente su cabeza de lado a lado exclamando y emitiendo un ligero «uhm» seguido por un «no quiero enredos, muchachos». Ninguno de los dos emite palabra alguna.

El conductor nos lleva primero al edificio de apartamentos donde vive Verónica, posteriormente, deja al capitán Dunnebier en casa, y por último, conduce hasta Villa Park Eureka. La oscuridad crepuscular de la madrugada retorna al ocaso. Tiempo de descansar. Tiempo de morir ligera y momentáneamente en vida.

***

—*Hi, ¿Marcos Gandara?*
—*Yes, Sir.*

—*Hi, Marcos, this is Colonel Smith, from United States Air Force. We have scheduled our flight to Peru for tomorrow morning at 06:00 sharp. I was informed that you must go to Colombia.*

—*Yes, I do, Sir.*

—*Ok, Marcos we will take-off from Royal Netherlands Air Force Base in Eindhoven, so it is required you to stay there no less than two hours early, for the safety briefing and to prepare yourself to aboard. Please carry on you your Interpol ID and your baggage, of course. Ask for me when you arrive to the base's main gate. The aircraft is an USAF Gulfstream IV. It is an experimental aircraft, so you will see a lot of technology in there.*

»As you may figure out right now, it is a long flight, so we will do a technical stop in Miami at Homestead Air Reserve Base, ETA 14:00 hours Eastern Standard Time. In Miami, you must wait at least four hours. Then we will fly to your destination, Bogota. The arrival to CATAM Air Base at El Dorado Airport is estimated at 22:00 hours Colombia Standard Time. Same day, long travel so, be prepared. Understood? Any question?

—*Yes, Sir. Thank you very much for information given. Just one question, may I receive my sister's visit when we arrive to Homestead Air Base? She lives there, in Florida City.*

—*Yes, of course, Marcos, you are not my prisoner, you are my colleague. Don't worry. Call your sister and tell her the flight schedule.*

—*Thank you again, Sir.*

—*Ok, Marcos. Everything is set. Just make sure you arrive to Eindhoven Air Base on time. See you there. Bye.*

Tan pronto como el coronel Smith se despide, cuelgo y marco el teléfono de Lucía.

—Uhm, qué milagro, hermanito.

—Hola, L Mayor, ¿cómo estás? ¿Dónde estás hoy?

—Hola, M Menor, hacía mucho tiempo que no me llamabas un fin de semana. Bien, en casa, con ganas enormes de verte, bobito.

—Voy mañana a Miami.

—¿Cómo? Ja, ja, ja, ja, ja. No juegues con los sentimientos de tu hermanita mayor. Desafortunadamente, no puedo, hermanito querido. Precisamente mañana tengo una reunión con una visita de Washington. Pero, por ser tú, haré una excepción y dejaré a esos desgraciados esperando, ja, ja, ja, ja, ja.

—En serio. Viajo mañana a Miami porque voy hacia Bogotá.

—¿De verdad? Por supuesto que no voy a desaprovechar esta oportunidad. Mañana tengo la tarde disponible. Qué bien, hermanito querido, por fin nos vamos a volver a ver. Entonces, ¿qué tengo que hacer?

—Perfecto. Te espero antes de las dos de la tarde en Homestead, en la base de la Fuerza Aérea de los Estados Unidos.

—Caramba, hermanito. Estás llegando lejos.

—Ojalá, hermanita. Voy de polizón. Ja, ja, ja, ja, ja. No, mentira, es solo cuestión de oportunidad y ahorro de recursos para la investigación que estoy desarrollando.

—¿Narcotráfico?

—Pues esta vez no. Es un caso suigéneris que me dieron la oportunidad de reabrir aquí en Holanda.

—Ah, bueno. Eso tranquiliza una diez milésima parte de mi alma y de mi corazón.

—Perfecto, L Mayor, nos vemos mañana en la base aérea.

—Así sea, hermanito querido. De verdad que quiero verte y abrazarte mucho mucho.

—Bueno, un beso. Cuídate.

Lista la logística para mi viaje a Colombia. Me entusiasma la idea de ver a mi hermanita en esta travesía. Un poco de respaldo emocional es necesario para afrontar lo que tengo y quiero hacer. *«When you feel sad and alone, just return to your people's home»,* suele aconsejar mi hermanita. Cojo el móvil y me comunico con Verónica.

—Hola, Marcos, buenos días.

—Hola, Verónica, buenos días. ¿Cómo te has levantado hoy?

—Bien, Marcos. Con resaca, pero bien. ¡El licor de anoche no llegó a disolverme por completo!

—Caramba, ¿estuviste bebiendo anoche?

—Sí, un poco. Salí con Martjin y unos amigos de él. Lo pasamos muy bien.

—Ah, qué bien.

Trato de no imaginar nada ni darle trascendencia. Estoy celoso... Joder, ¿por qué siento celos?

—Dime, Marcos, ¿qué puedo hacer por ti?

—Verónica, necesito que te comuniques con tu Ricky y le comentes que llegaré a Bogotá mañana a eso de las diez de la noche, hora de Colombia. Dile que, si le es posible, me espere en la base de CATAM a esa hora. Tengo reserva en un hotel que se llama Andes Plaza. Dice aquí que queda en la calle 100 con carrera 15, sector El Chicó o algo así.

—Llegas tarde.

—Sí, Verónica, viajo con un grupo de la Fuerza Aérea de los Estados Unidos y el vuelo hace escala técnica en Miami. De hecho, podré verme con mi hermanita.

—Qué bien, Marcos. Perfecto, ya lo llamo y se lo comento para que esté pendiente de ti en... ¿CATAM?

—Sí, en la base aérea de CATAM, él debe conocer dónde es. Según lo que entiendo y he revisado, queda en el aeropuerto El Dorado.

—Okey, Marcos. Te mando un mensaje de texto con la confirmación. *Ciao.*

Mi maleta está lista, mis documentos también. El coche tiene suficiente combustible para llegar a Eindhoven. Lo único que me falta es dormir. Tengo que salir muy temprano de aquí. El viaje a Eindhoven me tomará algo más que dos horas, por lo tanto, tengo que salir antes de las dos de la madrugada. Espero no tener inconveniente alguno en ese trayecto. Joder, he olvidado llamar al señor secretario. El reporte está casi listo. Establezco comunicación telefónica con el señor secretario. Espero que no se moleste por llamarlo hoy domingo.

—Señor secretario, buenas tardes.

—Hola, Marcos, ¿cómo estás? ¿Algún inconveniente?

—No, señor. Todo está bien. No quiero molestarle con mi llamada, pero debo informarle de que he logrado organizar mi viaje hacia Colombia para tratar de consolidar la información del caso del capitán Vegner. Logramos contactar la semana anterior con la fiscal en Colombia y tiene disponibilidad para atenderme en el transcurso de la siguiente semana.

—Bien, Marcos. Me he enterado del éxito de la operación en Rotterdam. Me alegra mucho que continúen los buenos resultados.

—Sí, señor secretario. Hasta el momento nos ha ido muy bien. Precisamente allí, durante la operación, el oficial de Interpol a cargo me comentó que tienen programado un vuelo chárter a Lima y que hacen escala en Bogotá. Se presentó la oportunidad y me atreví a solicitarle soporte al respecto. De esa manera nos ahorramos una parte del presupuesto, señor secretario. El reporte espero estar enviándolo esta misma noche, ya que debo estar por la madrugada en Eindhoven.

—Okey, Marcos, no hay problema. Lo importante es que Dunnebier esté al tanto y los casos que estás llevando en Twente queden cubiertos.

—Sí, señor secretario. Verónica está al tanto de todo. El capitán Dunnebier también.

—Bien, Marcos. Suerte entonces en tu viaje. No se te olvide el reporte. Tengo que presentar un informe esta semana y tu reporte forma parte de este.

—Sí, señor, así será. Muchas gracias por su apoyo.

—Tranquilo, Marcos. Tú estás a cargo de esa investigación y las decisiones que tomes cuentan con mi respaldo. Además, no se está comprometiendo el presupuesto, que al final es lo que eventualmente puede aguarnos la fiesta con mis superiores.

—Sí, señor, muchas gracias por su respaldo. Estoy haciéndolo lo mejor que puedo para sacar esto adelante. Tengo toda la intención de resolver el caso este fin de año. Espero no defraudarme ni defraudarle.

—Marcos, como diría un viejo amigo: «*Don't say hope before you jump, just do it with the best of you*».

—Okey, señor secretario, entendido. Adiós, señor secretario.

—Adiós, Marcos. Buen viaje. No dudes en contactar conmigo si requieres algo en Colombia. A propósito, ¿ya tienes algún contacto de Interpol en Colombia para que te ayude?

—Sí, señor secretario. Verónica conoce a un agente de Interpol en Bogotá. Ya contactamos con él y tiene disponibilidad estas próximas semanas para hacer el acompañamiento en la avanzada.

—Muy bien, Marcos. Proactivo. Entiendo con esto que no dejas nada al azar. Eso me gusta. Tal vez por eso has obtenido excelentes resultados. De todas formas, ten en cuenta que se acerca el final del año y la disponibilidad de la gente es limitada, y es entendible. Bueno, Marcos, ahora sí que me despido. Que tengas buen viaje. Suerte en las indagaciones.

—Gracias, señor secretario. Que descanse. Adiós.

Perfecto. Ahora, a terminar el reporte. Tendré que molestar a Verónica más tarde. Como si estuviéramos sincronizados, llega un mensaje de texto de Verónica: «Listo, confirmado. Te esperan en CATAM».

***

Son las cuatro de la mañana. Acabo de llegar a la base área del Reino de los Países Bajos en Eindhoven. Está haciendo un frío descomunal. Me acerco a la entrada principal y le pregunto al guarda de turno por el coronel Smith, de la Fuerza Aérea de los Estados Unidos. El guarda comprueba el listado y me conduce a una pequeña sala, donde toman mi peso, el peso de mi equipaje y me aplican la vacuna contra la fiebre amarilla. Me dan la aprobación y me indican que espere en la sala contigua mientras contactan con el coronel. El coronel Smith entra a la sala y me presento.

El coronel Smith parece sacado de una película típica norteamericana, de hecho, me recuerda bastante al teniente coronel William Kilgore, comandante del Primer Escuadrón del Noveno Regimiento de Caballería y fanático del surfing inter-

219

pretado por Robert Duvall en *Apocalypse Now*. Espero que no tenga el mismo temperamento de Kilgore. El coronel Smith nota inmediatamente en mi rostro el juego divertido de imágenes en mi mente. Mis expresiones faciales muchas veces me han delatado, y particularmente a esta hora, cuando estoy más relajado y la colmena aún no ha recibido la dosis de radiación ultravioleta requerida para despertar. En fin. El coronel me da las instrucciones y me dice que debo quedarme esperando aquí para el *briefing* de seguridad.

A la sala en la que espero llegan dos oficiales y dos agentes de Interpol norteamericanos, según lo que alcanzo a leer en las credenciales que cuelgan de sus cuellos. Ninguno me dirige la palabra y se limitan a observarme como a un bicho raro. No veo al oficial de Interpol que estuvo a cargo de la operación en Rotterdam. Pensaba que también iba a viajar.

El *briefing* de seguridad empieza a desarrollarse en la pantalla del televisor que queda en la parte frontal de la sala. Termina el *briefing*. El coronel Smith se acerca y nos invita a embarcar en el Gulfstream IV de color gris plomo con número de identificación 00300. Al embarcar, me encuentro con una serie de equipos de monitoreo en la parte frontal y seis asientos individuales para pasajeros dispuestos en la parte posterior de la aeronave, junto a las ventanillas. Demasiado ostentoso para mí. A pesar de la cantidad de equipos, la distribución es cómoda. Me siento en el último puesto que se encuentra a mi izquierda. Hay un baño al final y no hay espacio para personal de a bordo.

Uno de los pilotos, tal vez el copiloto, nos reparte a cada uno dos paquetes con lo que parecen ser raciones americanas y dos termos con bebidas. Las guardo en mi mochila de mano, donde traigo mi portátil, y lo acomodo debajo de mi asiento. El coronel

Smith se sienta en uno de los puestos de delante. El copiloto cierra la compuerta de la aeronave y se sienta en su puesto. El piloto da las últimas instrucciones por el altavoz y pone en marcha la aeronave. Las ventanillas titilan. Para mi sorpresa, las ventanillas que están habilitadas son pantallas táctiles o, mejor, sinápticas transparentes de cristal líquido donde se visualiza información del vuelo e información de la ruta a seguir, entre otros detallitos interesantes.

La aeronave inicia el tránsito hacia la pista principal de la base aérea. Ya ha despuntado el alba y, con la habitual puntualidad militar, el avión despega a la seis en punto de la mañana, como estaba programado. Observo, además, que las ventanillas se oscurecen al recibir la radiación solar, lo que permite que el contraste en la pantalla sea el adecuado para visualizar el contenido sin contraluces.

Mi curiosidad no se hace esperar y, como si estuviera estrenando un juguete, marco cada una de las opciones que aparecen en la pantalla. Me abstraigo. Caigo en cuenta de que el juguete no es mío y miro a mi alrededor con temor. Los demás también están haciendo lo mismo: marcando en sus ventanillas. Entonces, no hay problema. Continúo navegando por las opciones disponibles y encuentro una en particular, la activo y mi sorpresa me ahoga en una sonrisa de emoción y asombro. Se despliega en la pantalla un modelo 3D de la aeronave y se muestra su ubicación geográfica sobre un plano cartográfico, también en 3D, superpuesto en la imagen externa que observo de las áreas por donde está transitando en su ruta.

En este momento, y después de casi media hora desde el despegue, estamos sobrevolando territorio belga. Es emocionante esto. El plano se puede ampliar y reducir con solo acercar la yema de los dedos. Como si fueran robots, los dos oficiales de la fuerza aérea norteamericana se levantan al unísono de sus asientos y se acomodan en los equipos. Se despliegan un par de pantallas. El coronel Smith les da unas instrucciones específicas y empiezan a teclear lo que parecen ser códigos de posicionamiento. El coronel Smith me mira y trato de disimular mi curiosidad.

—*Mister Gandara. Please come here.*

Ipso facto, me levanto de mi asiento como si hubiese sido fuertemente impulsado por la reacción de mi curiosidad sin importar que aún tengo puesto el cinturón de seguridad, que termina devolviéndome con fuerza a la silla. Qué estúpido soy. El coronel me mira y sonríe como si yo fuera una mascota que le está pidiendo comida o que le esté pidiendo que la saque a pasear al parque. Me libero y me dirijo hacia donde está sentado el coronel Smith.

—*Usually, with this aircraft, the flight takes only nine and a half hours by following the commercial route Holland-UK-USA. However, today we have chosen to follow the shore route Holland-Belgium-France-Spain-Portugal-USA, so this is the reason why we expect to arrive Miami after twelve hours. I was told that you have some kind of «sense» and some kind of «special brain condition», let's say it that way, to do correlations and to find trends that allows you to pinpoint drugs dealers routes with high accuracy.*

»From my practical point of view, you are not such special guy. You just have learned how to read it and analyze it based on your own experience, perhaps your scientific background let you to see things where we don 't. Am I correct?

Joder, no esperaba este discurso del coronel Smith, ni mucho menos esperaba que hubiese ese tipo de comentarios con respecto a lo que he hecho en mi carrera en antinarcóticos. Le respondo al coronel afirmativamente y me dice que me siente en uno de los equipos, y una tercera pantalla que se despliega.

—*Ok, Mister Gandara. This is not a regular flight. This is a recon flight. We are testing a new software that we expect it allows us to predict drugs dealers' routes in the future. If you can do it by yourself with some sort of information, we will do it better with big amount of data processed with this baby, are you agree, Mister Gandara?*

—*Of course, Colonel Smith. I am glad to help «tuning up» your software.*

—*Yes, Sir. This is the answer I was expecting from you. This is state-of-the-art and a brand new gadget, so you will have the unique chance to rock it, my friend.*

—*Ok, Colonel, I agree. Just please tell me what to do to start.*

—*Good, my friend.*

El coronel Smith, junto con uno de los dos oficiales de la Fuerza Aérea, empiezan a darme las instrucciones y a enseñarme cómo opera el equipo y el *software* como tal. De alguna forma, me siento como si estuviera siendo evaluado por los oficiales de Interpol a bordo. Bueno, y yo que pensaba que podría dormir un rato... Pues no, me toca trabajar. En fin, es una oportunidad interesante y, sea lo que sea lo que pase después, al menos me quedaré con la experiencia de haber participado en este desarrollo.

Iniciamos haciendo unas simulaciones con datos de casos exitosos a lo largo de tres años en el sector, y el sistema muestra en tiempo real las rutas a medida que vamos avanzando. Ubica *red flags* en algunos sitios y en cada uno establece una probabilidad. Correlaciona clima, corrientes marinas, rutas comerciales, épocas del año, eventos especiales, en fin, como dijo el coronel, procesa y correlaciona una gran cantidad de información.

Después de más de seis horas de vuelo, y haciendo una y otra simulación, el equipo arroja una matriz con las posibles rutas para el próximo mes. El coronel se ve satisfecho con las pruebas que he hecho con la información de los casos exitosos, ya que los resultados de la simulación presentan un margen de error despreciable. La intención es poner a prueba hoy también el *software* con la información completa de la operación de Rotterdam.

—*Everything is ready, Colonel.*

—*Good, Mister Gandara. Let's see. Meanwhile, you may rest as your convenience. I will call you in case of something.*

—*Ok, Colonel Smith, thanks a lot. The program is running with Rotterdam's data. You may see the progress bar. If no crashes arise and there is convergence in the simulation, it will show us the expected result in one and a half hour or two hours maximum, with the prediction range for future routes arriving Rotterdam.*

Me retiro hacia mi asiento. El coronel le da instrucciones a uno de los oficiales de la Fuerza Aérea para que esté atento al progreso de la simulación y se acomoda en su asiento. Lo mismo hacen los oficiales de Interpol, y todos procedemos a servirnos nuestra ración.

En uno de los termos hay café y en el otro termo, que tiene un diseño de doble compartimiento, hay agua y una bebida azucarada, Coca-Cola, por supuesto. La ración que me ha correspondido está compuesta de dos proteínas (carne de ternera y carne de pollo) en salsa de ajonjolí, un carbohidrato (pastas) y algunos vegetales (espárragos, habichuelas y pepinillos). Para mi sorpresa, la ración ha permanecido a una temperatura adecuada para ser consumida. El envoltorio no es un envoltorio común. Este tiene una serie de laminillas metálicas impresas en el plástico de la parte inferior, parecen ser unas resistencias eléctricas que se desactivan al abrirlo.

Por este tipo de cosas es por lo que me encanta la tecnología, innovación incremental que, en todo caso, no deja de sorprenderme. Los cubiertos apenas tienen el tamaño suficiente para degustar las porciones que, inesperadamente, tienen buen sabor.

La cabina se inunda con un leve olor a comida que progresivamente se va disipando. Me relajo, compruebo mi ventanilla y observo en el modelo 3D que estamos en medio del océano Atlántico. Un poco de turbulencia hace su entrada triunfal. El piloto transmite un mensaje de tranquilidad por el altavoz. Me dejo arropar por el silencio y ligeramente relego mi colmena al olvido espaciotemporal.

Me despierto exactamente en el momento en que la aeronave aterriza. Me siento un poco confundido con el cambio horario. Miro la ventanilla. Son las una y media de la tarde, ¿perdí o gané seis horas en este vuelo? Ha tardado un poco más de las doce horas estimadas. Mi ansiedad empieza a crecer, ¿L Mayor me estará esperando?, espero que haya podido entrar a la base. La aeronave hace su tránsito hasta el sitio de estacionamiento. El coronel Smith se muestra sonriente. Le pregunto sobre los resultados de la simulación. «El resultado es positivo, ha hecho un excelente trabajo», me dice. Caminamos juntos hasta que me conduce a una entrada que parece albergar una sala de espera. Me da los detalles de la salida hacia Bogotá. Me dice que la hora estimada es seis de la tarde, que procure no salir de la base y que esté pendiente para encontrarnos aquí nuevamente a las cinco. El coronel se despide. Los demás oficiales se despiden también.

Estoy un poco agotado a pesar de que pude dormir algunas horas. ¿Dónde estás, L Mayor? Salgo de la sala de espera. Me acerco a una cafetería que hay en la parte posterior. No hay mucha gente a esta hora en la base. Me siento en una de las bancas pido un café y un *croissant*. Siento un ligero golpe en mi hombro derecho. Me doy la vuelta y ahí está L Mayor, con esa sonrisa nerviosa que nos caracteriza.

—¡Bú, M Menor!

—Venga, vale, dame un abrazo.

Todo el universo en torno a nosotros dos abrazados colapsa en un punto de inflexión de alegría y fraternidad estelar. «Hermanita preciosa, gracias por venir», le digo. Comemos, reímos, hablamos de todo lo que podemos hablar como si hubiéramos estado alejados más de un año y como si fuéramos a alejarnos por mucho tiempo más.

Recordamos a nuestros padres, nuestra infancia, nuestros juegos, la alegría que nos daba salir de paseo juntos. La forma en que me cuidaba y los celos que me dieron cuando llevó al primer novio a casa, cuando ella tenía quince y yo tan solo nueve. Hablamos de amores y desamores, de nuestros trabajos, de la forma en que evolucionamos profesionalmente y de nuestra relación fallida con Dios después de la muerte de nuestros padres. En fin, las horas se nos pasan sin sentirlo y a la vez con un sentimiento profundo por vernos ya adultos y experimentar nuevamente como niños, aunque sea solo en nuestras mentes.

Mantengo en mi mente el rostro de Lucía como si no hubiese pasado el tiempo. De alguna forma, en nuestros cerebros, las primeras imágenes memorizadas se quedan como improntas. Con cada encuentro, las imágenes nuevas se van superponiendo, manteniéndose la esencia de la imagen primera en nuestras memorias.

—Ya casi es la hora, hermanita preciosa.

—Sí, Kito, ya casi es hora.

—Hacía mucho tiempo que no me llamabas así.

—Sí, no sé por qué he recordado cómo te llamaba después de que nuestros padres fallecieran.

—Sí, yo también empecé a llamarte Luchi en esa época. Quisiera poder estar contigo en este fin de año, pero eso sí, prográmate para viajar a Holanda en enero o en febrero.

—Por supuesto que sí. Mantente en contacto conmigo tan pronto como regreses de Colombia y organizamos mi viaje a Holanda, que asumo que irá por cuenta tuya, Kito... Ja, ja, ja, ja, ja.

—Claro que sí, Luchi, así será. Nos abrazamos fuertemente. No queremos desprendernos. La escucho sollozar y me embarga un sentimiento de tristeza que no entiendo. Te quiero, hermanita preciosa, cuídate mucho.

—Sí, Kito, yo también te quiro mucho. Cuídate también. Quiero saber cómo es que mi hermanito me regale un viaje a Europa, ja, ja, ja, ja, ja.

—Bueno, Luchi, me tengo que ir. Te llamo cuando llegue de Colombia.

—Adiós, Kito.

—Adiós, Luchi.

Ella se queda observándome todo el trayecto que recorro hasta la sala donde ya se encuentra el coronel Smith y cuatro oficiales más de la Fuerza Aérea. Los pilotos no son los mismos. Asistimos al *briefing* de seguridad y nos disponemos a embarcar en el mismo Gulfstream IV número 00300. Le pregunto al coronel Smith por la suerte de mi equipaje. Me dice que no me preocupe, mi equipaje no fue descargado.

Son las seis de la tarde en punto. Rumbo a Bogotá para iniciar mi travesía. Durante la primera hora hay mucha turbulencia. Posteriormente, al sobrevolar Cuba, el vuelo se torna apacible y me quedo profundamente dormido. Duermo prácticamente el resto del tiempo en el aire.

Despierto en el momento exacto en que la aeronave está haciendo la aproximación al aeropuerto de Bogotá. Son cerca de las diez de la noche, hora colombiana, cuatro de la mañana en Holanda del día siguiente. Evidentemente, el coronel Smith tenía razón al decirme: «*Same day, long travel*». La aeronave aterriza sin complicación alguna a pesar de que está lloviendo. El coronel Smith me dice que me prepare porque soy el único que desembarca aquí y que no me preocupe por mi equipaje. La aeronave se detiene en el sitio de estacionamiento, el cual está algo alejado de los edificios del aeropuerto, según veo. La compuerta se abre. El coronel Smith me dice que ya puedo salir. Me despido de todos y le extiendo mi mano derecha al coronel Smith y le expreso mi agradecimiento. «*Be careful here, my friend. We will need you again soon*», me dice al mismo tiempo que aprieta mi mano con fuerza y me mira fijamente.

Desciendo de la aeronave y una camioneta negra que parece ser del ejército colombiano me está esperando a no más de veinte metros con sus luces azul y rojas titilantes. Veo que la puerta derecha de pasajeros de la camioneta está ligeramente abierta.

Ya fuera del avión, me entregan mi equipaje y apresuro mi marcha para mojarme menos, hasta resguardarme. A medida que me acerco a la camioneta, escucho detrás de mí que se cierra la compuerta del Gulfstream IV y se incrementa el sonido de las turbinas. Acelero mis pasos. El olor de Bogotá inmersa en la lluvia sabe a vid deshidratada y malta.

Abro totalmente la puerta de la camioneta, coloco mi equipaje, entro en la camioneta, me siento y cierro apresuradamente la puerta. La camioneta inicia su marcha inmediatamente después de que escucho al conductor saludarme amablemente y preguntarme si estoy listo. Giro mi cabeza hacia la ventana posterior y el Gulfstream IV, con sus destellos platino, se va alejando con relativa lentitud por la pista de despeque. Ni el conductor ni yo emitimos una sola palabra durante el trayecto que conduce al edificio principal.

La lluvia arrecia y el sonido del golpeteo de las gotas de agua inmerso en el de los limpiaparabrisas se minimiza. «Llegamos», me dice el conductor. Solo en ese instante, ya con un poco más de iluminación, me doy cuenta de que el conductor viste uniforme de camuflaje. La camioneta se detiene exactamente enfrente de una puerta de acceso de vidrio, que se abre automáticamente. Me bajo de la camioneta, cojo mi equipaje, ciño mi mochila a la espalda y me despido del conductor dándole las gracias.

Me abstraigo un poco. Ya estoy aquí, en Colombia. La tierra de Débora Arango, Botero, Mantilla Caballero, Manzur, García Márquez, Matiz, Mutis, Negret y muchos otros grandes artistas, aunque a veces también pareciera la tierra de nadie. A propósito, nadie me está esperando. Enciendo mi móvil y reviso el último mensaje enviado por Verónica con los datos de contacto del famoso Ricky mientras el proceso de itinerancia se acopla y la señal se registra en la red local. Esperaré a que aparezca. Es muy temprano para molestar a Verónica por el fallo en la logística.

Aprovecho para llamar a Lucía e informarle de que ya estoy en Bogotá. «Bueno, hermanito... Bien, cuídate», me contesta somnolienta, y cuelga. Tan solo sonrío al imaginarla con su cabello alborotado contestando al móvil boca abajo con la cabeza en el borde de la cama, como normalmente lo hace en estos casos.

El recinto donde estoy es cálido y solo veo a dos soldados casi inmutables entretenidos frente a un televisor en lo que aparenta ser una sala de espera. Se alertan al verme y se me acercan. Me preguntan si soy Marcos Gandara, agente de Interpol. Respondo afirmativamente y me dicen que los acompañe para hacer el registro de migración.

En el camino me preguntan que si traigo armas o algo para registrar. Les digo que solo traigo mi equipaje y mi computador portátil. Me conducen a una oficina donde hay un agente con un chaleco y gorra negros con letras blancas bordadas que dicen «Migración Colombia». El agente me pide el pasaporte y las credenciales de Interpol y me pregunta si hay alguien esperándome. «Aparentemente sí», le respondo con un gesto de duda.

Detrás de mí, al fondo, al otro lado de la sala de migración, escucho una voz, un poco chillona y con un ritmo que expresa y trasmite inconformismo a mi parecer, que dice mi nombre. Me doy media vuelta con mi pasaporte ya nuevamente en mis manos. La voz no me encaja con la apariencia física, y la apariencia física no encaja con Verónica. Qué ironía.

—Soy Richard Ruiz. Usted debe ser Marcos Gandara —me dice.

—Usted es Ricky —le respondo, y asiente con la cabeza.

—¿Todo listo? —me pregunta y le pregunta al agente de migración.

—Sí, todo listo —le responde con algo de fastidio el agente.

El famoso Ricky no mide más que un metro sesenta, ligeramente delgado. Tiene estilo *hipster*, gafas de pasta, porta algo así como un sombrero color rojo de ala y copa corta, una bufanda roja de la que cuelgan las credenciales de Interpol, camisa de leñador de cuadros rojos y blancos, unos vaqueros negros, gabán negro y deportivas Converse de color rojo con blanco. Todo un personaje, parece. Tal vez eso fue lo que le llamo la atención a Verónica: un bichito raro latinoamericano, ja, ja, ja, ja, ja. «Buenas noches», le digo. Le extiendo mi mano derecha y le doy las gracias por venir a recogerme. Me extiende su mano y la toma de forma displicente y la aprieta ligeramente y no emite saludo de respuesta... Me molesta esa actitud.

Con disimulado sarcasmo y mirándolo fijamente para ocultar mi incomodidad, le digo que Verónica le envía saludos y que lo recuerda mucho. Como si hubiese dicho las palabras mágicas esperadas, su rostro se transforma instantáneamente, sonríe con nerviosismo y se desarma. Perfecto, funcionó. Si quiero que esta travesía sea exitosa, debo tenerlo de mi lado, aunque me sienta incómodo.

Ya un poco más relajados los dos, Ricky me pregunta si quiero beber o comer algo de camino al hotel. Le digo con respeto que debo rechazar su propuesta, ya que me siento un poco cansado por el vuelo y tengo que ajustarme para que el desfase horario no me inhabilite en estos primeros días aquí. Ricky asiente con tranquilidad. Salimos del complejo aéreo y nos dirigimos hacia el aparcamiento de enfrente.

La lluvia ha cesado y una neblina ligera absorbe las luces citadinas. «El coche esta allí», me dice. Es un Jeep Wrangler color negro de tres puertas. Un poco grande para él tal vez, pienso, ja, ja, ja, ja, ja. Debo tener cuidado con mis sarcasmos. En este caso particular, si quiero que la compañía se mantenga hasta que termine, se deben quedar en mí como la miel en mi colmena. Dejo mis cosas en los asientos de atrás y me siento en el puesto del copiloto. «Excelente vehículo», le digo. Ricky»sonríe e inicia la marcha al mismo tiempo que me pregunta que si el hotel donde me voy a alojar es el Bogotá Plaza o el Andes Plaza. Reviso mi móvil y le confirmo que es el hotel Andes Plaza.

Ya en camino, conversamos un poco sobre el plan para el día siguiente y le pregunto si tiene disponibilidad para acompañarme todo el tiempo que yo esté en Bogotá. Me responde afirmativamente. Acordamos encontrarnos a las ocho de la mañana en el vestíbulo del hotel. Seguimos nuestro recorrido.

«Aquí queda el hotel, llegamos», me dice. Le doy las gracias y me bajo del Jeep. Nos despedimos mutuamente. Ya en el hotel, hago el registro correspondiente. Me asignan la habitáción 409 y subo. Pregunto al botones si hay servicio de habitaciones. Me responde afirmativamente, me da las instrucciones correspondientes y se retira.

La habitación es sencilla, suelo de madera, una cama doble, un escritorio, una silla, dos mesillas de noche, un ventanal amplio con cortinas de tela, un televisor, un despertador de mesa y una nevera minibar. Encima de la nevera hay una cesta pequeña con una serie de elementos de aseo personal y... condones. Vaya, qué interesante. Todo a disposición del huésped. El baño es agradable y bien organizado. Espero que haya agua caliente. Me cercioro de si existen o no botones para la mezcla automática. Evidentemente no. La mezcla de agua fría y agua caliente la tengo que hacer yo. Cojo el teléfono que está en una de las mesas de noche y marco el número del servicio de habitaciones que me ha indicado el botones. Pido un *club sandwich,* una copa de vino tinto y una botella de agua.

Deshago mi equipaje, organizo mi ropa en el armario disponible, que queda cerca de la puerta de la habitación, y enciendo el televisor. Hago un barrido por los canales sintonizables mientras espero ansiosamente mi comida. Siento hambre. Tengo que ajustarme definitivamente. Afortunadamente, hemos llegado a esta hora. La cama es cómoda, la habitación es cálida. Por fin llegó mi sándwich, espero que la copa de vino me sirva para regular también mis intestinos citadinos. Hora de dormir. Apago el televisor. Doy, una, dos, tres vueltas en la cama. No puedo conciliar el sueño. Mi conciencia no está tranquila, la colmena sigue activa. Enciendo nuevamente el televisor.

Ya son las doce y cuarto. Hago *zapping* nuevamente por los canales disponibles. Me detengo en el Discovery Channel. Están echando un documental sobre la evolución del ser humano y su relación con el entorno a través de los tiempos. Definitivamente, hemos acabado sistemática y absurdamente con todo.

La naturaleza está perdiendo su capacidad para autorrecuperarse y en cualquier momento se manifestará con todo su poder, recordándonos que somos pasajeros insignificantes y que lo único que tenemos para protegernos y subsistir es nuestro cerebro y lo que este sea capaz de procesar y predecir para hacerlo. No tenemos armaduras, no tenemos pieles duras, ni afiladas dentaduras. Tampoco tenemos alas, y tampoco tenemos garras. Nuestra configuración anatómica resiste tanto como somos capaces de sorprendernos de nuestra propia vulnerabilidad. Un impacto, un sabor, un olor, un sonido, una radiación y listo, dejamos de existir, y aun si logras sobrevivir, la degradación que viene con el tiempo se encarga del resto. Nuestra vulnerabilidad es lo que nos impulsa a destruir. Eso es lo único absurdo que hace el cerebro: integrar para destruir. Bla, bla, bla... Es mejor que me duerma, que aplaque la colmena. Mi primera noche en Colombia se me está haciendo eterna. Conciliar el sueño está siendo difícil. Por fin, caigo en los brazos de Morfeo.

7. Auscultación

La alarma suena, siento que solo he dormido un par de horas, pero, a decir verdad, han sido cuatro. Aún me siento cansado. Tengo tiempo suficiente para prepararme, bajar a desayunar y esperar a Ricky a las ocho de la mañana. Está lloviendo y no tengo ganas de vestirme formal. Unos vaqueros azules, una camisa blanca, una chaqueta de cuero negro y unas deportivas están bien para hoy.

Ya en el vestíbulo, me ofrecen un periódico para leer mientras espero. La lectura se hace amena, pero no la espera. Ya han pasado casi cuarenta y cinco minutos y Ricky no aparece. Me dispongo a llamar a Verónica cuando de repente veo arriba el Jeep Wrangler negro en el sitio de aparcamiento que existe enfrente de la entrada principal del hotel. Evidentemente es Ricky, quien se deja divisar haciéndome una seña para que me acerque tras bajar el vidrio polarizado del puesto del copiloto.

Me despido de la chica de recepción y de los botones que hay en este momento en el hotel. Uno de ellos me acompaña hasta el coche y me abre la puerta con amabilidad. Me incorporo dentro del vehículo, intercambiamos saludos de buenos días y Ricky ni se disculpa por haber llegado tarde. No le doy relevancia, de hecho, ya sabía que eso podría suceder.

Ocho y algo más en punto, así es la hora colombiana. Al fin y al cabo, me está haciendo un favor y no es mucho lo que pueda exigir. Joder, lo primero que percibo al entrar al Jeep es un fuerte olor a perfume barato mezclado con sudor seco que me impacta y me incomoda. ¿Así voy a quedar oliendo? ¿Con este aroma voy a conocer a la fiscal? Desafortunadamente, está lloviendo y no puedo bajar las ventanillas. Ricky percibe mi incomodidad, activa el aire acondicionado del vehículo y baja ligeramente las ventanillas para que el aire fluya.

—Anoche, después de que te dejé en el hotel, me contactaron para apoyar un operativo en un bar en el centro de la ciudad. Un par de hermosas chicas croatas llegaron hace dos semanas al país y unos desgraciados ya las tenían listas para venderlas.

»Tuve que hacerme pasar por comprador y alcancé a sacarlas del sitio antes de que los proxenetas tuvieran tiempo de reaccionar. Hoy sale la noticia en los medios locales. Trabajo para Interpol en la resolución de casos de trata de blancas y delitos contra menores.

Con un poco de sorpresa y, no puedo negarlo, con un poco de admiración, felicito a Ricky. Inmediatamente, se observa cómo cambia su expresión, de rudeza a altivez. Al parecer, es una persona un tanto narcisista y le gusta llamar la atención para que lo reconozcan. Me comenta también que trabajó con la fiscal Jiménez en un par de casos de delitos contra menores hace dos años aproximadamente y que, en su opinión, es muy buena profesional. Recuerda muy bien que la cualidad de la fiscal es su ya famosa memoria paquidérmica o, mejor, selectiva, además de un par de hermosas protuberancias posteriores y frontales. Los dos sonreímos ante el comentario.

Ricky pone una emisora local de música tropical y me pregunta qué tipo de música me gusta. Me interrumpe diciendo que la distancia para llegar a la oficina de la fiscal es corta, pero que el atasco es infinito y lo único que puedo hacer mientras tanto es relajarme, escuchar música y escucharlo. Me comenta que nació en una ciudad diferente y que lleva viviendo en Bogotá algo más de quince años, que es psicólogo, no está casado, no tiene hijos y vela por el bienestar de su madre, quien sufre de reumatismo crónico. Ricky tiene dos hermanas y varias sobrinas. Hasta el momento, es el único «varón», como él dice, en su familia y, por lo tanto, es quien responde. Su padre murió hace algunos años. Si todo esto que dice es cierto, como al parecer lo es, podría decir que mi actitud hacia él podría cambiar sustancialmente en beneficio de la investigación.

Trato de empatizar liberando muy poco de mi información personal hasta que llego al tema Verónica. Cuando la nombro, sonríe, agacha la cabeza y la pone sobre el volante moviéndola a izquierda y derecha como queriendo expresar una tarea inconclusa.

—Verónica, hermosa Verónica. Nikita de mi alma.

—Joder, Ricky, estás enamorado de Verónica. ¿Perdidamente enamorado, quizás?

—Enamorado no, Marcos, enlilado. Lo que siento por Verónica es más que amor, es totalmente indescriptible. Es enlilamiento supremo.

—Ricky, no lo capto. Entiendo que te sientes perdidamente enamorado de ella, pero ¿por qué dices que estás enlilado? Eso no existe, o al menos no conozco ese término. Es la primera vez que lo escucho.

—El enlilamiento es el estado previo a la muerte por amor. Si se continúa en estado de enlilamiento sin ningún tipo de retroalimentación positiva, existe la probabilidad de que físicamente se rompa tu corazón. Es el estado extremo de limerencia en donde el amor palidece color lila.

—Joder, Ricky, estás loco. Ya entiendo por qué eres psicólogo: estás echado a perder, ja, ja, ja, ja, ja.

—Marcos, no te burles de un hermano en pena. Esa mujer, desde que la vi la primera vez, reconfiguró mi universo entero y, de paso, mis neuronas, ja, ja, ja, ja, ja. Esa mujer es perfección, fue esculpida por los dioses romanos y criada por los sabios mediterráneos.

—Tampoco exageres, Ricky. Pero bueno, entiendo tu estado. Me imagino que a mí también me puede suceder lo mismo ahora que estoy aquí en Colombia por primera vez. Tal vez me asombren vistas y actitudes no vistas antes en un entorno totalmente nuevo para mí.

»Está claro que las mujeres italianas son todas guapas, pero también lo son todas las mujeres en el mundo. Tu concepto de belleza lo creaste, lo afianzaste y lo adornaste a través del tiempo y, al salir de tu entorno, tuviste la oportunidad de superponer tu concepto de belleza en un entorno, en ese caso, ajeno al tuyo y lograste el acople perfecto.

—Qué va, Marcos, deja de hablar tanto, Verónica está muy buena y punto, ja, ja, ja, ja, ja.

Maldito Ricky. Cada vez entiendo mejor por qué tú y Verónica habéis podido tener algún romance: eres un melifluo de mierda.

—Y espera a que veas a la fiscal, ja, ja, ja, ja, ja, está más que buena. Estoy anhelando el momento para ver tu cara cuando la conozcas, cuando la tengas de frente, ja, ja, ja, ja, ja.

Maldito seas, Ricky, ya me has condicionado con tu comentario. Si esa era la idea, lo has logrado, cretino.

—Activa tu *blondemeter* y tu *blondetector, my friend.*

—¿A qué te refieres?

—Sí, tu *monámetro* y tu *mona detector* internos, para determines en qué valor te registra ella en la escala de *mona,* como les decimos aquí a las rubias. Espero que estén bien calibrados para que no te den lecturas erradas, ja, ja, ja, ja, ja.

—Tú estás loco, Ricky, insisto. A veces es difícil seguirte.

—¿Te gusta Tiesto?

—Por supuesto.

—Entonces, que suene Tiesto, carajo...

Durante lo que resta del recorrido hacia la oficina de la fiscal, entre comentarios, algunos serios y otros mordaces, le explico con algo de detalle el caso del capitán Vegner.

—Listo, llegamos. Ahora sí a disfrutar la vista, perdón, a trabajar, ja, ja, ja, ja, ja. Espérame aquí mientras parqueo mi Wrangler.

Ricky se dirige hacia el aparcamiento. Cinco minutos más tarde, nos encontramos donde me dejó esperándolo. Nos acercamos a la entrada principal. Nos hacen la requisa respectiva y las preguntas de rigor. Mostramos nuestras credenciales e informamos de que tenemos cita con la señora fiscal Mariana Jiménez Orduz.

Caminamos por las instalaciones de la Fiscalía. Subimos al tercer piso. Ricky me dice que la oficina es la 301. Llegamos a la puerta y entramos. Ricky saluda a todos y todos le responden con una familiaridad que hasta me aturde. Ricky toca a la puerta que se encuentra al fondo y saluda. Ahí está ella, la fiscal. Trato de no desencajarme en el momento en que la veo, tanto por orgullo ante Ricky, quien permanece contemplándome cual director de cine, como por no sentirme más estúpido de lo que a veces soy.

Es una mujer desconcertantemente hermosa, con una cabellera rubia un tanto desordenada con visos cobrizos que hace que parezca que tiene el mundo a sus pies. Tez blanca, cejas y pestañas que armonizan con unos ojos grandes claros color miel, nariz ligeramente respingona, labios delineados por los dioses con el volumen exacto para degustar y hablar. Una estatura perfectamente ajustada a la mía con zapatillas color rojo que resaltan con su vestido beis ceñido a su hermoso cuerpo, el cual es fina y delicadamente voluptuoso. Unas caderas de encanto que resaltan su fertilidad, piernas largas y precisamente contorneadas sin mucho esfuerzo. Ella es el espectáculo de simetría natural que resulta de la interacción exquisita entre la genética y la estética. Ese delicioso aroma de agua fresca de rosas que expele y que conecta infinitesimalmente mis sentidos con sus formas perpetúa aún más mi lividez.

Soy consciente de mi transfiguración momentánea, y ellos dos también. Todo sucede en un instante infinitamente fugaz. Mi lucidez regresa y me presento ante la fiscal. Ella, con su mirada fija en mis ojos, me extiende su mano y, al tocarla, siento cómo vibra en mi cuerpo como un río caudaloso que desestabiliza mis muros de contención internos, generándose un caos al barrer la colmena. La abeja reina ha muerto. La colmena se reconfigura. Ricky solo me observa con la pasividad del ornitólogo y se jacta ante mis expresiones faciales instantáneas. Sin ningún tipo de antesala y con la rigidez de un general del ejército, la fiscal se dirige a mí.

—Señor Gandara. Aquí tengo la información que recopilé del caso. Tenga en cuenta que es un caso antiguo. En este folder puede encontrar la información que le envié en su momento al capitán Vegner, y en esta otra, la información correspondiente a las últimas indagaciones que se hicieron aquí en Bogotá durante 2009, hasta que se cerró el caso.

»Tengo a su disposición la sala de audiencias contigua a mi oficina para que pueda revisar la información con detalle y tranquilidad. En estos días, las audiencias están suspendidas allí y, por lo tanto, puede hacer uso de la sala todo el tiempo que requiera. La cafetería la encuentra en el primer piso por si algo le apetece. Está prohibido llevar alimentos o bebidas a la sala. Por favor, me llama si necesita alguna aclaración con respecto a la información que ya tiene en sus manos. Solo marque el número 5506. En la sala hay un intercomunicador. Por favor, procedan.

—Muchas gracias, señora fiscal.

—Soy Mariana.

—Okey, Mariana. Soy Marcos. Tenga la certeza de que me comunicaré con usted de ser necesario. Entiendo que tiene muchas ocupaciones. Trataré de no hacerle perder su valioso tiempo.

Ricky se despide con un beso en la mejilla de Mariana y le dice que le ha gustado verla nuevamente. Ella le responde al saludo, pero con la misma rigidez ya vista. Me despido dándole la mano y mirándola fijamente a los ojos y alcanzo a vislumbrar una ligera sonrisa que se colorea en sus labios, a la cual respondo con picardía catalana.

Salimos de la oficina y le pregunto a Ricky si puede acompañarme. Responde que tiene que hacer otras cosas y que no me preocupe, que a eso de las cuatro de la tarde se libera y vuelve nuevamente por estos lares. Me dice que espera que mi *monámetro* no se haya descompuesto y que aproveche e invite a Mariana a almorzar. Le digo que me parece precipitado y atrevido pero que lo intentaré. Ricky se marcha y yo empiezo a organizar y a revisar la información, la cual gira en torno a las actividades de Antonio Correa Landines.

Me llama la atención una dirección en Bogotá, Carrera 21 A, n.º 63 A 22, que está considerada como el último domicilio conocido de Antonio, tal y como lo comentó la fiscal durante la llamada que le hicimos desde Holanda. También hay registros, algunos ya los había visto entre los papeles del capitán Vegner, de su actividad comercial. Suena el móvil. Es Verónica.

—Hola, Marcos. ¿Qué tal tu viaje?

—Bien, Verónica. Todo, hasta el momento, va como estaba planeado. Estoy en la oficina de la fiscal revisando la información que aún está disponible del caso. Y tú, ¿cómo vas?

—Bien. Ya tengo los registros de migración. Te confirmo que Correa Landines sí entró a territorio holandés el 20 de diciembre de 2008 y no hay registro de salida ni por tierra ni por aire, ni siquiera por mar. Ya he preguntado en todos los puestos de migración del área Schengen. Adicionalmente, te confirmo que no hay información financiera de Maikel De Jaager, pero sí he verificado la existencia de una cuenta, ya inactiva, a nombre de Antonio Correa Landines en el banco ING, como nos comentó la fiscal. No hay dinero en esa cuenta.

»El último movimiento es del 26 de diciembre de 2008, y corresponde a la retirada de cincuenta mil euros, que asumo que es la cantidad de euros hallada en el baúl. Tal vez por eso había tanto dinero allí guardado. En las indagaciones hechas en la Universidad de Twente, se confirmó que Maikel De Jaager recibía su salario directamente, sin intermediación bancaria, a solicitud de este. Cero registros de movimientos financieros o de relaciones comerciales. Tampoco hay registro de antecedentes penales.

—Joder. ¿Eso no lo pudo haber verificado fácilmente el capitán Vegner? Si Antonio entró a Holanda en diciembre de 2008 y no hay registro posterior de salida, entonces no desapareció en Colombia.

—Sí, Marcos. Tienes razón.

—¿Entonces por qué existe un reporte de desaparición aquí en Bogotá? Otra cosa, ¿por qué no verificas si la casa donde residía Maikel De Jaager, que estaba a nombre de sus padres fallecidos, realmente pasó a manos del Estado? Se me hace extraño que no hayas encontrado registros de movimientos bancarios, al menos, por pago de impuestos o de servicios.

—Sí, Marcos. Eso también lo he hecho. La casa estaba a nombre de los padres de Maikel De Jaager. Al parecer, él pagaba los impuestos y servicios directamente sin hacer transacciones bancarias, y sí, pasó al Estado en el año anterior.

—Pues lo que estoy viendo aquí es diametralmente diferente. Correa Landines tenía una cuenta bancaria también aquí, en Bogotá. Hay registros de todo y también hay un movimiento bancario del mismo día 26 de diciembre de 2008. Es una retirada de efectivo hecha por él mismo por la suma de diez millones de pesos. Pero ¿cómo la hizo si estaba en Holanda? Qué lío todo esto.

—Sí, Marcos. Todo esto es muy extraño.

—Verónica, espera un momento, por favor.

Marco 5506 en el intercomunicador. Mariana me contesta al primer tono. Le pregunto si es posible ir a visitar el lugar que aparece como último domicilio de Correa Landines. Mariana me responde que tendría que solicitar las autorizaciones entre hoy y mañana y que yo podría ir al día siguiente. Le doy las gracias y cuelgo.

—Pensaba que eso ya estaba listo. Me parece ineficiente la señora fiscal, ¿no crees?

—Para serte sincero, no lo creo, Verónica. Hasta el momento, todo lo que he visto aquí revela el profesionalismo de la fiscal en el esclarecimiento de este caso.

—Perdón, señor Gandara, No era mi intención ofenderle con mi comentario sobre la ineficiencia de la señora fiscal colombiana.

—No hay nadie más eficiente que tú, Verónica. Eso no tiene discusión y te lo he manifestado antes. Lo que intento decirte en este momento es que hay mucha información muy bien organizada donde se demuestra que se abordó el caso más allá de lo que yo esperaba. Considero que, si el capitán Vegner hubiera venido aquí, a Colombia, el caso estaría resuelto.

»Enfoquémonos en las líneas de investigación en torno a Correa Landines:

»1. Relaciones comerciales.

»2. Último domicilio reconocido.

»3. Reporte de desaparición.

»Aquí dice que Antonio, entre enero de 2007 y diciembre de 2008, realizó varias consultorías en ingeniería tanto con la Alcaldía de Bogotá, como con la Alcaldía de un municipio que se llama Barrancabermeja. Voy a revisar esto hoy, aprovechando que las instituciones oficiales aún están prestando servicio. Mañana, con la autorización respectiva si es posible, voy y reviso el domicilio de Antonio Correa Landines, a ver qué encuentro allí de Maikel De Jaager. En lo que respecta al reporte de desaparición, las cosas son un poco más complejas, porque no hay rastro de la persona que puso la denuncia y no creo que eso vaya a cambiar ahora. Ha pasado mucho tiempo.

—Okey, Marcos. Dime qué más puedo hacer desde aquí.

—Por ahora, nada en especial, Verónica. Por favor, continúa con el seguimiento de los casos en Twente para que no nos cuestionen. Cúbreme todo lo que puedas. Yo te informaré si hay algún avance significativo por aquí. Hay mucha información por revisar. A propósito, ¿cómo vas con la lectura de los diarios de Maikel De Jaager?

—Pues no hay mucho avance. Aunque el idioma ya no es problema, la información no es muy relevante. Los escritos están asociados a la vida académica de Maikel De Jaager, la vida con la señorita McLeod en Irlanda y algún que otro detalle sin importancia para el caso. Lo que sí se evidencia es que Maikel De Jaager era un tipo muy activo intelectualmente y creativo.

»He visto hojas y hojas con ideas, cuestionamiento de conceptos, diseños de aparatos extraños, pero son cosas que, al parecer, se quedaron ahí escritas, solamente. He hecho algunas búsquedas por internet poniendo palabras clave por si encuentro alguna conexión con desarrollos o patentes, pero nada. No sé cuándo pretendía Maikel De Jaager sacar a la luz todo esto. Según lo que se lee, tuvo mucha actividad creativa entre 1999 y 2003. Imagínate que en ese diario del último año he leído sobre un diseño de unas esferas que sirven para calentarse las manos durante el invierno. Están los esquemas de los circuitos y la configuración de las esferitas. Genial. Muchas ideas sencillas y prácticas como esa están en esos libros.

—Qué bien, Verónica. Considero muy importante que sigas con la lectura. Tal vez encuentres algo que nos pueda servir, por lo menos para entender si antes de 2003 hubo algún tipo de contacto con Antonio Correa Landines.

—Sí, Marcos. Eso estoy haciendo. Hasta el momento, nada asociado a Correa Landines.

—Okey, Verónica. Te dejo. Voy a continuar con la revisión de esta información. Muchas gracias por tu apoyo. Otro tema, ¿al final qué pasó con tus padres? ¿Te van a acompañar este fin de año?

—Sí, Marcos. Ya todo está coordinado. Llegan en estos días y la idea es que estén conmigo por lo menos hasta el 2 de enero aquí en Holanda. Ya tengo la autorización de Dunnebier para ausentarme parcialmente de la oficina.

—Muy bien, Verónica. Me alegra mucho que puedas pasar el fin de año con tu familia. Me despido de ti por ahora. Gracias por tu ayuda.

Termino de hablar con Verónica y suena el intercomunicador. Es el número de Mariana.

—Hola, Marcos, ¿almorzamos juntos?

Sorprendido, dubitativo y titubeante le respondo que por supuesto.

—Okey, en media hora nos vemos en el primer piso.

—Okey, Mariana. Gracias. Allí nos vemos —le respondo.

La media hora se me pasa revisando la información comercial de Antonio. En Bogotá, estuvo trabajando evidentemente con el tema de la tercera fase del transporte masivo de la ciudad, y tal vez fue lo último que hizo. En ese municipio llamado Barrancabermeja estuvo apoyando un proyecto a largo plazo para transformar la ciudad en la capital energética de Colombia. En ambos casos, la relación comercial fue directamente con las Alcaldías a través de ordenes de prestación de servicios puntuales.

En la Alcaldía de Bogotá hubo tres órdenes de servicio para sendas fases del proyecto que se distribuyeron entre 2007 y 2008. En la Alcaldía de Barrancabermeja solo hay una orden de servicio, que se extendió a lo largo de 2008. Al parecer, estuvo más tiempo fuera de Bogotá con ese proyecto en Barrancabermeja. En fin, tengo que bajar ya al primer piso para encontrarme con Mariana.

Trato de dejar todo organizado en la sala, cierro la puerta y bajo con la celeridad de la motivación. Llego un poco agitado al primer piso. Ahí estás, espléndida, radiante y... fumando. Bueno, tenemos algo en común, yo también fumo.

—Hola, Mariana.

—Hola, Marcos. ¿Cómo vas con la revisión de la información?

—Bien, bien. Hay algunas cosas inconexas, pero bien. Tratando de dilucidar los últimos momentos de Antonio Correa Landines. Permíteme felicitarte, los registros están muy bien conservados y organizados. Para serte sincero, tenía una percepción diferente con respecto a lo que me iba a encontrar aquí. Eso ha facilitado el proceso, ya que mi tiempo aquí es corto.

—¿Y hasta cuándo tienes previsto quedarte?

—Aún no he organizado mi regreso a Holanda. Espero que pueda salir de Colombia antes de la víspera de Año Nuevo.

—Definitivamente, muy poco tiempo. Estamos en la segunda semana de diciembre. Aquí todo queda prácticamente estático a partir del 23 de diciembre.

—Sí, me imagino.

—Ven, vamos al parqueadero a recoger mi auto para que vayamos a almorzar, o mejor caminemos, el restaurante queda al frente del edificio de la Fiscalía.

—Perfecto, caminemos.

—Ten en cuenta que aquí no es como en Europa. Aquí nos toca atravesar la calle en medio de los autos en el momento oportuno.

—Okey, no te preocupes. Lo importante es protegernos mutuamente.

Salimos del área del edificio de la Fiscalía y atravesamos con algo de dificultad la avenida. «A esta hora hay muchos vehículos», me dice. Debemos tener cuidado porque el respeto por el peatón a veces no existe. Coqueteo con ella diciéndole que, en este caso, existe una ventaja significativa: todos le ceden el paso a un peatón espectacularmente radiante y atractivo que al caminar deja a todo el mundo en la perplejidad.

—Sí, claro, cómo no. La perplejidad de la que hablas me puede dejar inválida si me descuido, ja, ja, ja, ja, ja.

—Tranquila, Mariana, que aquí estoy para servirte de escudo.

Al terminar de expresarlo, me topo con el borde de la acera y me desequilibro. Nos reímos. «No te preocupes por mi torpeza —le digo—, ja, ja, ja, ja, ja. Aun así, te serviré de escudo». Seguimos caminando y llegamos a un punto de interacción mutua, como aquel que normalmente existe entre dos viejos amigos que se reencuentran después de mucho tiempo. Entramos por fin al restaurante e intentamos buscar una mesa desocupada. Eso nos lleva algo más de diez minutos, que pasan desapercibidos para los dos. Logramos la mesa y todo el mundo alrededor se diluye en la mezcla de las especias que emana desde la cocina del restaurante.

—Marcos, pidamos una picada de carnes para los dos. Yo invito.

—Okey, Mariana. Lo que te apetezca está bien para mí. Pero yo invito el vino —le digo.

Le solicito la carta de vinos al camarero que nos atiende. Mariana hace el pedido. Me siento un poco incómodo porque percibo que alguien nos observa. Giro mi cabeza hacia la derecha para visualizar lo que me perturba. Alcanzo parcialmente a advertir a alguien vestido completamente de negro.

Hay cierta similitud con lo que me sucedió en la estación de tren en Sallanches. El camarero irrumpe y me pasa la carta de vinos. La cojo y la leo manteniendo mi estado de alerta. Para mi sorpresa, aparece en el listado un syrah Marqués de Griñón de 2010. Inmediatamente lo escojo. Giro nuevamente mi cabeza para dar un vistazo más y mi perturbación ya no está. Con la inquietud sembrada, le digo a Mariana:

—Este es uno de los mejores vinos españoles. Espero que lo degustes.

—Oye, pero solo una copa. Tenemos que trabajar.

—Por supuesto. Lo que sobre nos lo llevamos y nos lo tomamos después del trabajo, ¿te parece?

—Oye, oye, Marcos, por favor. No te excedas.

El comentario de Mariana me hace aterrizar *ipso facto,* distrae mi perturbación y me siento avergonzado. La sonrisa de Mariana se transforma en la rigidez del primer momento.

—Te presento mis disculpas Mariana. No ha sido mi intención ofenderte con mi comentario. No me malinterpretes, por favor.

—Tranquilo. No me ofendiste. Simplemente no estoy acostumbrada a que me aborden de esa manera tan directa..., sobre todo sin haber probado tus labios.

Me quedo paralizado. Mi cuerpo reacciona. Mi General Tom, sigilosamente, también. Las brasas en la cocina del restaurante son simples témpanos de hielo comparados con el magma que fluye entre mis huesos y mi piel. Ante el comentario de Mariana, solo atisbo a decirle sagazmente que mis labios jamás se desgastarían en los suyos, y mucho menos en su piel.

Todo queda en una simple sonrisa cómplice que se marca en sus ojos de mirada profunda. El camarero nos interrumpe para servir la mesa y me pregunta si quiero catar el vino. Me encanta esta mujer. En este momento, lo único que quiero es catarla a ella, beberla hasta la saciedad. La presión se disipa a medida que disfrutamos de las carnes servidas.

Ya son las dos de la tarde. Terminamos de almorzar. Evidentemente, nos sobra más de la mitad de la botella de vino. Mariana paga la cuenta completa. Sabe que tiene el control y le gusta jactarse de eso. Agarro la botella y la guardo en uno de los bolsillos internos de mi chaqueta. Salimos del restaurante sin dirigirnos una sola palabra.

Ya en la entrada principal del edificio, Mariana me dice que puedo continuar revisando la información en la sala de audiencias. Se despide a lo lejos preguntándome dónde me alojo. Le respondo que estoy en el hotel Andes Plaza. No emite una sola palabra más. Simplemente, se aleja caminando a un ritmo desparpajado contoneando su hermosa cadera, perfectamente esculpida, y dejando en mi espíritu el rastro evidente del control.

—Es una mujer peligrosamente fuerte, Marcos —escucho detrás de mí la voz de Ricky—. Es una mujer indómita, desconcertante, inteligente, enérgica, perspicaz, suspicaz, indulgente y, sobre todo, sabe perfectamente lo que quiere. Aquí solemos decirle la Dama de Acero. Está aplicando para juez de la República, y lo más seguro es que lo logre pronto. Aunque parezca lo contrario, se ha hecho sola, a pulso, no se funde, no se corrompe. Vive intensamente como si al amanecer supiera que va a morir al atardecer de cada día. Te felicito, lograste una cita con ella. Mis respetos, señor Gandara. La ventaja extranjera ayuda.

Como es habitual en mí en estos casos sublimes, me abstengo de hacer comentarios que me pongan más en evidencia. Le digo a Ricky que lo esperaba un poco más tarde y lo invito a que me acompañe a la sala de audiencias. Subimos al tercer piso. Después de revisar algunos documentos, le pregunto a Ricky su opinión con respecto a las retiradas bancarias hechas casi simultáneamente, considerando la diferencia horaria, en Colombia y en Holanda que hicieron Antonio Correa Landines y Maikel De Jaager respectivamente, estando, según muestran los registros de migración, Antonio Correa Landines y Maikel De Jaager en Holanda. Ricky no sabe qué responderme razonablemente. Empieza a especular con respecto a posibilidades inverosímiles de suplantación de identidad y otras cosas. El intercomunicador suena. Es otro número. No es el número de la oficina de Mariana. Ricky contesta.

—Hola, chicos. Lista la autorización de acceso. A partir de mañana, pueden ir. Ricky, por favor, acompaña a Marcos. Gracias.

Mariana cuelga y Ricky queda estupefacto. No sé qué planes tendría Ricky, pero se nota que no está muy de acuerdo con la solicitud de Mariana. «No hay nada que hacer, Ricky —le digo—. Tienes que hacerle caso a la Dama de Acero, ja, ja, ja, ja, ja». Ricky, entre dientes, maldice. El tiempo se nos pasa. Le pregunto a Ricky si conoce el municipio de Barrancabermeja. Ricky sonríe.

—Por supuesto que lo conozco. Es mi tierra natal, y es allí donde pienso pasar las últimas dos semanas de este año.

—Joder, Ricky. Antonio Correa Landines estuvo trabajando en un proyecto para la Alcaldía de tu tierra natal en 2008. Mira. —Le paso los documentos a Ricky y se queda leyéndolos con detenimiento—. Considero que podría averiguar algo allí, ¿no te parece? ¿Podrías ayudarme a contactar con la persona de la Alcaldía que ese año estuvo a cargo del proyecto para saber qué interacción tuvo con Antonio?

—Pues ya ha pasado el tiempo. Algunos cargos en las Alcaldías no son permanentes. Otros sí, los que llaman de carrera administrativa. Si esta persona es uno de estos últimos, es posible que aún haga parte del Gobierno municipal actual y sea viable contactarlo. Yo tengo unos familiares que nos pueden ayudar. ¿Cómo se llama el funcionario?

—Aquí dice que se llama David M. Parra, de la Oficina Asesora de Planeación Municipal.

—Okey, Marcos. Aprovecho para llamar a mi gente en Barranca y te cuento.

—Perfecto, Ricky. Muchas gracias.

Ricky hace un par de llamadas con su móvil y, al terminar, me dice que el dato lo podríamos tener mañana antes del mediodía. Le digo que perfecto. Por la mañana estaremos en el último lugar de residencia de Antonio y, dependiendo de lo que encontremos, estableceremos una nueva hoja de ruta para continuar con la investigación.

Seguimos revisando papeles hasta que nos dan las seis de la tarde. Ricky me dice que ya es hora de salir del edificio de la Fiscalía y que me prepare para llevarme al hotel. Recojo los folios y los organizo nuevamente en las carpetas y los llevo conmigo. Rumbo al hotel, le pregunto a Ricky si conoce una localidad que se llama Floresta, en Boyacá. Me dice que no. Le comento que es el sitio en el que Antonio Correa Landines nació y que también considero relevante poder ir hasta allí para averiguar si aún hay familiares que nos puedan dar información sobre él. Ricky me dice que va a preguntarlo.

—Marcos, dependiendo de la distancia que haya entre Bogotá y el sitio que mencionas, eventualmente podríamos hacer el viaje durante este fin de semana. Adicionalmente, yo tengo previsto viajar a Barrancabermeja antes de Navidad. Mejor dicho, así sea que mi gente en Barrancabermeja localice o no al tipo de Planeación Municipal, estás cordialmente invitado a mi tierra para que pases Navidad y Fin de Año. Te aseguro que no te arrepentirás. Te vas a dar cuenta.

—Okey, Ricky, muchas gracias por la invitación y por traerme al hotel. Venga, vale, bebamos algo...

—No, Marcos, gracias. Anoche no dormí mucho y quiero estar lúcido mañana para cumplirle a cabalidad a la Dama de Acero. Paso por ti a las siete de la mañana.

—Perfecto, Ricky, de nuevo, muchas gracias. Me pondré entonces a revisar esta información. Buenas noches.

Ricky se despide haciendo rugir el Wrangler y haciendo sonar el claxon. La recepcionista me saluda con amabilidad, al igual que los botones. Uno de ellos me pregunta si deseo pasar a cenar. Le digo que tal vez más tarde pida servicio a la habitación.

Tan pronto como llego a la habitación, me quito la ropa. Lanzo mi chaqueta sobre la cama y sale despedida la botella de vino. Mientras la recojo, me distraigo un poco recordando la conversación con Mariana y simultáneamente me pongo mi atuendo para ir al gimnasio. Cojo una botella de agua y me dispongo a hacer algo de ejercicio para asegurar que los rezagos del desfase horario no sigan incidiendo en mis ojeras.

Me he descuidado mucho en estos últimos días. Termino de prepararme y salgo de la habitación hacia el gimnasio, que está en el séptimo piso. El gimnasio del hotel es un tanto frío y pequeño para mi gusto. No obstante, considero que tiene lo suficiente para que cualquier huésped como yo se pueda ejercitar. Son las siete y media de la tarde, haré ejercicio al menos durante una hora y después comeré algo.

Mientras hago ejercicio en la cinta de correr, me relajo y empiezo a visualizar cómo sería la vida de Antonio Correa Landines. Trato de dilucidar las circunstancias bajo las cuales, estando en territorio holandés, pudo hacer personalmente una retirada de efectivo de diez millones de pesos aquí en Bogotá. Debe existir una explicación lógica y racional. Eso espero. Me sigue dando vueltas la idea de la suplantación de identidad que sugirió Ricky. Si es así, debería, quizás, existir alguien más, pero ¿cómo apareció la misma cantidad de dinero en pesos colombianos en el baúl?

El tiempo se me pasa rápido. Ya son las ocho y media de la noche colombiana. Me dirijo nuevamente a mi habitación. Hago la llamada respectiva al restaurante, pido unas quesadillas con salmón ahumado y orégano, un zumo natural de limón y una copa para servir el vino remanente. Le digo a mi interlocutor que mande mi cena dentro de cuarenta y cinco minutos, tiempo suficiente para darme una ducha caliente.

Enciendo el televisor y sintonizo un canal de vídeos musicales de antaño. A los cuarenta y cinco minutos exactamente, cuando ya me he acicalado y me he puesto mi ropa para dormir, alguien golpea la puerta. Es el servicio de habitaciones. El camarero me pide muy formal y respetuosamente autorización para entrar. Asiento y procede a ubicar el menaje junto con mi cena encima del escritorio. Le digo que la cargue a la cuenta de la habitación. Firmo y el camarero se retira. Cierro la puerta.

Me dispongo a cenar apaciblemente. Me sirvo una copa de vino. El olor del orégano se mezcla tenuemente con la humedad de la habitación provista por el calor de la ducha tardía. Cuando tomo el primer bocado y apenas he humedecido mi boca con el vino, suena nuevamente la puerta. Incómodo por la perturbación, me levanto de la silla del escritorio. Tal vez se le olvidó algo al camarero. Vuelven a llamar a la puerta. «Un momento, por favor», digo. Abro la puerta y mi sorpresa es indescriptible. El tiempo se detiene. Me siento intimidado. Es Mariana. Tiene el cabello mojado y no lleva maquillaje, a excepción de un ligero toque de lápiz de labios, permitiéndome así disfrutar plenamente de su hermoso rostro y su esplendor natural. Está vestida con un gabán largo de color negro finamente ajustado a su figura que llega a cubrir sus rodillas y unas zapatillas negras con visos dorados.

—¿Me vas a dejar entrar o me voy?

—Por supuesto, entra, por favor.

Este momento no lo había imaginado jamás. Su aroma es vainilla fulgurante. Mi piel se eriza al sentirla pasar a mi lado con rapidez. Cierro la puerta. Mariana toma la copa de vino que antes yo me había servido. Se la bebe entera sin contemplación alguna. Yo me limito a observarla con fervor. De repente, se me acerca.

—Vine a probar tus labios. Vine a probarte todo.

Ante dicha sentencia, toda mi humanidad se desintegra y empiezan a emerger mis instintos primitivos. La cojo con fuerza por la cintura y la recuesto con ímpetu contra el espacio de pared que existe entre la entrada al baño y el pasillo de salida. Nos besamos con intensidad, fuerza y algo de ternura. Con apremio, la despojo de su gabán. Para mi gusto y parsimonia, solo una fina lencería cubre su hermosa desnudez.

Con sus ojos fijos en los míos, me toma por la entrepierna con ansiedad. La robustez y rigidez de mi General Tom nos hace gemir al unísono al sentirlo ella en sus delicadas manos, al mismo tiempo que nuestras pieles se tensan y se erizan. Su rostro se transforma en la más fantástica expresión de la libido afianzada mutuamente en la sincronía hormonal circadiana. El momento perfecto. Con mi mano izquierda, cojo su antebrazo derecho y lo inmovilizo en su espalda en un sutil abrazo.

La agarro del pelo con mi mano derecha y empiezo, con certera delicadeza, a recorrer su rostro y cuello con mis labios. La recorro entera. Suelto su hermosa cabellera, rasgo su sostén y mi embeleso alcanza su máxima expresión al degustar tanta dulzura. Acaricio firmemente con mis labios y la punta de mi lengua sus senos naturalmente firmes, coronados por areolas de color rosa que adornan sus pezones, que respingan con pasión inmaculada. Senos perfectamente simétricos y con el tamaño justo para ser asidos por mí y nunca dejarlos escapar.

Continúo mi travesía por estas tierras fértiles que me embriagan con sus deliciosos aromas y sabores, los cuales convergen en un delicado ombligo delineado y tal vez puesto ahí por los dedos de los dioses. Mientras firmemente beso su vientre, mis manos recorren su silueta con armoniosa sencillez plasmada en la yema de mis dedos. Mis manos bajan, así mismo mi cuerpo, y delicadamente empiezo a retirar sus encajes. La inundo con mis besos y la acaricio con mi respiración mientras estos se permiten caer lentamente a merced de la gravedad.

Aún estando ella de pie, la agarro con firmeza de su cadera y deslizo todo mi rostro suave y firmemente de un lado a otro como si estuviera tiñendo de mí su hermosa pelvis. Un monte de venus maravillosa y delicadamente abultado se asoma tímidamente despejado como adversario cancerbero, unos dulces labios maravillosamente simétricos y extremadamente jugosos se sincronizan con los míos en una danza interestelar que procura que sus rodillas claudiquen, que sus manos agarren fuertemente mi cabello, que su rostro se enrojezca de placer supremo y que sus labios se humedezcan al ritmo pausado e intenso de mis diálogos en sus labios.

Verla y sentirla así, recostada y ligeramente inclinada contra la pared, asiendo fuertemente mi cabeza contra su pelvis, guiándome sutilmente con sus gemidos y movimientos angelicales, es la máxima expresión de placer que haya podido experimentar en toda mi existencia. «¿Qué es esto maldita sea? ¿Qué es esto? Cómeme, cómeme, cómeme», me repite una y otra vez, en su tono de voz que me empalaga tanto como me ha empalagado su esencia de mujer.

Mi deseo desbordado se entrelaza con el suyo entre sudores que lo intentan pero no me entorpecen. La levanto sin mesura y sus piernas encogidas en torno a mi cintura me permiten entrar con ímpetu una y otra vez en esa bóveda líquida, fulgurante, cálida y vibrante que se contrae y se dilata al ritmo galopante de nuestros cuerpos. Aún dentro de su cuerpo, la agarro nuevamente de la parte posterior de su cuello con mi mano izquierda y con mi mano derecha tomo con firmeza su cintura en un abrazo que se convierte en un destello de pasión placentero. Giro nuestros cuerpos y los lanzo en la cama, dejando su silueta marcada en la sábana.

El tremor invade su vientre y aprovecho una vez más para besarla y acariciarla entera con ternura. Todos sus labios son encantadores, sus fluidos son éxtasis total en mis papilas y pupilas. Su cabello se enreda en su espalda y es la oportunidad que tengo para degustar visualmente su espectacular figura posterior. La hago girar con fuerza y delicadeza.

Encima de su cuerpo, y con la firme intención de seguir en ella, retiro el pelo de su cuello. La acaricio con mis dedos y mis labios y, moderadamente ansioso, saboreo su piel hasta llegar a su coxis. Mis manos no toleran estar fuera de ella y acaricio suavemente su vulva y perineo. La veo morder la almohada con intención de desgarrarla con sus dientes. Con mis dos manos la agarro y levanto su cadera. Su volumen es perfecto. Instantánea que difícilmente borraré de mi mente. Me inclino y beso sus húmedos labios.

La siento fluir como una cascada infinita. Separo ligeramente sus piernas con disimulo y entro con intensidad. Me acomodo y, sin que galopemos, estando aún conectada a mí, la abrazo fuertemente por la espalda y me permito, con mis ojos cerrados y mi cuerpo sediento, acariciarle sus hermosos senos mientras beso su cuello. Se levanta y se da la vuelta. Se arrodilla en la cama, acomoda con su mano derecha mi firmeza y se penetra a sí misma en un instante sublime. Sus movimientos rítmicos e intensos de cadera y su mirada fija en mí marcan la antesala de lo que quiere: me quiere rendido a sus pies.

Aún no estoy listo para sucumbir. La levanto y le doy la vuelta. Es mi turno de hacerla sentir. Con su mirada fija y con gemidos sutiles, el tremor regresa a su vientre a nuestro ritmo y le doy gusto al permitirme sucumbir después de ella. Estalla mi contención interior. Mi alma fluye hacia ella a medida que las contracciones mutuas se intensifican y decaen. Aún dentro de ella, beso con dulzura sus mejillas. Sus ojos están cerrados.

Me retira con sutileza de viuda negra y me toma nuevamente con su mano. Reposa un poco. Mientras ella está boca arriba y yo recostado a su lado, me mantengo acariciándola con ternura para así perpetuar su placer, y el mío también. Nuestros corazones y nuestra respiración compiten con la música que aún suena en el televisor. El aroma de su piel ahora es una mezcla de vainilla y canela. Su sabor es indescriptible, y su pasión, inconmensurable. Pareciera que no ha pasado el tiempo.

De repente se levanta. «Me voy», me dice. Me besa en la mejilla y se despide de mi General Tom saboreándolo en su boca, como queriendo probarse a sí misma, como queriendo dejar su marca más profunda impresa en él. En mí.

Come un pedazo de la fría quesadilla. Agarra la botella de vino y se bebe un trago. Pasa al baño, orina. Se arregla sus cabellos enredados. Me levanto y me acerco con sigilo. Le doy un abrazo por la espalda, le beso el hombro derecho y poso con firmeza mi mano derecha en la calidez húmeda de su vulva, rozando suavemente mis dedos en sus labios. Me retira con rapidez. «No más», me dice con su dulce tono de voz. Se acomoda su lencería. Sus zapatillas nunca salieron de sus pies. Se pone el gabán. Me da un beso en la boca. «Quédate, o por lo menos permíteme acompañarte», le digo. Me mira con acritud y se despide. Abre la puerta y se va. Así como ha llegado, también se ha ido, dejándome aún con más ganas de retenerla en mi espacio temporal y sin decir absolutamente nada diferente.

Es una mujer fantástica. Su sensualidad y sexualidad acaparan mis sentidos. Paso al baño, me doy una ducha caliente. Mi General Tom sigue inquieto. Salgo de la ducha con la toalla puesta y me siento a cenar, un poco tarde para mi gusto, pero tengo hambre. Son las doce y diez de la noche y no he revisado nada de la información de Antonio Correa Landines. En fin. Mañana será otro día, o, mejor, hoy será otro día. Me sirvo una copa de vino y veo la marca de los labios humedecidos de Mariana. Qué delicia de mujer. Jamás imaginé que podría vivir algo así. Enamorarse de ella es un suicidio, eso lo sé. Atarla a un sentimiento es imposible, es indomable. Ajusto las alarmas. Ricky pasará a recogerme a las siete de la mañana. Debo descansar algo. Sucumbo nuevamente, pero esta vez por la relajación extrema. Mi mente se desconecta. Dejo de existir.

***

Suena la alarma, apenas cuento con el tiempo suficiente para prepararme y esperar a Ricky en el vestíbulo. El móvil vibra, es Verónica.

—Hola, Marcos, buenos días.

—Hola, Verónica, ¿como estás? ¿Alguna novedad?

—No, Marcos, solo quería saber cómo estas.

El comentario de Verónica fuera de contexto me confunde por un instante, me siento extraño. «Bien, Verónica», le contesto. Le comento el plan del día y que es posible que vaya con Ricky durante el fin de semana al lugar de nacimiento de Antonio Correa Landines. Le pido a Verónica que procure contactar con el coronel Di Alphonse con el fin de indagar sobre la existencia definitiva o no de un circuito cerrado de televisión en la casa campestre del capitán Vegner, ya que es un asunto que continúa pendiente.

—Te envío el número de contacto por mensaje de texto a tu móvil —le digo. Verónica asiente inquieta.

—Oye, Marcos, estás raro, ¿de verdad que no te pasa nada?

—No, Verónica. Todo está bien. Gracias por preguntar.

—Okey, Marcos. Espero tu mensaje de texto. *Ciao.*

—*Ciao,* Verónica.

Aunque no exista relación sentimental alguna con Verónica, me siento como si la estuviera engañando. Es la primera vez que estoy con alguien diferente a Sofi después de todo el tiempo juntos y no ha sido Verónica, como en algún momento pensé que podría suceder. Después de que decidí quedarme con Sofi, no permití que nadie más entrara, pero tú sí, Sofi, maldita sea. Dejaste que ese maldito entrara en ti y que fluyera en ti. Maldita sea.

Me baño y termino de arreglarme. Salgo de la habitación y me dirijo hacia el restaurante del hotel para tomar mi desayuno. Solo pido unos huevos revueltos con jamón y queso, zumo de limón y algo de café. Hoy no quiero fruta. Termino mi desayuno y subo nuevamente a la habitación. Al entrar, mis sentidos se aturden al percibir aún intacto el delicioso y sensual aroma de Mariana. Abro las cortinas y la luz de la mañana me permite ver la sabana bogotana y, en la sábana, el rastro de nuestros sudores y las manchas informes de nuestros fluidos. Me excita pensar en la posibilidad de volver a estar con Mariana, la posibilidad de conectarnos nuevamente. Me lavo los dientes y algunos cabellos dorados adornan el cuarto de baño con metáforas.

Son las siete menos diez de la mañana. Despierto y regreso a la realidad, a esta realidad. Guardo los documentos de Antonio y los llevo conmigo. Bajo al vestíbulo con la esperanza de que Ricky esta vez sí sea puntual, y así es. Ahí está, esperándome y aprovechando el tiempo de espera con coqueteos a la recepcionista del hotel. Ricky trae puesto uniforme de dotación. Tiene una gorra y un chaleco color azul rey con el logo de Interpol. Yo simplemente estoy vestido normal, con mis Levi's, mis botas marrones de cuero nobuk, una camisa azul de manga larga y mi chaqueta también marrón. «Buenos días, Ricky», le digo. Ricky se despide precipitadamente de la recepcionista, le guiña un ojo y ella le responde con una sonrisa tímida e intimidada por mi presencia.

—¿Listo, señor Gandara? ¿Qué tal su segunda noche en Colombia? —me pregunta con suspicacia.

—Listo, señor Ruiz —le respondo—. He tenido una noche espectacular. He dormido apaciblemente.

Ricky me pasa un chaleco y una gorra con los logos de Interpol.

—Muy bien. En el sitio nos está esperando una patrulla de la policía y un grupo del Cuerpo Técnico de Investigaciones, CTI, designados por Mariana con el fin de formalizar la intervención. El sitio es cerca de aquí, pero con los trancones de estos días decembrinos puede ser que nos tome entre media hora y cuarenta y cinco minutos en llegar, y eso si los elementos están a nuestro favor.

Subo al Jeep con los papeles del caso. Lanzo mi chaqueta al asiento posterior. Ricky me muestra y me pasa la orden de allanamiento. La firma Mariana. Ricky me comenta que desde las cinco y media de la mañana ha estado organizando el papeleo y que a esa hora se encontró con Mariana en la Fiscalía. No pregunto nada en absoluto al respecto y me limito a aprovechar el tiempo de traslado al sitio para leer lo que no leí, por obvias razones, la noche anterior. Llegamos una hora más tarde. La movilidad se ha visto afectada por un par de accidentes de coche que se han producido en la vía. «Esta es la casa», me dice Ricky.

Afuera veo una camioneta con logos de la policía de Colombia y un furgón con la inscripción del CTI. El sector es esencialmente residencial. No se ven locales comerciales cercanos. Al parecer, es un sitio tranquilo y modesto. La fachada de la casa no se ve, pero está antecedida por un muro de color blanco y rosado, aproximadamente de tres metros de alto por quince de ancho, coronado por unas tejas pequeñas continuas color ladrillo. Se observa una puerta pequeña de color blanco hacia el lado izquierdo, que supongo que es la entrada principal, y dos portones grandes también del mismo color.

Algunos vecinos se asoman por las ventanas y puertas de las casas contiguas comentando entre sí la novedad del día. Los agentes de la policía, en conjunto con el personal del CTI con su atuendo especial, proceden a abrir la puerta de acceso con las herramientas propias, siguiendo el protocolo preestablecido. Hacen una avanzada y posteriormente nos hacen seguir después de que han examinado el área de acceso y han hecho el registro de huellas en las manillas de las puertas. Me pongo mis guantes. Ricky hace lo mismo. Ricky y yo nos miramos asombrados al entrar por la que creíamos que era la entrada principal de la vivienda. Nos encontramos con un solar de unos cinco metros de profundo con un jardín resguardado y mantenido solo por el tiempo y la naturaleza que cubre asimétricamente el entorno del sendero en mármol rústico que conduce al fondo, donde se visualiza la fachada real de la vivienda, marcada por un par de ventanales altos y anchos que sirven de marco a una puerta de acceso de lo que parece ser acero inoxidable.

A la derecha hay un par de vehículos, un Mini Cooper y un Mercedes Benz C300, ambos de color negro, densamente cubiertos de polvo a pesar de estar protegidos por un cobertizo perfectamente diseñado y construido con columnas metálicas de acero inoxidable y tejas traslúcidas ya un poco afectadas por la radiación solar. Le solicito a Ricky que asigne un par de agentes para que indaguen con los vecinos próximos actividades o movimientos que hayan notado en los últimos tres o cuatro años, así como que pregunte por las matrículas de los automóviles.

Ricky procede con la solicitud, retirándose hacia a la parte exterior. Mientras tanto, la avanzada del CTI me autoriza la entrada a la residencia. Al entrar, me encuentro con un interior, a mi parecer, moderno, tipo *loft,* de espacios amplios, sobriamente decorado, con suelo de madera laminada, sin ninguna fotografía, imagen o pintura en las paredes color blanco y con techo de vidrio que cubre parcialmente el área que conforma la sala, la cocina y parte de una escalera que conduce al segundo nivel, donde se encuentra la habitación.

En el área de la habitación, el techo de vidrio se empalma con un techo en madera empotrado en aluminio. El piso en la segunda planta se ve que también es de madera. Al parecer, se ha mantenido en buen estado a pesar del tiempo. Los dos niveles de la casa no se ven desde el exterior. Antonio tenía buen gusto. La casa es hermosa. Ricky entra y me alcanza.

—Marcos, los vehículos están a nombre de una tal Sylvia Doménica Rey Andrade.

—Es ella, Ricky, ella fue la persona que reportó la desaparición de Antonio Correa Landines. Aquí, en el registro de la denuncia de desaparición, se lee S. D. Rey A. Es ella. ¿Crees que podemos localizarla?

—Me extraña, Marcos, ya lo hice. Se cotejó el número de identificación en la base de datos, pero no te va a gustar lo que encontré. Se suicidó a finales de 2010. Para ser exactos, el registro del forense dice que el hecho se presentó el 29 de diciembre de 2010. Según el reporte, era una mujer solitaria, hija única, que había heredado una fortuna significativa de sus padres fallecidos en un accidente aéreo a mediados de 2010. Su padre era de ascendencia griega y su madre era colombiana.

—Joder, Ricky. Otra vez en ceros. ¿Cómo se suicidó?

—Marcos, aquí dice que envenenamiento por ingestión de ricina.

—¿Ricina? ¿No te parece un poco extraño que haya cometido suicidio por envenenamiento con esa sustancia específica?

—Para serte sincero, no. Aquí, en las calles de Bogotá, hay de todo.

—Pues en el contexto de lo que nos tiene aquí hoy, a mí sí me parece extraño. En el reporte forense completo del capitán Vegner existe una duda estadística con respecto a la presencia de unos indicadores metabólicos hallados en las muestras de tejido que se asocian a la ingestión de una dosis recurrente de ricina.

—¿Estás diciéndome que cabe la posibilidad de que la señorita Sylvia Doménica Rey Andrade haya sido asesinada y que su muerte esté relacionada con la investigación que estás haciendo?

—No te lo estoy queriendo decir, te lo estoy afirmando, ¿no te parece? La tendencia por ahora es que aquellos que han estado relacionados directamente con la investigación de la muerte de Maikel De Jaager han sido sacados de la escena. El capitán Vegner, la forense de Sallanches y ahora resulta que la persona que denunció la desaparición de Correa Landines. ¿Por pura coincidencia se suicidó en el mismo año con la misma sustancia? Te confieso algo, Ricky, estoy seguro de que han estado siguiéndome y, para seguirme hasta aquí, sea quien sea, tiene medios para hacerlo.

—Me parece que estás un poco paranoico con todo esto, Marcos. Entiendo que el tema es un tanto complejo, pero lo mejor que puedes hacer ahora es relajarte para que pongas todas tus ideas en orden. Ten en cuenta que mucha gente consume sustancias por diversas razones. En el caso de Sylvia Doménica, dadas las circunstancias, pudo haber entrado en estados depresivos y haber tomado la decisión de acabar con su vida, y los dos sabemos que la ricina es muy efectiva.

»Partamos del hecho de que existía una relación posiblemente sentimental entre Sylvia y Antonio. Sigamos revisando esta casa y, con base en lo que encontremos, procedemos. Revisemos los riesgos y establecemos también si es necesario que cuentes con un esquema de seguridad mientras estés aquí en Bogotá, ¿te parece?

Las palabras de Ricky reducen un poco mi ansiedad. Ricky tiene razón, debo enfocarme en lo que pueda encontrar en esta casa y que pueda darme algún indicio de lo que sucedió con Antonio Correa Landines. Si resuelvo su desaparición, resuelvo el caso de Maikel De Jaager. La muerte de Maikel De Jaager y la desaparición de Antonio Correa Landines están conectadas, pero ¿de qué forma?

—Oye, Marcos, ¿te fijaste en que, en la entrada a la casa, en la parte externa, hay un soporte metálico en la esquina superior izquierda que aparenta ser parte de un sistema de cámaras de seguridad? Posiblemente había una cámara allí. Hay cables sueltos que salen del muro. Es posible que aquí haya un circuito cerrado de televisión. Presta atención a ese detalle y verificamos dentro de la casa.

—Okey, Ricky —le respondo.

Mientras él sube a la habitación, yo me quedo revisando la planta baja. No había notado que la casa es más grande de lo que aparenta. Hacia el fondo de la casa hay una puerta de vidrio que conduce a un solar en donde hay una piscina *jacuzzi* desocupada. El solar está cercado por muros de la misma altura que los muros de la fachada falsa, de ladrillo a la vista. A la izquierda hay una pequeña zona para barbacoas y un área para comedor.

A la derecha hay un pequeño jardín. El suelo también es en mármol rústico, como el que hay en el sendero de la entrada entre fachadas. El solar está cubierto por un techo de aluminio, al parecer, corredizo, considerando la estructura que lo soporta. Insisto, Antonio tenía muy buen gusto. Entro nuevamente a la casa, hasta el momento no he visto cámaras de seguridad.

—Marcos, sube, por favor —me grita Ricky desde la habitación—. Marcos, aquí hay algo debajo de la cama que tal vez te pueda interesar.

Subo inmediatamente por las escaleras metálicas con escalones de madera que conectan las dos plantas de la vivienda. Veo a Ricky con medio cuerpo metido debajo de la cama tratando de sacar algo.

—¿Qué es lo que has encontrado? —le pregunto.

Ricky empieza a mover con esfuerzo algo debajo de la cama en el área baja que corresponde a la cabecera.

—Es un baúl, Marcos.

—¿Un baúl?

Ricky sigue esforzándose por sacarlo. La cama está empotrada en el suelo y no se puede mover.

—Sí, un baúl.

Ricky sale de debajo de la cama y termina de cogerlo, lo levanta y lo ubica encima del colchón.

—Joder, Ricky —le digo—. El baúl es idéntico al baúl que encontré en la antigua casa de Maikel De Jaager en Holanda, y tiene la misma inscripción sutilmente grabada en la tapa de madera: ΣίλβιαΔομενίτσα.

—Interesante, Marcos. Está cerrado. Voy a llamar al agente del CTI que maneja las llaves maestras para que venga y lo abra, ¿te parece?

—Por supuesto —le respondo—. ¿Qué crees tú que significarán esos glifos griegos? —le pregunto.

—Pues, a mi parecer y según algunas letras del alfabeto griego que reconozco, y teniendo en cuenta el hecho de que el padre de Sylvia era de ascendencia griega, podría ser un nombre, el nombre de ella: Sylvia Doménica. Creo que eso es fácil de confirmar. Lo podremos hacer en la oficina de Mariana.

Mi móvil vibra en el bolsillo trasero izquierdo del pantalón. Es Verónica. Me retiro hacia la planta baja para contestarle con tranquilidad mientras Ricky procede con la apertura del baúl en compañía de un agente del CTI.

—Hola, Marcos. ¿Cómo estás?

—Hola, Verónica. Bien, gracias —le respondo—. ¿Has podido localizar al coronel Di Alphonse?

—Sí, Marcos, por eso te llamo. El coronel me dijo que tú tenías razón. Hay un circuito cerrado de televisión en la casa campestre del capitán Vegner y en este momento está localizando a quien hizo la instalación para establecer qué tipo de sistema es y así determinar si es posible acceder al servidor y revisar si hay archivos de vídeo disponibles. Localizó al proveedor en Alemania.

—Verónica, te amo. Excelente noticia. Si te tuviera aquí al lado, te llenaría de besos.

—Marcos, ¿qué te pasa? Definitivamente estás rarísimo. ¿Te está afectando el trópico o qué?

—Verónica, simplemente me siento feliz y motivado para continuar con esto hasta terminarlo. Te cuento, ¿estás sentada? Ricky ha encontrado, aquí en la vivienda de Antonio, debajo de la cabecera de la cama, un baúl idéntico al baúl que encontramos en Hertme. En este momento están tratando de abrirlo.

—¿Un baúl idéntico, Marcos?

—Sí, Verónica, y con la misma inscripción grabada en la parte superior. Las mismas dimensiones, creo. Como te he dicho, idéntico. Ricky posiblemente ha resuelto qué significan los glifos. Al parecer, es el nombre escrito en caracteres griegos de una mujer que se llamaba Sylvia Doménica Rey Andrade, cuyas iniciales parciales aparecen en la denuncia de desaparición de Antonio.

—¿Se llamaba?

—Sí, Verónica, se llamaba. Esta mujer presuntamente se suicidó a finales de 2010. Aquí encontramos un par de coches aparcados y los dos están a nombre de ella. Se deduce que ella tenía algún tipo de relación con Antonio. Seguimos indagando para saber más sobre ella.

»El presunto suicidio de esta mujer no me convence aún. Según la información que Ricky me ha dado, se suicidó por ingestión de ricina y, como sabes, había rastros de esa sustancia química metabolizados en los tejidos y fluidos del capitán Vegner.

—Marcos, esto es muy extraño. Ten cuidado, por favor.

—Sí, Verónica. Lo tendré.

Mientras continúo la conversación con Verónica, camino a lo largo y ancho de la planta baja de la vivienda observando cada detalle de la distribución. Ya parezco una zarigüeya hambrienta husmeando en esta casa. Escucho a Ricky gritar desde la planta alta que ya lograron abrir el baúl. Cuando doy el primer paso en la escalera para subir, siento que el mundo alrededor se me desmorona. Las imágenes se disuelven en mi entorno y mi mirada se enfoca con precisión hacia la madera que ensambla y constituye ese primer escalón.

—Joder, Verónica. Mierda. No te vas a creer lo que estoy viendo.

—¿Qué pasa, Marcos? ¿Qué hay en el baúl?

—En el baúl, aún no lo sé. Estoy viendo la inscripción claramente, Verónica.

Mi mente vuela instantáneamente al momento en que vi en la casa campestre del capitán Vegner ese grabado que tenuemente afloraba y que descubrí en el suelo de madera abrazado por la luz multicolor del gran vitral. Ese símbolo que garabateaba Vegner en sus apuntes y que se asomaba tímidamente en el cráneo de Maikel De Jaager. Ese símbolo detonante de toda esta investigación que ya me está obsesionando.

—¿Qué inscripción, Marcos? ¿A qué te refieres?

—Es una cruz, Verónica, es una cruz. Voy a hacerle una fotografía con el móvil y te la envío por mensaje de texto y ahora hablamos. Busca, por favor, qué tipo de cruz es tan pronto como recibas la imagen. Aquí ha quedado perfectamente grabada.

Queda descartado de plano el capitán Vegner como sospechoso. No hay registros de que haya hecho algún viaje a Colombia.

—Okey, Marcos, perfecto, quedo atenta.

La conversación con Verónica concluye. Sigo observando con detenimiento la marca. Es definitivamente una cruz, y no de Malta, como lo creí inicialmente. Tomo unas cuantas fotografías del grabado con mi móvil y se las mando a Verónica en un mensaje de texto. Le pido a uno de los agentes del CTI que haga el registro fotográfico de este hallazgo.

Mientras tanto, Ricky sigue esperando en la planta alta a que yo suba a ver el contenido del baúl. Subo por la escalera observando los detalles en cada paso, tal vez esperando hallar alguna sorpresa adicional.

—¿Qué encontraste, Marcos? —me dice Ricky.

—Al igual que el baúl, un detalle que ya había sido evidenciado en la casa del capitán Vegner y en el cráneo de Maikel De Jaager. Mira —le digo mientras le muestro la imagen registrada con mi teléfono móvil—. Definitivamente es una cruz.

Ricky, con total plenitud de conocimiento y tras afirmarlo, clama versos que me recuerdan a mi relación fallida con Dios.

—Sí, es una cruz benedictina. *Crux sancti patris Benedicti*. «Que la Santa Cruz sea mi luz y que el Demonio no sea mi guía. Retírate, Satanás. No me sugieras vanidades. Cosas malas son las que tú ofreces. Bebe tú mismo tu veneno. Paz, mi Señor». Mira. Aquí en mi denario la tengo. Lo que acabo de decirte es lo que se recita para requerir la protección del Altísimo.

—Joder, Ricky, eres una caja de sorpresas.

Ricky se persigna tres veces y me pregunta dónde he encontrado esa marca. Le digo que está grabada en el primer paso de la escalera.

—Bueno, Ricky, ¿ya han abierto el baúl?

—Sí, ya está abierto. Revisa, por favor.

Me acerco al lugar donde Ricky ha puesto el baúl. Las sorpresas no dejan de estar presentes. Es un baúl idéntico hasta en la distribución de las cosas: portátil, dinero, terciopelo rojo que cubre unos diarios... Con los guantes aún puestos, retiro los fajos de billetes, que tienen las mismas denominaciones y tal vez en las mismas cantidades que encontré en Holanda.

El portátil es idéntico, un Sony VAIO de color negro. Retiro el terciopelo rojo. Al igual que los diarios que estaban en el baúl en Holanda, estos tienen portadas similares y, al parecer, la misma cantidad de hojas. Lo único que hace diferente este baúl es la etiqueta de la fecha en los diarios. Le comento a Ricky que es la colección de escritos entre 2004 y 2009 que suponíamos que debía existir. Ricky le indica al personal del CTI que proceda con la catalogación de las evidencias, el conteo del dinero y el respectivo registro fotográfico.

Le solicito a Ricky que me permita conservar por un momento los diarios de 2007, 2008 y 2009. Me interesa leer qué fue lo que alcanzó a escribir Maikel De Jaager en los últimos años y antes de morir. Definitivamente, son los diarios de Maikel De Jaager, la caligrafía es la misma, no cabe duda. Afortunadamente, en este momento para mí, la mayor parte de contenido en estos diarios está escrita en inglés. ¿A que estarían jugando este par? Espero entenderlo pronto. «Hora de almorzar», me interrumpe Ricky.

Todos salimos de la casa y nos disponemos a comer en las afueras, reunidos en el furgón del CTI. Durante el almuerzo, Ricky me comenta que estuvo revisando la cocina y que encontró, para su sorpresa, alimentos aún en buen estado de conservación dentro de la nevera. Me indica que, con base en eso y en el espesor de la película de polvo en los coches, es muy posible que la última vez que alguien haya estado en la casa tuvo que haber sido no hace más de tres años. Le digo que pudo haber sido Sylvia Doménica la última persona que estuvo aquí y que deberíamos enfocarnos en revisar si hay huellas de ella que nos permitan ubicarla en ese momento en la casa. A fin de cuentas, ella falleció a finales de 2010, después de la desaparición de Maikel y de Antonio.

Ricky asiente y le da la instrucción específica al personal del CTI. Me percato de que los servicios públicos no han sido suspendidos, de hecho, la casa cuenta con servicio de energía eléctrica y de agua potable. Esto es muy extraño. Aunque han pasado algunos años, cabe la posibilidad de que alguien haya mantenido el pago de los servicios.

Le pregunto a Ricky si el personal del CTI ha encontrado recibos o notificaciones de pago de servicios públicos. Ricky me responde que no y también le llama la atención ese detalle. Me dice que va a verificar cuándo se realizó el último pago. Ricky toma su móvil y se dispone a hacer las averiguaciones correspondientes e interrumpe nuevamente.

—Listo, Marcos. Acabo de recibir un mensaje de texto de mi gente en Barrancabermeja. Lograron localizar a David M. Parra, de la Oficina Asesora de Planeación Municipal. Aunque está en vacaciones, tiene la disponibilidad para recibirnos el 26 de diciembre. Como van las cosas, así no quieras, te tocó pasar Fin de Año en mi tierra, mi estimado.

—Gracias, Ricky, espero que seas un buen anfitrión.

—No cabe duda, mi estimado amigo, ¿o es que no te has dado cuenta?

Ricky se retira y se acomoda dentro del furgón del CTI. Parece que quiere echarse una siesta. Aprovecho el tiempo a solas y entro nuevamente a la casa.

Cojo los dos diarios de Maikel De Jaager y me ubico en uno de los muebles de la sala. Empiezo ojeando el diario de 2007. Al igual que en los diarios que encontré en Holanda, el registro y la extensión de este, día a día, al parecer depende de qué impacto generaron los eventos vividos. Puedo notar, asimismo, que hay registros de días donde solo escribe algo que en español podría traducirse como «nada interesante que contarte, mi universo querido». Argh, no me había percatado de que *«my dear universe»* se repite una y otra vez en todo el diario de 2007 en varios contextos.

Cojo los otros dos diarios y, al hacer la comprobación, evidentemente esa expresión también se repite. Interesante, no solo es una expresión, puede ser una referencia a Sylvia, porque también me percato de que la escritura mantiene su carácter epistolar. Continúo con la lectura del diario de 2007 y encuentro un registro que me llama la atención, datado el 8 de julio de 2007:

My dear universe. Today I went to the church as I normally do every Sunday morning. I felt the need to express to God the things we are doing and the level of theoretical advance of our investigation. The priest received from me, in confessional seal, my astonishment regarding the last discovery and the possibilities to control the matter by means of the spooky action at a distance, as Einstein used to call it, and the way we are paving for the future science.

The reaction of the priest at the beginning of my confession was not as I would expect from him, however, he later said me

Sigo con la lectura y, como dijo en algún momento Verónica, estos escritos están llenos de ideas fantásticas, diseños de aparatos prácticos para la vida cotidiana, en fin, un conjunto de elementos que suponen tanto innovación fundamental como innovación incremental.

Esto es maravilloso. Tampoco entiendo por qué no quiso publicar nada o por qué dejó escritas para sí mismo o tal vez para su «universo» todas estas ideas. ¿Quién más habrá tenido acceso a estos diarios? A pesar de ser diarios, la lectura se hace amena, este Maikel De Jaager era punzante, era un genio. Me hubiese gustado conocerlo en vida. Cojo el diario de 2008 y me concentro en un folio que tiene un pequeño doblez en la punta superior derecha. Está datado el 30 de septiembre de 2008:

My dear universe. I have received a request for a peer review of a draft of a paper which is under preparation by one of your Spanish colleagues. I can't believe it. The draft starts with a question that we have positively solved: Why can't you be in two places at the same time? I am so proud of you, my dear universe. You solved, proved and controlled the quantum decoherence at macroscopic scale.

No fear no more. We have done it with enough scientific accuracy. We are ready to publish our research work the next year, as planned. We have mathematically formulated, explained and experimentally tested the conundrum of Sor Maria de Agreda. The exact frequency of 1.0393 Hz was definitively the key we

¿Qué mierda es esto? ¿Cómo es que resolvieron el misterio de Sor María de Agreda? Esto es una locura. No esperaba encontrarme con algo así. Esto es más complejo de lo que yo estimaba. Esto es imposible. ¿Decoherencia cuántica resuelta? ¿A escala macroscópica? No puede ser. Joder, ¿qué es esto? Cojo mi móvil y marco el número de Verónica. Verónica me contesta al primer tono.

—Dime, Marcos.

—¿Estás ocupada? —le pregunto.

—Sí, un poco. Aquí, en el Museo Casa Rembrandt, con mis padres.

—Qué bien, Verónica, ya estás con ellos. Me alegra mucho. Salúdalos de mi parte y dales las gracias por haberte concebido.

Verónica se queda en silencio ante mi estúpido comentario intrascendente. Le pregunto si tendría tiempo para hacerme un favor.

—Sí, claro, Marcos, por supuesto, dime en qué te puedo ayudar.

—Okey, Verónica. Por favor, revisa toda la información que exista de Sylvia Doménica Rey Andrade.

—Ya lo hice, Marcos. Dame un momento y saco mi libreta de apuntes.

»Sylvia era colombiana, de padres colombianos: Adriana Andrade Arango y Zarek Rey Thalassinos. El padre de Sylvia era de ascendencia griega. Sylvia se graduó con honores en Física en la Universidad de los Andes en el año 2000 y posteriormente se doctoró en Mecánica Cuántica en el Instituto de Tecnología de Massachusetts a finales de 2004. Ese mismo año salió de Estados Unidos e hizo un postdoctorado en la Universidad Tecnológica de Eindhoven en el campo de nanofotónica cuántica. Regresó a Colombia a finales de 2005 y gestó en la Universidad de los Andes el laboratorio de óptica cuántica.

»Tiene varias publicaciones en revistas indexadas hasta el 2007. De este año en adelante, no he encontrado más publicaciones de ella. Asumo que dejó de investigar y publicar porque a finales de ese año se retiró de la vida académica y, según los registros, se dedicó al negocio familiar de importaciones tecnológicas para Latinoamérica y el Caribe.

»No hay registro de vida marital ni de descendencia. Encontré varios registros de entrada y salida del territorio holandés entre 2006 y 2008, mucho después de que hiciera el postdoctorado en Eindhoven. El último registro de salida de Sylvia está fechado, por coincidencia, el día de la llegada de Antonio a Holanda: el 20 de diciembre de 2008.

Me quedo estupefacto con todo lo que Verónica me ha resumido y empiezo a atar cabos: Sylvia y Maikel estuvieron trabajando juntos secretamente entre 2007 y 2008. No publicaron absolutamente nada en ese lapso, pero estaban preparándose para publicar su investigación en el 2009. Según lo que he leído en los diarios, definitivamente lo lograron, y toda la investigación debe estar en algún lado. ¿En los portátiles tal vez?

—¿Hola, Marcos, estás ahí?

—Perdona, Verónica, me he abstraído un poco tratando de analizar toda la información que me acabas de transmitir.

Con Verónica al otro lado de línea, cojo inmediatamente el diario de 2009 y me voy a la última página escrita. Le digo a

Verónica que el último párrafo escrito en este diario corresponde al día 26 de enero, el día anterior de la muerte de Maikel De Jaager:

My dear universe. The priest has been harassing me since last time we meet in December last year, saying me things that I am so sure I did not say to him. He insists in a conversation he say we had but I really do not remember it. He invited me today to speak. Even though I am scared, I am going to finish this. I am going to try to explain him all about us. He is radical in his religious concepts, in his beliefs, but anyway he must understand that this is just scientific research, pure science no more.

—En la lectura que estoy haciendo del último diario de Maikel, a mi parecer emerge como sospechoso un sacerdote que podría ser el reverendo Heinrich. La última nota escrita de 2009 es del día anterior al día de su muerte. Se lee que Maikel se iba a encontrar con un sacerdote y al parecer fue este el último que lo vio con vida — le digo a Verónica.

—Marcos, a propósito, ya he conocido al reverendo Heinrich. No me reuní con él, pero asistí a una de sus misas en Hengelo el domingo pasado, después de nuestro viaje a Rotterdam. Físicamente no parece religioso. A pesar de su edad, se mantiene en forma y es algo atractivo. También hice una revisión de origen y antecedentes. El reverendo Heinrich es de la orden benedictina.

—¿Benedictino? ¿Estás segura? —la interrumpo.

—Sí, benedictino. ¿Por qué la pregunta? ¿Por la marca?

—Por supuesto que sí, Verónica. Ricky dice que la marca es de una cruz benedictina.

—Marcos, créele. Ya lo he revisado. Tiene toda la razón. La marca es una cruz benedictina.

—Mi querida Verónica, ten mucho cuidado tú también. No te acerques más al reverendo Heinrich. Tenemos que confirmar el nivel de responsabilidad que puede tener en estos hechos y encontrar algo que lo correlacione físicamente con las marcas. Quédate quieta por ahora y aprovecha el tiempo con tus padres. Es posible que yo viaje este fin de semana al lugar de nacimiento de Antonio y posteriormente viaje a Barrancabermeja a preguntar por los proyectos en los cuales estaba o estuvo trabajando con la Alcaldía de esa municipalidad. Viajaría con Ricky por tierra.

—Bien, Marcos. A propósito, se me olvidaba decirte que Martjin encontró un archivo oculto en la carpeta *«Onderzoek»* en el ordenador. Es un archivo de texto que pesa alrededor de un gigabyte. Estaba encriptado y está escrito en griego.

—Uhm, Verónica. Buscaremos un traductor cuando regrese a Holanda. Si es necesario, hablaremos con el señor secretario para que nos ayude en el proceso.

—Okey, Marcos. Le diré a Martjin que me haga una copia del archivo y la tendré lista para cuando regreses. Cuídate mucho. *¡Arrivederci!*

—*Ciao,* Verónica. Cuídate mucho tú también y disfruta al máximo la estadía con tus padres.

Verónica termina la llamada con un suspiro, suspiro que me transmite profundamente y que se manifiesta en mí al tratar de dilucidar los móviles del homicidio, si realmente el reverendo Heinrich es el asesino que estamos buscando.

El personal del CTI ya se ha incorporado nuevamente a la búsqueda de evidencias en la casa y veo a Ricky fisgoneando en la cocina. Bueno, continuaré con la lectura de estos diarios. Definitivamente, muchas referencias a Sylvia Doménica en estos. Cojo el diario de 2007. Lo ojeo con la precisión de un arqueólogo y encuentro una referencia a Antonio, datada el 7 de agosto de 2007. Maikel cuenta que la relación con él se estaba deteriorando y que no podían seguir «jugando».

Continúo buscando referencias a Antonio y encuentro que, el 31 de diciembre de 2007, Antonio, altamente alcoholizado, le hizo una llamada a Maikel confesándole con dolor que no podía soportar ver más a Sylvia. A diferencia de lo que he visto que es común en su escritura, en este tema profundiza poco y no le da contexto ni relevancia al asunto, pero concluyo que Sylvia Doménica se convirtió para los dos en un punto de inflexión para su relación fraternal recientemente instaurada.

En el diario de 2008 hay muy pocas referencias al tema, pero lo que sí es constante es la preocupación de Maikel por el aislamiento que ha percibido por parte de Antonio, y lo manifiesta con cierto dolor, como se interpreta. Le solicito a Ricky que me permita revisar el diario de 2005. Le entrego los diarios que ya he revisado para que los ponga en custodia como evidencia. Empiezo mi lectura y con lo primero que me encuentro es con una fotografía a color en la que están Maikel y Antonio juntos sonriendo.

En el fondo de la fotografía alcanzo a ver un letrero escrito en español. Por supuesto, esa fotografía fue tomada aquí, en Colombia. En el reverso hay un escrito a lápiz en holandés con una fecha: *«Onze reünie, 6 juni 2005»*. 6 de junio de 2005, el día en que Maikel y Antonio se reencontraron. Busco el día específico en el diario. Esto es fantástico. La descripción de los sentimientos de Maikel es sublime. Qué extraño, en todo esto no he encontrado alguna referencia conocida a Sylvia Doménica, pero entiendo, por lo que interpreto de la lectura, que Antonio estaba con alguien durante los días del reencuentro. Maikel habla de Antonio y su acompañante. ¿Será posible lo que me estoy imaginando? En fin, continuaré con mi lectura.

Ricky se me acerca y me dice que ya es hora de salir de la casa y dejar todo asegurado. Prácticamente le suplico a Ricky que me permita quedarme con el diario que estoy leyendo. Ricky me expresa desconfianza con su mirada y gestos y me pregunta con suspicacia si no conozco el procedimiento. «Por supuesto», le digo. Me pone su mano derecha en mi hombro izquierdo, haciendo que me incline, y me dice con picardía que no le diga nada a Mariana. El comentario me toma desprevenido, pero no le doy importancia.

Agarro una bolsa para evidencias, introduzco el diario y lo guardo en mi mochila. Ricky se cerciora con el personal del CTI de que todo en la casa quede asegurado. Las evidencias han sido recolectadas y clasificadas. Nos subimos al Jeep y tomamos rumbo hacia la Fiscalía. «Tenemos que darle reporte a Mariana», me dice Ricky. Asiento con un movimiento de mi cabeza y traigo el recuerdo de la noche anterior con ella. He estado tan entretenido con todo lo que se ha encontrado en esa casa que, en todo este tiempo, Mariana ha pasado a un plano de inmanencia abstracta.

Llegamos a la Fiscalía y subimos a la oficina de Mariana. Al entrar, percibo su delicioso aroma, que me inunda y me ahoga tanto con su indeterminación hacia mí que me abruma y revoluciona mis sentidos. Mi exaltación se hace evidente. Está hermosamente vestida de negro. Me saluda con un simple «buenas tardes» y me deja con la mano extendida, queriendo tácitamente evitar el contacto. Nos sentamos en las dos sillas que están enfrente de su escritorio. Concentra su atención plenamente en Ricky, quien, de manera irrestricta, le reporta los pormenores y los hallazgos hechos en la casa de Antonio.

Ni una sola mirada hacia mí, como si no existiera. Mi presencia parece incomodarla. Ni siquiera me permite tomar la palabra para reforzar los avances del día de hoy expresados por Ricky. En fin. No le prestaré atención ni tampoco haré algo para llamar la suya. Solo escucharé. Ricky termina su discurso y le comenta que no iremos a la casa el día siguiente y que se enfocará en la búsqueda de información adicional de Sylvia Doménica y hará los preparativos para viajar hacia Floresta y posteriormente hacia Barrancabermeja, según lo acordado conmigo. Mariana asiente y le dice a Ricky que la acompañe a verificar que las evidencias ya hayan sido registradas y asociadas a los archivos del caso. Ricky le dice a Mariana que debe determinar qué manejo se le va a dar al dinero encontrado, porque es una suma muy alta en dólares, euros y pesos colombianos de denominación de 2008. Mariana le contesta a Ricky que revisará el protocolo y que le dará el manejo que corresponda, considerando la interacción con Interpol en este caso.

Mariana y Ricky salen de la oficina y yo simplemente me quedo allí sentado, desmarcado de su presencia. Ricky se vuelve y me dice que no me preocupe, que lo espere y que, tan pronto como termine con Mariana, me llevará de regreso al hotel. Le doy las gracias mientras se retira nuevamente de la oficina.

Ya son las cinco y media de la tarde. Estimo que el procedimiento pueda llevar algo menos de una hora. Me incorporo en la silla. Me pongo los guantes de nitrilo y saco de mi mochila, con sigilo delincuente, la bolsa de evidencias con el diario. Pongo la silla en dirección hacia la puerta para que mi sombra no se proyecte y la iluminación tenuemente amarilla de la oficina de Mariana me permita continuar cómodamente con mi lectura. Me siento un poco agotado, pero no importa. Necesito entender todo esto.

Localizo el párrafo que estaba leyendo antes de salir de la casa. Maikel describe con detalle la historia del alumbramiento en Floresta y el revuelo que se causó por el milagro de Antonio. Es una descripción fantástica y, en realidad, es un hecho milagroso. La naturaleza se expresó. Los escritos en los meses siguientes describen también los planes y la evolución de estos entre los dos hermanos. Según se interpreta, la relación fue estupenda. El 25 de noviembre de 2005 encuentro algo que me llama poderosamente la atención: la primera referencia a Sylvia Doménica en la característica redacción epistolar que había observado en los otros diarios:

My dear universe. I am so glad that causality has allowed us to meet each other at such a critical and wonderful moment of my life, and at the same time has given us the chance to meet us again here after that. No rational reasons... just a feeling of connection. The time together has been wonderful, magnificent and my mind is flowing freely again. Now, I have enough dare and strength to share with you an idea which has been stuck in my mind long time, without feeling myself a silly boy before such a brilliant brain as yours.

All entities in nature came from a single, so far, undecrypted point, then for me, there is a genetic resilient memory in each species which allows to keep us connected in such incomprehensible way.

Trato de continuar la lectura, pero el sonido lejano de pasos acercándose a la oficina me distrae. No me gustaría que Mariana, si es ella, se percatara de que me he quedado con parte de la evidencia encontrada en la casa. Meto la fotografía entre los folios que estoy leyendo y rápidamente guardo el diario en la bolsa de evidencias y lo amontono con prisa entre las cosas que tengo en mi mochila. Sea quien sea el que está por entrar por la puerta de la oficina, eleva mi ansiedad al límite. Me quito rápidamente los guantes y los introduzco en uno de los bolsillos laterales de mi mochila. De repente, escucho un silbido que se sincroniza con la apertura de la manilla de la puerta.

—Listo, Marcos. Nos vamos.

Mi ansiedad cae exponencialmente. Es Ricky.

—Okey, Ricky, ya salgo —le digo mientras me dirijo nerviosa y torpemente hacia la salida de la oficina.

Veo a Ricky sosteniendo con su mano derecha la manilla de la puerta y con la otra mano tanteando para apagar los interruptores de las luces principales de la oficina. «Vuelve y apaga las luces de la oficina de Mariana, y cierra esa puerta», me dice. Le doy mi mochila y vuelvo.

En ese momento percibo la vibración de mi móvil que tengo alojado en el bolsillo delantero izquierdo de mis vaqueros. Lo saco de allí, lo desbloqueo. Es un mensaje de Mariana que simplemente dice: «a mi manera». Múltiples interpretaciones ambiguas emergen en mi mente. ¿Qué quieres, Mariana?, me pregunto una y otra vez. No le respondo al mensaje y simplemente hago lo encomendado por Ricky. Salimos de la Fiscalía.

Ya en el Jeep, Ricky me pregunta si quiero ir a cenar. Me dice que conoce un restaurante donde preparan comida de mar y que queda muy cerca del hotel donde me estoy hospedando. Le digo que perfecto.

«El tráfico a esta hora está imposible», me dice Ricky. Llevamos ya más de media hora tratando de avanzar y nada. La sensación de hambre hace su aparición y empieza a mortificarme. Ricky también se impacienta.

Ya es un poco más de las ocho y media de la noche colombiana. «Lo logramos», me dice Ricky. Por fin llegamos al restaurante. Ricky entra al aparcamiento del restaurante. «Al parecer, no hay muchos comensales», dice.

—Mi estimado Marcos, bienvenido al restaurante El Buque. Este restaurante es uno de mis favoritos. Vengo con frecuencia con mis hermanas.

Al entrar al restaurante, el ambiente me permite sentirme inmerso en una embarcación antigua. La decoración está impregnada de amarillo sepia.

La atmósfera interior está respaldada por la exquisitez de las especias marinas y la frescura de las notas finamente entonadas por un pianista. El metre saluda con familiaridad a Ricky y nos ubica en una mesa relativamente pequeña, la cual está coronada por una variedad de cubiertos especialmente dispuestos en torno a una botella de vino tinto Alabaster 2004.

«Tenemos mucha hambre», le dice Ricky al camarero, quien inmediatamente nos entrega la carta y nos recomienda los platos *Estrella El Buque* y *Delicia marinera*. Ricky se decide por uno de esos platos recomendados y yo escojo, en esta ocasión, una paella mar y montaña. Me interesa probar la sazón colombiana al respecto y tal vez evidenciar cómo interpretan aquí su especial preparación. Le digo a Ricky que el vino está bien, que es una buena sugerencia del restaurante, y le solicito al camarero que lo descorche.

En el momento en que el camarero empieza a servirme la primera copa, siento mi móvil vibrar. Lo retiro del bolsillo de mis vaqueros, lo activo y veo que es un mensaje de texto: un mensaje de texto de Mariana.

Para evitarme indagaciones innecesarias por parte de Ricky, introduzco nuevamente el móvil en mi bolsillo con actitud de intrascendencia. Mientras Ricky toma el primer trago de vino, le pregunto dónde están los baños. Ricky me da la indicación, aún con la copa levantada con su mano derecha, señalando con su dedo índice el sitio donde puedo encontrarlos.

Me retiro con pasividad de la mesa y me dirijo hacia el sitio indicado. Una vez en el baño, saco nuevamente el móvil con premura. El mensaje de Mariana me aturde y me activa a la vez: «¿Sí te han dicho que eres una delicia y que sabes delicioso?». Leerlo una y otra vez me hace sonrojar y sonreír con nerviosismo expectante. Le contesto el mensaje: «Eres sencillamente maravillosa, tengo tu sabor impreso en mis labios. Quiero verte nuevamente esta misma noche». Inmediatamente me contesta: «No. Ya te dije: a mi manera». Me desarma inmediatamente. No le replico. Aprovecho para lavar un poco mi cara y salgo del recinto con la expectativa eliminada de un encuentro furtivo.

Me incorporo nuevamente a la mesa. Ricky se ha servido una segunda copa de vino. Los entrantes de cortesía han sido devorados por él. Afortunadamente, el camarero vuelve con un poco más para saciar mi angustia visceral. «¿Todo bien?», me pregunta Ricky con intriga. «Sí», le respondo. Distraigo su atención contándole un poco de la historia que conozco del vino que estamos degustando.

Pasan quince minutos y la cena hace su entrada triunfal, para nuestro contento. El aroma de lo servido configura en mí un estado de ansiedad casi animal que incrementa mi apetito. Hinco la cuchara en la mixtura valenciana. El sabor es estupendo, y en la cantidad suficiente como para saborearla palmo a palmo. El vino se nos acaba y pido al camarero otro igual. Ricky me mira con asombro.

—Tranquilo —le digo—, bebe lo que quieras, este vino es exquisito y su maridaje con la paella es simplemente sensacional.

—No me preocupa que hayas pedido otra botella de vino, me preocupa que yo no pueda tomar más —me dice—. Tengo que llegar a mi casa sano y salvo después de dejarte a ti sano y salvo en el hotel, mi estimado amigo.

—Okey, te entiendo. Después tendremos tiempo para embriagarnos, señor Ruiz. Excelente elección para la cena de hoy. Muchas gracias, Ricky. Me has hecho recordar sabores, colores y aromas que creía perdidos.

La cena discurre entre conversaciones varias, que van desde el ejercicio realizado el día de hoy en la casa de Antonio hasta la planificación estimada para los días siguientes.

Terminamos la cena satisfechos. Yo estoy un poco alcoholizado, pero no tanto como para no darme cuenta de lo que he dicho. Pido la cuenta.

—Yo invito, mi estimado amigo —le digo.

—Listo, vámonos. Aunque mañana no vamos a volver a la casa de Antonio, sí tengo que levantarme temprano para recopilar la mayor cantidad de información que pueda conseguir de Antonio y Sylvia y, además, concretar los pormenores para el viaje de este fin de semana.

—Okey, Ricky. Te agradezco todo lo que estás haciendo. Te aseguro que, sin tu apoyo y el de Mariana, habría sido imposible avanzar tanto en esto. Muchas gracias, mi estimado amigo —le reitero mi agradecimiento, con muchas copas ya encima.

Salimos del restaurante y nos dirigimos hacia el aparcamiento. El frío nocturno bogotano me golpea. «El hotel queda aquí cerca, a cuadra y media», me dice. Así es, evidentemente. En menos de cinco minutos estamos ya en el vestíbulo del hotel, despidiéndonos. Ricky dice que mañana hablamos en el transcurso del día y se marcha. Saludo con levedad al personal del hotel y subo al ascensor para dirigirme a mi habitación.

El día fue muy productivo, tengo que admitirlo. En el ascensor, reviso mi móvil esperando encontrar algún mensaje nuevo de Mariana, pero nada. No hay nada. La señal de cobertura está completa..., y su señal es clara: «a mi manera». Me lo repito, me abstengo y me resigno. Entro a la habitación, enciendo las luces, pongo encima de la cama mi mochila y mi chaqueta. Cierro las cortinas y enciendo el televisor.

El canal de música de la noche anterior sigue sintonizado y, por esas casualidades perturbadoras y estocásticas del universo, suena la misma canción de Queen que sonaba anoche cuando impetuosamente estaba entre los cálidos y jugosos labios de Mariana: *Who Wants to Live Forever*. Definitivamente perturbador por su contexto lírico-temporal. En fin, tengo que retomar mi concentración y aplacar la colmena si quiero seguir avanzando en este caso, hasta ahora, disyuntivo e intransigente. Son las diez de la noche, tengo que retomar la lectura del diario, pero el letargo generado por el vino y la resignación me desfondan. Sal de mi colmena, maldita sea. Sal ya. Me ducharé y te sacaré.

El agua fría que recorre mi espalda me reconforta. Lo necesitaba. Necesitaba sumergirme en la intranquilidad para sentirme vivo nuevamente, para darme una razón más para existir y así entender que tengo que vivir y disfrutar sin esperar.

Termino mi ducha con mis pensamientos agudos como estalactitas, ahora diluidos y obtusos como estalagmitas. Tengo que retomar la lectura, me repito una y otra vez luchando firmemente contra la procrastinación. Lo único que necesito son esos cinco minutos iniciales para continuar y no dejarme avasallar. Así es, lo logré. Me concentro nuevamente en el punto donde dejé mi lectura en la oficina de Mariana:

All entities in nature came from a single, so far, undecrypted point, then for me, there is a genetic resilient memory in each species which allows to keep us connected in such incomprehensible way. A way of connection which is inherent to any single living species in the world we know and is always present. However, as use to happen with the city lights which doesn't allows us to see the universe's bloom in the night sky with naked eyes, there is a lot of distractors which doesn't allow us to see such a connection or at least, make it evident.

The encounter with my brother was my epiphany. Since a child I feel myself strange, I feel myself in my inner me connected with something out of me. I struggled every single day of my childhood with this strange feeling, plenty worrying my parents about, and now I strongly believe I've been linked with him all the time. My explanation is quite simple, and I guess it doesn't require a complex experimental set up to prove it. For me it is just a matter to find the right tuning at microscopical scale and the solution rely on, perhaps, in quantum entanglement.

Time to time nature give to us some clues to explain how the «so called» nature intricated process are just common processes. Imagine this, my dear universe: At macroscopical scale, a strong quantum entangled state is prepared in the mother's womb. The mother and the child keep their entangled undissipated state even the child is taken out of the womb. The state is then strengthened and maintained in equilibrium as much the frequent physical contact is kept and ensemble's energy freely flows. Both keeping their correlated state at quantum basic level without being noticed or altered by the surrounding environment.

I must tell you that now I may understand why my mom suffered so much until her last day. She, in her deep silence, felt my brother alive. In this case we, my brother and I, were the entangled particles and the quantum correlated state was perfectly prepared in my mother's womb: The assembly of three particles quantum correlated. I may say now that it is not only a condition or phenomenon that happens at the level of mom and child and therefore it can be extended to every single species interaction. Let's say the unique unknown state which connects us with the others, can be activated naturally by means of the correct tuning based on wave-like consistency.

The entanglement may succeed within and during the interaction of you and your pet or you and the tree you embraced the day we met. There is an inner low-level force which may transcend any physical barrier and activate body undetectable tremors which enters in resonance state as happens, let's say with near field communication devices. The energy freely flows from one entity to the other, firstly in reverberation and then in completely resonance activating such a genetic connectivity point. The magnificence and purity of the phenomenon is achieved at the mother-child ratio, however the exact undisturbed tuning can be consistently achieved as well as among other species.

I just remember the reaction of surprise in your beautiful face when I expressed this to you, but I know there is some bloody agreement in your thoughts. The rationalism has marked our life and must lead us to demonstrate it. Let's work together in this enterprise, don't hesitate my dear universe. By the way, I still impressed by the particular «spiral way» you peeled the tangerine after you took us the picture of our happy reunion in Floresta.

What the fuck? ¿Este tipo estaba totalmente desquiciado o realmente era un genio? Evidentemente, un genio, porque logró descifrarlo y, según entiendo, con la ayuda incondicional de Sylvia y quizás con la ayuda de Antonio también, pero ¿qué fue lo que pasó entre estos tres individuos? Es un hecho, Sylvia y Antonio estaban juntos cuando Antonio y Maikel se reencontraron aquí en Colombia. Nuevas soluciones a este rompecabezas emergen poco a poco y, a su vez, nuevos rompecabezas también. Hay mucho aún por entender, mucha información valiosa entre líneas.

No puedo dejarme llevar por la ansiedad. ¿Qué fue lo que sucedió el día de su muerte entre Maikel y el sacerdote al que hace referencia? ¿El sacerdote es el reverendo Heinrich? Hay coincidencias, pero ¿cuál es o cuales son los móviles? Los leves rastros dejados por él, al parecer, se refuerzan cada vez más, pero no hay nada que lo vincule físicamente con los hechos. Lo único vinculante es una evidencia circunstancial: las marcas de la cruz benedictina, que es la orden a la que él pertenece. Tendré que esforzarme más. Gracias, Fedor, por recordarme que «cien conejos no hacen un caballo».

***

El frío matutino me despierta un segundo antes de que suene la alarma. Me quedé profundamente dormido leyendo a Maikel, con el televisor encendido. Un día menos en Colombia. Me incorporo. Abro las cortinas. El día está despejado, la luz de la mañana me ciega un instante. Me dedicaré por ahora a organizar mis cosas para el viaje con Ricky. Suena el móvil, es Verónica. Le contesto y la saludo aún con el ocioso letargo del despertar.

—Hola, Marcos, buenos días. Te llamo para recordarte que hoy tienes que enviarme por correo electrónico la relación de tus gastos en Colombia y que debes enviar también el reporte antes de finalizar esta semana. No se te olvide, que el señor secretario fue insistente al respecto.

—Sí, Verónica, no se me olvida. Precisamente estoy iniciando sesión en mi portátil para cargar la información en el sistema.

—Okey, Marcos, quedo pendiente. Quiero dejar eso listo antes de salir de la oficina. Mis padres quieren ir a París este fin de semana.

—Tranquila, Verónica, a tus cinco en punto tendrás los recibos en tu bandeja de entrada. No te preocupes y prepárate para disfrutar del viaje con tus padres. *Ciao,* Nikita linda, ja, ja, ja, ja, ja.

—Ay, Marcos, por Dios, deja de bromear con eso.

—Está bien, está bien, Verónica, prometo no molestarte más con el tema. Que tengas un excelente día.

—Tú también, Marcos, y, por favor, cuídate y concéntrate para que regreses pronto.

Me despido de Verónica con la intención de no quedar mal con ella por el envío de la relación de mis gastos. Qué fastidio tener que organizar todos estos papeles. Pero bueno, el deber llama y parece que está al otro lado de la puerta de la habitación, porque escucho un golpeteo en esta. ¿Quién coño será a esta hora? Me acerco con sigilo y a través de la mirilla reconozco a uno de los botones del hotel. Entreabro la puerta con confianza.

El botones me saluda con amabilidad, le respondo al saludo y me dice que acaban de dejar una nota en la recepción para mí y me la entrega. Le doy las gracias, me despido y cierro la puerta. Es un pequeño sobre sellado con mi nombre completo escrito a mano en tinta azul en la parte del destinatario. No trae remitente. Me siento en el borde de la cama, miro el sobre a contraluz y alcanzo a divisar un pedazo de papel dentro con algo escrito.

Ahora con desconfianza e intriga, procedo a abrirlo. Joder, es una nota escrita aparentemente por Mariana que dice que nos veamos hoy a las once de la mañana en una dirección que no correlaciono con la de la Fiscalía. ¿De qué se trata esto? ¿Por qué no me envía simplemente un mensaje de texto por el móvil como lo hizo anoche? Como están las cosas, prefiero verificarlo aunque estropee la sorpresa. No puedo exponerme. Llamar a Ricky no es prudente. Marco el número de Mariana. No contesta. Lo intento una vez más, salta el buzón de voz. Le escribo un mensaje de texto. No hay respuesta. Esto no me está gustando. Esperaré al menos una hora para que me conteste el mensaje de texto. Si no lo hace, intentaré llamarla nuevamente más tarde, apenas son las ocho y cuarto de la mañana.

Tecleo en el motor de búsqueda la dirección que aparece escrita en el papel: Calle 107 A, n.º 5. Según lo que encuentro, estoy a algo más de diez manzanas del lugar, es relativamente cerca. No tengo prisa, entonces, podré ir caminando al encuentro con Mariana.

Empiezo la faena administrativa, organizo uno a uno los recibos de lo que he gastado hasta el momento y los relaciono en el formato que establece el procedimiento contable de Interpol. Llamo a la recepción y pregunto si es viable que me faciliten un escáner para digitalizar todos estos papeles. La recepcionista del hotel me dice que puedo hacer uso, sin cargo, de la sala de ordenadores que se encuentra disponible en el primer piso y que aproximadamente en una hora el escáner queda libre. Le doy las gracias y acuerdo con ella el tiempo que requiero.

Aprovecho para darme la ducha matutina, prepararme para ese súbito y extraño encuentro que asumo que es con Mariana y hacer mi equipaje. Usar el servicio de lavandería del hotel ha sido práctico. No he tenido que preocuparme por la limpieza de mi ropa. Todo listo, se me ha pasado el tiempo muy rápido. Nada, aún no hay respuesta de Mariana, marco su número. Joder, nuevamente salta el buzón. ¿Qué es lo que pasa? ¿Por qué no me contesta? Bueno, bajaré al primer piso como me ha indicado la recepcionista. Salgo de la habitación con un sobre lleno de papeles.

Ya en la sala de ordenadores, uno de los botones me da las indicaciones correspondientes. Escaneo todos los soportes de pago, creo un documento unificado y envío el archivo con la información a mi correo personal. Aprovecho para confirmar con el botones si es correcto que el sitio a donde debo dirigirme corresponde a un área próxima al hotel. El botones me responde afirmativamente y me dice que fácilmente puedo llegar a pie en menos de quince minutos, y me marca con trazos al vacío la ruta que debería seguir.

Ya con la dirección verificada y un poco menos intranquilo, subo nuevamente a la habitación, preparo el correo electrónico y envío a Verónica la relación de mis gastos, justo a la hora indicada. «No te podrás quejar de mi puntualidad, Verónica», le escribo en un mensaje de texto. Ya es hora de salir. Dejo organizadas mis cosas y guardo el portátil junto con el diario de Maikel en mi mochila y la aseguro dentro de mi maleta.

Dejo el televisor encendido, salgo de la habitación y, en la manilla de la puerta, dejo colgada la etiqueta de «no molestar», creyendo así que el servicio del hotel se abstendrá de entrar. Cojo el ascensor, llego al vestíbulo, me despido del personal y salgo del hotel.

A diferencia de los días anteriores, hoy el cielo está totalmente despejado, el sol está radiante y me permite ver los contrastes azules y verdes matizados con el ladrillo y el hormigón citadino. Una ligera brisa fría acompaña mi recorrido. Los autómatas marchan al compás de las indicaciones de las luces de los semáforos, quedando yo inmerso en tal masiva y monótona ceremonia. Tomo la ruta trazada en mi mente a partir de la representación vectorial del botones y llego puntual al sitio indicado en la nota y en el tiempo predicho.

Diviso a lo lejos a Mariana con un cigarro en su mano derecha, la cual se levanta al reconocerme. Me acerco paulatinamente hasta la cerca de alambres de metal entrelazados empotrada en columnas de hormigón que nos separa. Mariana me saluda con su hermoso rostro iluminado por el sol, que se refleja intensamente en sus rizos dorados, fina y desordenadamente recogidos como una corona de oro. Hoy la abraza la informalidad de su vestimenta. Lleva puestos unos vaqueros que resaltan sus deliciosas curvas, unas zapatillas azules y una blusa de flores estampadas en un tenue fondo carmesí. Da una última calada a su cigarrillo, tira la colilla y la pisa con desazón.

—Me encanta su puntualidad, señor Gandara —me dice.

—Me encanta su misterio, doctora Jiménez —le respondo.

—Pasa, Marcos. Presenta tus credenciales al oficial y acompáñame.

¿De qué se trata todo esto, Mariana? ¿Por qué no me respondiste?

—Estás en las instalaciones de la Escuela de Inteligencia. Estás aquí porque hay que mostrarte algo que te puede interesar para resolver el caso. Estoy desde temprano revisando la información y, como aquí no funcionan los teléfonos móviles, pues se tuvo que recurrir a los métodos infalibles antiguos de la estafeta, dada la corta distancia entre este lugar y tu aposento temporal.

El comentario de Mariana me llena de intriga y regocijo. Me quedo ensimismado apreciando y contemplando su preciosa silueta, hoy efusiva, que se funde en contraluz con la iluminación que proviene del parque situado al final del pasillo del edificio.

—Ven, Marcos, sígueme. Subamos al sexto piso. Allí está Ricky con un técnico especialista en informática. Logramos obtener un registro en vídeo de la casa de Antonio. Para que sepas, reabrí el caso y tendrás que ayudarme para cruzar cuentas con Interpol.

—Mariana, afortunadamente, eres poderosa, por eso no te preocupes. Tengo todo el respaldo necesario por parte de mis jefes, tanto en Francia como en Holanda. Sí que es muy importante que lleves un registro estricto y detallado de todo lo que se está haciendo aquí y de los recursos que se están utilizando y me pases posteriormente la relación completa. En lo posible, antes de irme de Colombia.

—Por supuesto que sí, Marcos. A propósito, ¿ya tienes fecha estimada de regreso a Europa?

—Aún no, Mariana, sin embargo, tengo previsto salir la primera semana de enero, tan pronto como regrese del viaje con Ricky.

El rostro iluminado de Mariana se opaca un poco ante mi comentario, desvía su mirada hacia el espejo que hay en el ascensor y aprovecha el momento para acicalar su preciosa cabellera y rehacer el revoltijo en que se ha convertido. Quedo felizmente inmerso en esa mezcla de aromas dulces que anhelo beber nuevamente. Termina de peinarse y se recuesta dócilmente en la pared de la caja metálica en la que nos encontramos.

Nos miramos fijamente. El tiempo se me hace eterno a su lado. El silencio reverberante de nuestras miradas nos abraza e incrementa la temperatura del encierro, y la escucho fluir. El timbre que anuncia la llegada al sexto piso nos saca del idilio improvisado y sonreímos ligeramente al percatarnos de nuestra sorprendida reacción. En el instante antes de abrirse la puerta del ascensor, se me acerca y me susurra de forma ininteligible la frase con la que me ha dejado marcado estos dos últimos días: «a mi manera».

La puerta del ascensor se abre súbitamente y la irritación de mi deseo por Mariana se extingue sin conciliación alguna. Ella sabe perfectamente que me encanta, que me fascina..., se me nota demasiado. Es una mujer inteligentemente hermosa.

Al compás del tamborileo de sus zapatillas azules, la sigo hasta el fondo del pasillo. Gira a la izquierda y empuja con sus dos manos una puerta de vidrio que mantiene abierta con su cuerpo, permitiéndome el acceso a una oficina desproporcionalmente grande de paredes blancas, sin ventanales y llena de sistemas de reproducción de vídeo y pantallas por doquier. Veo a Ricky al fondo, hablando con un oficial de la policía. Lo saludo a lo lejos. «Vamos, pasa, Marcos», me dice Mariana. Me dirijo automáticamente hacia el sitio donde se encuentra Ricky.

El oficial que lo acompaña me mira y se retira. Me ubico a un lado del cubículo donde está Ricky. Extiendo mi mano y lo saludo. Ricky me responde al saludo y continúa concentrado en la pantalla, al mismo tiempo que revolotea con sus dedos sobre los mandos de la consola de vídeo. Me traslado y quedo enfrente de la pantalla para visualizar un poco lo que está haciendo y ver también a Mariana, quien tiene esa ligera sonrisa marcada en sus labios.

—Ricky, Marcos, tengo que retirarme. Mi esposo acaba de llegar de campo y me está esperando para ir a almorzar. Nos vemos más tarde, chicos.

Quedo totalmente absorto, paralizado ante el comentario de Mariana. Mi tensión arterial se escucha caer al suelo. Me quedo mirando con desconcierto a Mariana. Trato de disimularlo. Afortunadamente, Ricky está concentrado en su pantalla y solo se limita a levantar su mano y hacerle a Mariana una señal de despedida sin emitir palabra alguna. Mariana me guiña el ojo con picardía, se da la vuelta y se retira. Le doy las gracias con un toque de sarcasmo e ira. Mariana se gira, pone su dedo índice en sus labios, cierra los ojos y me lanza un beso al vacío. La colmena se reactiva. Empiezo a entender todo, así como espero entender y resolver todo este caso de una vez por todas.

—Mira —me dice Ricky, sacándome de la turbulencia dejada por Mariana—, ¿recuerdas que te dije ayer que había un soporte metálico que parecía ser de una cámara de vigilancia?

—Por supuesto —le digo.

—Pues, mi estimado Marcos, gracias a Dios, logramos recuperar los únicos segmentos existentes del registro en vídeo de noviembre y diciembre de 2010. Uno de los técnicos del CTI, mientras tú leías los diarios, me dijo y me mostró que había encontrado un equipo que parecía ser un servidor. Se extrajo de la casa y desde esta madrugada hemos estado tratando de recuperar la mayor cantidad de información posible.

»Es el sistema que se utiliza para la grabación del circuito cerrado de televisión, pero, al parecer, alguien voluntariamente lo intervino mucho antes que nosotros, y tal vez fue Sylvia, según lo indica el último registro de acceso al sistema. Mira, aquí en la pantalla puedes visualizar los fragmentos de vídeo de tres cámaras: una en el poste que hay fuera de la casa, la que fue sustraída del soporte que vimos y otra que está ubicada cerca del parqueadero donde están los vehículos.

Ricky toma un pedazo de papel y un bolígrafo de tinta azul y hace un esquema de la ubicación de las tres cámaras. Intenta dibujar una vista superior de la parte frontal de la casa de Antonio y traza los supuestos campos visuales. Joder. Me percato de que la nota para el encuentro aquí la escribió Ricky, no Mariana, ja, ja, ja, ja, ja, qué imbécil soy. Ricky continúa con los comentarios sobre lo que se observa en el vídeo.

—En los fragmentos quedan algunas de las imágenes captadas de noviembre de 2010. En estas se observa que, al parecer, estaban siguiendo a Sylvia. Aquí puedes ver que hay una persona vestida de negro con una capucha negra que cubre su cabeza y cuya imagen se repite sistemáticamente en estos fragmentos.

»En los fragmentos de las imágenes de los días anteriores a la muerte de Sylvia en diciembre de 2010, observamos que el individuo en cuestión logra entrar a la casa. Aquí ves la secuencia de la grabación de las tres cámaras, del momento en que este tipo logra entrar. Mi estimado Marcos, tal vez tu apreciación fue acertada con respecto a la muerte de Sylvia. Los técnicos están tratando de recuperar un fragmento del vídeo registrado con la cámara interna del día en que se reportó la muerte. Si estás de acuerdo, mientras esperamos el resultado, bajemos a la cafetería, comemos algo y regresamos, ¿te parece?

—Lo que tu digas está bien, Ricky —le digo.

Ricky se levanta de la silla e iniciamos la marcha hacia el primer piso del edificio, pero, esta vez, por las escaleras de evacuación. Ricky quiere caminar.

—A propósito, Marcos, ¿ya tienes listo todo para el viaje?

—Sí. Todo listo. ¿A qué hora viajamos?

—Mi plan es estar saliendo de Bogotá a eso de las dos de la tarde con la firme intención de arribar a Floresta a las ocho de la noche. Pernoctamos allí, hacemos las indagaciones del caso el sábado en horas de la mañana y partimos hacia Barrancabermeja en horas de la tarde. Estimo estar llegando a Barrancabermeja hacia la medianoche.

Llegamos a la cafetería, que se encuentra en el primer piso del edificio. Ricky pide un zumo natural de fresa y un par de empanadillas. Yo me limito a un café y a una rosquilla para calmar mi ansiedad. Después comeré algo más fuerte. Ricky y yo nos sentamos en una de las mesas que quedan disponibles.

A esta hora, una buena parte del personal que trabaja y estudia en las instalaciones se reúne aquí para almorzar. Veo que algunos se sirven sus alimentos, tal vez traídos de casa. Otros, como nosotros, simplemente comen algo ligero, lleno de carbohidratos.

Ricky me presenta a algunos de sus conocidos y entablamos conversaciones fútiles de casos de éxito y lecciones aprendidas. Yo, por mi parte, solo escucho con pasividad a mis interlocutores y de vez en cuando intervengo como simple gesto de cortesía. Lo único que realmente escucho es el zumbido de la colmena después de ese impacto agudo provocado por Mariana. ¿Cómo tengo que interpretar sus acciones? ¿Debería interpretar algo más? Mañana salgo de viaje y lo más probable es que no vuelva a verla ni a encontrarme con ella. Otro rayón más en el vinilo infinito y delicado del cual brota la melodía de mi vida.

Ricky revisa su móvil y, con el último pedazo de empanadilla en su boca, me dice que ya podemos subir nuevamente. El fragmento de vídeo que estábamos esperando ya está listo para que lo revisemos. Ricky se levanta y se despide de sus compañeros, y yo hago lo mismo. Subimos al sexto piso por el ascensor y llegamos rápidamente a la sala. Ricky dispone una silla adicional, se corre un poco hacia su derecha y me dice que me siente.

—Bueno, amigo mío, el momento de la verdad ha llegado.

—Eso espero —le respondo.

Ricky descarga la información del servidor y guarda el archivo en la carpeta del escritorio. «Es el último fragmento de vídeo que se pudo recuperar de la cámara ubicada en el garaje de la casa», me dice mientras carga el vídeo. En el primer cuadro de la grabación, se observa la fecha y hora del registro: 29-12-2010 / 13:05:54. De repente, aparece Sylvia caminando hacia la entrada principal de la casa. Lleva en su mano derecha algo así como una billetera. Coge su móvil y deja la billetera encima del Mini Cooper. Se ve que mantiene su móvil en la mano. Abre la puerta. El ángulo no es el mejor, ya que la puerta se abre en dirección a la cámara.

Aún con su móvil en la mano, se da la vuelta y se dirige hacia donde está la billetera, pero esta vez con una caja, al parecer, de comida. «Está recibiendo un pedido a domicilio», le digo a Ricky. Manteniendo su móvil en la mano y con la caja de comida puesta encima del vehículo, Sylvia hace señas para que la persona que está al otro lado de la puerta entre. «Ahí está —me dice Ricky—, es el mismo tipo que vimos en los otros fragmentos de vídeo, que estaba husmeando sistemáticamente y que posteriormente había logrado irrumpir en la casa». Ricky detiene el vídeo y abre otras ventanas con las imágenes capturadas de los otros fragmentos de vídeo donde se observa al individuo. «Tienes toda la razón, Ricky», le digo. Ricky reinicia el vídeo y vemos a Sylvia poniendo su móvil encima del capó del vehículo, coge la billetera y saca dinero. Se ve el momento de la transacción de pago.

El individuo recibe el dinero, se da la vuelta y Sylvia lo sigue hasta que sale por la puerta y la cierra. Este miserable no ha dejado ver su rostro. Claramente sabía que había una cámara allí instalada. Coincidimos Ricky y yo en la apreciación. No encontramos rastros de esa caja de comida en ningún lugar. Es un hecho, alguien tuvo que haber entrado posteriormente. Ricky y yo estamos de acuerdo al respecto.

Durante la siguiente media hora, no sucede nada. El móvil de Sylvia sigue donde lo dejó. A las 13:40:23, se ve a Sylvia caminando algo desorientada con sus manos puestas en su abdomen. Intenta mantenerse erguida, se tropieza y cae de rodillas al tratar de recoger el móvil que había dejado encima del capó del vehículo. Se levanta con dificultad. Vuelve a poner sus manos en su abdomen y se advierte dolor en su rostro. Sigue caminando y llega hasta la puerta. La abre, sale y cierra la puerta.

El vídeo se detiene. Ricky retrocede y amplía la imagen del rostro de Sylvia. La expresión de dolor es intensa. «La envenenaron, Marcos, definitivamente la envenenaron», me dice. Ricky saca de su mochila una carpeta. Me dice que es el reporte del forense que recibió a Sylvia en la morgue. Lo abre y lo lee entre dientes.

—Marcos, según esto, a Sylvia la recogieron muerta a una cuadra de la casa, recostada contra un poste de energía. Aquí dice que una persona desconocida o anónima que iba pasando por el sector llamó a la policía y reportó el caso. Cuando la policía llegó al sitio, había un grupo de fisgones que no dieron información relevante. Aquí hay una fotografía del hallazgo del cuerpo de Sylvia. Maldita sea, Marcos, mataron a esta mujer y nos enteramos casi tres años más tarde. Maldita sea.

—Ricky, tengo que confesarte algo —le digo—. Creo haber visto a este individuo antes. Su apariencia física se me hace familiar y es probable que en esta oportunidad también me esté siguiendo aquí. Ahora que analizo bien la situación, cuando venía caminando hacia aquí, tuve la sensación de que alguien me observaba a lo lejos.

»En un momento, hacia la mitad del trayecto, me di la vuelta para mirar hacia atrás y alcancé a divisar, a unos treinta metros aproximadamente, a alguien vestido de negro con capucha negra que se sentaba súbita y, a mi parecer, disimuladamente en el banco de una de las paradas de buses que hay en la avenida. Continué mi marcha hacia aquí y, unos segundos más tarde, lo perdí de vista. Quienquiera que sea este individuo, es muy sigiloso. Se me hace familiar porque tuve un percance similar en Francia y en el restaurante de enfrente de la Fiscalía. Como te he comentado antes, percibo que me están siguiendo, por lo tanto, debemos ser muy cautelosos con todo esto y advertir también a Mariana.

—Tienes razón, Marcos, esto está muy caliente. No sé qué hay detrás de todo esto, pero al parecer es muy importante como para atreverse a seguirnos, como tú lo expresas. Al final de la tarde tengo que verme con Mariana y la pondré al tanto de todo esto. Con todo lo que me has contado del caso y el rastro de muertes que ha dejado, es muy posible que ya estemos condenados.

—No digas eso, Ricky, que ya tengo el caso prácticamente resuelto. Lo que me resta es confirmar el móvil, de por sí absurdo, a mi entender, y corroborar la fuente de una evidencia. Esto último lo haré en Holanda, cuando regrese. El móvil está implícito en los diarios de Maikel que estaban en el baúl que encontraste en la casa de Antonio. Implementa las acciones que consideres para la seguridad de Mariana. El hecho de que viajemos mañana nos da un poco de movilidad a nosotros, pero Mariana queda expuesta. Yo estaré más alerta, y asumo que tú también. Al parecer, aquí el tipo actúa y ha actuado solo.

—Vamos de una vez a las oficinas de Interpol Bogotá y gestionemos que te asignen temporalmente un arma. Ya es hora.

—Okey, Ricky. Gracias. Hagámoslo —le digo.

—De hecho, acabo de tomar otra decisión. Voy a pedir que me asignen un vehículo para el viaje. Si el individuo este ya nos correlacionó, es mejor que no viajemos en el Jeep. Organizo el viaje de mi mamá y una de mis sobrinas a Barrancabermeja vía aérea, ya que tenía previsto viajar con ellas también. Yo dejo aquí el Jeep. Espérame, voy a hacer los arreglos correspondientes. Sigue mirando los fragmentos de vídeo a ver qué más encuentras y utiliza el computador para lo que necesites mientras regreso.

—Okey, Ricky. Gracias de nuevo, y de verdad lamento que tengas que reorganizar lo que ya tenías preparado con tu familia para las fiestas de Fin de Año. Voy a aprovechar para enviarle un correo a Verónica con las imágenes del tipo para que haga una búsqueda en el sistema local y verifique movimientos con migración. Tal vez lo triangule. Ella es muy hábil en esas lides. Llama, por favor, a Mariana.

—Sí, Marcos, precisamente lo acabo de hacer, pero se va a buzón. Estoy empezando a preocuparme por ella.

—Tranquilo, Ricky. Acuérdate de que ella dijo que el esposo acababa de llegar y que iba a almorzar con él.

—La verdad, no sé por qué dijo eso. Hasta donde tengo entendido, ella no tiene esposo. Bueno, me voy a organizar el tema de transporte, porque de aquí también tenemos que salir en otro auto. Seguiré intentando la comunicación con Mariana y te cuento si tengo éxito. De todas formas, quedamos en vernos en la Fiscalía a las seis. Ya vengo.

Ricky sale con prisa de la sala. Prisa que se traslada con júbilo a la colmena. ¿Entonces, qué? ¿Tiene o no tiene esposo? Joder, esta mujer es un sumidero para mi racionalidad. Me tienes un poco loco. En fin. Ya es suficiente. Tomo el control del vídeo y extraigo la mejor imagen posible del individuo. Organizo las imágenes, tanto aquellas previamente capturadas por Ricky en los otros fragmentos como las imágenes de este último vídeo, y preparo el correo electrónico para Verónica con las instrucciones del caso. Se va a sorprender de que le escriba desde el correo institucional de Ricky.

Ya falta poco para que sean las tres de la tarde aquí. Verónica ya debe estar en casa con sus padres. Veo que Ricky entra nuevamente a la sala, se me acerca y me dice que todo está organizado. Me pide mi pasaporte y mis credenciales de Interpol. Le entrego mis documentos. Los escanea e imprime y anexa las copias a un formulario que me dice que rellene para que me asignen el arma temporalmente. Me devuelve mis documentos y procedo a llenar el formato con mis datos. Lo firmo y se lo entrego. Lo escanea y lo remite con los anexos vía fax a las oficinas de Interpol, según lo que asumo que es el procedimiento de aquí en estos casos.

—Listo, Marcos, vámonos. Ya es tarde y debemos tomar rumbo hacia El Dorado. A esta hora el tráfico empieza a complicarse, así que salgamos ya. Con lo que acabo de enviar, deberían agilizar el trámite de tal forma que, cuando lleguemos, ya hayan avanzado en las autorizaciones respectivas. Termina lo que estás haciendo y cierras mi sesión, por favor.

—Perfecto, Ricky, vámonos. Te sigo. Oye, Ricky, ¿alguna noticia de Mariana? —le pregunto.

—Nada. Sigue en buzón. Le dejé un mensaje de texto y uno de voz. Tendrá que contestar en algún momento.

Ricky y yo nos dirigimos hacia el aparcamiento que está en el sótano del edificio. Se acerca al Jeep, saca sus pertenencias y lo cierra. De ahí pasamos a una pequeña oficina resguardada por un agente al cual Ricky le entrega unos documentos. El agente los revisa y le entrega a Ricky unas llaves y una carpeta pequeña. «Nos asignaron esta camioneta Jeep Grand Cherokee blindada», me dice. La camioneta es de color gris mate, con cristales polarizados y llantas todoterreno. A gusto de Ricky, definitivamente. Ricky enciende el motor, la revisa y se percata de que tiene muy poco combustible.

—Bendita sea. El combustible apenas nos alcanza para llegar hasta las oficinas de Interpol. Esta niña come más que mi Jeep. Es de cuatro litros y medio y blindada. Bueno, súbete y vámonos.

Salimos del edificio al paso apresurado de la conducción de Ricky, al cual ya me he acostumbrado. Apenas hemos avanzado unos metros y ya nos encontramos con el primer atasco.

—Esto nos va a llevar más tiempo del que pensé, espero haber calculado bien el combustible que necesitamos para lograrlo —me dice Ricky

—A propósito, déjame decirte que, para tu tranquilidad, yo asumo el coste del combustible para nuestro viaje, así que adelante, amigo mío.

—Era lo mínimo que podías hacer —me responde con sarcasmo.

8. Revelación

Todo va bien, afortunadamente, para Ricky y para mí. Llegamos en el tiempo justo para gestionar el arma de dotación temporal, saludar a algunos amigos de Ricky y formalizar mis viajes a Floresta y Barrancabermeja, bueno, informar que vamos a estar fuera de Bogotá las próximas dos semanas. Aún no sabemos nada de Mariana. Ya solo nos queda esperar que aparezca la doctora en la cita prevista con Ricky en la Fiscalía. Salimos de las oficinas de Interpol Bogotá y nos dirigimos hacia las instalaciones de la Fiscalía. Nada de Mariana. Llegamos a las seis en punto. Subimos rápidamente al tercer piso, a la oficina de Mariana, y nada, no está.

—¿Qué hacemos, Ricky? —le pregunto.

—Déjame que averigüe en la portería si estuvo en algún momento aquí en la oficina durante la tarde.

Ricky coge el intercomunicador y marca. El portero le dice que acaba de entrar a su turno, que no tiene conocimiento y que va a revisar en el libro de registro si la doctora Mariana estuvo allí durante la tarde. La ansiedad hace su entrada habitual en estos casos, pero esta vez no solo me afecta a mí en mi individualidad, por primera vez, veo a Ricky también preocupado. De repente, suena el intercomunicador y al mismo tiempo vemos a Mariana con una gran cantidad de carpetas haciendo un esfuerzo enorme por tratar de abrir la puerta. «Oigan, ayúdenme», nos dice.

Ricky cuelga el intercomunicador y los dos reaccionamos como unos críos reclamándole al unísono dónde estaba y por qué no contestaba al móvil.

—Pues, señores, tenía una cita con el secretario de Infraestructura del distrito averiguando sobre las actividades de Antonio Correa Landines aquí en Bogotá, asunto que había quedado pendiente por el cierre del caso —nos dice con tono molesto y represivo.

Mariana, Ricky y yo descargamos las carpetas sobre el escritorio y empezamos a revisar la información que Mariana trae consigo.

—Nos tenías preocupados, Mariana —le digo.

—Según lo que se logró extraer de los vídeos, Sylvia, presuntamente, fue envenenada —interrumpe Ricky con destreza.

—Y me están siguiendo y es muy posible que a vosotros dos también —intervengo—. Mariana, te pido por favor que estés alerta y, si te es posible, solicita que te asignen un esquema de seguridad.

—Uhm... ¿Qué esquema de seguridad ni qué carajos, Marcos? ¿Por este caso? No, imposible. Tranquilo, que yo sé cuidarme muy bien, ¿cierto, Ricky? Por casos peores he pasado y, gracias a Dios, todo ha resultado perfecto. Sin incidente alguno. Así que no se preocupe, señor Gandara, más bien, ocúpese en la revisión de esta información.

»El nuevo secretario de Infraestructura fue el funcionario que interactuó con Antonio en esa época. No me dijo nada relevante. Lo único es que le pareció un tipo muy callado y solitario. Me dijo que Antonio solo se limitaba a intervenir exclusivamente en temas técnicos cuando hacían las reuniones y que Antonio estructuró el proyecto de la Tercera Fase de Transmilenio. Me mostró el correo electrónico con la invitación a la reunión de socialización en el distrito, pero nunca se apareció ni respondió. Me dijo también que no sabía que estaba desaparecido. De resto, nada más. Como su intervención en el proyecto ya había concluido y los pagos ya se habían hecho, no volvieron a contactarlo. Marcos, por favor, revisa estos borradores escritos a mano que al parecer eran de Antonio, según lo que me informó el secretario de Infraestructura.

—Pues, Mariana, podría decirte que la caligrafía es la misma que he visto en los diarios de Maikel De Jaager. Aún no conozco la de Antonio Correa Landines y creería que no deben ser similares. Tendríamos que cotejarlas con la ayuda de un experto.

—Yo hago esa tarea y te informaré del resultado. Bueno, señores, me voy, mi esposito me está esperando en casa. Ricky, por favor, encárgate, antes de irte, de dejar todo esto registrado en el archivo de evidencias en la bodega que tú ya conoces. ¿A qué hora tienen previsto salir de viaje mañana?

—Mariana, a las dos de la tarde —le responde Ricky.

—Bueno, señores. Creo que nos despedimos, entonces, de una vez. Mañana es un día bastante agitado para mí. Tengo audiencias todo el día. Adiós, Marcos, un placer y un gusto haberte conocido. Para cuando regreses a Bogotá, tendré lista toda la información de tal forma que te la lleves para Europa, y, por favor, no se te olvide ayudarme con la formalización de los gastos de este caso. Adiós, Ricky, cuídense mucho los dos. Cuando puedan, se comunican conmigo y me cuentan de los avances que logren.

—Pero contestas —le dice Ricky en tono de reclamo.

Mariana hace un gesto inconforme con su boca ante el comentario de Ricky y evita cualquier tipo de contacto físico conmigo. Me deja nuevamente con la mano extendida. Con esta mujer, estoy reconsiderando mi capacidad cinestésica innata. Me despido y nuevamente entro en *shock*. ¿Por qué vuelve a decir que el esposo la está esperando? ¿Será que Ricky está equivocado y realmente no sabe nada, o qué ha pasado últimamente con la vida personal de Mariana? No me atrevo a preguntar. Es mejor que deje las cosas así y me limitaré a hacer caso a Mariana.

Mi móvil vibra. Joder, es otra vez el deshilachado mensaje de Mariana: «a mi manera». ¿A qué juegas, Mariana? Me vas a enloquecer. Definitivamente, no voy a prestarle más atención y, para mi bienestar emocional, me olvidaré de ella. Tal vez es demasiado para mí o soy demasiado para ella. En fin, lo que sea y lo que tenga que ser con esta mujer que sea.

Ricky y yo bajamos al primer piso del edificio con las carpetas que trajo Mariana. Ricky hace el registro correspondiente y la entrega al custodio.

—Como están las cosas, es mejor que cada uno se mantenga en su sitio, tenía planes para que saliéramos esta noche a tomarnos unos tragos.

—Sí, Ricky, es mejor así —le respondo.

Salimos del edificio. El tráfico es insoportable. Nos lleva casi dos horas llegar hasta el hotel. Me despido de Ricky, acordamos comunicarnos por la mañana y me bajo de la camioneta. Ricky se despide con su usual manera de conducir. Saludo con prisa al personal en la recepción. Subo inmediatamente a mi habitación. Joder. Algo no me gusta. La etiqueta de «no molestar» no está donde la dejé y la puerta está entreabierta. El televisor sigue encendido.

Lo primero que pienso es en el tipo que creo que me estuvo siguiendo y si cometí el error de haber dejado el diario de Maikel aquí. Afortunadamente, ya tengo un arma en mi poder. Me alejo un poco de la puerta. Con sigilo, la cargo y la empuño con mis dos manos y la mantengo apuntada. Abro lentamente la puerta y entro con cautela. Joder, la cama sigue desordenada, como la dejé esta mañana, y no veo mi equipaje. La adrenalina alborota la colmena. Mi temperatura sube exponencialmente. Una gota de sudor emerge en mi mejilla derecha. La luz del baño está encendida. Sin hacer el más mínimo ruido, miro alrededor de la cama a lo lejos. Irrumpo con fuerza e intención en el baño y escucho un grito ensordecedor que retumba no solo en los rincones de la habitación. «¿Usted qué coño hace aquí, señora?», le digo. Es el ama de llaves, quien irrumpe en llanto al verme apuntando con decisión a su rostro.

—Señor Gandara, discúlpeme. Subí a revisar su habitación porque la intención del hotel es que usted se sienta cómodo. Ya que no llegaba, hicimos una excepción a esta hora y ya vienen para acá las niñas del servicio a arreglar su habitación.

—¿Dónde está mi equipaje? —le pregunto, apuntándole aún con mi arma con decisión.

—Tranquilo, señor Gandara, está en el armario, no se preocupe, aquí no se pierde nada —dice entre lágrimas y sollozos.

Veo que entran a la habitación dos personas más. Reconozco a uno de los botones. Me calmo, bajo el arma y procedo a revisar mi equipaje. El administrador del hotel se presenta.

El ama de llaves sigue llorando a cántaros. Le pido disculpas por la situación y les digo que es mejor que este tipo de situaciones sean corregidas para próximas oportunidades mientras verifico que mi portátil y el diario de Maikel están donde los he dejado al salir por la mañana.

Ya un poco más relajado, descargo el arma, la enfundo y empiezo a bromear con ellos. Les digo que pueden proceder con el aseo de la habitación mientras bajo al restaurante y ceno. Le presento disculpas nuevamente por la situación al ama de llaves. Le doy un abrazo y un beso en la frente, y a todos les doy instrucciones con respecto a mis requisitos de seguridad mientras continúe en el hotel. Saco mi mochila de la maleta, verifico una vez más que el diario de Maikel y mi portátil están ahí, salgo de la habitación y bajo al restaurante del hotel.

Al llegar al primer piso, todo es conmoción por el escándalo en mi habitación. La recepcionista se me acerca y me presenta disculpas por el suceso, ya que no se percató de mi llegada para anunciarme lo que me esperaba. Yo hago lo propio, tratando de no darle más relevancia al asunto. Me siento en una de las mesas individuales que hay en el restaurante, junto a un ventanal que da a la calle principal, y pido la carta. «Por el momento, tráeme, por favor, una copa de vino tinto de la casa», le digo a la camarera. Dejo mi mochila en la silla de al lado y reviso la carta.

Como cada día que he estado en Colombia, este día no ha sido la excepción. La camarera se me acerca, me sirve la copa de vino y me pregunta amablemente qué voy a pedir para cenar. Pido un plato de salmón en salsa marinera y pan con ajo de acompañamiento. La camarera toma nota, recoge la carta y se retira.

Aprovecho el momento para continuar con la lectura del diario de Maikel. Sentado enfrente del ventanal y totalmente abstraído con la lectura, un golpe seco en el cristal me saca de tal abstracción, y lo que veo exacerba aún más el estado de paranoia en el que me encuentro, evento que, a su vez, crea conmoción entre los comensales que se encuentran en este momento a mi alrededor: un indigente con la cara manchada con aceite negro, de ojos azules estrábicos y desorbitados, con su cabello desordenado y harapos totalmente sucios, con su boca de dientes irregulares pegada al vidrio lamiéndolo descontroladamente, cual probóscide de díptero braquícero, porta un papel en su mano izquierda. El papel tiene una representación perfecta de la cruz benedictina, aquella que no he dejado de ver últimamente, y una inscripción que alcanzo a divisar que reza: *«Vade retro Satana»*.

El personal de seguridad del hotel corre y sale inmediatamente a lidiar con el indigente. Veo cómo forcejean con él mientras lo arrastran fuera de la vista del ventanal. Veo cómo su rostro se recompone y se queda mirándome fijamente con una expresión de macabra felicidad que jamás en mi vida había experimentado. Alcanzo a leer en los labios de su sucio rostro aún sonriente que balbucea y repite una y otra vez mi nombre. ¿Mi nombre? ¿Estoy seguro de que estaba balbuceando mi nombre? Me pregunto insistentemente como queriendo extraer de mi memoria ese momento antes de que se diluya. Salgo del restaurante del hotel con el diario en la mano y me dirijo hacia donde está el personal de seguridad. El indigente ya no está. «Salió corriendo en esa dirección», me dicen. Trato de divisarlo a lo lejos, pero no se ve movimiento alguno. Maldita sea, he reaccionado tarde, he perdido la oportunidad de abordarlo. «Esta noche ha sido un tanto extraña, ¿no le parece?», me dice el jefe de seguridad. «Sí, un tanto conmocionada», le respondo, y se retira hacia el vestíbulo del hotel.

Desde que llegué a Colombia, no había sentido la necesidad de fumar hasta este momento. Pido un café a la recepcionista mientras entro al restaurante a buscar mis Lucky y el mechero, que están en mi mochila. Me vuelvo a la recepción, recojo la taza con café que ella me ha dejado preparada encima de la mesa que se encuentra a un costado de la puerta de acceso y salgo por la puerta principal del hotel.

Ubico el diario debajo de mi brazo izquierdo, poso la taza en el borde de una de las macetas que adornan la entrada, saco un cigarro, lo pongo en mis labios, lo enciendo y lo escucho crepitar en mi soledad interior. La primera bocanada de humo inmediatamente me desestabiliza. Mi cerebro se aturde y se activa la pituitaria. Entro en estado de mínima alerta externa y máxima descoordinación interna al licuar humo con café en mi garganta. ¿Qué mierdas es todo esto? Todavía no puedo hacerme a la idea, que me agobia a cada instante, de que el móvil de los asesinatos tenga que ver con un asunto de fanatismo medieval, temas conflictivos que se supone que la sociedad ya ha superado con creces varias veces.

La brisa fría y fuerte de la noche bogotana me acompaña, el cigarro se consume rápidamente y mi cuerpo pide más nicotina. Enciendo otro cigarro. De repente, la brisa se hace un poco más fuerte y veo que arrastra hasta donde yo estoy una hoja de papel que se atasca en uno de los espacios que separa las macetas que sirven de mesa para mi café. No racionalizo en el primer instante. El viento sigue soplando fuerte, reacomodando el pedazo de papel. El ruido que este hace tratando de liberarse de su atasco desvía hacia él mi mirada. Todo se desdibuja a mi alrededor al percatarme de que es el pedazo de papel que tenía el indigente en su mano. Qué maldita coincidencia.

Lo recojo con repulsión, tomándolo de una de las esquinas, y este relincha al compás del viento. Está manchado y no sé de qué, ni tampoco quiero imaginarlo. Tiro mi cigarro al suelo y queda a merced del viento, como haciendo trueque en el equilibrio natural de este momento inquieto. Desde la parte exterior del hotel, le pido al botones que traiga la mochila que está en la mesa del restaurante que antes ocupaba. El botones corre hasta el sitio indicado y vuelve con el encargo. Le doy las gracias. Mientras el botones sostiene mi mochila, saco un par de guantes de nitrilo, me los pongo y, con más tranquilidad, procedo a revisar con detalle el dichoso y asqueroso pedazo de papel.

Verifico en mi mente la imagen que había visto en el papel sostenido por la mano del indigente contra el cristal, así como la inscripción. Doy la vuelta a la hoja y mi nombre esta cacofónicamente escrito con grafito. «Esto no está bien», digo en voz alta mientras el botones se mantiene firme sosteniendo mi mochila y, tal vez, también mi moral ante esta incongruencia. Saco del bolsillo frontal de la mochila una bolsa mediana para evidencias y guardo en ella el pedazo de papel que el azar me ha permitido intercambiar con el viento por un cigarro a medio fumar. Le pido al botones que me pase la mochila.

Guardo la nueva evidencia en la mochila junto con el diario de Maikel, la cierro y la tercio a mi espalda. El botones me dice que la habitación ya está organizada. Me despido con cortesía y agradecimiento por la labor.

Entro al vestíbulo y me dirijo al baño de las áreas comunes de la recepción. Ya en el baño, retiro de mis manos los guantes y los deposito en la cesta de residuos peligrosos. Lavo con ímpetu mis manos mientras observo mi rostro en el espejo de enfrente y veo en mi reflejo la imagen superpuesta del indigente. Me digo a mí mismo que no quiero terminar así mi existencia en este planeta. Seco mis manos con una toalla de papel que saco del dispensador que se encuentra a mi izquierda y recuerdo que, desde que salí del hotel por la mañana, no he descargado mi vejiga. Como si hubiese activado en mi cuerpo la alarma por alto nivel de fluidos, mis ganas de orinar se incrementan.

Con un fervor tan placentero que hasta eriza mi piel, el fluido amarillo acumulado, tenuemente oscuro, se vierte con precisión en el sumidero, recordándome así que aquí, donde estoy, Coriolis no rige. El aroma del fluido almacenado durante parte del día y de la noche inunda el recinto.

Lavo nuevamente mis manos, las seco, abro la puerta del baño y salgo hacia la mesa del restaurante, asegurándome así de que la estela úrica no me persiga. Cenaré e iniciaré la velada nocturna que me espera con la escritura del reporte de avance para el señor secretario. Para mi tranquilidad y la de los demás comensales, la administración del hotel ha ordenado cerrar la cortina del ventanal.

Mi cena está servida. Deposito nuevamente la mochila en la silla de al lado y simplemente procedo a comer inmerso en el ahora incómodo silencio de mi colmena. Por fortuna, no tengo nada en contra de una fría cena y de un vino caliente.

***

Son las dos y diez de la madrugada. El reporte está listo y lo he enviado con copia a Verónica. Aún no he podido dilucidar con precisión si es correcta mi apreciación con respecto a los

318

móviles de los asesinatos. Antonio Correa Landines sigue siendo literalmente una imagen especular, una presencia que existe intangible. Su cuerpo no está ni aquí ni allí. No hay evidencia de que esté vivo o de que esté muerto. El gato de Schrödinger en este paseo. Superposición de estados: dos realidades que no interactúan entre sí debido a la decoherencia cuántica, pero puede existir un operador unitario que conserve la probabilidad de existir o no, aquí y allí. ¿Cuál de los dos personificaría el colapso de la función de onda, Maikel o Antonio? ¿Será esto posible o me estoy dejando llevar por el juego que posiblemente hayan inventado estos dos hermanos gemelos, evidentemente? Claro está que en el diario Maikel escribió: «*Why can't you be in two places at the same time? I am so proud of you, my dear universe. You solved, proved and controlled the quantum decoherence at macroscopic scale. No fear no more. We have done it with enough scientific accuracy*».

Esta aseveración es lo suficientemente extraordinaria e induce a interpretar que lograron algo también extraordinario, pero ¿dónde están las evidencias extraordinarias? ¿Antonio será la evidencia o simplemente todo esto es un sofisma lleno de ambigüedades en un juego que se les escapó de las manos a este par de hermanos? Argh, me voy a dormir, por ahora no puedo hacer nada más que dormir. No quiero pensar más.

Por la mañana terminaré de preparar mi equipaje para el viaje y, antes de irnos, le pediré el favor a Ricky de que el CTI revise el papel. Es probable que, además de las huellas del indigente, haya huellas de alguien más que se pueda correlacionar con el caso. Alguien tuvo que haber hecho ese dibujo y posteriormente entregarlo al indigente con alguna instrucción específica. De hecho, no recuerdo haber percibido algún olor asqueroso cuando recogí ese papel del suelo. Simplemente, asumí que el papel estaba manchado de algo que me podría provocar asco y mi mente jugó con mis sentidos. Me atreveré en este instante, ya que se me ha esfumado el sueño. Saco de la mochila otro par de guantes y la bolsa para evidencias que contiene el dichoso papel.

Abro con desconfianza el cierre hermético deslizable. Evidentemente, no se percibe ningún olor repugnante o nauseabundo, como lo asumí en primera instancia cuando lo recogí. Huele a... ¿A qué huele? Reconozco el aroma que resalta, pero aún no soy capaz de asociarlo en mi memoria.

El aroma principal está ligeramente enmascarado entre dos aromas leves que ya reconozco: un licor y tabaco fino molido. Saco el papel de la bolsa, lo acerco a mi nariz con la sutileza de un bacteriólogo y el aroma principal se hace evidente: es el aroma del aceite de linaza mezclado con trementina. Las manchas en el papel son de aceite.

Guardo nuevamente el papel en la bolsa y cojo el intercomunicador. Llamo a la recepción. Me contesta el recepcionista y me disculpo por la hora. Le pregunto si todavía hay alguno de los empleados que retiraron al indigente en el hecho que se presentó en el ventanal del restaurante. El recepcionista me responde afirmativamente, que uno de los botones está de turno. Le digo que ya bajo y que necesito hablar con él. Saco un par de guantes y salgo de la habitación, tomo el ascensor y llego a la recepción.

El botones está ahí, es el mismo de horas antes. Lo saludo nuevamente y le pregunto si el indigente ofreció alguna resistencia cuando lo estaban retirando del lugar. El botones me responde que no y que, para ser indigente, no olía mal, de hecho, no olía a lo que normalmente huelen los indigentes con los que he tenido que lidiar por aquí. Le digo al botones que me acompañe por la parte externa del edificio hasta el ventanal.

Caminamos a paso vertiginoso. «Te tengo, miserable», sentencio en voz alta. La marca de la saliva del dichoso indigente aún está impresa en el cristal. El botones me mira con extrañeza al ver mi rostro cubierto de gloria. Le digo al botones que me consiga una hoja de papel para impresora sin usar, una bolsa de plástico y cinta adhesiva. Le entrego uno de los guantes y le digo que se lo ponga cuando vaya a agarrar el papel.

Hago un par de fotografías con mi móvil. El botones corre hacia la recepción y, en menos de dos minutos, llega con el recado. Con precisión, enmarco con la cinta el área en el cristal donde están los residuos de saliva. Me pongo el guante que queda disponible y ubico la hoja de papel encima de la marca y la sello con la cinta. Hago lo mismo con la bolsa plástica. Si llueve, esto será suficiente para proteger la marca. Tomo otro par de fotografías del arreglo, me alejo un poco y tomo una fotografía general del área.

El botones y yo nos retiramos del sitio y nos dirigimos hacia la recepción. Le doy instrucciones al recepcionista con respecto a la vigilancia requerida en el ventanal para asegurar la evidencia mientras logro ajustar todo para que vengan a hacer el muestreo correspondiente. El recepcionista y el botones asienten. Le pregunto también si puedo acceder en este momento a la grabación de la cámara de seguridad que se encuentra en la parte lateral del edificio. El recepcionista me dice que espere un momento mientras se conecta al servidor y me permite la entrada al área de la recepción donde se encuentra la pantalla del ordenador. Accede y teclea la fecha y hora en que ocurrió el incidente, ya que la tiene registrada en su bitácora.

En el vídeo se ve claramente el evento. «Este maldito no ha dado la cara a la cámara. Sabía perfectamente lo que hacía —le digo al recepcionista—. Bueno, este vídeo no me sirve mucho, no obstante, por favor, consérvelo, que lo requeriremos por la mañana». Le doy las gracias y me despido. Subo a mi habitación. Miro mi reloj, ya son las cuatro menos veinte de la mañana. Lo siento mucho, Ricky, tengo que llamarte. Pero antes llamaré a Verónica. Cojo mi móvil y marco su número. Verónica me contesta al primer tono.

—Hola, Marcos, buenos días. ¿Qué haces despierto a esta hora colombiana? ¿Estás bien? ¿Te ha pasado algo?

—Tranquila, Verónica, todo está bien, mejor no podría estar. Espera un momento y pongo en teleconferencia a Ricky. Dame un instante. No vayas a colgar —le digo. Marco el número de Ricky y empieza a sonar. Al tercer tono, contesta somnolientamente molesto—. Perfecto. Verónica, Ricky, estamos en teleconferencia —les digo. Ricky aclara su voz y Verónica y él se saludan con cariño mutuo—. Bueno, señores, esta noche sucedió algo importante, presuntamente tuve de frente, bueno, separado por un ventanal de vidrio, al individuo que me ha estado siguiendo en este caso y que posiblemente esté involucrado en el homicidio de Sylvia.

»Ricky, te pido por favor que a primera hora coordines a un grupo del CTI para que recojan unas muestras de ADN y analicen una posible evidencia que tengo aquí en mi poder. Verónica, te voy a enviar unas fotografías para que las cotejes contra la información que tenemos disponible en Holanda, y te voy a enviar algo así como un retrato hablado del rostro del individuo mientras logramos los resultados de las muestras de ADN.

Verónica y Ricky me interrumpen preguntándome que fue lo que sucedió. Aún en teleconferencia, les doy los detalles de toda la situación y de lo que considero que deberíamos hacer para obtener ya cosas concretas que nos permitan esclarecer el asunto. La conversación se extiende por algo más de media hora. Ricky me dice que debe colgar para prepararse y empezar a organizar la logística con el CTI. Le digo que lo espero para que desayunemos juntos. Ricky se despide y cuelga. Me quedo en la línea con Verónica.

—Parece ser que las cosas se están aclarando un poco —le digo.

—Sí, Marcos, pero me preocupa tu seguridad. Ten mucho cuidado, por favor. Recuerda que estás en territorio ajeno.

—Sí, Verónica, lo sé, pero ten en cuenta que lo más probable es que este individuo también esté en las mismas condiciones que yo.

—Eso no lo sabemos, Marcos, y es mejor que no asumas nada. Sinceramente, se me hace muy extraño que el individuo en cuestión, como tú dices, se haya querido mostrar de frente ante ti.

—Sí, Verónica, tienes razón, y la verdad es que no tenemos nada concreto aún. Son solo evidencias circunstanciales, como te he dicho antes. Mis observaciones y conclusiones no tienen respaldo. Esperemos a los resultados de Ricky y su grupo. Bueno, Verónica, trataré de descansar un poco mientras Ricky llega con toda su parafernalia. Te envío ya mismo el mensaje con las fotos —le digo. Me despido y cuelgo.

Ahora sí que me siento agotado. Organizo el mensaje, dibujo algo parecido a lo que creo que es un retrato hablado del individuo, tomo unas fotografías con el móvil del pedazo de papel por ambos lados, descargo las fotos al portátil y le envío la información prometida a Verónica por correo electrónico. Dormiré un rato. Eso espero.

***

Ricky y el personal del CTI hacen acto de presencia a las siete de la mañana. Invito a desayunar a Ricky mientras los agentes hacen lo suyo. Le cuento los pormenores del suceso y de cómo llegué a la conclusión de que posiblemente el dichoso indigente podría ser el individuo que me ha estado siguiendo todo este tiempo. Terminamos de desayunar y Ricky se dirige hacia donde está el personal del CTI. Ha sido necesario cerrar parcialmente el hotel para asegurar el procedimiento.

Mientras Ricky se encarga del asunto, subo a mi habitación y trato de entretenerme un rato con la lectura del diario de Maikel. No cumplí, me quedé dormido. Tres horas más tarde, bajo al vestíbulo y me encuentro nuevamente con Ricky.

—Listo, Marcos, hecha la tarea.

—Gracias, Ricky. Has sido de gran ayuda, amigo mío.

—Para eso estamos, Marcos. El personal del CTI tomó las muestras de ADN y me informaron que la muestra aún estaba viable y que se puede analizar. También recogieron y analizaron el pedazo de papel y hay unas huellas un poco difusas que probablemente también se pueden cotejar. Adicionalmente, tomaron registro de las cámaras de seguridad del hotel y de una que hay en un poste de la esquina y que no pertenece al hotel. Ya también llamé a Mariana y le informé sobre el avance del día.

324

—Excelente, Ricky, muchas gracias. Veo que la teleconferencia en la madrugada con Verónica aumentó tus bríos, ja, ja, ja, ja, ja.

—Qué va. Deja de hablar tanto y más bien alístate, que a las dos de la tarde paso por ti para iniciar el viaje a Floresta. Te contaré en el camino muchas cosas que no sabes, así que prepárate, mi estimado, porque no vas a dormir ni un segundo en este periplo, ja, ja, ja, ja, ja. Ya me jodiste mis vacaciones, así que tendrás que aguantarme.

Ricky se despide con un juego de manos que difícilmente puedo sincronizar con las mías. Me despido y subo a mi habitación. Todavía tengo que terminar de organizar mis cosas y almorzar.

Ya son casi las once de la mañana y el tiempo se me está yendo demasiado rápido aquí en Colombia. Han pasado tantas cosas que mi colmena se ha hecho un caos. Llego a la habitación. Me doy una última ducha y dejo todo listo. Bajo al restaurante del hotel con mi equipaje y le solicito a la recepcionista que prepare mi cuenta mientras como algo. Insisto, el tiempo corre rápidamente. Hago el registro de salida y me siento en el vestíbulo a esperar a Ricky.

Aprovecho el tiempo remanente para continuar con mi lectura del diario de Maikel, y esta vez me concentro en lo que está escrito en la parte final de este, en un párrafo datado el 30 de diciembre de 2005:

Today, I couldn't express to you, my dear universe, all the strange feelings that has arisen in me when I saw you kissing my brother. It is quite absurd how jealous I am feeling now. Anyway, I am still having the chance and time to demonstrate to you that we can be the perfect couple of all the times. I did what I promised to you and now I am relaxed and focused in our projects to come.

The meeting that we had with Antonio here this afternoon was fruitful, and the financing protocol has been set. As we stated, I will start by doing some low-level research here in Holland, and we will sell the produced technology through your parents' company. Additionally, Antonio and I will do some consulting stuff in Colombia leaded by him. By the way, I suggested him a twin brothers' game, and he agreed. Let's see how easy the things will evolve.

So far, I am listing here the top ten of the ideas I guess we may develop as I exposed today. Some of them requires comprehensive and detailed understanding of the physics, others are just a matter of incremental innovation and technological adaptation.

My memory is not going well enough as you knew it, and my guts, as well.

1. Gravitational radiation endless power supply (GREPS). LIGO. Energy conversion. Momentum. Power plant.

2. Atmospheric pressure glow plasma magnetic confinement (APGPMC). One atmosphere glow discharge. Cold plasma. Magnetic confinement. Microwaves. Fusion.

3. Lightning energy harnessing system (LEHS). Joule effect. Heat exchange. Water. Turbine. Accumulators.

4. Magnets production by plasma sintering process (MPSP). Ion sputtering. Plasma torch. Rare earths. Ceramics. Powder.

5. Superheated steam electrical engine (SSEE). Electrical field. Paraelectric effect.

6. Electrical scuba diving tank (ESDT). Electrolysis. Oxygen. Hydrogen. Battery pack.

7. Wearable magnetic cloths (WMC). Chemical vapor deposition. Fabrics. Fashion. Advertising. Phase change.

8. Liquid contact lenses (LCL). Hydrodynamics. Refraction Index. Viscosity. Innocuous. Self-degradation. Biodegradation.

9. Laser traffic lights (LTL). Laser scanning. Traffic control. Synchronization.

10. Cheap radar system for vehicles (RSV). Radiofrequency. Microwaves. Match Network. Transparency. Reflection

No matter how long it was when I first went to Colombia, I remain in the state of amazement that I experienced at the time I saw these magnificent creatures called hummingbirds. During years after that trip and in my spare time, I researched and learned a lot about the anatomy, physiology and behaviour of these wonderful birds and their importance in the natural cycle, despite their lifespan. The speed of their metabolism to withstand high energy consumption draws my attention. I understood that they apparently have a mechanism of direct oxidation in their muscles.

I have not yet been able to and I do not know if I can decipher anytime in my life, whether there is any kind or special hormone, that participates in the process of rapid and efficient conversion to available energy, of the sugars consumed by the hummingbird. I've been thinking what if we came to be able to isolate it and synthesize it. I imagine a world of high-performance healthy people, physically speaking....

Playing God is not good, but I am wondering what if the human's conquering of another planet is leaded by a human made machine capable to assist human reproduction.

The idea is simple, and the research starts with In-Vitro fertilization under non gravity or micro gravity conditions and finish with remotely controlled In-Vitro fertilization in another planet. In some kind of «forced evolution» non regarding ethical issues that may arise: Create the seed, place it there and let nature do the rest. Which can of entities should arise and grow under such «adverse» conditions? Evolution is demonstrated, entities may evolve to adapt and then survive, perhaps the answer is just adaptation to conquer. Who knows, maybe this approach has been into the running right now somewhere.

Uhm... Leo y repaso otra vez lo que leo y no puedo creer lo que estoy leyendo. Continúo leyendo y en el párrafo que corresponde al 31 de diciembre de 2005 me encuentro con algo que ya sospechaba: Maikel se enamoró perdidamente de Sylvia y, al parecer, ella no era indiferente, a pesar de su relación con Antonio. En algún momento, Antonio tuvo que haber notado que perdía a Sylvia, pero no está muy claro cómo este reaccionó al respecto.

De todo lo que he leído y he descubierto hasta este momento puedo deducir que, en este asunto, Maikel De Jaager era el soñador, Antonio Correa Landines era quien tenía los medios y Sylvia la motivación para los dos. La llegada de Ricky al hotel hace que interrumpa mi lectura. Guardo el diario de Maikel en mi mochila, me despido de todos y salgo del hotel. Tal como lo esperaba, y como sucedió el primer día, llega puntual, pasadas las dos y media de la tarde.

—Dos de la tarde, hora colombiana —le digo con gracia.

—Acomoda tu equipaje en el baúl y no me jodas, que estoy de mal genio.

—Uy, perdón, señor Ruiz. ¿Qué te ha pasado, Ricky? —le digo mientras me subo a la camioneta.

—Un tema con los tiquetes aéreos para mi madre y mi sobrina que ya quedó resuelto. ¿Estás listo?

—Sí, señor Ruiz —le digo—. Listo para la travesía hacia Floresta.

Iniciamos nuestro viaje tomando una ruta hacia el norte en dirección a una población que se llama Tunja.

—Para tu información, estamos atravesando por el antiguo territorio de los muiscas, por la zona en que tus paisanos creían que estaba El Dorado, de hecho, por aquí cerca se llega a la laguna de Guatavita. También es el territorio en donde pudimos liberarnos de ustedes, ¿acaso no percibes la estela del dolor que nos dejó su paso por estas tierras?

Siento cómo se avinagra el ambiente con el comentario. Pero bueno, como me recalcó Verónica, no estoy en mi territorio.

El viaje hasta el momento, aparte del comentario mordaz de Ricky, ha sido placentero.

Han pasado un poco más de dos horas desde que salimos del hotel. Ricky me dice que mire hacia mi derecha y observe el imponente embalse del Sisga. Por fin reduce la velocidad, que no ha dejado de estar, calculo, en 110 kilómetros por hora de promedio, y se desvía por un sector que conduce a un sitio que se llama Refugio del Sisga, al lado de la autopista. Me dice que paremos un rato a comer algo y me invita a que disfrute del paisaje y de la tranquilidad que este transmite. Me bajo de la camioneta, Ricky hace lo mismo y la cierra. Entra al baño y yo, mientras tanto, empiezo a curiosear por los balcones del local. Las sillas y las mesas son en madera rústica, al igual que la estructura que soporta el techo del restaurante.

El ambiente es acogedor y la temperatura, en este momento, es agradable. Ricky sale del baño y me dice que nos sentemos en una de las mesas que hay fuera y desde donde se percibe una vista completa del embalse. Me cuenta un poco de historia del sitio, cuándo se construyó y el servicio que presta a Bogotá. Ricky llama a la camarera y le pide dos tazas de agua de panela caliente y dos almojábanas. «La verdad, no sé qué has pedido, pero aun así lo probaré con confianza», le digo. La camarera trae el pedido rápidamente y Ricky me dice que tenga cuidado porque la bebida está muy caliente. Doy el primer sorbo y percibo el sabor dulce y sutil de la panela y, por supuesto, me quemo la punta de la lengua. Veo que Ricky coge un pedazo de almojábana, la moja en el agua de panela y la lleva a su boca. Me dice que la combinación es deliciosa. Replico su acción y, evidentemente, la mezcla de los sabores es agradable.

—A propósito, además de ser antiguo territorio muisca, esta es la tierra de los grandes ciclistas que ha parido este país. Lo que estás bebiendo es y ha sido el «biberón» de esos grandes hombres que bautizamos «escarabajos». Como debes saberlo, la panela, o el ladrillo o piedra, es la fuente de energía por excelencia de los ciclistas colombianos.

—Sí, Ricky, recuerdo haber seguido en mi infancia alguna que otra Vuelta a España por televisión. A mi padre le gustaba ver esas competiciones.

Ricky llama nuevamente a la camarera y le pide un postre especial, según él dice, y dos cucharas pequeñas. Minutos después, la camarera regresa a la mesa con un pequeño plato que contiene un preparado que se asemeja al caramelo y que baña algo que parece una porción pequeña de queso.

Ricky me pasa una de las cucharas y me dice que lo pruebe, que es cuajada con melao. Tomo un poco del dichoso postre, lo llevo a mi boca y, efectivamente, el dulce del melao combina muy bien con el ligero sabor salado del quesillo, el cual tiene una consistencia blanda y complaciente. «También de panela», le digo. Ricky asiente y me comenta que el melao es panela fundida y que este es el tipo de queso que se usa para la preparación de las almojábanas que acabamos de degustar. El melao es un muy dulce para mi gusto, pero la combinación con el quesillo o cuajada lo atenúa. «Delicioso, Ricky, gracias por permitirme probar este dulce. Ahora entiendo de dónde sale la energía de los escarabajos, las calorías deben de ser abundantes», le digo. Ricky continúa degustando la cuajada con melao, pide una botella con agua, paga la cuenta y me dice que aprovechemos el paisaje antes de continuar.

Ricky y yo caminamos cuesta abajo hasta llegar a la orilla del embalse y me indica, extendiendo su mano derecha, que divise el bosque tupido de pinos al fondo del embalse. Evidentemente, la brisa encajonada en el embalse trae consigo el aroma de las pináceas, aunque un poco más intenso que el aroma que percibí en los Alpes franceses. «Me gusta este lugar —le digo—. Es muy agradable y tranquilo».

Llevamos algo más que una hora aquí y ya se empieza a mostrar el crepúsculo.

—Tienes buena suerte, mi estimado Marcos, no ha llovido.

—Espero que así continúe el viaje, querido Ricky, para así tener la oportunidad de disfrutar en su esplendor de los paisajes y guardar en mi memoria todas estas imágenes que serán lo único que harán confortable el momento de mi muerte.

—Estás melancólico, Marcos, el azúcar hizo el efecto contrario al que esperaba —me dice Ricky sonriendo e indicándome que ya es momento de retomar el viaje.

Me despido del paisaje con la firme intención de poder disfrutarlo nuevamente en algún momento de mi existencia, si es que lo logro. Mientras Ricky se dirige hacia la camioneta, aprovecho el instante para ir al baño, lavarme los dientes y equilibrar mi metabolismo descargando lo que no me es útil en este momento y que me incomoda.

Salgo del baño y Ricky y la camioneta no están en el lugar donde se supone que deberían estar. Miro para todos lados desesperado. ¿Dónde coño está? ¿A dónde se ha ido? De repente, siento que una mano se posa en mi hombro izquierdo, me vuelvo a mirar con premura y veo a Ricky riéndose a carcajadas incontenibles.

—Hubieses visto tu cara de pánico..., ja, ja, ja, ja, ja.

—Maldito Ricky —le digo mientras le doy un puñetazo en el hombro—. Esas bromitas no me gustan, pero bueno, vámonos ya. ¿Dónde has dejado la camioneta? —le pregunto.

—Allí está —me responde—. Adelante, mi estimado Marcos, espero que hayas disfrutado realmente de todo esto.

Asiento con gratitud, nos subimos a la camioneta y continuamos la marcha hacia Floresta. Pronto va a anochecer y tenemos que lograrlo antes de las nueve de la noche para conseguir un sitio donde pernoctar.

El viaje continúa tranquilo. Un par de retenes policiales en el camino nos quitan algo de tiempo por la revisión de nuestros documentos, y particularmente por las armas que portamos. Pasamos por un par de poblaciones y Ricky me indica que ya estamos en el Departamento de Boyacá y que estamos próximos a llegar al sector donde se garantizó el éxito de la campaña libertadora del Reino de la Nueva Granada en 1819.

—Desafortunadamente, es muy tarde para entrar al monumento. Me hubiese gustado tener la oportunidad de ver allí tu mejor cara de derrota, ja, ja, ja, ja, ja.

—La batalla de Boyacá, sí, amigo mío, afortunadamente, no me vas a ver derrotado como a mis paisanos, ja, ja, ja, ja, ja, aún... —le respondo.

Me dice que mire a mi derecha y me indica el sitio donde se encuentra tan emblemático monumento. Solo alcanzo a ver a los lejos las luces que lo adornan por estos días decembrinos.

Seguimos con el viaje y, después de unas cuantas curvas, llegamos a Tunja, capital de Boyacá. Nos detenemos en una estación de servicio que se encuentra al costado derecho de la carretera con el fin de repostar.

—Vamos a ver, mi estimado Marcos, cuánto te va a costar la primera repostada completa de esta niña en este viaje —me dice con cierto tono arrogante.

Le respondo con arrogancia igual que no me importa, ya que los muertos son los que pagan.

—Aquí en Colombia se consiguen dos tipos de gasolinas, la corriente y la extra, las cuales varían en octanaje. La gasolina corriente es la económica y el octanaje oscila entre ochenta y dos y ochenta y siete octanos. La gasolina extra es la costosa y el octanaje a veces no alcanza ni los noventa y dos octanos. En términos generales, en mi concepto y experiencia, para que estas niñas funcionen bien, prefiero repostarlas con gasolina extra, que correspondería, guardando las proporciones de calidad, con la Euro 95 que se consume en Holanda. Yo he hecho la prueba con mi Jeep y es evidente el cambio en la eficiencia del motor cuando se reposta con extra. Afortunadamente, esta niña es modelo 2013 y no ha sido usada con frecuencia, con base en lo que vi en el registro del kilometraje. Si no estoy equivocado, la capacidad del tanque es de veinticuatro galones, así que alístate para pagar, por lo menos, unos doscientos mil pesos colombianos.

—Okey, no hay problema. Toma estos cien euros. —Le paso el billete de cien a Ricky, que se lleva las manos a la cabeza y se queda mirándome con angustia—. ¿Qué pasa? —le pregunto.

—¿No trajiste pesos colombianos para este viaje?

—Pues, para serte sincero, no. ¿Acaso aquí no aceptan euros como en Bogotá? —Ricky se me queda mirando, palidece y se enrojece, pasando de un estado de angustia a un estado de irritación en menos de tres segundos—. Ja, ja, ja, ja, ja —me río a carcajadas—, por supuesto que sí. Si hubieras visto tu cara de angustia, me imagino que pensando que te tocaba sacar tu dinero para costearme mi viaje... Ja, ja, ja, ja, ja. Toma, aquí tienes doscientos mil pesos colombianos, paga, deja la angustia y vámonos rápido, que se nos está haciendo tarde.

Tomamos rumbo nuevamente y en menos de dos horas llegamos a Floresta. Por lo que se alcanza a ver, es una localidad pequeña y se encuentra totalmente llena de adornos y luces navideñas. «Es muy bonita esta población», le digo a Ricky. «Sí, no me la imaginé así de acogedora», me responde.

Nos detenemos en el parque que creemos que es el parque principal, además, porque es el único que vemos y al fondo se ve una iglesia de fachada blanca en cuya torre diviso tres balcones adornados también con luces navideñas. Hay mucha gente a esta hora y pasamos desapercibidos, tal vez haya fiesta, me imagino. Nos bajamos de la camioneta y caminamos en dirección a la iglesia. «Son las nueve menos diez, Ricky», le digo apuntando con mi mano izquierda en dirección a donde se encuentra el reloj que corona la torre de la iglesia, bajo una cruz que, a mi parecer, es un tanto pequeña.

Me gusta Floresta, su ambiente huele a fresas y cerezas mezcladas con miel. Es una localidad relativamente fría, pero tiene la calidez que emana la gente de una población pequeña. Las calles que hemos visto hasta el momento están hermosamente adornadas con luces y adornos navideños que me llenan un poco de nostalgia. «Tenemos que buscar posada para esta noche», me dice Ricky, y aborda con amabilidad y respeto a una señora que va caminando con sus hijos en dirección contraria a la iglesia. Ricky le pregunta si por aquí cerca podemos encontrar un hotel o un sitio donde hospedarnos.

La elocuente informante nos indica que en la calle que queda al lado derecho de la iglesia hay un hotel colonial y que es posible que podamos encontrar hospedaje allí. Le damos las gracias y caminamos en la dirección indicada. El sitio se llama Posada Boica, según vemos en el letrero. También tiene fachada blanca y, evidentemente, su arquitectura es colonial. Al igual que las demás edificaciones que hemos visto, está repleta de luces navideñas.

Entramos y nos encontramos con un solar central rodeado por lo que aparentan ser las habitaciones dispuestas en dos pisos en cuyos balcones relucen coloridas luciérnagas artificiales. Nos recibe en la recepción una señora elegante de unos sesenta años, tez trigueña, con unos ojos intensos color miel y una larga cabellera blanca. Le preguntamos si hay disponibilidad de alojamiento para dos personas para una sola noche y nos dice que solo tiene disponible una única habitación con dos camas. Ricky dice que perfecto y la señora procede con el registro en un cuaderno de tapas duras color marrón y hojas con rayas de color verde sobre fondo blanco.

Asiento con algo de inconformismo porque no me gusta compartir habitación, pero en esta ocasión tendré que hacer una excepción, ya que lo más seguro es que no haya otra opción. Ricky pregunta si hay aparcamiento disponible. La señora le contesta que el aparcamiento queda entrando por el portón que se encuentra al lado derecho de la puerta de entrada del hotel y que no hay inconveniente por dejar allí el vehículo. Le entrega a Ricky la llave con la confianza de la inocencia.

Terminamos el registro. Ricky me dice que espere aquí mientras trae y aparca la camioneta. La señora me entrega las llaves de la habitación que queda en el primer piso y me dirige hacia ella. La señora abre con algo de dificultad la puerta de madera de color verde, que tiene algo más que dos metros de altura, enciende la luz fluorescente y me indica que entre. La habitación es grande, con dos camas relativamente grandes también, está muy bien organizada y tiene buen aroma. La señora me indica dónde está el cuarto de baño, un poco pequeño para mi gusto, pero con lo justo para la estancia por una noche. La señora me indica también que, si quiero, puedo abrir la ventana, pero, dado que la habitación está en el primer piso y colinda con el área de aparcamiento, es preferible dejarla cerrada con las cortinas extendidas.

Le doy las gracias a la señora y aprovecho para preguntarle si por casualidad conoce a los esposos Gustavo Correa y Mercedes Landines. La señora me mira con asombro y se persigna. «No me diga que viene por la historia del holandés», me dice.

Me quedo de piedra ante el comentario de la señora. Le pregunto si conoce a Antonio Correa Landines y si tiene tiempo ahora para poder conversar. Me responde que sí a las dos preguntas y me dice que me siente con ella en uno de los bancos verdes de madera que se encuentran dispuestos en el corredor del solar. Veo a Ricky entrar con dificultad por la puerta principal de la posada con todo el equipaje.

Me levanto al mismo tiempo que le digo a la señora que me permita un momento mientras organizamos el equipaje en la habitación. Procedo a ayudar a Ricky con las maletas, dejo mi equipaje en una de las camas, cojo mi mochila y salgo de la habitación. Ricky hace lo propio, pero se queda dentro organizando sus cosas. Me dice que se va a dar una ducha y que ahora hablamos para buscar algo de cenar y dar una vuelta por la localidad.

Al salir de la habitación, no veo a la señora sentada en el banco en que la dejé. Me mortifico porque no la veo. ¿Dónde está esta señora?, me pregunto mirando a todos lados. Levanto mi cabeza y la veo en el segundo piso, cerrando un armario. Lleva en sus manos algo así como una toalla blanca. Me dice que ya baja, que uno de los huéspedes le ha pedido una toalla. Me tranquilizo y me siento nuevamente en el banco y aprovecho para buscar mi grabadora, que espero que permanezca con carga. No había tenido la necesidad de utilizarla en estos últimos días.

La señora, a paso rápido para su edad aparente, baja por las escaleras y se dirige al banco en el que estoy atento y esperándola como si fuera su mascota.

—Usted es policía, ¿cierto? —me pregunta.

—Sí, señora —le respondo.

—Y extranjero —afirma con decisión.

—Sí, señora, de España, y trabajo para Interpol. Mi compañero de habitación también es policía y también trabaja para Interpol, pero es colombiano —le digo para tratar de generar confianza.

Le pregunto si me permite grabar la conversación y me responde afirmativamente. Le digo que, cuando yo le indique, diga su nombre completo, procedencia, número de identificación, edad, estado civil y actividad económica. Le digo también que no tiene nada de qué preocuparse y que la conversación que vamos a entablar no es un interrogatorio, simplemente es una transferencia de información, que estoy seguro de que va a ser muy valiosa la conversación para resolver la investigación en la que estoy trabajando, hace ya aproximadamente cinco meses.

—Yo ya estoy más allá del bien y del mal, muchacho, así que no se preocupe —me dice—. Algo de esta conversación me servirá a mí también —afirma conforme.

—Bueno, señora, pues empecemos.

Enciendo mi grabadora y ella empieza su diálogo, como hemos acordado.

—Hoy es viernes 20 de diciembre de 2013. Soy Graciela Alonso Fontiva, viuda de Garzón, nacida en Floresta, Boyacá, hace sesenta y cinco hermosos años, identificada con número de cédula colombiana 746.226 de Duitama, Boyacá, fundadora y propietaria de la Posada Boica, ubicada en Floresta, Boyacá, en la Carrera 3 con Calle 4, al lado de las oficinas del Juzgado Promiscuo Municipal.

—¿Usted conoce a los esposos Gustavo Correa y Mercedes Landines?

—Sí, señor, los conocí, pero ya fallecieron. De esa familia ya no queda nadie, ni siquiera la chica que le dio vida a Antonio. Mercedes falleció de un infarto a principios de 2003. Gustavo murió hace seis años en un accidente de tránsito en la ruta Floresta-Belén, cuando se dirigía a laborar en la parcela de su hijo Antonio, la cual él administraba. La parcela queda a no más de quince minutos de aquí.

—¿Cuál era o es el nombre de la parcela?

—Espera que recuerdo, muchacho... Se llama Villa Dom... Argh, no me acuerdo bien. Estos años no vienen solos. Era Villa Dominga, Villa Domino...

—¿Por casualidad se llama Villa Doménica? —la interrumpo.

—Eso, así se llama, Villa Doménica.

—¿Cuál era su relación con los padres de Antonio y con Antonio específicamente?

—Aquí todo el mundo se conoce, muchacho. Este es un pueblo muy pequeño. Conocía a Antonio porque era amigo de la infancia de mi hijo Rodrigo, que en paz descanse. Antonio siempre se caracterizó por ser un niño muy problemático. Se peleaba con todos los niños de la escuela, menos con mi hijo, y eso no cambió, ni siquiera cuando se fue a estudiar la secundaria en Duitama. Aunque era muy inteligente y siempre fue sobresaliente en sus estudios, era muy problemático, celoso y, en ocasiones, hasta violento. Todos aquí creíamos que el comportamiento de Antonio se debía a secuelas del nacimiento, porque realmente su nacimiento fue un milagro.

—¿A qué se refiere con que su nacimiento fue un milagro, señora Graciela?

—Sí, muchacho. Aquí todos lo sabíamos menos él, hasta que apareció el hermano holandés en el 2005. Eso fue todo un acontecimiento ampliamente murmurado entre todos los viejos que conocíamos la historia hasta ese momento. Los papás reales de Antonio eran holandeses que habían venido de paso después de una caminata por el Cocuy. La mamá parió aquí en Floresta dos niños prematuros, a uno de los cuales, Antonio, dieron por muerto. Tan pronto como parió el otro, se fueron inmediatamente para su país y jamás regresaron. Resulta que

Antonio sí sobrevivió y ellos no lo supieron. Mercedes y Gustavo acogieron al resucitado bebé.

»Al ver que pasaba el tiempo y los holandeses no aparecían, lo hicieron su hijo, lo bautizaron y lo registraron con los apellidos que conoce y simplemente se dedicaron a trabajar para criarlo. Mercedes y Gustavo eran muy humildes, tenían un ranchito aquí, como a dos cuadras de la iglesia, en la Carrera 5 con Calle 3. Mercedes, en esa época, era la partera del pueblo y Gustavo era un campesino más de la zona.

»Con mucho esfuerzo y dedicación, sacaron adelante al muchacho, rebelde, eso sí, todo el tiempo. Pero cómo es la vida, el muchacho sí cambio un poquito, pero después de que se graduó de ingeniero en Tunja. Venía a su casa con frecuencia y se encargó de Mercedes antes de que muriera, y de Gustavo. Parece que le iba muy bien como ingeniero. Arregló el rancho de sus papás, compró la parcela y allá mandó construir una casita de campo bastante bonita. Tal vez le sirvió mucho haberse conseguido a esa novia tan linda y elegante. Se veían muy enamorados cuando andaban juntos.

—¿Cuándo fue la última vez que recuerda haber visto a Antonio aquí, en Floresta?

—Ay, muchacho, la última vez que vi a Antonio por aquí en el pueblo me parece que fue... ¿a mitad de este año o del año pasado? ¿O del antepasado? No recuerdo bien. De lo que sí me acuerdo es de que ese Antonio estaba muy diferente, estaba muy delgado y se veía triste cuando lo vi.

Continúo con las preguntas a la señora Graciela. Me da detalles del alumbramiento de Antonio, de cómo sobrevivió y de las cosas que sucedieron en los días posteriores. Como dice la señora Graciela, este pueblo es pequeño y todo el mundo se conoce.

Antes de terminar la conversación con la señora Graciela, le propongo que me acompañe mañana hasta Villa Doménica. Ella responde afirmativamente y me dice que vayamos a eso de las diez de la mañana, ya que mañana es sábado y tiene que ir antes a hacer la compra. Acordamos el encuentro para el día siguiente y me dice que la acompañe a cerrar las puertas de la posada para que sigamos hablando.

Recojo mi mochila y guardo mi grabadora, verificando antes que la carga haya sido suficiente para grabarlo todo. Voy con ella hasta la recepción, me ofrece un café y un pedazo de pan. Le pregunto si puede darme otro para mi compañero de habitación y me dice que por supuesto. Me sirve otro café y me alcanza otro pedazo de pan. Dejo mis cosas en el escritorio de la recepción y me dirijo con el avío de Ricky hacia la habitación. Abro la puerta y veo que Ricky está fundido, durmiendo. Dejó la luz encendida. La apago y vuelvo a la recepción. Veo que la señora Graciela está luchando con el peso de un trancón de madera que está tratando de poner para asegurar la puerta.

Dejo la taza de café en la mesa de la recepción y me meto el pedazo de pan en la boca. Ubico el trancón donde ella me indica y me da las gracias. «Aquí, afortunadamente, en estos días los huéspedes se acuestan temprano, pero este trajín me toca todas las noches cuando alguno de ellos quiere salir o entrar cuando hay fiestas», me dice. «Usted es una mujer muy fuerte y determinada», le digo.

Seguimos hablando durante una hora y media más, hasta que la señora Graciela me dice que ya es suficiente, que se va a descansar. «Una mujer a esta edad necesita dormir», me dice. Nos despedimos mutuamente dándonos las buenas noches y me dice: «Dios lo Bendiga, muchacho». «Amén», le respondo.

Hacía mucho tiempo que no me bendecían. No recordaba lo bien que me sentía cuando, de pequeño, mis padres me bendecían antes de salir hacia el colegio.

Recojo mi mochila y me retiro a la habitación. Para no perturbar el sueño y los ronquidos de Ricky, solamente me quito mis zapatos, bajo mi maleta de la cama, pongo la mochila encima de esta y me acuesto. Mañana será otro día, me repito una y otra vez hasta que me quedo profundamente dormido.

***

El sonido del claxon de un vehículo me despierta. Miro mi reloj. Son las siete y veinticinco de la mañana. La habitación está oscura. Ricky sigue durmiendo. Me levanto de la cama con la firme intención de arreglarme para ir a la Villa Doménica. Aprovecho para ir al cuarto de baño y darme la ducha matutina. Al salir, veo que Ricky apenas se está levantando. Me mira y me pregunta la hora. Le digo que son las ocho y diez. «Tengo hambre», me dice. «Sí, anoche no comimos nada», le respondo. Se levanta y se mete al cuarto de baño. Me pongo a vestirme. Unos vaqueros y una camiseta blanca están bien. Recojo la cortina y abro la ventana. Alcanzo a divisar que el cielo está despejado y no está haciendo tanto frío. Arreglo un poco mi desorden, me tercio mi mochila y salgo de la habitación.

Veo a la señora Graciela atendiendo a una pareja en la recepción. Al parecer, ya ha vuelto del mercado. La saludo a lo lejos con gesto cordial. Ella me responde. Me desperezo estirando mis brazos y mis piernas. Hace varios días que no hago ejercicio y ya siento que me está haciendo falta. Mi cuerpo necesita moverse. La pareja que está con la señora Graciela se despide de ella y sale de la posada. Aprovecho para acercarme y saludarla mejor. «Hola, muchacho, buenos días. Espero que hayas descansado», me dice. Me indica que, si queremos desayunar, por la misma acera del hotel, enfrente del parque en la siguiente esquina, podemos tomar el desayuno en un restaurante que se llama Doña Joaquina. «Por supuesto, señora Graciela», le respondo, y le doy las gracias. «Ya casi va siendo hora para ir a la Villa», me dice. Ricky sale de la habitación, se acerca a donde estoy y saluda a la señora Graciela. «Vayan a desayunar y los espero a las diez en punto», nos dice. Ricky y yo nos despedimos y salimos de la posada.

Ricky me pregunta cuál es el plan con la señora. Le cuento a Ricky los detalles de mi conversación con ella la noche anterior y que la idea es pasar por una propiedad de Antonio que queda a las afueras de Floresta. «Ojalá sea posible entrar e inspeccionar», le digo. Ricky y yo seguimos nuestro camino hacia el lugar indicado por la señora Graciela.

Tengo mucha hambre y, al parecer, Ricky también. Entramos al restaurante y el aroma inmediatamente exacerba mi apetito, al igual que se exacerba la curiosidad de los comensales que hay en este momento en el restaurante al ver a un par de extraños armados en su pueblo. «Ricky, dime tú qué podemos comer aquí», le pregunto. Ricky me dice que pidamos tamal con chocolate y pan.

Nos sentamos en una de las mesas libres. Una señora se nos acerca, nos saluda y nos pregunta qué queremos de desayuno. Ricky le pregunta si tiene tamales, pan y chocolate. La señora asiente. Ricky hace el pedido por él y por mí. Continuamos con la conversación y le digo a Ricky que ya tengo un panorama un poco más claro de lo que pudo haber sucedido en este caso. Todavía hay unos aspectos que no logro encajar, pero hay muchos detalles que puedo hilar. Nos sirven el desayuno y lo devoramos sin contemplación ni conversación alguna.

El sabor del pan y del chocolate hace emerger memorias de mi infancia en Barcelona. No sé por qué últimamente he pensado tanto en mis padres, tal vez sea porque logré verme con Lucía antes de venir a Colombia. En fin, el desayuno está delicioso y nada grasiento. Le digo a Ricky que pidamos más pan y más chocolate. Ricky asiente, así que llamo a la señora para que nos atienda y le hago el pedido complementario.

Le digo a Ricky que la mayoría de las personas que he visto de esta población permanecen con las mejillas enrojecidas. Ricky se hecha a reír y me pregunta si no me he mirado al espejo. ¿Qué dices, Ricky, yo también estoy igual, estoy enfermo?, le pregunto con inquietud. «Por supuesto que sí, mi estimado amigo, el frío y la buena comida te han puesto chapeadito, como se dice por aquí a la gente rozagante». Nos reímos juntos y continuamos con nuestro desayuno al momento en que la señora del restaurante nos sirve la porción adicional de pan y de chocolate que he pedido. Terminamos, pagamos y salimos del restaurante. Caminamos hacia la posada.

Ya son las diez menos cinco. Entramos y la señora Graciela nos está esperando en la recepción dándole instrucciones a su reemplazo temporal. Ricky le pide las llaves del portón del aparcamiento y se dirige hacia este para sacar la camioneta. Me siento a esperar mientras la señora Graciela termina de dar sus instrucciones.

Ricky ubica la camioneta enfrente de la puerta de acceso a la posada, deja el motor en marcha, se baja y devuelve las llaves del portón del garaje. Le abro la puerta del copiloto a la señora Graciela, la ayudo a subir a la camioneta y le ajusto el cinturón de seguridad. «Hacía mucho tiempo que no me consentían con tanta amabilidad», me dice. «Es un placer, señora Graciela», le respondo mientras cierro lentamente la puerta indicándole que recoja el borde de la falda para que no quede atrapada al cerrarla. Abro la puerta derecha del pasajero, me subo y me siento. La señora Graciela nos da las indicaciones respectivas y Ricky inicia la marcha hacia Villa Doménica.

En menos de veinte minutos llegamos al sitio. Ricky aparca la camioneta en un lugar despejado que queda enfrente de la parcela. Nos bajamos de la camioneta. La parcela tiene un portón grande de láminas de madera empotradas en un marco metálico color blanco en donde converge el cerramiento de unos dos metros de alto de alambre de púas tejido en estacones de soporte, entramado este que está revestido por plantas enredaderas. En la parte alta del portón se lee «VILLA DOMÉNICA» en letras negras y fondo blanco.

En la parte central del portón, se ve una cadena de eslabones gruesos que ajusta las dos alas con un par de candados. El suelo en la parte baja del portón es una rampa de cemento con incrustaciones de mármol similares a las que vimos en la casa de Antonio en Bogotá. Ricky se agacha y observa con detenimiento el acceso. Le pregunta a la señora Graciela hace cuánto que llovió fuerte en Floresta. La señora Graciela le responde que el último aguacero que ella recuerda fue hace algo más de mes y medio. Tal vez a finales de octubre o inicios de noviembre. «Hay trazas de barro en el concreto y huellas profundas de llantas en el terreno intermedio que limita con la vía de acceso», me dice Ricky. «Sí, al parecer, son recientes», afirmo.

Ricky se acerca al portón y echa un vistazo entre las láminas de madera como tratando de visualizar la parte interna. Me dice que me acerque y que mire. Hago lo que me pide y observo que las trazas de barro en la entrada continúan hasta la parte interna de la parcela. Lo que se alcanza a visualizar desde aquí de la construcción de la villa es muy similar a la casa de Bogotá. Le pregunto a la señora Graciela si es posible que alguien diferente a Antonio tenga acceso a la villa. Ella me responde negativamente, diciéndome que Antonio solo dejaba la villa a cargo de su padre y que, después de que este muriera, no sabe si contrató a alguien en el pueblo para mantenerla.

Ricky saca su cámara fotográfica de la camioneta, la configura y hace el registro de todos los detalles observados. Yo hago lo mismo, pero con la cámara de mi móvil. Ahora que caigo en la cuenta, aquí fue donde se hicieron la fotografía en 2005, cuando se reencontraron. Saco el diario de mi mochila y le muestro la fotografía a Ricky, superponiéndola con el sitio que creo que coincide con el paisaje de fondo. «Tal vez fue Sylvia la persona que tomó la fotografía», le digo a Ricky. «Oye, a propósito, acuérdate de que me tienes que devolver ese diario antes de que te vayas», me dice Ricky. «Tranquilo, no te voy a meter en problemas con Mariana», le respondo. Terminamos la sesión fotográfica de la parcela y aprovecho para hacernos unas fotografías con la señora Graciela con mi móvil.

Nos subimos a la camioneta, siguiendo el mismo guion por mi parte, y nos dirigimos de vuelta a la posada. Ricky aparca nuevamente la camioneta en la acera de enfrente de la posada. Nos bajamos y le damos las gracias a la señora Graciela y le digo a Ricky disimuladamente que la invitemos a almorzar. Ya son algo más de las once de la mañana. Ricky asiente. Mientras que Ricky entra a la habitación, procedo con la invitación a almorzar a la señora Graciela, y ella me pregunta si hoy mismo nos vamos de Floresta. Le respondo afirmativamente.

—Muchacho, aprovechando que salen ya de aquí y que me invitaron a almorzar, sugiero que vayamos a Duitama, que está en la ruta que ustedes deben coger para regresarse a Bogotá, y allá almorzamos. Duitama está como a veinte kilómetros de acá. Yo aprovecho el transporte y me quedo allá para hacer unas diligencias pendientes. Tengo que comprar unos regalos de Navidad para unos familiares que me van a acompañar en Floresta durante estas fiestas.

—Por supuesto, señora Graciela. Vamos y de paso conocemos el sitio donde estudió secundaria Antonio. Esté preparada —le digo.

Me retiro y entro a la habitación, voy al cuarto de baño, hago mi equipaje y posteriormente Ricky y yo nos acercamos nuevamente a la recepción para registrar nuestra salida y pagar. La señora Graciela nos dice que cómo se nos ocurre, que ella no nos va a cobrar por la estadía y que esa es la ventaja de ser la dueña del letrero. No entiendo lo que quiere decir con ser «la dueña del letrero», pero Ricky al parecer sí, porque se ríe a carcajadas con la señora Graciela. Lo único que entiendo es que la estadía aquí, en Floresta, no tiene coste para nosotros.

Ponemos rumbo a Duitama, siguiendo las instrucciones de la señora Graciela. El recorrido nos toma algo menos de cincuenta minutos. Llegamos al restaurante La Casona del Prado, que queda sobre una de las avenidas principales de la ciudad. Entramos, nos sentamos en una de las mesas externas y la señora Graciela nos sugiere que pidamos una parrillada boyacense. Ricky y yo respondemos afirmativamente ante la recomendación. A la mesa nos traen un plato enorme lleno de toda clase de carnes, arepas y amasijos.

Mientras consumimos las variedades servidas, la señora Graciela nos cuenta un poco de su historia. Terminamos de almorzar, pagamos la cuenta y nos despedimos de la señora Graciela abrazándola y agradeciéndole los momentos compartidos. Ricky le dice que es muy posible que él regrese pronto a Floresta y que, cuando eso suceda, que tenga la certeza de que la va a buscar en la posada para conversar de nuevo.

Nos despedimos nuevamente de la señora Graciela, quien nos desea feliz Navidad anticipada. Nos subimos a la camioneta y salimos de Duitama por la avenida circunvalar como ella nos indicó. De aquí cogemos la autopista 55, que conduce a la autopista 62 para retomar el rumbo a Bucaramanga, departamento de Santander, por la autopista 45A.

—Este trayecto es largo y atravesamos parte de la cordillera oriental para dirigirnos al valle del Magdalena Medio, que es donde se encuentra nuestro destino final, mi estimado. Antes de llegar a Bucaramanga, nos desviamos a un pueblo que se llama Vélez, para que conozcas dónde se producen los bocadillos, otra de las fuentes naturales de energía de nuestros deportistas.

—Enhorabuena, Ricky. Todo lo que me permitas aprender, conocer y degustar te lo agradeceré toda la vida, y tenías razón, hasta el momento has sido un excelente anfitrión.

—Ya, deja de hablar tanto y disfruta el paisaje.

El viaje a Vélez nos lleva algo más de dos horas y media contadas desde que salimos de Duitama. En el recorrido pasamos por diferentes poblaciones tanto de Boyacá como de Santander.

Algo que noto es que, a medida que vamos avanzando, la temperatura ambiente va aumentando.

«Es interesante que se pueda experimentar la diversidad de registros térmicos en trayectos tan cortos», le digo a Ricky. Él asiente diciéndome que esa es una apreciación usual de la mayoría de los extranjeros que vienen al país y que por eso y otras cosas más muchos han decidido quedarse a vivir aquí, además de que es una razón adicional para afianzar su propia decisión de seguir haciendo vida aquí y no allí, en Europa, cuando tuvo la oportunidad.

Ya en Vélez, hacemos un recorrido corto por la ciudad. Nos bajamos y, evidentemente, el ambiente tiene un aroma particular: huele a guayabas dulces. Pasamos por las fábricas artesanales de bocadillos y Ricky compra para llevar. «Es un manjar», le digo. Quiero probar todas estas delicias aunque engorde unos cuantos kilos. «No te vayas a exceder, mi estimado, que todavía nos falta trayecto para llegar a Bucaramanga y no me gustaría que resultaras con problemas estomacales», me dice. Le hago caso y me controlo.

—Más bien compra lo que quieras y vas probando poco a poco, ya sea en Bucaramanga o en Barrancabermeja. No sé cómo andan tus lombrices intestinales últimamente y no me gustaría saberlo, ja, ja, ja, ja, ja. Oye, Marcos, a propósito, y ya hablando en serio, ¿tú te pusiste la vacuna de la fiebre amarilla antes de viajar?

—Por supuesto, Ricky. Los norteamericanos con los que volé me la aplicaron antes de salir de la base aérea de Eindhoven.

Salimos de Vélez y retomamos la ruta hacia Bucaramanga. Ya está anocheciendo. Repostamos nuevamente en una estación de servicio a las afueras de la localidad de Barbosa. «Toma,

Ricky, otros doscientos mil pesos colombianos». Ricky los recibe y paga por el combustible. Empiezo a sentir algo de sueño y cabeceo una y otra vez. Ricky me grita y me levanto aturdido preguntándole qué pasa.

—Marcos, tu metabolismo es como extraño. Ingieres calorías y se te bajan las revoluciones. No te imagino de ciclista, quedándote dormido en plena ruta después de consumir un pedazo de panela o un bocadillo, ja, ja, ja, ja, ja. Oye, en serio, deberías hacerte unos exámenes de sangre, no vayas a resultar con diabetes.

—Sí, Ricky, tienes razón, tengo que hacerme un chequeo médico. Como en estos días no he hecho ejercicio, mi metabolismo empieza a verse afectado. Además, el régimen alimenticio que he llevado aquí no ha sido el mejor. Gracias, amigo, por resaltarlo y por preocuparte.

—Te iba a decir que condujeras, pero ni riesgo. Un microsueño en esta niña y en esta ruta que tiene tantas curvas y nos volvemos mierda. Recuesta el espaldar de la silla y duerme. Si acaso me siento muy cansado y considero que no puedo seguir manejando, te levanto para que nos turnemos.

»Son aproximadamente ciento noventa kilómetros que nos faltan para llegar a Bucaramanga y, como en esta vía no se puede correr mucho, estimo que estaremos llegando a eso de las once de la noche. Yo creo que lo más conveniente es que pasemos el domingo en Bucaramanga y viajamos el lunes a Barrancabermeja. Así descansamos para las parrandas vallenatas que nos esperan.

Caigo en un sueño profundo y pongo mi vida en sus manos. Me despierto ligeramente una que otra vez al vaivén de las curvas que configuran la ruta a nuestro destino.

—Llegamos a Bucaramanga. La Ciudad Bonita. La Ciudad de los Parques.

—¿Qué hora es? —le pregunto estancado en mi sopor.

—Son las once y veinte minutos de la noche. Un accidente en la vía nos retuvo alrededor de media hora —me responde.

Enderezo el respaldo de la silla y me incorporo para preguntarle cuál es el siguiente paso. Ricky me responde que se dispone a buscar hotel para estas dos noches.

Pasamos por un puente iluminado en colores que me llama la atención. Las barandas de contención son esculturas que hacen un uso elegante del efecto moiré. Son obras de arte moiré definitivamente. A medida que se avanza por el puente, los patrones de interferencia que se forman por la distribución especial de las barandas permiten ver la imagen en movimiento de una bailarina en el borde derecho y, en el borde izquierdo, un conjunto de delfines que saltan y se zambullen. Es espectacular la sincronización que se logra con el juego de luces.

Después de unos minutos, llegamos a un sector un tanto ruidoso a esta hora para mi gusto. Ricky aparca la camioneta enfrente de un edificio que parece ser un hotel. «Este es el hotel Chicamocha», me dice. Nos bajamos de la camioneta y entramos al vestíbulo acompañados por uno de los porteros. Le digo a Ricky que yo asumo los gastos de los dos, que no se preocupe. Nos registramos, pago con mi tarjeta y nos asignan dos habitaciones sencillas.

El recepcionista nos da las indicaciones para dejar la camioneta en el aparcamiento que queda en el sótano del hotel. Me quedo perplejo. Cuando entramos no me había fijado en que, en la decoración del vestíbulo, hay pinturas y esculturas que, al mirarlas con detalle, me doy cuenta de que son obras de arte abstracto de Mantilla Caballero. «Fantástico —le digo a Ricky—, hay arte aquí y en muchas partes de Bucaramanga». El hecho de haberme encontrado con varias obras en los quince o veinte minutos que llevo en Bucaramanga me induce a pensar que la ciudad rezuma obras de arte.

Nos subimos nuevamente a la camioneta y Ricky aparca la camioneta en el lugar indicado por el vigilante, sacamos nuestro equipaje y subimos a nuestras habitaciones por uno de los ascensores disponibles. A Ricky le han asignado la habitación 603 y a mí la 605. Nos despedimos y a dormir. «Mañana no me molestes», me dice Ricky. «Tranquilo —le respondo—. Buenas noches, amigo mío, y gracias por todo lo que has hecho». Entro a mi habitación, enciendo el televisor mientras organizo mis cosas y me quito toda la ropa.

La temperatura ambiente en Bucaramanga es agradable y unos cuantos grados más cálida que la temperatura en Floresta. Evidentemente, nos estamos acercando al valle del Magdalena Medio, tal y como dijo Ricky. Termino de ponerme cómodo, abro la cama y me lanzo al colchón para así continuar mi travesía onírica inconclusa.

***

Suena el intercomunicador de la habitación. Es de la recepción. No sé qué hora es, pero escucho música a lo lejos y la luz del día se cuela entre las cortinas. Dejé el televisor encendido toda la noche. Respondo la llamada.

—Señor Marcos, buenas tardes.

—¿Buenas tardes? —replico—. ¿Qué hora es?

—Son las dos de la tarde.

—¿Las dos de la tarde? No lo puedo creer. He dormido más de doce horas. Ahora sí que me estoy preocupando... —le digo a mi interlocutor.

—No se inquiete, señor Marcos, nos agrada que nuestros huéspedes puedan descansar sin inconvenientes. Lo llamo para darle un mensaje del señor Ricky, ya que, según comentó aquí en la recepción, estuvo marcando a su teléfono móvil antes del mediodía, pero al parecer se encuentra descargado.

Busco mi móvil por todos lados y por fin lo encuentro dentro del bolsillo derecho de los vaqueros que tenía puestos ayer. Evidentemente, se apagó porque se quedó sin batería. Busco en mi mochila el cargador y lo conecto en uno de los enchufes, en la parte baja del escritorio que hay en la habitación.

—Dígame, por favor, ¿cuál es el mensaje?

—El señor Ricky dijo que por favor se aliste y que coma algo para que más tarde lo acompañe a realizar una visita. Dijo, además, que pasa por usted a las tres de la tarde. Lo llamé considerando que, como le informé, ya son las dos de la tarde.

—Gracias, caballero, es usted muy amable.

Cuelgo el auricular, salgo de la cama directamente al cuarto de baño, me doy una ducha con agua relativamente fría y toda mi somnolencia es trasegada por el sumidero. Salgo del baño, me arreglo, organizo mis cosas en mi maleta y guardo mi mochila en esta.

Llamo a la recepción para preguntar dónde está el restaurante del hotel. El recepcionista me indica cómo encontrarlo y salgo de la habitación. Me queda solo media hora para lograrlo. Ya en el restaurante, el cual está en la terraza, me siento a una mesa, solicito la carta y pido un filete de róbalo a la plancha y una copa de vino blanco.

Mi comida es servida quince minutos más tarde. Me quedan tan solo quince minutos para estar listo y atender el requerimiento de Ricky. Ingiero pausadamente los suaves nutrientes y me dirijo hacia mi habitación, aguardando la llamada de Ricky con atención. La batería de mi móvil ya ha alcanzado la suficiente carga para soportar el día. Salgo nuevamente de mi habitación y, en cuestión de segundos, llego a la recepción.

Son las tres en punto y, como evento extraordinario, Ricky ya está esperándome puntual dentro del veloz dromedario. Me acerco a la camioneta y observo que, al parecer, Ricky ha aprovechado mi ausencia para embellecerla. Sin manifestarle intención alguna, abro la puerta, saludo y quedo inmerso en la colonia de Ricky, que se funde sin simetría alguna con el aroma intenso resultado del lavado interno.

—Todavía no sé a qué huele Bucaramanga, amigo Ricky —le digo—, y difícilmente podré desentrañar por ahora el aroma de esta ciudad.

—No te preocupes, mi estimado Marcos, que el aroma de Bucaramanga es aroma de mujer bonita, como la mujer bonita que vamos a visitar. La ciudad luce solitaria los domingos —me dice Ricky—, aunque el tráfico nos diga lo contrario.

Poco después, logramos llegar al sitio de encuentro de Ricky con su amiga. Aparca la camioneta, se baja y me invita a acompañarlo. Llegamos a un local comercial y entramos por la puerta principal.

Ricky señala hacia un espacio que aparenta ser un segundo nivel falso y me dice: «Allá está ella». Levanto mi mirada y diviso a una mujer morena vestida de blanco sentada en un escritorio metálico. Ella dirige su mirada hacia Ricky y le dice con sus manos que suba, y sus rostros se inundan de alegría. Ricky y yo subimos a su encuentro en ese pedestal especial. Ricky la saluda y la abraza con fuerza, y ella hace lo mismo. Entre sonrisas y besos en la mejilla, Ricky me presenta. Ella estira su mano y aprieta la mía con fuerza: «Soy Cristina Andrea, la única y, por lo tanto, la mejor amiga de este bombón que se dice ser psicólogo forense». Me presento. De repente, salen de no se sabe dónde un par de chiquillas de unos cinco y siete años que revolotean como hermosas mariposas alrededor de Ricky y Cristina. Saludan con cariño a Ricky y muy educadamente se me presentan como María Paula y María Alejandra. Mientras Ricky y Cristina hablan de su encuentro, el par de chiquillas me toma cada una de mis manos y me dicen que me siente en el suelo para jugar con ellas. El momento, a mi parecer, es maravilloso y reconfortante. Cristina es una mujer que emana paz, que emana estabilidad, cariño, alegría y también mucho respeto, lealtad y sabiduría. Es sensacional. Es excepcional.

Me recuerda algo a Stephanie. Sí, tal vez Stephanie lucía así a sus treinta. Cristina nos invita a tomarnos un café en la planta baja del local. Las chiquillas nos acompañan agarradas a mis manos. El tiempo pasa entre conversaciones de recuerdos y, como dice Cristina: «Este es el momento de adelantar cuaderno de Navidad con Ricky».

Nos dan las cinco de la tarde en esta amena tertulia que Ricky interrumpe al decirle a Cristina que ya es la hora de cerrar el negocio. Cristina asiente y dice que sí, que es el momento de cerrar el negocio porque a esta hora este sector se torna solitario. Cristina abraza fuertemente a Ricky, y me abraza también con una firmeza única que me hace sentir formidable. Las chiquillas abrazan a Ricky y se despiden con un beso en la mejilla, yo me agacho y hacen lo mismo conmigo. La sensación que transmiten ellas dos es idéntica a la sensación que transmite Cristina, pero a una escala menor. Son magníficas, son idénticas en todo su esplendor. «Qué encuentro tan fascinante», le digo a Ricky mientras salimos del local. «Sí, son hermosas, me recargan con muy buena energía los abrazos de esas tres mujeres», me responde.

Después de ese momento maravilloso, Ricky me dice que caminemos un poco por este lugar para conocer algo de la ciudad. Dejamos la camioneta aparcada en un lugar seguro y caminamos por un sendero peatonal entre edificios que Ricky dice que se le llama el Paseo del Comercio. Avanzamos por el sector hasta que llegamos al sitio donde se encuentran los edificios administrativos de la ciudad y del departamento.

Llegamos a un parque llamado García-Rovira, que, desde mi punto de vista, con base en lo que Ricky me ha explicado, representa geométricamente el vértice de la convergencia gobierno, iglesia y arte: dos iglesias enfrentadas, dos gobiernos enfrentados y un centro cultural emancipador.

El ocaso se está acercando y, a medida que lo hace, rasga el firmamento, dejándolo en carne viva. Ricky me dice que aquí en Bucaramanga a esta particularidad celestial se la conoce como el «Sol de los Venados» y que es una expresión típica de los Llanos Orientales. El cielo se torna de rojo intenso a degradado por occidente, como ofreciendo lentamente su sangre para que emerja la noche. La temperatura empieza a descender tímidamente al compás de la danza de este sublime sacrificio que, en este momento en el tiempo, la grandeza universal me ha permitido contemplar. «Ricky, tienes razón, el aroma de Bucaramanga es el aroma de mujer hermosa». «Es hora de regresar», me dice Ricky.

Lo sigo a regañadientes sin querer desprenderme de tal magnificencia. Caminamos esta vez por la avenida principal y llegamos al sitio inicial de partida, donde nuestro coche se encuentra resguardado. Regresamos al hotel con la noche ya teñida por las luces que decoran la ciudad por las fiestas de estos días. Ricky me pregunta si quiero salir a tomar un trago. Le respondo que prefiero quedarme en el hotel, leer y ejercitarme un rato. Ricky se marcha, no sin antes recordarme que debo cargar la batería de mi móvil y que su plan contempla iniciar el viaje a Barrancabermeja después de desayunar y antes de las siete de la mañana.

Entro al hotel con prisa. Mis vísceras andan insurrectas por estos días. Tengo que equilibrar las comidas y volver a mis rutinas. Pregunto en el vestíbulo por la disponibilidad del gimnasio y el servicio de piscina. Me informan que estos están abiertos hasta las diez de la noche. Subo a mi habitación, me quito la ropa del día y preparo mi indumentaria para la quema usual de calorías. El gimnasio es amplio, tiene buenos equipos y, para mi fortuna, está a mi entera disposición. Hago deporte durante dos horas y le dedico media a la piscina, antes de las diez. Después de ejercitarme, me siento nuevamente en mi orden habitual. Llego a mi habitación, me doy una ducha caliente, organizo mi equipaje y continúo con la lectura de Maikel mientras cargo y ajusto el móvil.

El cansancio me doblega y aún no comprendo por qué. ¿Sería posible que mi cuerpo se estuviese defendiendo de algo y, *per se,* quiera mantenerme a bajo nivel? No sé, y no me siento enfermo tampoco, sin embargo, me comprometo a hacerme seguimiento y no dejarme morir en el intento. Por ahora, simplemente descansaré.

***

Se me ha hecho muy difícil dormir esta noche. Estuve leyendo a Maikel con el fin de vencer al insomnio, pero sucedió todo lo contrario. Leer a este tipo es una locura, demasiadas ideas, mucha información relevante a nivel científico y tecnológico. Son las seis de la mañana, es hora de tomar el desayuno. Salgo de la habitación y me dirijo al restaurante. Veo a Ricky sentado en una de las mesas haciendo ya lo suyo. Lo saludo, dejo mi mochila en una de las sillas de la mesa, paso por la barra caliente, escojo unos huevos revueltos, un poco de pan y lleno un vaso con zumo de naranja. Con eso será suficiente para el viaje, que, según le pude entender a Ricky, no debería llevarnos más de tres horas para alcanzar nuestro destino.

Me dirijo a la mesa, dispongo los platos y me siento a comer. Le pregunto a Ricky por el viaje de su madre y su sobrina. Me responde que ellas ya están en Barrancabermeja desde el sábado por la tarde.

Continúo mi desayuno y racionalizo que hoy ya es lunes y mañana es la noche de Navidad. Mi primera Nochebuena sin Lucía. Bueno, alguna vez debía suceder. Me resigno a esta realidad. Ricky termina su desayuno y me dice que me espera en el vestíbulo, que va a bajar su equipaje y preparar la camioneta. Parece estar de mal genio, tal vez no le fue muy bien en su salida nocturna. Me limito a responderle que, tan pronto como termine, bajaré para hacer el registro de salida y pagar los gastos adicionales al alojamiento que se hayan causado. Termino mi desayuno, tercio a la espalda mi mochila, paso a la habitación, lavo mis fauces y descargo mi vejiga.

Cojo mi equipaje y bajo al vestíbulo. Allí veo a Ricky esperándome, hacemos el registro de salida y nos subimos a la camioneta e iniciamos la marcha. «Oye, Ricky, ¿estás bien? ¿Te sucede algo, amigo?, le pregunto. Me dice que anoche, después de dejarme en el hotel, llamó a Mariana para comentarle que se debe solicitar una orden de allanamiento para Villa Doménica, pero que ya es la hora y no contesta, por lo que ha empezado preocuparse por ella, preocupación que acaba de transmitirme.

—Con ese jueguito que tiene del dichoso esposo me desconcierta —dice Ricky.

—¿Por qué lo dices, Ricky?

—Porque se nos sale de foco y en un descuido pueden hacerle algo y no nos da tiempo para reaccionar y eventualmente hacer algo por ella.

—Sí, Ricky, te entiendo. Tú la quieres mucho, ¿no?

—No es que la quiera mucho o que sienta algo por ella, simplemente es que esa mujer es muy valiosa y me afana que, por un juego tonto, le pase algo. Te lo digo porque, de cierta manera, muchas veces por juegos tontos o por hacer cosas estúpidas pasa lo que pasa.

»Me he encontrado con muchos casos en donde las redes de tráfico de mujeres estudian a una población determinada y las van induciendo sutilmente. Empiezan a alejarlas de sus familias, hasta que ellas solitas aparentemente toman las decisiones. Por esa razón es que en ocasiones es tan difícil tipificar los casos.

Tiene que ser muy evidente para que podamos actuar y atrapar a esos miserables. Yo pienso mucho en mis sobrinas.

»Con esto lo que quiero decir es que Mariana puede estar en riesgo y que es posible que no podamos hacer algo para evitar que este se materialice por el simple hecho de que se ponga a jugar con nosotros con el tema del famoso esposo fantasma. Además, estas fechas me ponen nostálgico y me llega el periodo.

—Venga, paremos un momento y hagamos algo para hacer este viaje tranquilos. Llámala y, si no te contesta, la llamo yo. Si a mí no me contesta, le envías un mensaje de texto y nos metemos en el mismo juego diciéndole, aunque sea cierto, que se nos ha presentado un inconveniente mayor y que necesitamos su ayuda. Si no te contesta al mensaje de texto, yo le escribo el mensaje para reforzar la situación y esperar la reacción. Si esto no funciona, lo único que nos quedaría por hacer es que llames a tu gente en Bogotá y que empiecen a buscarla por cielo y tierra, ¿te parece?

—Listo, hagámoslo así, como tú planteas. La última vez que hablé con ella fue el viernes desde el Andes Plaza.

Ricky hace su llamada a Mariana y no contesta. Esperamos diez minutos, y nada. Yo hago mi llamada a Mariana, esperamos otros diez minutos, y tampoco. Ricky redacta el mensaje de texto pidiéndole ayuda urgente y lo remite. Nada, no contesta. Yo redacto mi mensaje, se lo remito y he aquí que me contesta. La llamo inmediatamente y me contesta. Pongo el teléfono en modo altavoz y le reclamamos que nos conteste como acordamos, porque el tema es serio y no queremos que le pase algo.

Establecemos que no se van a repetir estos mensajes pidiendo ayuda y que, si algo ocurre, la situación será real. Desactivo la opción de altavoz, le paso mi móvil y Ricky empieza a hablar con ella sobre lo que se requiere para avanzar en la investigación de Correa Landines. Le digo a Ricky que es mi turno de conducción, de tal forma que avancemos mientras él habla con Mariana y ajusta todo lo requerido.

Uhm, si Ricky supiera lo que me he atrevido a escribirle a Mariana en ese mensaje de texto para lograr su atención y reacción. Jamás debe saberlo, por lo tanto, jamás debe saber que Mariana ha estado conmigo. Ricky termina de hablar con ella y le pido inmediatamente mi teléfono móvil. He logrado avanzar algo de camino. Ricky me dice que detenga en el arcén, ya que él quiere continuar conduciendo. «No me gusta y no soy capaz de estar como copiloto», me dice. Hago lo que me pide y retoma el volante.

—Rumbo a Barrancas Bermejas, mi estimado amigo —me dice.

—La tierra de las barrancas bermejas, como la bautizó mi paisano Gonzalo Jiménez de Quesada en 1536 —le replico.

—Exacto, mi estimado amigo, hace cuatrocientos setenta y siete años ustedes estuvieron por todos lados haciendo y, particularmente, deshaciendo.

—Bueno, para ya, Ricky, ¿otra vez con tus comentarios xenófobos enmascarados?

—Bendita sea, hay un trancón, qué pasaría. Un accidente tal vez, preciso en estas fechas tan sensibles. Esto nos va a retrasar significativamente la llegada. Son las ocho y media, si nos va bien, estaremos llegando hacia el mediodía a mi tierrita, así que relájate y dale, gracias a Dios.

Mientras se supera el asunto del atasco, Ricky me va contando cosas de su niñez, de su familia, que me dice que es numerosa, y que tiene desde hace cinco años un *husky* siberiano que se llama Igor y al que quiere mucho. Me informa de que la principal actividad económica en Barrancabermeja es la industria del petróleo y que orgullosamente a la ciudad la reconocen como la capital petrolera de Colombia. Que el petróleo brotaba a borbollones y era utilizado por los indígenas yariguíes para cosas diversas.

Me dice que en Barrancabermeja también está la refinería más grande de Colombia, la cual empezó a construirse en 1922 y que es de propiedad del Estado a través de la Empresa Colombiana de Petróleos, ECOPETROL. Me recalca, además, que no me deje confundir en lo que corresponde al gentilicio de los oriundos de Barrancabermeja, a los cuales se los llama barranqueños, no barramejos o porteños, como últimamente han querido popularizar, y que en Barrancabermeja converge una mezcla de culturas y, por lo tanto, la genética es variada, así como las costumbres. Hay costeños, antioqueños, santandereanos, boyacenses, pastusos, llaneros y demás, todos movidos por la posibilidad de cambiar su calidad de vida trabajando para la industria del petróleo y que, como en todo, algunos lo logran y otros, simplemente, fracasan.

—Ah, se me olvidaba, Marcos, la temperatura promedio es de treinta y cinco grados, Barrancabermeja está ubicada en el valle del Magdalena Medio y en otrora fue un importante puerto fluvial para el país en el Río Grande de la Magdalena, como lo bautizó Rodrigo de Bastidas. Bueno, Marcos, parece que ya están reanudando el flujo vehicular.

—Bien, la charla es amena. Gracias por todo lo que me enseñas. Con respecto a la temperatura, me alegra que sea tierra caliente. La verdad, prefiero el clima cálido.

—Sí, caliente en muchos aspectos. En la historia de Barrancabermeja ha habido varios momentos en donde se han presentado etapas violentas. Fui testigo durante mi adolescencia de una época muy compleja de violencia, entre los años 1985 y 2000. Esto alteró significativamente el panorama socioeconómico, político y cultural de la ciudad.

»Espero que no vuelva a ocurrir jamás, porque, desde mi perspectiva, siempre he creído que Barrancabermeja tiene mucho potencial, y abordar esa potencialidad con organización y planeación puede marcar un horizonte prometedor. Si Antonio estuvo en mi tierra fue porque vio que se puede hacer algo allí, ¿no te parece? Es cuestión de coherencia administrativa y trabajo fuerte.

—Opino que, si todos los barranqueños hablan de Barrancabermeja como tú lo haces, la masa crítica para gestar cambios está disponible.

—Tienes razón, Marcos. Los temas complejos son voluntades y perseverancias. A veces nos quedamos en la intención de hacer y al final del día no hacemos nada.

A medida que vamos avanzando hacia la ciudad natal de Ricky, empiezo a percibir los cambios drásticos en la temperatura. Ricky me dice que el recorrido se hace lento porque en la zona intermedia entre Bucaramanga y Barrancabermeja están terminando de construir una central hidroeléctrica que se llama Hidro Sogamoso y que, según su información, la zona de embalse empezaría a inundarse el próximo año. «Lo importante es que lleguemos bien y sin incidentes, amigo Ricky», le digo.

—Por fin, Marcos, llegamos a mi tierra. A la Bella Hija del Sol. El Abrazo Cálido de Colombia. Apenas para llevarte

a almorzar al muelle y aprovechamos para que conozcas el Río
Magdalena o Yuma, como lo llamaban los indígenas.

»Te advierto, aquí no puedes ponerte a definir a qué huele
Barrancabermeja. De una vez te lo digo, Barrancabermeja huele a industria petrolera y río, y más en esta época de sequía, así
que no vayas a incomodarte.

—Okey, entendido —le respondo.

Ricky apaga el aire acondicionado de la camioneta y baja
las ventanillas de las puertas. Mi piel empieza a sentir inmediatamente el impacto del calor. «Es sofocante», le digo. «Tienes
que acostumbrarte para que no sufras —me responde—. Entre
menos utilices el aire acondicionado, más rápido te adaptarás
al clima local». Entramos a la ciudad por la autopista 66, que
es la continuación de la autopista 45A que nos condujo hasta
Bucaramanga.

—Marcos, atravesamos toda la ciudad pasando por una amplia avenida central que se llama la avenida del Ferrocarril y que
conduce directamente a la zona en donde se encuentra ubicada
la refinería de Barrancabermeja y el antiguo puerto fluvial. Desde aquí puedes ver la refinería, y el cuerpo de agua que ves allí
en la base es la ciénaga Miramar, la cual, como puedes ver, tiene
sembrada en sus entrañas una escultura que se llama *El Cristo
petrolero,* diseñada por un escultor trabajador petrolero. Seguimos avanzando y llegamos al muelle, que es el sitio en donde
vamos a almorzar, y adivina qué vamos a almorzar: ¡pescadito,
mi querido amigo!

Llegamos a la zona del Muelle. Ricky me dice que el área
donde están los restaurantes se llama el Paseo del Río. Ricky
aparca la camioneta enfrente del puesto número trece de venta
de comidas, el cual es bastante colorido y se llama Doña Maru-

ja. Nos bajamos de la camioneta. Dejo mi mochila en el asiento delantero, Ricky cierra la camioneta y nos sentamos en una de las mesas del local que tiene visual amplia hacia el río.

—Hace mucho calor, Ricky —le digo.

—Por supuesto que sí. ¿Cómo te parece el río Magdalena?

—Lo imaginaba más caudaloso. El nivel del agua es bastante bajo. Se ven varios bancos de arena en su cauce.

—Sí, Marcos, estamos en época de sequía, como te comenté. En temporada de lluvias, el nivel de río puede alcanzar la cota de inundación, que es del orden de cuatro metros. En esta época, el nivel debe ser del orden de un metro y medio.

—Entiendo. Huele bastante a pescado, ¿verdad?

—Por supuesto que sí, Marcos, este no es el restaurante El Buque.

—Sí, sí, okey, okey. No hay problema. Bueno, dime, ¿qué plato debería pedir?

Antes de que Ricky exprese su recomendación, veo cómo se levanta de la mesa y camina en dirección a una señora de más o menos unos sesenta años, delgada, piel morena, cabello negro, alta y que lleva un vestido azul y delantal rosado. Ricky la saluda efusivamente, ella le responde al saludo, lo abraza, lo besa, le da un par de palmadas en los hombros, lo agarra de los brazos y vuelve a abrazarlo.

Definitivamente, los colombianos son muy afectivos. Este tipo de saludos jamás los veré en Europa, a menos que Europa se llene de colombianos. Ricky coge de la mano a la señora y viene caminando con ella hasta el sitio donde estoy. Me levanto de la silla. Ricky me dice que me presenta a la señora Maruja, propietaria del puesto donde se vende la mejor comida en el Paseo del Río. Me presento extendiéndole la mano y ella me dice: «Venga para acá, mijo», y le doy un abrazo. «Los amigos de Ricky son bienvenidos siempre», me dice mientras me abraza y me da un beso en la mejilla.

La señora Maruja nos pregunta si ya hemos pedido la comida y Ricky le responde que estaba esperándola para que ella misma escogiera los pescados y mandara preparar dos exquisitos bocachicos frito-sudado. No sé qué es eso, pero por el nombre del plato supongo que es pescado frito y cocido a la vez con algún tipo de sazón especial. Ricky también le dice a la señora Maruja que le vaya sirviendo un par de caldos de pescado y que le traiga suero y unas cuantas torrejas de limón.

—Ricky, pareces un rey aquí —le digo.

—Por supuesto, mi estimado. En mi Barrancabermeja, yo voy a donde me traten bien y me alimento en donde me conocen los gustos desde «pelao», como dicen mis abuelos costeños.

—Oye, Ricky, noto que has cambiado tu acento.

—Por supuesto que sí, Marcos, aspecto dialectal activo. Tan pronto llegas a tu tierra y empiezas a hablar con tu gente, sale el indio interior que hay en ti. Aquí me siento libre, estoy en mi casa, todos me conocen y no tengo que seguir protocolos. Evolución a través de la adaptación para así lograr la supervivencia. Como bien concluye nuestro neurocientífico Rodolfo Llinás: «La función primordial del cerebro es la de predecir. Predecir para sobrevivir». Un factor para mí muy importante y complementario: tener la disposición para adaptarse. Esa disposición solo se logra mediante la empatía, mi estimado Marcos.

—Pues sí, tienes razón, Ricky. De eso se trata, de disfrutar cuando estás en casa, y qué mejor sitio seguro para sobrevivir que en nuestra propia casa.

—Así es, y no solo en casa, hay que adaptarse y disfrutar en todas partes y no amarrarse tanto, eso sí, sin ser abusivo, arrogante, maleducado ni irrespetuoso con los demás. Hoy estas aquí vivo, mañana, quién sabe. A propósito, voy a llamar para confirmar la cita con el señor David M. Parra.

—¡Uy!, sí, Ricky. Te agradezco que me ayudes con este tema.

Ricky hace la llamada mientras esperamos a que nos sirvan el almuerzo. Se levanta de la mesa y se acerca con el móvil en su oreja a una de las empleadas de la señora Maruja. Veo que Ricky cuelga, guarda el móvil en su bolsillo y se mete a la cocina del restaurante. Como me dije cuando lo vi por primera vez, Ricky es todo un personaje. No me equivoqué. Ricky sale de la cocina con un par de platos en la mano y se acerca a la mesa.

—Marcos, ten. Caldo de pescado. Coge una cuchara y primero pruébalo así. Cuidado, que está caliente. Si te gusta, bien, si no te gusta, también. No, mentira. Como te digo, pruébalo tal cual y ahora traigo el suero para que pruebes la combinación del caldo con el suero.

—¿Qué es eso del suero?

—Es cuajo de la leche de vaca preparado con sal, en esencia. Imagínate algo así como la crema de leche, pero menos fluida y salada, ¿me sigues?

—Ah, okey, algo así como el requesón, pero mucho más fluido, ¿es así?

—Puede ser. Mejor pruébalo y me cuentas si te gusta. Aquí está.

Sigo la recomendación de Ricky, primero pruebo el caldo tal cual como está servido. Para mi gusto, está perfecto, tal vez le falte una pizca de sal, pero está bien así.

—Ricky, delicioso el caldo, muy bueno. Déjame probar primero el suero sin verterlo en el caldo. Quiero probarlo antes porque, para mi gusto, el caldo está bien —le digo.

Ricky agarra una cuchara y el recipiente que contiene el suero. Vierte un poco en la cuchara y me la pasa. Lo pruebo. Tiene un cierto sabor salado y acidulado que asumo que es por el proceso de fermentación, que imagino que es totalmente artesanal.

—Me ha gustado —le digo a Ricky.

—Bueno, Marcos, tú decides qué haces con el suero. Yo procederé a mezclar un poco en mi caldo. Ese suero lo puedes combinar con lo que quieras, con arroz, con papa, con plátano, con pan, con arepa, mejor dicho, con lo que quieras, porque es muy rico.

Ricky vierte una cantidad copiosa de suero en su caldo. Lo mezcla con la cuchara y empieza a degustarlo. Yo no me atrevo a hacer lo mismo aún. Primero me tomaré una buena cantidad de caldo y dejaré un poco al final para hacer la mezcla. No quiero arrepentirme a medio camino.

Por fin llega el plato fuerte, de hecho, fuerte y grande. Hay un pescado inmenso e inmerso en una salsa de tomates, cebollas y otras especias, servido en una bandeja. En otro plato hay arroz blanco, patacones y yuca, pues así se llama ese tubérculo de color blanco, según lo que me comenta Ricky.

«Me había hecho a la idea de que con el caldo era más que suficiente», le digo a Ricky, quien me responde con la boca llena que no me preocupe, que me coma lo que pueda, pero que lo disfrute. Nos sirven, además, una jarra con un líquido color marrón con hielo flotando. «Déjame adivinar, Ricky, qué es ese líquido que nos traen para acompañar la comida: agua de panela», le digo. Ricky me contesta: «Sí, señor, así es, es agua de panela, pero esta vez mezclada con limón». Me dice que es una bebida ideal para el calor que nos abraza y perfecta para acompañar el pescado.

La faena es intensa, empiezo a sudar a cántaros y progresivamente a medida que voy comiendo. La señora Maruja ubica muy amablemente, a un lado de la mesa donde estamos, un ventilador de pedestal.

La brisa robada del entorno alivia un poco mi temperatura corporal. Me siento un poco sofocado, pero no me importa, lo que estoy comiendo es exquisito. Vierto un poco de suero en el arroz, en los patacones y un poco también en el pescado. Ricky se queda mirándome con asombro y alegría. «Ya estoy empezando a sentirme barranqueño», le digo a Ricky, quien llama con orgullo a la señora Maruja y le dice que me dé la bendición, porque Barrancabermeja acaba de recibir en su seno un nuevo hijo traído de España.

La señora Maruja, por hacerle caso a Ricky, creo, se me acerca, me persigna con su mano derecha y me dice, al igual que la señora Graciela en Floresta: «Dios lo bendiga, mijo». «Últimamente me han dado la bendición con mucha frecuencia», les digo. La señora Maruja responde diciéndome que es una buena señal que me estén poniendo en las manos de Dios para protegerme. El comentario me agrada y, siendo honesto conmigo mismo, el comentario también me asusta. Mi relación con Dios no es buena, y tal vez, desde hace mucho tiempo, inexistente.

Terminamos de almorzar. Reposamos un poco a favor de nuestra digestión. Ricky paga la cuenta y nos despedimos de la señora Maruja, quien muy efusivamente nos abraza a los dos y nos dice que nos quiere mucho y que espera vernos nuevamente para atendernos como nos merecemos. Le da un beso a Ricky, me da un beso a mí, nos desea una feliz Navidad y, de paso, feliz año, por si acaso no nos vuelve a ver pronto en su local. Ricky le responde que no, que el feliz año se lo debe dar con un buen pescado frito recién sacado del río el 2 de enero y que, por lo tanto, se prepare. Nos despedimos como no queriendo irnos, subimos a la camioneta, cuyo interior parece un horno, y tomamos rumbo hacia la casa de los familiares de Ricky, donde me dice que están su madre y su sobrina esperándonos. Ya son casi las cuatro de la tarde de mi primer día en Barrancabermeja: mi primer día en el Abrazo Cálido de la Bella Hija del Sol.

***

El calor ya está haciendo efecto en mi metabolismo, le digo a Ricky que tengo un ligero dolor de cabeza. Él me dice que tranquilo, que el problema tal vez no sea el calor, sino la humedad relativa, que es bastante alta. Hay días en que puede llegar al cien por cien de humedad. Me dice que debo mantenerme hidratado todo el tiempo y que, si el dolor de cabeza se incrementa, buscaremos algún medicamento para amainarlo.

—Marcos, ya vamos llegando a la casa de mis tíos. Ya te dije que tengo un *husky* siberiano que se llama Igor. Lo tengo aquí donde mis tíos desde cachorro. Tuve que dejarlo porque hace dos años me trasladé a Bogotá. Estuve en comisión con base en Barrancabermeja durante unos tres años aproximadamente.

»A pesar de que no estoy con él muy seguido, quiero que

370

veas la reacción cuando me sienta cerca. La casa de mis tíos queda en una esquina, tiene un jardín amplio que está cercado por una reja alta de color blanco. Te vas a dar cuenta del resultado de este experimento. Nadie sabe que voy en un vehículo diferente al que mis familiares ya conocen, a excepción de mi mamá y mi sobrina, por supuesto. Voy a pasar por la calle de enfrente de la casa y voy a dar al menos dos vueltas a la manzana antes de que nos bajemos, ¿okey?

—Okey, Ricky —le respondo—. Lo que tú digas.

Ricky, a lo lejos, me muestra la casa de sus tíos, la cual se ve bastante grande y, según lo que se observa desde aquí, es de dos niveles. Ricky reduce la velocidad, pasa por enfrente y, de inmediato, sale Igor aullándole a la camioneta y siguiéndola con la vista. Ricky, aunque quisiera bajarse inmediatamente a saludar a su querida mascota, no para. Gira por la esquina e Igor entra y lo vemos haciendo revuelo dentro de la casa y deteniéndose en cada uno de los ventanales laterales de esta.

—¿Sí te das cuenta? —me dice Ricky—. Me da angustia, pero quiero que veas completa la reacción de Igor. Siempre reacciona así cuando me siente llegar, y es en serio, Marcos, me siente llegar. Yo he hablado con mis tíos sobre el comportamiento de Igor cuando por alguna circunstancia he tenido que viajar aquí. Ellos ya saben que, cuando Igor empieza a inquietarse, es porque yo voy en camino hacia él.

—Interesante, Ricky, muy interesante lo que me dices.

Ricky continúa y da rápido la vuelta a la manzana. A lo lejos vemos a Igor levantado contra la reja, expectante, ansioso, moviéndose de un lado para otro. Ricky ajusta su marcha y aparca la camioneta en la acera de enfrente de la casa de sus tíos. Me dice que no me baje todavía y que observe a Igor. Él se baja. Igor está mirando firmemente a la camioneta, ve a Ricky y empieza a aullar con más fuerza, todos los perros del vecindario empiezan a ladrar. Ricky camina hacia donde está Igor, separados por la reja. Es tanta su emoción que quiere salir por donde sea.

Una mujer morena sale sonriente de la casa y se dirige a abrir la reja, la entreabre. Igor sale despedido al encuentro con Ricky. Igor tumba a Ricky, lo lame, lo abraza, juega con él, aúlla, salta, es un espectáculo tan impresionante que hasta me conmueve. De la casa empiezan a salir más personas, como hormigas de un hormiguero. Igor sigue revolcándose con Ricky en el césped del jardín. Todos sonríen, saludan a Ricky y lo ayudan a levantarse del suelo. Lo abrazan, lo besan todos y... parece que Ricky se ha olvidado de que estoy aquí. Veo a todos entrar a la casa y cierran la puerta principal.

Pasan tres largos minutos, y nada, nadie entra ni sale de la casa. Pasan otros dos largos minutos, mi ansiedad se incrementa, la camioneta todavía sigue encendida. ¿Qué estará pasando ahí dentro? De pronto veo a Ricky salir con Igor, que lo lleva en su mano izquierda con un collar. Se acerca a la camioneta y me dice que baje.

Le digo que me estaba empezando a preocupar porque no sabía qué hacer. Me dice que apague la camioneta, que le dé la llave y que no me preocupe por el equipaje, que más tarde lo bajamos.

Mientras salgo de la camioneta, Igor se abalanza sobre mí, me pone sus dos patas delanteras en mi pecho, empieza a olerme y me lame la barbilla. Ricky dice: «Perfecto, Igor te aceptó». Cierro la puerta, Ricky activa el cierre y nos dirigimos hacia la casa. Entro por la reja, Ricky e Igor entran,

Ricky cierra la reja y me dice que, por favor, siga y entre a la casa. Al dar el primer paso por la entrada de la casa, empieza la parafernalia a sonar.

Me siento aturdido, veo a toda la familia de Ricky, algunos sentados, otros de pie, en la sala, que, al parecer, ha sido adecuada para acoger tal cantidad de gente. En mi alegre aturdimiento, todo el mundo grita al unísono: «¡Bienvenido!», con carteles que dicen mi nombre en sus manos. Serpentinas y confetis vuelan por doquier, mientras sigue sonando lo que está interpretando un conjunto musical conformado por tres personas con instrumentos.

Mi regocijo es tal que no sé qué hacer. Pongo mis manos en la cabeza, cruzo mis brazos al frente y, a mi espalda, me hacen fotos. En fin, me siento totalmente desubicado pero feliz con esta grandiosa sorpresa. De pronto, una chiquilla de unos diez años se me acerca, me coge de la mano y me dice: «Venga, bailemos».

Quedo aún más aturdido con la invitación, pero la sigo y trato de seguir el paso de su danza. Un señor de cierta edad, que asumo que es el tío de Ricky, me ofrece una copa con licor y me dice: «Hágale, mijo, que es aguardiente». Tomo la copa y me bebo el licor sin contemplación alguna, aunque no tenga la más mínima idea del efecto que me vaya a causar. Ricky se me acerca, me da un abrazo y me dice:

—Bienvenido, mi estimado Marcos. Esto es lo que se conoce aquí como un parrando vallenato, y tengo la certeza de que jamás vas a ver esto en Europa.

—Tienes toda la razón, Ricky, muchas gracias por todo lo que estás haciendo, y particularmente por todo lo que me has estado enseñando de la vida estos últimos días —le digo.

La música para de sonar, todos se organizan en torno a una señora blanca de unos ochenta años que se encuentra sentada en una mecedora, quien queda rodeada de muchas mujeres y unos cuantos hombres. La familia de Ricky es un matriarcado, sensacional, las mujeres aquí llevan el control de la familia. Todos en la casa hacen silencio, hasta los más pequeños, solo se escucha el sonido de fondo de los ventiladores de techo y de pedestal a toda velocidad. Ricky, con Igor echado y jadeante a su lado izquierdo, toma la palabra.

—Marcos, bienvenido a mi familia. Te presento a mi queridísima abuela María Antonia, mi adorada madre, Ana, mi tía Luisa, mi tía Sofía, mi tía Juliana, mi tía Stella, mis primas Alejandra, María Camila y Myriam Lucía, mi sobrina Sara, mi tío Toño, mi tío Mario y mis primos Jorge, Iván y Luis, los músicos de la familia, y, por último, te presento a estas tres hermosas chiquillas: Yolanda, Isabel y Anita, que son las hijas de mi primo Jorge. Mi padre y mi abuelo, desafortunadamente, fallecieron hace algunos años, pero siguen aquí con nosotros.

Todos al unísono dicen «amén» y se persignan sincronizados, incluso los más pequeños. Con respeto y tranquilidad, empiezo a expresarme delante de todos:

—No sé qué decirles a todos ustedes. Quisiera tener un discurso para poder expresarles mi profundo agradecimiento por tan maravilloso y espontáneo recibimiento. Jamás habría imaginado todo lo que podría llegar a aprender cuando decidí, en Holanda, asumir la misión que hoy me tiene aquí con Ricky. El hecho de que esta sea la primera vez que voy a estar lejos de mi casa y de mi única hermana en las fiestas de Navidad y Año Nuevo está hermosamente compensado con la calidez y fraternidad que emanan todos ustedes. Tengo que decir que al principio me he sentido desubicado, pero ahora me doy cuenta de que estoy en un sueño de familia. Muchas gracias, Ricky, muchas gracias a todos por darme estas memorias, mis mejores memorias fuera de casa.

Todos me aplauden y silban, se me acercan y me abrazan y se reinicia la mediación musical con más intensidad. Todos cantan, bailan y beben felices, y siento la vibración y la energía que este hogar transmite. Me siento feliz, realmente, me siento feliz. Ricky se me acerca y me dice que lo acompañe al segundo piso.

Mientras subimos las escaleras me dice que nos vamos a quedar aquí, que hay una habitación preparada para que yo me quede los días que debo estar en Barrancabermeja. Le digo a Ricky que no es necesario, que se quede él y que yo me quedo en un hotel. Me responde que ya está decidido y que me acuerde de lo que hablamos durante el almuerzo. «Está bien, Ricky», le respondo. No quiero incomodar a nadie ni estar yo incómodo tampoco, pero tiene razón, no está bien hacerle un desplante a esta familia que me está acogiendo como a un miembro más. Llegamos a la habitación que me han preparado y está perfecta, tiene baño interno.

Le digo a Ricky que bajemos a la camioneta para organizar el equipaje y también le digo que me acompañe o me indique dónde y cuándo podría salir a comprar algunos regalos de Navidad para sus familiares. Ricky me responde que no me preocupe y que mañana temprano haremos esa diligencia.

—Marcos, ya quedó confirmada la cita con el señor David M. Parra para el 26 de diciembre. Ya hablé con él directamente y me dice que nos reunamos en la tienda Gualilo, que queda en el centro comercial San Silvestre. Que él lleva los documentos que tiene disponibles del proyecto que formuló Antonio Correa Landines para la Alcaldía de Barrancabermeja.

—Perfecto, Ricky, muchas gracias.

***

Hoy es 26 de diciembre de 2013. Son las nueve de la mañana. Es el día de mi encuentro con el señor Parra. La cita es a las diez de la mañana en el lugar indicado, el cual ya conocí la víspera de Navidad, cuando vine con Ricky a comprar los regalos para sus familiares. Llamo a Verónica para que me ponga al corriente de las indagaciones adicionales en Holanda con respecto al caso. Verónica me contesta, como es habitual en ella, al primer tono.

—Hola, Marcos, buenos días. ¿Qué tal tu Navidad en Colombia?

—Excelente, Verónica, mejor de lo que yo esperaba. La familia de Ricky es sensacional. Por cierto, tendrás que conocerlos algún día. Cuéntame, ¿cómo van las cosas en Holanda?

—Bien, Marcos, mi familia está bien. Lo hemos pasado muy bien también. Bueno, te cuento: el programa de reconocimiento todavía no ha dado *match*. Sigue corriendo. Hice, con la ayuda de Martjin, una correlación de las imágenes que me enviaste de los vídeos y del «retrato hablado». Hago énfasis en el «retrato hablado» porque tu destreza para el dibujo no es la mejor del mundo.

—Sí, sí, Verónica, eso ya lo sé, pero tenía que intentarlo.

—Sí, Marcos, está bien. Esperemos que dé *match* en algún momento y ojalá que sea antes de que regreses.

—A propósito, Verónica, ya que lo mencionas. Te agradecería que me ayudes con el tema de mi viaje de retorno a Ámsterdam. Pretendo salir de Barrancabermeja hacia Bogotá el 1 de enero en el vuelo Barrancabermeja-Bogotá que sale por la tarde y que creo que es el único que hay ese día, según me ha comentado Ricky. Mi plan es tomar el vuelo de Bogotá a Ámsterdam el mismo día, ya sea vía Madrid o vía París, cualquiera que esté disponible, ya por la noche. Me ayudas, por favor, y espero tu confirmación.

—Perfecto, Marcos, con mucho gusto organizo tu itinerario y te informo. Los billetes te los remito por correo electrónico, no hay problema.

—Gracias, Verónica, me alegra mucho poder contar contigo. ¿Hay alguna información del coronel Di Alphonse con respecto al tema de las cámaras de seguridad de la casa del capitán Vegner?

—El coronel me llamó y me dijo que los técnicos siguen procesando la información. Me tienes que perdonar, pero le he contado las fuertes sospechas que pesan sobre el reverendo Heinrich. Espero que no te moleste.

—No, tranquila, Verónica, no hay problema. Esa información le puede dar foco a la búsqueda en los vídeos. No te preocupes por eso. Te cuento que a las diez de la mañana tengo cita con el señor David M. Parra, que fue la persona que más interacción tuvo con Antonio Correa Landines aquí, en Barrancabermeja. Espero obtener la mayor cantidad de información posible de Antonio.

—Muy bien, Marcos, poco a poco se está despejando el panorama. Yo estoy segura de que todo este enredo lo vamos a resolver pronto. Con respecto a la situación aquí, no ha habido novedades relevantes aparte de un caso aislado e irregular de entrada de hachís en el Red Lights District. Dunnebier se tomó estos días de descanso y me he quedado a cargo de todo.

—Vaya, vaya, eso quiere decir que eres mi jefa en este momento. Qué bien, perfecto para mí.

—Marcos, te voy a confesar algo, pero no te vayas a enfadar ni te vayas a preocupar. He estado siguiendo al reverendo Heinrich.

—Verónica, por favor. Te había dicho que dejaras eso a un lado y que yo me encargaría de ese asunto. Ten mucho cuidado, por favor.

—Sí, Marcos, lo sé, pero recuerda que estamos los dos en esto. Cuando estuve en la misa que te comenté hace unos días, el reverendo Heinrich estaba solo. Uno o dos días antes de Navidad, empecé a verlo frecuentemente en compañía de otro religioso de aspecto juvenil. La víspera de Navidad los vi discutiendo: parecía una discusión de pareja. Aproveché para hacerles unas fotografías y las están cargando en la base de datos.

»Hoy me dan el resultado del registro del otro religioso. Hay otra sorpresa, Marcos, encontré una cuenta que permanece activa en Aruba a nombre de Sylvia y de Antonio. La última transacción trazable es una retirada de una fuerte suma de dinero a finales de octubre de este año. Estoy tratando de establecer quién hizo la retirada, si se supone que tanto Sylvia como Antonio ya no existen.

—Uhm, Verónica. Te cuento: cuando estuvimos en Floresta, fuimos hasta la casa campestre que era de Antonio y que se llama Villa Doménica. No pudimos entrar, pero en la entrada principal de la Villa hallamos huellas de un vehículo dejadas en el lodo, ahora seco, que aparentan ser recientes, considerando que las últimas lluvias en la zona se dieron en el mes de noviembre. Tengo una ligera sospecha sobre todo esto y sobre el rol que jugó o está jugando Antonio Correa Landines.

—¿Crees que Antonio sigue vivo?

—Te digo que no es una posibilidad tan descabellada. No cuerpo, no caso. Antonio, según lo que averigüé en Floresta, era muy inteligente y hábil. Bueno, Verónica, creo que ya llegado el señor Parra. Cuídate mucho. Hablamos más tarde o mañana, ¿te parece?

—Okey, Marcos. Gracias por llamarme. Te envío el correo con tus billetes tan pronto como organice tus vuelos.

—Perfecto, Verónica. Gracias. Un abrazo —le digo, y Verónica cuelga la llamada.

Diviso a un señor moreno, de unos cincuenta años, un poco pasado de peso, con gafas y que trae consigo una carpeta en la mano derecha y un maletín de cuero color negro en la mano izquierda, acercándose y reconociendo las personas que están en la tienda de café en este momento. Lo miro y me levanto de la silla donde estoy sentado, alzo mi mano y le pregunto si es el señor Parra.

El hombre se acerca, acomoda la carpeta debajo de su brazo izquierdo, me alcanza con dificultad su mano derecha y se presenta dándome los buenos días y, posteriormente, confirmándome su nombre y cargo en la administración municipal. Me presento y lo invito a sentarse. El señor Parra se sienta y pone la carpeta que trae sobre la mesa y el maletín en su regazo. Le pregunto si desea tomar algo y aprovecho para agradecerle la oportunidad y el tiempo para conversar con él al respecto de la interacción que sostuvo con Antonio Correa Landines. Me acerco a la caja, pido un par de deditos de queso y dos capuchinos, pago y vuelvo a la mesa para comenzar mi charla con el señor Parra. Mientras preparan el pedido, inicio la conversación preguntándole directamente sobre la fecha y circunstancias en las cuales conoció a Antonio Correa Landines y el tiempo de interacción.

—Mi interacción con Antonio se inició a finales del año 2007, a raíz de una consultoría que se gestó en la Oficina Asesora de Planeación Municipal para la elaboración del Plan de Desarrollo 2010-2020, promovido por el alcalde de la época como un plan de desarrollo a largo plazo para asegurar la sostenibilidad futura del municipio de Barrancabermeja y con el objetivo de reducir la dependencia de la industria petrolera. Interactúe seguido con él, durante ocho meses aproximadamente. Antonio estructuró el proyecto a lo largo del primer semestre de 2008 y entregó el documento finalmente en el mes de octubre de ese mismo año. Aquí está el proyecto, el cual, desafortunadamente, las siguientes administraciones dejaron olvidado en un cajón.

El señor Parra abre la carpeta y me muestra la portada del proyecto cuyo título es: «PLAN DE DESARROLLO 2010-2020. MUNICIPIO DE BARRANCABERMEJA. CAPITAL ENERGÉTICA Y TECNOLÓGICA DE COLOMBIA. OCTUBRE 2008. OFICINA ASESORA DE PLANEACIÓN MUNICIPAL».

—Un nombre bastante atractivo —le digo.

—Sí, señor, y un proyecto muy bien estructurado. Antonio tenía una visión clara de lo que se podría hacer aquí en el municipio para darle ímpetu a la región, aprovechando los recursos existentes e integrándolo con el Plan de Ordenamiento Territorial, que también se quedó estancado por falta de voluntad política. Mire la tabla de contenido y se dará cuenta de los diversos aspectos planteados.

La cajera de la tienda de café nos anuncia que el pedido está listo. Me levanto de la silla, cojo la bandeja del mostrador y la pongo en una mesa que está desocupada al lado de la nuestra. Le paso al señor Parra su merienda y yo recojo mi capuchino. Empiezo a leer en voz alta la tabla de contenido, como me ha sugerido el señor Parra:

1. Programa para la recuperación de la ciénaga Miramar a partir del restablecimiento de su conexión natural con el río Magdalena, en línea con el programa en curso de saneamiento básico del municipio de Barrancabermeja.

2. Programa para la construcción de la granja solar y eólica La Candelaria y su integración con la red de interconexión eléctrica regional.

3. Programa para la implementación de la tecnología para la conversión de desechos industriales y domésticos en energía (waste-to-energy).

4. Programa para la reactivación progresiva de la empresa Fertilizantes Colombianos S. A. en articulación con el programa para la conversión de desechos en energía.

5. Programa de incentivos para la masificación de la utilización de la tecnología solar en las medianas y grandes empresas del municipio de Barrancabermeja.

6. Programa para la consolidación del municipio de Barrancabermeja como eje energético y tecnológico de la región y del país.

—Permítame decirle, señor Parra, que el plan de desarrollo estructurado por Antonio es bastante ambicioso y costoso.

—Sí, eso lo sé muy bien. Como le digo, Antonio tenía visión, y también dejó definidas en el último capítulo del plan todas las fuentes disponibles de financiación. Para ser extranjero, tenía un conocimiento muy claro de la estructura del Gobierno municipal y de sus interacciones con el Estado, y hasta dejó la lista de potenciales inversionistas extranjeros.

—Perdón, señor Parra, me llama la atención el comentario que acaba de hacer al respecto de «para ser extranjero». ¿Por qué lo expresa de esa manera si Antonio Correa Landines era colombiano?

—No, Antonio Correa Landines no era colombiano, era holandés. Tenía nombre colombiano, pero, según me contó, sus padres biológicos eran holandeses. Además, ni su forma de expresarse ni su acento eran para nada locales, así como sus costumbres.

—¿Cómo que su acento no era local?

—Sí, Antonio Correa Landines tenía acento extranjero, así como usted tiene acento español. A lo largo de mi carrera administrativa e interactuado con muchos extranjeros y puedo decirle con total certeza que el acento de Antonio Correa Landines era holandés.

—Me deja usted más que desconcertado, señor Parra, con su afirmación —le digo—. Señor Parra, con lo que me acaba de decir del acento de Antonio Correa Landines, se esclarece aún más la investigación que estamos haciendo. Una pregunta: ¿sabía usted que Antonio está desaparecido desde enero de 2010?

—No, no lo sabía, y no lo creería.

—¿Por qué lo dice, señor Parra? ¿Acaso Antonio Correa Landines se ha comunicado con usted recientemente?

—Pues, directamente conmigo, no. Se recibió este año una llamada que no pude atender en octubre o noviembre, no recuerdo bien, y el recado que me dejó la secretaria del despacho decía que había llamado un tal Antonio Correa, que asumí que era él porque ella me dijo que el tipo hablaba como enredado, y, pues, con esa descripción de la voz y el nombre, asumo que era él.

—Okey, señor Parra, muchas gracias por su colaboración. Es posible que lo volvamos a molestar más adelante, porque en esta carpeta no veo documentos firmados por Antonio Correa Landines que nos puedan servir para hacer alguna indagación adicional por el momento. Imagino que esos documentos con firmas deben estar bajo custodia de la Oficina de Tesorería del municipio de Barrancabermeja, o algo así.

—Sí, señor, así es. Lo que hay aquí en esta carpeta son documentos técnicos, que es lo que yo manejo. Nada de temas administrativos, que enredan.

—Muy bien, señor Parra. De nuevo, muchas gracias —le digo.

La reunión termina. El señor Parra se levanta de la mesa, recoge la carpeta y se despide. Yo me quedo aquí, con una nueva espina atravesada en mi garganta que me incomoda: Antonio sigue con vida por ahí y tal vez observándonos desde la distancia. Afortunadamente, Mariana ha reabierto el caso. Tengo que ir tras él. Cierro el caso de Vegner en Holanda y me dedico a buscar a Correa Landines.

Suena el móvil, es Verónica. Le contesto de inmediato y la escucho sonreír con Martjin de fondo.

—Hola, Marcos. Lo tengo. Lo tenemos.

—¿Qué tienes, Verónica?

—Hizo *match*. Al quedar cargada en la base de datos la fotografía que le hice al acompañante del reverendo Heinrich, el programa de reconocimiento inmediatamente hizo *match*. Es un religioso benedictino de origen portugués. Se llama Joao Balduíno Almeida Freitas, de treinta y cuatro años. El misterioso acompañante del reverendo Heinrich es el individuo que te estaba siguiendo. Encontré en los registros de migración varias entradas a Colombia entre 2009 y 2010. Hay un registro de entrada a Holanda del 2 de febrero de 2011, que asumo que fue la fecha en la que entró después de envenenar a Sylvia. No hay más registros hasta 2013. Entró a Holanda hace unos días, el 22 de diciembre. Es él, Marcos, es él, que no nos quepa la menor duda.

—Muy bien, Verónica, te quiero. Excelente. Todavía no podemos lanzarnos a capturarlos. Como te dije, nos faltan evidencias físicas, pero espero conseguirlas cuando regrese a Holanda.

—Okey, Marcos. No estoy de acuerdo, pero te entiendo, porque al reverendo Heinrich todavía no lo tenemos conectado.

—Exacto, Verónica, así es. Ten mucho cuidado, por favor. Ni te expongas ni expongas a tu familia. Ya sabemos que tienen los medios para acceder a nosotros y que no tienen escrúpulos para eliminarnos.

Me despido de Verónica con alegría por la tarea hecha y reconociendo con orgullo su valiosa compañía.

Aprovecho que aún estoy en el centro comercial y compro tres bolsas de café Gualilo Excelso para Dunnebier y unos detalles adicionales para Verónica en una de las tiendas de artesanías típicas.

Me aturde la posibilidad de que Antonio siga con vida, pero me aturde aún más la desazón que me genera la posibilidad de que Verónica cometa o haya cometido un error por el ímpetu imprudente que le ha puesto al caso y, particularmente, por estar conmigo.

Saliendo del centro comercial, el señor Parra me aborda por sorpresa. Me dice que, por la prisa que tenía de regresar a su casa a resolver un asunto con sus hijos, había olvidado mostrarme que, en su ordenador portátil, mantiene una copia de un vídeo de una sesión de trabajo que sostuvieron con el alcalde de la época, el secretario de Planeación y Antonio Correa Landines.

Regresamos a la tienda de café, localizamos una mesa libre y el señor Parra saca su portátil del maletín. Abre sesión y empieza a rebuscar en sus archivos de 2008.

—Aquí está, este es el archivo. Deme un momento, por favor. —El señor Parra activa el programa de vídeos de su ordenador—. Mire, él es Antonio —dice señalándolo en la pantalla. La imagen no es muy clara, pero el sonido es perfecto—. Ahí está haciendo la exposición del proyecto.

—Definitivamente, tiene acento extranjero, tiene usted razón —le digo.

Seguimos mirando el vídeo. No me cabe duda, es Maikel de Jaager y no Antonio Correa Landines quien participó en esa reunión. A medida que la exposición avanza, se percibe que está dubitativo con lo que está presentando, como si simplemente se hubiera aprendido un libreto, y no responde con seguridad a las preguntas del alcalde. De repente, en el vídeo, a mitad de la exposición, se observa que él detiene abruptamente la presentación que está haciendo y sale del recinto donde están. En el vídeo quedó registrado el desconcierto del alcalde y del secretario de Planeación.

Le pregunto al señor Parra si recuerda por qué Antonio se ausentó en ese momento de la reunión. Me responde que, viendo ahora el vídeo, le parece recordar que Antonio salió unos minutos a atender una llamada. Me dice que, en ese momento, el alcalde se molestó con él porque lo dejó hablando solo, como se ve en el vídeo.

Pasan seis minutos, como indica el contador del vídeo, y de repente vuelve a entrar. No me había fijado, el vídeo es de octubre de 2008. La imagen de él ahora está un poco más difusa que antes. Observo con detenimiento sus movimientos, parece alterado. Se bebe un vaso con agua y retoma la exposición. Para mi sorpresa, cuando empieza a hablar, evidencio un ligero cambio en el tono y en el acento de su voz y se percibe que empieza hacerlo con mayor soltura y seguridad. El vídeo continúa. Las preguntas del alcalde son resueltas ahora con precisión y, a diferencia de lo que se escuchaba al inicio del vídeo, el acento se torna un poco más local.

Al finalizar el vídeo, en el último cuadro, que corresponde a los dos últimos segundos de grabación, la imagen de él se difumina y se observa algo parecido a una doble silueta. Le pregunto al señor Parra si ha visto lo que acaba de suceder el vídeo. Me responde afirmativamente y me dice que es muy probable que haya sido un fallo de la cámara o en el momento de descargar y transferir la imagen al ordenador.

—Es posible, señor Parra, sin embargo, le agradecería que me facilitase una copia de ese vídeo para analizarlo con mayor detalle —le respondo.

Saco de mi mochila un disco duro portátil que tengo disponible y procedemos con la copia. Mientras se completa la transferencia del archivo, le pregunto al señor Parra si, por casualidad, en el tiempo que duró la interacción con Antonio, notó algo extraño en su comportamiento.

—A decir verdad, Antonio es, o era, no sé ahora, una persona extraña. Hubo días en que manejaba los temas del proyecto con una fluidez increíble, se evidenciaba que tenía todo el proyecto en su cabeza, y hubo otros días en que los temas se estancaban, como si fuera otra persona. Ustedes, los extranjeros, son muy raros a veces, hasta para la comida. Antonio decía que era vegetariano en unas ocasiones y en otras no, quién los entiende a ustedes.

—Listo, señor Parra, finalizada la copia del archivo. Muchas gracias nuevamente.

El señor Parra cierra su sesión en el portátil, lo apaga, lo guarda en su maletín, me extiende su mano derecha y se despide. «No se complique, la vida es un juego», me dice, y se marcha.

Por fin pude ver a Antonio, ¿o a Maikel? Revisaré con más detalle este vídeo. Al final, es la única prueba fehaciente de la presencia física de cualquiera de los dos aquí, en Colombia.

9. Ascensión

Hoy es 31 de diciembre de 2013, la víspera de Año Nuevo y también la víspera de mi retorno a Holanda. Si la fiesta de Navidad en la casa de Ricky fue todo un espectáculo, no quiero imaginarme cómo va a ser esta noche en el famoso Fandango de la 24, a donde me va a llevar después de recibir el Año Nuevo. Insistió tanto en que debía comprar un pantalón blanco, una guayabera blanca y unos zapatos tipo mocasín blancos, que he terminado haciéndole caso. Me dijo que tenía que parecerme a García Márquez en el momento de recibir su Nobel en 1982. La única vez que recuerdo que me vestí o me vistieron totalmente de blanco fue cuando hice la primera comunión en Barcelona.

Tendré que hacerme una fotografía y enviársela a Luchi para que se ría un rato. A propósito, hoy tengo que llamarla mucho antes de medianoche. No quiero que pase nuevamente lo que me sucedió la víspera de Navidad, cuando intenté contactar con ella más un millón de veces para saludarla. Las redes móviles se colapsan aquí. Parece que toda Colombia se interconecta a esa hora en esos días especiales. Además, la bulla de aquí más la bulla en Times Square allí crearon el idilio ideal para la interferencia, no obstante, pudimos hablar y reírnos un rato. Son las once de la mañana. Quedarme aquí, en la casa de los tíos de Ricky, ha sido la mejor decisión que he tomado en mi vida. Todo ha estado perfecto y he estado acompañado todo el tiempo. Lo necesitaba.

Ellos me han contado historias ancestrales de Pipatón y Yarima. Me han contado también leyendas, mitos e historias de terror. Me han mostrado álbumes de fotos y he visto vídeos de paseos familiares. Aprendí, además, que aquí los apodos o sobrenombres están a la orden del día. Me han enseñado refranes, chistes y hasta las vulgaridades locales.

He conocido a las iguanas, y cómo no conocerlas, si en Barrancabermeja es el reptil más común, protegido por ser la insignia de ECOPETROL, y además están por todas partes por donde miras o caminas.

En temas de reptiles, he aprendido que «caimán» es una expresión de antaño trasfigurada del término anglosajón *key man* o «el hombre de las llaves», como llamaban los gringos a los administradores de los campamentos petroleros de los pioneros de la industria, personajes estos que tenían libre acceso a las viviendas y, de paso, a las mujeres, por lo tanto, «el caimán» pasó a ser la expresión por excelencia que define al amante de las mujeres infieles del momento, y «la moza» define e identifica a la amante del trabajador petrolero.

He aprendido que el barranqueño, de igual forma que trabaja, parrandea, y que ECOPETROL, para el esparcimiento de sus trabajadores, dispone de dos clubes: el Club Miramar y el Club Infantas. Este último también está abierto, a un menor coste, para los demás que hacen vida en Barrancabermeja.

Me han enseñado a cocinar platos típicos sencillos que seguramente reproduciré con precisión en algún momento que pueda compartir con Luchi o con quien vaya a vivir el resto de lo que me quede de vida, si la naturaleza así lo determina.

Aprendí también que el centro de la ciudad no es el centro de la ciudad, como en otras ciudades, sino «el comercio», porque El Centro es una población que queda hacia el sureste de la ciudad, donde floreció la industria petrolera local. En El Centro también hay un club de golf y unos barrios para personas acomodadas construidos por los gringos y, para evitar confusiones a propios y extraños, El Centro es El Centro ECOPETROL, y los que nacen allí, aunque también son barranqueños, son llamados comemangos, por razones obvias y para diferenciarlos.

Conocí también otra población importante para la industria del petróleo local llamada Yondó, que está en territorio antioqueño, el cual está conectado con el territorio santandereano por el puente Guillermo Gaviria, y que, además, también cuenta con un sitio de esparcimiento para los trabajadores petroleros que se llama el Club del Monte. A Yondó inicialmente lo asocié con la expresión inglesa «John Doe», pero no es así.

He bebido y comido hasta la saciedad y, a pesar de todo el trajín de estos días, he podido hacer ejercicio en los parques cercanos, sin la necesidad de ir a sudar a un gimnasio.

He ayudado a preparar y he comido tamales y sancochos bifásicos y trifásicos, lo que depende del número de proteínas animales que se les agregue y que son preparados con leña en esas ollas grandes que se llaman fondos, que los vecinos ubican enfrente de sus casas, comidas y bebidas que he compartido con amabilidad, aprecio y humildad con personas totalmente desconocidas, y esto no solo ocurre en época de fiestas, ya que también están disponibles a lo largo del año.

He conocido el significado de «paseo de olla» a la orilla de la ciénaga San Silvestre, de donde los barranqueños sacan las aguas para subsistir, y también me he refrescado en ellas manteniendo, eso sí, la precaución con las rayas. También he comido pescado frito en El Llanito, donde dice Ricky que aún queda alguno que otro manatí.

He visto y he vivido que las mujeres barranqueñas son hermosas, inteligentes, inconformistas y decididas, capaces de establecer fácilmente vínculos familiares fuertes y también capaces de romperlos fácilmente sin compasión alguna cuando así lo determinan o cuando sienten que les hacen daño. Que, en general, las mujeres colombianas son unas verracas o mujeres de temple que merecen el respeto y la admiración de todo el mundo.

He visto atardeceres de todos los colores, que contrastan magistralmente con el río y la refinería, enmarcados estos como amantes en el firmamento azul, libre de pinceladas blancas por estos días de sequias.

Mi mente se ha abierto totalmente y el enjambre ha sido liberado. Ya no hay colmena y, por lo tanto, ya no hay zumbido interior que me agobie. Ni Sofía ni Mariana ni nadie más volverá a desestabilizarme emocionalmente. También está sucediendo lo que era inevitable: he empezado a replantearme los términos de mi relación con Dios. Me siento feliz y pleno por primera vez en mi vida, en un lugar ajeno a la usualmente mía.

Termino de hacer mi equipaje. Ya tengo en mi poder los billetes para mi regreso a Holanda. Debo dejar hoy todo organizado porque no quiero correr mañana y quiero que mi regreso sea ligero. El arma temporal de dotación ya está en manos de Ricky, así como el diario de Maikel. El caso de la muerte de Maikel y del capitán Vegner ya tienen autor material, y posiblemente también autor intelectual. Solo me falta llegar a Holanda, confrontar al reverendo Heinrich y lograr su confesión, o tal vez forzarlo a confesar, de ser necesario. Espero que así sea.

Dejo listo encima de la cama el atuendo para esta noche. Aún no me visualizo vestido de blanco para recibir el Año Nuevo en la glamurosa fiesta de San Silvestre que me espera. Salgo de la habitación y bajo al primer piso.

La señora María Antonia está sentada en su mecedora, dormitando con su Biblia pequeña en las manos y los tejidos de filigranas a sus lados. La señora Ana y dos de sus hermanas están preparando sus especiales delicias en la cocina. Las chicas más pequeñas están jugando en el jardín: las saludo, les doy los buenos días y me responden con su afecto infantil. Ricky está con Igor en la parte exterior de la casa, dando el paseo habitual matutino con uno de sus primos.

Ricky se acerca al sector de la reja donde estoy recostado. Me pregunta cómo estoy y cómo pasé la noche. «Bien, muy bien», le respondo. Le cuento que lo único que logró perturbarme ligeramente en estas noches por algunos minutos fue un chasquido sublingual que pude reproducir con mi boca, del cual por fin pude anoche identificar la fuente en unos pequeños reptiles de piel casi transparente.

—Sí, mi estimado amigo, son salamanquejas comunicándose entre sí durante toda la noche —me responde Ricky.

—Sí, Ricky, escuché el ruidito mi primera noche en la habitación, pero no le presté atención. Las salamanquejas Ruiz me han hecho buena compañía y han devorado cuanto mosquito aparecía. Gracias a ellas, podré regresar a Holanda de una pieza, sin paludismo y sin malaria —añado con gracia.

—Así es, mi estimado Marcos. De aquí sales a Holanda en un estado mejorado y la mejor versión de ti lista para abordar todo con la mayor decisión.

Insisto en agradecerle todo lo que ha hecho para que mi estadía en Barrancabermeja y en Colombia sea una experiencia inolvidable.

—Tranquilo, mi estimado Marcos, tranquilo, que después te la cobro, ja, ja, ja, ja, ja.

Ricky se retira hacia la parte posterior de la casa, donde está el garaje. Abre el portón y saca un recipiente. Desenreda una manguera, la conecta a la llave del agua y vierte en el recipiente un poco del líquido para Igor, aunque este ya haya saciado su sed al haber bebido copiosamente del extremo del chorro fulgurante. Igor se regocija con el agua que Ricky está dejando caer por su cabeza y lomo. Salta con la alegría de haber hallado un oasis en medio de tanta sequía.

Aquí, en este microcosmos, se vive intensamente y con amor, aunque haya habido alguna que otra mínima desarmonía. El tiempo pasa, la medianoche se acerca. Ya estoy vestido de blanco, listo para el ritual de confirmación como nuevo miembro de la familia barranqueña. Me siento extrañamente brillante y sin armaduras.

Al igual que la noche de Navidad, la pólvora ilumina el cielo barranqueño por doquier y el sonido de los totes se ahoga en los mares de música dispuesta en cada casa vecina y propia, sin importar la bulla, porque lo que importa es el momento compartido en familia.

La emisora local emite la cuenta atrás en los últimos cinco segundos para la medianoche, homogeneizando el sonido de fondo del vecindario, impulsando a todos, propios, extraños y vecinos, a salir al frente de sus casas abrazados, algunos ya con lágrimas en los ojos, como yo en este momento, llenos de nostálgica expectativa por lo que ha de venir y una sensación de amor profundo que a su vez se refuerza con los abrazos, los besos y los saludos de todos, realmente sinceros, que se suceden naturalmente al anunciar las doce, la transición a un nuevo año incierto.

Veo chicos correr con maletas para augurar con seguridad los viajes soñados. Veo gente de todas las edades comiendo uvas, brindando con todo tipo de bebidas. Veo a los chicos más pequeños felices y corriendo de un lado para otro en la seguridad provista por el bloqueo de la circulación en la zona. Veo parejas jóvenes y también ya viejas besándose y abrazándose con pasión para asimilar juntos la transición hacia el tiempo de la incertidumbre que acaba de empezar. Una mezcla de sentimientos me embarga y me abraza. Quiero echarme a llorar como un crío, quiero reír como un arlequín, quiero gritar que realmente te amo, vida, y que quiero vivirte con esta plenitud siempre.

Después de abrazarnos y saludarnos todos entre sí y con los vecinos próximos, todos se recogen en sus casas, la música ininteligible retorna y la pólvora empieza a cesar, así como el humo empieza a disiparse a merced de la tenue brisa del primer día de 2014 en Barrancabermeja, que sencillamente se convierte en mi último día en Barrancabermeja. Ricky se me acerca y me pregunta si estoy bien. Le respondo que cualquier sentimiento de tristeza que haya emergido en mí ya ha sido totalmente sometido por el amor y la felicidad ofrecidos por su familia.

Ricky asiente, me abraza y me ofrece un trago de aguardiente. Me dice que brindemos en silencio por aquello que más queremos y que nos da la fuerza real que necesitamos para no dejarnos vencer y ser felices en esta nuestra temporalidad. Los dos levantamos las copas, brindando al infinito, y nos las bebemos con pasión natural. Ricky me dice que el Fandango de la 24 comienza aproximadamente a las dos de la madrugada, me invita a que entre a la casa y me dice que hay que comer algo más para que el trago no nos «coja».

Los niños más pequeños, en sus vestidos de gala, son mandados a dormir, al igual que los adultos mayores, quedando despiertos algunos adultos jóvenes, entre ellos, los primos, las primas y la sobrina de Ricky y nosotros. Todo está dispuesto e iniciamos nuestra marcha alegre hacia el Fandango de la 24. La escena descrita en mi mente se repite y se materializa a lo largo del trayecto como gotitas de mercurio que se van cohesionando hasta alcanzar su mayor volumen concentrado en el sitio del Fandango.

«Llegamos», expresa Ricky con entusiasmo.

La 24 es una avenida amplia, de unos trescientos metros de longitud y treinta de ancho, en cuyo medianil central hay palmeras sembradas y que se mantiene hermosamente decorada con luces navideñas. Ricky me cuenta que el Fandango nació en 1991 a partir de la idea de un grupo de amigos y que posteriormente fue institucionalizado por el Concejo Municipal porque es una actividad que genera la integración entre los barranqueños.

—Marcos, en esa tarima que ves allá se presentan las bandas musicales, que principalmente son bandas musicales del caribe colombiano. Últimamente, y con los cambios en las tendencias musicales, se han presentado grupos que interpretan ritmos de otras regiones del país. En esencia, el Fandango de la 24 o de la Carrera 24, porque es la nomenclatura oficial del sector, es un espacio de reencuentro para nosotros. Aquí viene todo el mundo que uno conoce, desde los amigos del colegio y los primeros amores hasta los compañeros de universidad y del trabajo. Así como yo, que vivo ahora en Bogotá, siempre saco el espacio para venir a final del año para no perderme el Fandango, bailar, beber, hablar y disfrutar al ritmo de la música dispuesta.

»Hay momentos en que, dependiendo de la música que esté sonando o el conjunto que esté tocando, se forman rondas y todos se mueven y giran al unísono como corrientes cálidas marinas en este maremágnum. La música es estruendosa, como puedes notarlo, pero la ventaja que tienes aquí es que, si quieres bailar y hablar al mismo tiempo, lo puedes hacer retirándote a cualquiera de los extremos y aun así no te sales del Fandango. ¿Cómo te parece?

—Genial, Ricky, sobre todo por la forma en que ha nacido este evento y cómo ahora forma parte de las actividades tradicionales de Barrancabermeja. Hay mucho licor y, aun así, no se perciben drogas.

—Sí, Marcos, así es. La gente se cuida mucho aquí y entre sí, porque aquí, técnicamente hablando, todo el mundo se conoce y cualquier suceso relacionado con drogas prácticamente está prohibido. Resulta ser una gran fiesta familiar, con certeza te lo puedo afirmar.

Ricky es abordado por tres o cuatro personas cada minuto. Creo que me he presentado ya unas cien veces.

—Ricky, estoy seguro de que te suben al lado en la tarima con el alcalde y todos los del Fandango preguntarían: «¿Quién es el señor que está al lado de Ricky?», ja, ja, ja, ja, ja.

Le pregunto a Ricky con preocupación por los familiares que nos acompañaron hasta aquí.

—No te preocupes por ellos. Como te dije, aquí se encuentra uno con todo el mundo. Se van conformando núcleos de seis, diez y hasta quince personas que tienen una motivación en común. A veces puedes ver núcleos de solo mujeres, hombres o mixtos. Como te dije, todo depende de la motivación o la razón para amontonarse.

»Cuando yo estaba en la universidad, los barranqueños nos poníamos de acuerdo para venir al Fandango y armábamos nuestro propio núcleo o combo. Ya localicé un combo al cual nos podemos unir, el combo de los pilos o intelectuales de la universidad, para que no tomemos tanto, por aquello de tu viaje mañana, a menos que te quieras desentender por completo y perderte un rato a ver qué levantas.

—Bueno, Ricky, te propongo una cosa: vamos a dar una vuelta y, si nos encontramos con alguno de tus combos alegres, nos integramos y disfrutamos el Fandango. Si no encuentras un combo con el que te sientas cómodo, pues buscamos a ver qué encontramos. Recuerda, amigo mío, que los machos son cazadores y las hembras son recolectoras, así que estamos en igualdad de condiciones con ellas. La única diferencia es que las hembras colectan, comen y guardan para más tarde, los machos cazan y comen la presa hasta la saciedad, ja, ja, ja, ja, ja, así que, ¡a dejarnos recolectar, mi querido amigo! Aquí hay multitud de mujeres hermosas y tengo la oportunidad de superponer mi concepto de belleza en este entorno, que ya no es ajeno, y tal vez logre el acople perfecto, ja, ja, ja, ja, ja.

—Maldito Marcos, ja, ja, ja, ja, ja. Te desquitaste, te la tenías guardada, miserable, ja, ja, ja, ja, ja.

Disfrutamos plenamente del Fandango hasta pasadas las cinco de la mañana. Mi ropa blanca ha dejado de serlo. Ricky bebió hasta que se calmó y yo bebí hasta que me caí, ja, ja, ja.

***

Me despido de Ricky y de su hermosa y adorable familia aquí, en el aeropuerto Yariguíes, para iniciar mi viaje de vuelta a Holanda. Vinieron a despedirse prácticamente todos. Todos me abrazan. Hasta Igor vino a despedirse de mí. De regreso, ahora sí, a mi realidad más común, de regreso a mi cotidianidad.

El vuelo hacia Bogotá sale a las cinco menos diez de la tarde y tengo el tiempo justo para hacer la conexión a Ámsterdam a las diez de la noche vía París. Una tristeza alegre recorre mi cuerpo al despedirme de ellos a lo lejos cuando voy caminando rumbo a embarcar. Todos están en el ventanal del aeropuerto, despidiéndose en sincronía como atletas de la empatía. Embarco en el avión y aún están ahí. Jamás había experimentado tanta devoción y cercanía. Me dan ganas de llorar. Me embarga la melancolía porque no sé si volveré a verlos así algún día y, si ese día llega, no sé si aún estarán todos los que hoy están.

El vuelo no dura más que treinta y cinco minutos, pero, por un problema técnico de un avión en la pista principal de El Dorado, el avión en el que voy debe mantenerse sobrevolando Bogotá durante quince minutos más. Por fin aterriza, hace tránsito, estaciona en el lugar designado y posteriormente descendemos. Cada minuto aquí perdido me cuesta un minuto de tranquilidad para mi próximo vuelo.

Ya son las siete y media de la tarde y tan solo tengo dos horas exactas para asegurar mi regreso a Ámsterdam, ya que mi equipaje de bodega no quedó facturado por cambiar de aerolínea. Retiro mi equipaje de la banda y salgo del área de vuelos nacionales hacia el área de registro de vuelos internacionales, recorrido este que me lleva algo más que seis minutos. Busco la taquilla de AirFrance, reviso mi vuelo en la pantalla, pido indicaciones al personal de información y entro a hacer la fila que corresponde. Ya en esto se me han pasado diez minutos más, es decir, solo tengo una hora. Si no logro facturar en los próximos treinta minutos, lo más probable es que pierda el vuelo.

Estando en la fila, alguien por mi espalda golpea levemente mi hombro izquierdo. Me vuelvo con extrañeza y la sorpresa es inmensa: es Mariana, elegantemente vestida con un Chanel clásico color azul plomo, aquellas zapatillas negras y accesorios dorados y su usual cabello desordenado que tanto me fascina.

—Hola, Marcos. Toma, tú no te puedes ir sin estos documentos. A propósito, ahí está también el resultado de la prueba pericial caligráfica.

—Ah, okey, muchas gracias. Además, es verdad, tienes que formalizar tus gastos, ya lo había olvidado. De hecho, ya te había olvidado. ¿Para qué te pregunto cómo me has localizado aquí si la respuesta es obvia?

De repente, y sin importar la presencia de los miles de espectadores a nuestro alrededor, me abraza y me besa con una intensidad superior a la que sentimos esa vez única, pero, en esta ocasión, en lugar de surgir en mí un enorme deseo mundano, experimento paz y relajación absoluta al responder a sus labios y abrazos en un momento diferencial que me desestabiliza emocionalmente, y ya no hay colmena.

Las lágrimas de Mariana y las mías se enlazan con nuestra saliva al alcanzar las comisuras de nuestros labios. De repente, Mariana se retira bruscamente, odiándome, y le pregunto: «¿Por qué, Mariana? ¿Por qué no fue posible, Mariana?». Aún con lágrimas en sus ojos encantadores y otra vez a esa distancia infinita que me agobia, simplemente se limita a decirme con su pasión totalmente desbordada que no puede darse el lujo de seguir enamorada de aquel hombre que le ha movido sus cimientos, que no puede darse el lujo de seguir enamorada de aquel hombre que jamás volverá a ver en su vida. «No estoy dispuesta a sufrir, Marcos, con el sufrimiento que veo todos los días es suficiente para mí», me dice. ¡Mariana!, grito su nombre en el vacío disperso de mi inconsciencia ante la elaboración de un sentimiento que jamás será bajo su sentencia, un sentimiento que jamás será en su ausencia.

En un intento desesperado por asirme a una ínfima posibilidad e impulsado por el ímpetu efímero de la masa desconocida a mi alrededor, le digo al pasajero de enfrente que sea el centinela de mis bienes. Mi cuerpo, dejando a un lado la razón, corre con desesperación detrás de ese hilo azul incierto que lentamente se desvanece entre mis manos y entre la multitud unívoca. Con resignación y estupor, me ubico nuevamente en la línea de mi destino.

***

Las horas pasan buscando el ajuste del desfase horario en el globo terráqueo.

—Hola, Verónica, gracias por venir a recogerme al aeropuerto. ¿Ya se han ido tus padres?

—Marcos, realmente estoy aquí por coincidencia, no por ti. Hace más de dos horas que se fueron y me he quedado por aquí para no volverme sola.

—Gracias por tu sincera sinceridad, Nikita, ja, ja, ja, ja, ja. Yo sé que tú me quieres mucho y que te he hecho mucha falta. No obstante, si esperabas algo de tu Ricky, olvídalo, ni siquiera se ha acordado de ti en estos últimos días, ya que lo único que hizo fue mantenerse ebrio todo el tiempo, ja, ja, ja, ja, ja.

—Tú tan ácido como siempre. Dañas lo que sea. *¡Stronzo!*

—No, tú sabes que las cosas no son así, mi querida y admirada Verónica. Venga, vale, dame un abrazo fuerte e intenso. Ricky es una persona formidable, te envía muchos saludos y este regalo. Yo también te traje este detallito, espero que lo disfrutes y lo uses para llevar contigo tus cuadernos de notas. Está totalmente tejido a mano. Ah, y un poco de café colombiano, pero esto te lo entrego si me llevas a casa.

—Marcos, estás cambiadísimo. Transformación absoluta. ¿Qué te ha pasado? ¿Te han lavado el cerebro en Colombia?

—No, Verónica, o tal vez sí. Pude darme cuenta de muchas cosas de la vida que son fantásticas. He aprendido mucho. Aprendí, a partir del ejemplo, a valorar más cada instante, a entender que la empatía, la nobleza y la bondad no son debilidades, sino fortalezas en un mundo maravilloso que, desafortunadamente, hemos llenado de juegos absurdamente perversos que diluyen nuestra esencia como seres humanos.

»He logrado entender que la amistad es muy valiosa y que el amor está en todas partes y es libre, como debe ser. Si en algún momento tuviste o tienes una relación con Ricky, excelente.

Los colombianos que he conocido son fantásticos. Su calidez es única. También te cuento que todo lo que he vivido en Colombia ha sido fundamental para entender muchas cosas escritas por Maikel De Jaager. Todo tiene sentido para mí ahora. De alguna forma extraña, las cosas que vivía Antonio en Colombia tal vez las asimilaba Maikel aquí en Holanda, y creo que eso fue lo que lo impulsó a escribir lo que escribió.

—Marcos, ¿estás bien? ¿No será que te ha afectado el desfase horario? ¿Has dormido bien últimamente? ¿Has consumido algún alucinógeno recientemente? Mírame.

—Bueno, ya lo entenderás cuando tengas la oportunidad de leer todo lo que yo he podido leer de los diarios de Maikel que estaban en Colombia. Tienes que ir algún día a Colombia. A propósito, traje unos documentos para que me ayudes con la formalización ante el señor secretario, de tal manera que se transfieran los fondos a la oficina de Mariana, en la Fiscalía de Colombia. ¿Todo listo para mañana?

—Sí, Marcos, tienes que comunicarte con el reverendo Heinrich mañana y acordar el encuentro definitivo.

***

—Reverendo Heinrich, gracias por aceptar esta cita —le digo con la ironía de hacerle entender que es la persona más importante en el mundo, con la cual quería encontrarme desde hacía mucho tiempo.

—Hola, Marcos, ¿como van tus indagaciones sobre el caso cerrado del señor De Jaager?

—Muy bien, reverendo Heinrich, muy bien. Estuvo cerrado hasta hace unos cinco meses. Todo se ha venido aclarando y ya he integrado todas las conexiones. Le estábamos esperando, reverendo Heinrich, estábamos esperando el momento de su aparente revelación —le digo.

Verónica asiente con temor, está pálida y coge mi mano izquierda con fuerza. Sabe que ha sido una estupidez por mi parte permitirle el capricho de acompañarme, y una estupidez mayor no haberlo esperado fuera y tenerlo sometido a vigilancia.

El reverendo Heinrich no está solo. Viene acompañado por alguien que reconozco. Por supuesto, el religioso que vi en la estación del tren en Sallanches cuando Hanna me distrajo, el que alcancé a divisar también en Bogotá en el restaurante a las afueras de las instalaciones de la Fiscalía, el indigente del hotel, el famoso Joao Balduíno Almeida Freitas. Verónica y yo nos miramos algo sonrientes al ver aparecer al famoso individuo. Comprobado queda que me estuvo siguiendo todo este tiempo.

Tratando de alivianar la pesadez del momento, le pregunto al reverendo Heinrich, qué opinión tiene acerca del caso de Maikel De Jaager.

—Hijo mío, te he estado observando y he estado siguiendo todos tus pasos desde que empezaste a investigar ese caso. Qué brillante eres, ya te habías dado cuenta de mi presencia. Tu recorrido por la campiña francesa y tu viaje a Colombia..., yo también los hice a través de mi hermano. Te estuve observando de cerca. Hijo mío, todos estos años he esperado este momento, el momento en que la Divina Providencia me colma de la fortaleza suficiente para acabar de una vez por todas con cualquier indicio en el ser humano que ponga en duda la presencia de Dios, y, para mi gozo, Dios me trae aquí a reunirme con vosotros dos para terminar con los dos últimos impíos.

»Maikel De Jaager era una abominación, un engendro del demonio que se quiso ocultar como uno de mis fieles para acabar con la presencia divina en este planeta. Él y todos aquellos que han intentado o intentaron darle relevancia por encima de lo que está escrito por el puño y letra de Dios han desaparecido y, por supuesto, deben desaparecer. Entiende, hijo mío, que las cualidades del Altísimo son las cualidades del Altísimo, y no de los hombres. El único omnipresente es Dios, aunque haya sido hecho el hombre a su imagen y semejanza. Las cualidades divinas son las cualidades del Altísimo.

—¿De qué está hablando, reverendo Heinrich? —le lanzo la pregunta mientras sigilosamente me cercioro de que mi grabadora portátil permanezca encendida y mi arma la tenga dispuesta para reaccionar en cualquier momento. Verónica está muy agitada y trato de calmarla acariciando sus manos.

De repente, el reverendo Heinrich se me acerca apuntándome con un arma de bajo calibre. Posa el cañón del arma en mi frente y empieza a esculcarme con ansiedad. Me deja desarmado. No ha detectado la grabadora, para mi fortuna. Verónica mira para todos lados y, en un momento de confusión, intenta desenfundar su arma, pero es demasiado tarde, el reverendo Heinrich le dispara con la mía directamente en el pecho y la remata con un disparo en su frente. Verónica se desvanece lenta y pesadamente como si fuera la pared de un glaciar cayendo al mar por el deshielo.

Al instante, reacciono y empujo con fuerza al reverendo Heinrich. Joao, el acompañante del reverendo, se aproxima velozmente hacia mí y, de un solo golpe en el abdomen, me derriba. Quedo arrodillado a los pies del reverendo Heinrich. La sangre de Verónica fluye copiosamente hasta mis rodillas. Verónica, lo siento mucho, así no se supone que debería terminar todo esto. Las lágrimas en mis ojos dejan fluir todo mi odio hacia Heinrich.

—No, no, reverendo Heinrich, usted está equivocado —le digo—. En este caso, no hay ningún misterio divino, es solo ciencia, ciencia pura. Usted se equivocó crasamente. Asumo que es consciente del principio de parsimonia o sabe claramente qué significa la navaja de Ockham. Se me hace extraño en su raciocinio, si ha estado inmerso en todo esto todo este tiempo, que no haya sido capaz de llegar a la misma conclusión sencilla a la que yo llegué ni haya tenido la nobleza de aceptar su error y entregarse a las autoridades cuando acabó con la vida de Maikel De Jaager. ¿O tal vez sí se dio cuenta de que le estuvieron utilizando y no lo quiso aceptar por su frenético fanatismo retrógrado?

»Sí, reverendo Heinrich, Maikel De Jaager hipotetizó sobre algo que se llama entrelazamiento cuántico y teletransportación cuántica en conexión con la memoria en cuanto genética por selección natural, e hizo muchos avances más allá de su entendimiento. Reverendo Heinrich, usted se equivocó, y tal vez lo entiendo, pero su capacidad mental no le permitió articular la información fragmentada que le transmitió inocentemente Maikel De Jaager en secreto de confesión. Para su tranquilidad de espíritu, le aclaro que Maikel De Jaager y Antonio Correa Landines no eran la misma persona, eran hermanos, de hecho, hermanos gemelos, separados después de su nacimiento y reencontrados por casualidad treinta años después.

»Este par de hermanos hicieron muchas cosas, se unieron para dar solución a muchas más y experimentar con ellos mismos los avances relativos al entrelazamiento y teletransportación cuántica a escala macroscópica, y hasta se enamoraron de la misma mujer.

»Tengo la total certeza de que usted ordenó la muerte de ella y la desaparición de Antonio Correa Landines en Colombia cuando cayó en la cuenta de que era un error. Encontré trazas suyas en ese país. Pocas, pero las encontré. Su rigidez mental, reverendo Heinrich, no le permitió ver con claridad que había sido receptor, en secreto de confesión, de una información científicamente valiosa, malinterpretando lo que, para usted, en su esencia religiosa, es incomprensible y solo atribuible a la intervención divina o, para usted en este caso, intervención del demonio, dejándose usted manipular, además.

»No sé en qué medida le haya interesado, después de su error, ilustrarse un poco sobre el tema en el que estaba trabajando Maikel De Jaager con Sylvia y su hermano, él aquí, en Holanda, y Sylvia y su hermano allí, en Colombia. Maikel De Jaager estaba tratando de fundamentar experimentalmente en qué radica el hecho de que, en ciertas condiciones similares y especiales desde el punto de vista genético, algunas personas son capaces de sentir o presentir lo que está pasando con sus pares en la distancia, acción a distancia, reverendo Heinrich, provocada por alguna especie de acople o entrelazamiento cuántico a escala macroscópica que, en el día a día, pasa desapercibido para el resto de nosotros.

»Usted, como no conoce el mundo ni ha vivido en un entorno familiar, como lo demuestran sus registros, no tiene idea alguna de que se trata de ese tipo de sensaciones a las que, por diversos elementos de distracción, no le damos relevancia. ¿Usted no ha escuchado, reverendo Heinrich, casos en los que las mujeres que son madres repiten una y otra vez que tienen presentimientos con respecto al estado de sus hijos, sin importar la edad, y que particularmente presienten o perciben la alegría, el dolor, la angustia y, en algunos casos, la pérdida? ¿Usted no ha escuchado, reverendo Heinrich, casos en los que se dice que los hermanos gemelos mantienen una conexión inexplicable a lo largo de sus vidas y que, en ocasiones, el uno siente lo que siente el otro, y viceversa?

»De eso se trataba todo esto, reverendo Heinrich, del intento que estaba haciendo Maikel De Jaager para ubicar dentro del esquema de la mecánica cuántica una correlación o una explicación a esa clase de sentimientos o presentimientos, y qué mejor fenómeno complejo que el entrelazamiento cuántico y la teletransportación cuántica, imaginándose que la preparación de los estados cuánticos de entrelazamiento se da en el momento preciso de la concepción, e incluso tratando de comprender cómo funcionaría el fenómeno con personas ajenas o con otros seres de la naturaleza.

»Desde todo punto de vista, es una hipótesis hermosa, maravillosa, que, de haber logrado concretar, estoy seguro de que, de alguna forma, habría evolucionado y habría sido posible hasta explicar el sentimiento de amor y sus connotaciones. Maikel De Jaager estaba trabajando en eso, y por la circunstancia especial de tener un hermano gemelo, del cual fue desprendido al nacer, consideraba que tenía el laboratorio perfecto para desarrollar su hipótesis y eventualmente establecer los parámetros para controlarlo, cuantificarlo y, eventualmente también, por qué no, ponerlo al servicio de la humanidad y así lograr posiblemente un mundo distinto, un mundo más conectado emocionalmente con su entorno. Un mundo con más empatía.

»No sé exactamente qué información le dio Maikel De Jaager en su secreto de confesión o le haya transmitido Antonio Correa Landines, pero me imagino el entusiasmo con el que lo hizo, y usted, burdamente, malinterpretó el contexto y el concepto. Si el entrelazamiento cuántico a escala macroscópica es realmente la clave, ya no lo sabremos pronto. Usted se encargó de borrarlo todo de una forma muy efectiva, por supuesto. Le pregunto, reverendo Heinrich, ¿tiene absoluta certeza de que usted interactuó con Maikel De Jaager todo el tiempo?

—¡Mentiras, blasfemia! Maikel De Jaager era un engendro del demonio que pretendía acabar con la presencia de Dios en el mundo. Tú me estás diciendo todo esto para que no culmine la misión que Dios me ha encomendado. ¡Hereje, blasfemo!, te excomulgo aquí mismo. Todo eso que dices fue el distractor utilizado por ese engendro del demonio. Él se bilocaba, como lo hacía la hereje de Ágreda.

—No sea estúpido, reverendo Heinrich. ¿No me está escuchando o qué? No puedo creer lo ciego que está usted, reverendo Heinrich, y más aún en esta época, en pleno siglo veintiuno. Me imagino que indagó lo suficiente sobre mí como para saber que mi formación académica es en ciencias básicas. Qué bien lo decía Sagan: «No puedes convencer a un creyente de nada porque sus creencias no están basadas en evidencia, están basadas en una enraizada necesidad de creer».

»Usted malinterpretó todo en su enceguecido mundo. A pesar de mi formación, también he tenido inquietudes al respecto de esa inexplicable conexión que se logra con otras personas y otros seres de la naturaleza.

»Le cuento que, en una oportunidad, tuve una mascota, la única vez que he tenido mascota en mi vida, y tal vez, como van las cosas con usted, la última. Pues, reverendo Heinrich, ese mito de que los perros presienten a sus dueños es una realidad, porque yo lo observé y lo comprobé personalmente, simplemente, quedándome sin una explicación razonable. Unos atribuyen el hecho a la capacidad olfativa de los perros, otros, a algo superior que aún no se comprende, pero todos, en general, todos, aceptamos que eso sucede.

»Que no entendamos el porqué en este momento de la historia humana es otro tema, que no exista un estudio serio al respecto es entendible, porque la ciencia fustiga con severidad la subjetividad y, así como usted, muchos se han dejado llevar por la subjetividad y terminan tildados de charlatanes. Tal vez los resultados de Maikel De Jaager también hubieran dado algunas bases científicas al respecto. Para su información, lo único que hasta el momento faltaría por cuantificar son los aromas y los sentimientos humanos. Con todo el respeto, reverendo Heinrich, ante su fanatismo, aunque no debería tenérselo, usted ha aceptado que Dios existe y para usted es un hecho, aunque no pueda explicar por qué para usted Dios existe.

—Te maldigo, blasfemo. ¿Como te atreves a hacer ese tipo de analogías? ¿Te das cuenta de que eres tú el que está equivocado?

—Pues, reverendo Heinrich, yo no soy el que ha pecado, con base en ese anacrónico concepto bíblico. Usted ha pecado, y supuestamente no debería hacerlo en su condición de vocero de Dios en el mundo. ¿Cuántas muertes ha causado usted en estos últimos años? ¿Cinco, seis, diez? ¿Cuántos muertos tiene ya encima, reverendo Heinrich? ¿Usted cree que eso está bien, interpretando lo que está bien como todo aquello que se hace y que no afecta negativamente al entorno y lo que hay en este, y que tiene el perdón de Dios asegurado por el hecho de creer que tiene la razón o la justificación correcta? Pues no, reverendo Heinrich, usted ha infringido no solo un mandamiento de la Ley de Dios, y le auguro un recorrido tortuoso al infierno, ese infierno al que tanto le temen hombres como usted, y puedo asegurarle también que es en vida cuando va a disfrutar el infierno con lividez. ¿Cómo es posible que usted, con esto, acabe estigmatizando a toda una congregación?

El reverendo Heinrich empieza a exudar ira. Los cambios en su piel expuesta se notan. A pesar del viento frío del invierno que se cuela por las rendijas del establo, la sudoración brota a montones de la frente del reverendo Heinrich. Las gotas al caer empiezan a mezclarse con la sangre de Verónica y a salpicar mi espacio alrededor.

—Le noto desconcertado, reverendo Heinrich. ¿No es cierto lo que le estoy expresando? ¿Qué argumentos tiene para contradecirme? ¿O es que acaso es un ente enviado directamente por Dios y no un ser humano cualquiera como yo?

El reverendo Heinrich está a punto de estallar de la ira. Guarda mi Pietro Beretta en el bolsillo de su sotana negra y procede a cargar la pistola que trae consigo, la apunta directamente hacia mi barbilla y hace que mueva mi cabeza impetuosamente hacia atrás.

El reverendo Heinrich le ordena a Joao que me ate las manos en mi espalda y que proceda posteriormente con mis pies. A la altura de mis tobillos, hace un nudo y entrelaza parte de la cuerda en mi cuello, y termina el amarre en mis muñecas. Estoy totalmente inmovilizado. La posición ha conseguido que mis rodillas me duelan. La piel de mis rodillas se ha humedecido con la sangre de Verónica mezclada con el sudor del reverendo Heinrich.

En un intento por desviar su atención para retrasar un poco mi ejecución, le pregunto si tiene conocimiento de cómo Maikel De Jaager supo que tenía un hermano gemelo en Colombia. El reverendo Heinrich inhala profundamente, levanta sus hombros al mismo tiempo que cierra parcialmente sus ojos y esboza un gesto con sus labios.

—No me importa, maldito blasfemo. Vas a desaparecer de la faz de la Tierra. Te has equivocado por la disuasión del demonio.

—¿No le importa o no tenía conciencia de esto, reverendo Heinrich? Pues le cuento que Maikel De Jaager llevaba un diario desde su niñez. Son prácticamente veintiséis tomos de la vida de Maikel De Jaager que usted no encontró. ¿Le cuento la historia, reverendo Heinrich? Después usted me dirá en qué va a terminar todo esto.

—No me importa lo que tus malditas fauces esputen, maldito blasfemo. Vas a desaparecer de la faz de la Tierra.

—Escúcheme, reverendo Heinrich, ¿acaso soy un condenado que no merece ser escuchado por un vocero de Dios en el mundo antes de ser conducido al patíbulo?

Sigo notando el desconcierto y la incomodidad del reverendo Heinrich.

—Le resumo la historia para no hacer más angustiante su deseo de ejecutarme: Maikel De Jaager hizo un viaje de turismo a Colombia cuando aún estaba estudiando en la universidad. Fue con un grupo de amigos a escalar a un complejo montañoso que se conoce como la Sierra Nevada del Cocuy, al este del país, en el departamento de Boyacá. Entraron por la parte norte y decidieron posteriormente salir hacia Bogotá por la parte sur. En su recorrido, pasaron por varios pueblos boyacenses sin ninguna complicación. Se detuvieron a descansar por un día en un municipio que se llama Floresta.

»Allí sucedió la revelación. Cuando los jóvenes estaban buscando hospedaje, una persona se le acercó a Maikel De Jaager y lo saludó como Antonio. Maikel cuenta en su diario que su reacción fue un tanto incómoda para la persona que se le acercó, la cual inmediatamente se retiró del lugar y posteriormente no la volvió a ver. Maikel quedó un tanto inquieto, pero en medio de su cansancio y la prisa por llegar pronto a Bogotá, diluyó el suceso en su mente. No obstante, años después, específicamente después del accidente en el que murió su esposa y posterior también a la muerte de sus padres, emergió de nuevo la inquietud.

»Durante un congreso de materiales en el Reino Unido, un conferencista colombiano también abordó a Maikel De Jaager y le comentó que conocía a una persona en Colombia muy parecida a él. La curiosidad de Maikel no tenía límite en ese momento. No hacía mucho que había perdido a su esposa y sus padres ya no estaban para preguntarles. Se mantuvo en contacto con ese conferencista colombiano por un tiempo, hasta que dio con el rastro de Antonio Correa Landines.

»Es una historia un tanto refrescante para este momento, ¿no le parece, reverendo Heinrich? El encuentro cara a cara se dio precisamente en ese municipio, en Floresta, en el año 2005. Afortunadamente, el esposo de la partera, es decir, el padrastro de Antonio, aún estaba vivo y pudo resolverles el misterio.

»Resulta que los padres de Maikel De Jaager eran turistas activos y, al parecer, habían hecho el mismo recorrido que hizo Maikel De Jaager en el Cocuy. Eran un poco irresponsables, porque la madre de Maikel estaba embarazada de seis meses.

El trajín del viaje adelantó el parto, el cual fue atendido por una partera de la localidad. Nació Antonio primero, y después Maikel. No obstante, la partera declaró muerto a Antonio en el parto. Maikel tuvo muchas complicaciones también durante este. Los esposos De Jaager no estaban dispuestos a perderlos a los dos, ya que en el sitio no había los recursos médicos ni la infraestructura adecuados para tratar a Maikel. Con su pragmatismo holandés, decidieron continuar su vida con Maikel y olvidarse por completo de lo que sucedió con el otro bebé. Dieron instrucciones a la partera, pagaron por su sepultura y procedieron a salir del país con un permiso médico especial otorgado en Bogotá.

»En esas circunstancias tan tensas, la partera había dejado lo que se suponía que era el cuerpo de Antonio a cargo de una niña de dieciséis años con síndrome de Down. La chica, sin entender que se lo habían entregado porque se suponía que estaba muerto, lo acogió, lo arrulló y lo mantuvo caliente todo el tiempo. Por el milagro de la vida y del amor, reverendo Heinrich, el niño reaccionó llorando desconsoladamente ya cuando sus padres se habían marchado. Por más intentos que hicieron por alcanzar el vehículo en el que iban los esposos De Jaager, no lo consiguieron.

»La partera decidió acoger a la criatura, que milagrosamente estaba viva. ¿Alcanza a entender, reverendo Heinrich, cómo funciona la naturaleza? La explicación verdadera siempre es la más sencilla. Simplemente, eran hermanos gemelos: Maikel De Jaager no era ninguna abominación ni practicaba bilocación demoniaca.

De repente, siento una punzada en mi pecho provocada por el bastón modificado como sable militar del reverendo

Heinrich. Ese mismo bastón con el que le provocó la muerte a Maikel De Jaager de un golpe. Me atraviesa el esternón. No puedo respirar. Lo retira lentamente. Observo cómo lo disfruta. Seguidamente, apunta nuevamente a mi cabeza, llego a hacer un movimiento brusco para eludir el disparo, pero no tengo éxito. La bala de calibre veintidós entra y sale de mi cabeza. Me desplomo encima de Verónica.

Quedo recostado en su regazo, como ella esa primera vez que viajamos juntos. Siento que me desvanezco. Maldito cura, tiene el descaro de ponerme los santos óleos y susurrarme al oído que me equivoqué al dejarme confundir por el demonio y que yo sé y supe claramente de qué se trata todo esto y que destruyó todo lo que estuvo a su alcance.

Aléjese de mí, maldita sea, intento decirle una y otra vez. Aléjese de mí. Veo al reverendo Heinrich alejarse con su acompañante. Parecen flotar al alejarse.

¿Qué es esto? ¿Qué es lo que estoy sintiendo? La saliva empieza a salir sin control de mi boca. Intento respirar, pero no puedo. Hay humo. Hay fuego. ¿El maldito cura ha prendido fuego al establo? Estoy aquí, esperando mi muerte, ¿o ya estoy muerto? Con una punzada en el pecho y un disparo en mi cabeza, sin poder moverme, sin poder hacer nada al respecto, sin poder comunicarme contigo, Sofi, sin poder despedirme definitivamente de ti... Maldita sea, ¿por qué no me muero de una vez?

No quiero seguir en este estado de consciencia latente. No siento dolor, pero no, no, no. No quiero verme quemándome. Nunca pensé que fuera a morir de esta manera tan absurda, tenía mis dudas acerca de lo que se percibe del mundo en este estado, y realmente es cruel. Dios, ¿es esto lo que creaste a tu imagen y semejanza? Pero claro, como tú no mueres, se te pasó por alto esta transición antes de morir. Qué dolor de soledad, qué desolación de tristeza, qué tristeza tan apacible y profunda. Esta fue la vida que escogiste, ¿de qué otra forma pretendías que terminara?

Verónica... Pobre Verónica, aquí conmigo, con dos disparos, uno en la cabeza y otro en el corazón, muerta por seguirme, por acompañarme, por sentirse feliz a mi lado. Espero que tu transición haya sido corta y no estés consciente como yo, viéndome a mí mismo morir.

El fuego empieza a extinguirse, veo siluetas, ¿o esto forma parte del espectáculo de la muerte que me has preparado, Dios? ¿Di Alphonse? ¿Stephanie? ¿Vegner? ¿Hanna? ¿Mariana? ¿Qué es esto?

10. Sabiduría

—Mi viejo Vegner ya puede descansar en paz.

—Sí, Stephanie. Nuestro amigo Klaus ya puede descansar en paz.

—Marky lo ha logrado. Ha conseguido resolver el caso.

—Sí, lo ha logrado, pero lo ha logrado a un precio muy alto, ¿no te parece?

—Sí, sí, muy alto. Desafortunadamente, no hemos podido llegar a tiempo porque nos cambiaron el sitio de encuentro en el último momento. Tenía la certeza de que él podía resolverlo cuando vi llegar su currículo a mi correo con la carta de presentación de Interpol para el traslado, y lo confirmé cuando se presentó en la oficina. ¿Sabes que casi se va a pique la intervención de Marky en todo esto?

»Pues te cuento, Wil, que después de que Marky salió de Sallanches, el secretario de Antinarcóticos lo mandó a llamar a las oficinas principales de Interpol en Lyon. Dunnebier estuvo discutiendo la decisión con el secretario y, si no llega a ser por los buenos resultados de Marky, el caso lo habrían trasladado a otra Secretaría y Marky se habría quedado fuera. Tal vez hubiese sido lo mejor, ¿no te parece? Siento mucha pena también por Verónica. Que ella haya terminado así no me lo esperaba. Marky y ella, al parecer, estaban empezando a involucrarse sentimentalmente.

—No, no lo sabía. Eso también la llevó a la tumba, por supuesto.

—En alguna oportunidad, hablando con Verónica, me comentó que Marky le gustaba y que percibía que él también se sentía atraído por ella, pero el fantasma de Sofía lo seguía rondando. Creo que podrían haber sido buena pareja. Ella era una mujer brillante, muy inteligente y también guapa, por cierto. Marky, pues bueno…, sí, simpático, algo atractivo cuando se quitaba esas gafas, pero, eso sí, muy dedicado y consagrado a su trabajo.

—Qué terrible, Stephanie. ¿Marcos lo sabía? ¿Has llamado a los familiares de los dos?

—No, no lo sabía, y sí, fue muy duro darles la noticia. Espero que los padres de Verónica, así como la hermana de Marky, lleguen pronto. La hermana de Marky tardará un poco más porque está en Norteamérica. Tal vez llegue en dos días. Los padres de Verónica ya están de camino.

—Marcos fue muy buen observador en todo esto.

—Sí, aunque con unos empujoncitos por mi parte. Créeme, por favor. Verónica me comentó que hubo un momento en el que él se dispersó, particularmente durante el viaje que hizo a Sudamérica. Pero lo consiguió. Cuando regresó de Colombia, prácticamente ya tenía el caso resuelto. Ya sabía que debía abordar al reverendo Heinrich. Manejó un nivel de prudencia muy alto porque al final también sospechaba que lo estaban siguiendo.

—Qué reverendo ni qué diablos, Stephanie. Un maldito fanático asesino.

—Sí, Wil, un maldito asesino que nos arrebató a Eva y a Klaus.

—Sí, y si nos hubiésemos mostrado, también nos habría matado. Afortunadamente, tú le pediste, durante el funeral de Marjo, la fotografía en blanco y negro de los cinco que tenía Klaus en su casa. A propósito, ¿todavía la conservas?

—No, se la di a Hanna. Era necesario.

—¿Por qué lo dices, Stephanie?

—Como te dije, había que darle unos empujoncitos a Marky, así como también lo hiciste tú, para que se involucrara bien en el caso. Marky tenía mucha desconfianza. Hanna le dio la fotografía a él. Tranquilo, después la recuperaremos.

—Ah, yo sabía que Hanna había hablado con Marcos, pero no estaba seguro, porque, como tú dices, él fue muy prudente en todo.

—Sí, Wil. Lo importante fue que lo ha logrado y ya podemos estar tranquilos. Además, no te preocupes, Marky no estuvo con Hanna, ¿okey?

—Pues, al final, Hanna ha hecho con su vida lo que ha querido. Oye, con todo este caos no he tenido la oportunidad de preguntarte por tu esposo, ¿cómo ha estado de salud?

—Bien, bien. Un poco minimizado por la diabetes, pero va bien. Afortunadamente, todavía no es insulinodependiente, porque si así fuera, ese hombre sufriría mucho, y yo con él. Sobre todo, por la cerveza, ja, ja, ja, ja, ja.

—Stephanie, tú como siempre. No cambias. Ya hace más de treinta años que nos conocemos y sigues igual, con tus comentarios mordaces, ja, ja, ja, ja, ja.

—Y tú sigues con tu estupidez y tu dramatismo de adolescente enamorado. A propósito, toma esto.

—¿Qué es esto, Stephanie?

—Pues lo que ves, Wil.

—Maldita sea, Stephanie, ¿qué es esto?

—Ya, ya, tranquilo. Eva me hizo jurarle que jamás podrías enterarte. Pero ya no importa. Ya ha pasado mucho tiempo y no creo que regrese ahora de su tumba a recriminarme haber revelado el secreto. Ya, ya, Wil, deja de llorar.

—Maldita sea, Stephanie. No sé si lloro de la tristeza o de la alegría después de todos estos años. Después de tanto sufrimiento por esa mujer. Después de tanta incertidumbre. Después de tantos recuerdos, buenos y malos.

—Ya, ya, Wil. Cálmate y alégrate, cabezón. Eva te amaba muchísimo, Wil, a su turbia, drástica y rugosa manera, pero siempre te quiso. De hecho, fuiste su primer y único hombre, consuélate con eso. ¿Por qué crees que te buscaba cuando tú hacías los intentos de alejarte de ella?

—Hay momentos en que se hace necesario, aunque no tenga fundamento contrastado, crear crisis en nuestro entorno para conocer realmente lo que piensan las personas que supuestamente están con nosotros y así evidenciar el calibre de sus acciones. Nunca supiste ni sabrás lo que realmente sintió Eva por mí.

—Cálmate ya, por favor. ¿No te da pena que vean a un viejo tan viejo como tú llorando desconsolado como un bebé recién nacido? Ven que te dé un abrazo, mi viejo Wil.

—Ay, Stephanie, ¿Hace cuánto que sabías esto? ¿Por qué no me dijiste nada? ¿Tú sabes por las cosas horribles que pasó Hanna después de que murió Eva? ¿Por qué no me lo dijiste?

—Sí, lo siento mucho. Lo supe desde siempre. Eva estaba convencida, por la forma en que te conocía, de que tú siempre ibas a estar ahí, y así fue. Tú sabes que Eva era una mujer fuerte, demasiado fuerte, diría yo, pero también tenía corazón, y ese corazón tú se lo robaste.

—¿Hanna lo sabe?

—No, Wil, Hanna no lo sabe. Ella está convencida de que su padre era Klaus.

—¿Cómo dices, Stephanie? ¿Qué locura estás diciendo?

—Lo que oyes, Wil. Eva le hizo entender a Hanna que su padre era Klaus, cuando le estaba practicando la necropsia. También le hizo jurar que nadie podría saberlo por la memoria de Klaus y por la tranquilidad de ella y de Eva. Cuando Eva me comentó que tenía dudas sobre la causa de la muerte de Klaus, todo se puso en marcha. Eva conocía muy bien a Klaus en términos médicos, y un infarto cardiaco no estaba contemplado entre las posibilidades de muerte. Verificó una y otra vez los órganos de Klaus y todo estaba perfecto. Acordamos entonces con Eva enviar unas muestras de tejido a Alemania a un forense amigo, quien contaba con equipos de última tecnología para la época.

»Más tarde, cuando confirmó su sospecha, organizó los documentos y le entregó a Hanna el archivo completo del reporte forense para que se lo entregara a quien ella considerara que podría resolver el caso, con mi ayuda, por supuesto. Finalmente, acordamos que a mí me enviaría un resumen para formalizar el tema aquí en Holanda. Nos arriesgamos y dejamos enfriar el caso para ganar tiempo y poder hacerlo nosotras. Pero, como ya sabes, el reverendo Heinrich puso en jaque nuestro plan. Sacó de la ecuación a Eva. Sabíamos que posteriormente teníamos que vincularte, pero todo se vino abajo con la muerte de Eva y, si quería tener éxito, no podía exponerme o exponerte.

»Para tu tranquilidad mental, debes saber que Eva lo hizo todo así para darle un motivo a Hanna, para darle enfoque y, de cierta forma, para protegerla. Eva estaba muy preocupada por la salud mental de su hija. Tú sabes que, cuando Hanna volvió de completar sus estudios en París, llegó como si fuera otra persona: la niña tierna, alegre y dulce que conocíamos antes de irse a estudiar cambió sustancialmente. Exudaba odio e inconformismo por todo. Eva se cuestionaba todo el tiempo. Estaba muy triste porque sospechaba que su hija adorada estaba consumiendo drogas.

—Y evidentemente así fue. Viví muchos momentos complejos con Hanna en Sallanches por esa razón. Tuve que tomar decisiones que pusieron en tela de juicio mi comportamiento y profesionalismo. Comprometí mi ascenso y posterior jubilación, de la que empiezo a disfrutar el próximo año. Afortunadamente, Hanna ha venido mejorando, pero está claro que nunca volveremos a recuperar a esa niña tierna, alegre, dulce y amorosa que era.

—Lo que te puedo decir, Wil, es que las perdones. Perdona a Eva y a Hanna, y, de paso, perdóname a mí. Somos y fuimos tus mujeres. Recuerda que amaste profundamente a Eva y, cuando lo estimes conveniente y si así lo decides, aborda con la verdad a Hanna o simplemente calla y continúa acompañándola y protegiéndola en la distancia, como has venido haciéndolo todos estos años. Es tu decisión, Wil. Para cualquier paso que des, tendrás que tolerar todo lo que se te venga encima, sea esto bueno o malo emocionalmente para ti y a nuestra edad. Mi intención con todo esto es que seas feliz. Tú ahora conoces a Hanna más que yo.

—Por supuesto que sí, Stephanie. Tú has sido todos estos años quien me ha ayudado a sobrellevar todo. En ti he encontrado siempre ese respaldo emocional cuando lo he necesitado. Hemos reído y llorado juntos, somos como hermanos. Ahora, para equilibrar las cargas en cuanto a información, te cuento que mi cáncer está haciendo metástasis y no me queda mucho tiempo, así que no me voy a ir sin perdonarte, ja, ja, ja, ja, ja. Piensa en lo siguiente: si no te perdono y me muero, te quedarías con el peso de no haberme convencido de que te perdonara y no vas a estar tranquila lo que te reste de vida. Si no te perdono y no me muero, tarde o temprano tendré que hacerlo, porque te quiero mucho. Si te perdono y no me muero pronto, podremos seguir disfrutando de nuestra amistad hasta que la naturaleza se pronuncie, establezca que no tenemos nada más que hacer aquí y nos recoja o nos mande a recoger. Así que, por donde quiera que lo mires...

—Argh, tú, como siempre, con tus tonterías racionalistas y existencialistas. Perdóname y punto, deja de hablar tanto. Si realmente está haciendo metástasis, pues que siga adelante y demuéstrale que tú eres mucho más fuerte y que por su culpa no vas a cambiar los planes que ya tienes de disfrutar de tu jubilación. Si pudiste con Eva, puedes con todo, mi viejo Wil.

—Bueno, Stephanie, me voy a buscar a Hanna y salgo para Sallanches. El deber me llama. Tú sigue aquí y recibe a los familiares. Espero que nos podamos ver pronto nuevamente.

—Okey Wil, está bien, déjame aquí sola, lidiando con el dolor de los demás.

—No, mi querida amiga. Yo mejor me voy. Si sigo aquí, a tu lado, no sé con qué otras grandes sorpresas me vas a salir. Ya no doy para emociones fuertes tan seguidas.

—Como siempre, cobarde, mi viejo Wil, ja, ja, ja, ja, ja. Ya no hay más sorpresas, tranquilízate, viejito patético. Ya he tenido el delicioso placer de verte la cara cuando abriste y leíste el documento, ja, ja, ja, ja, ja, con esa expresión tuya me he quedado más que satisfecha, por ahora... Vete, vete, viejito patético. Toma, esta es la dirección de Hanna. Ve y búscala. Llámame cuando lleguéis a Sallanches. Ven, dame un abrazo. Cuídate mucho, mi querido amigo.

—Gracias, Stephanie. Has logrado sacarme la tristeza que tenía encarnada en mi alma desde hace mucho tiempo. Te quiero mucho. Cuídate y no endulces tanto a tu alemán.

—Así será. Vete, vete. Suéltame ya. Me parece que ya han llegado los parientes de Verónica.

—Mira, qué coincidencia tan tardía. Más anacrónica no puede ser. Me acaba de llegar un mensaje del técnico de las cámaras de vigilancia de la casa de Klaus. Me dice que pudo recuperar aproximadamente el setenta y cinco por ciento de la información del servidor donde se encuentran los archivos con los vídeos. Vegner mandó instalar un sistema de vigilancia bastante sigiloso, y lo hizo con una empresa alemana. Por eso fue tan difícil localizar al proveedor. Me dice que el sistema de vigilancia dejó de funcionar a mediados de 2010.

—Bueno, Wil, ya tienes una tarea más al llegar a Sallanches. Cuéntame luego qué encuentras. Espero que puedas extraer el vídeo de la visita del maldito cura ese. Servirá de evidencia adicional a su confesión. Ahora sí, vete, vete, que tengo que redireccionar mi atención.

—Espera, espera un momento. El técnico me está enviando una secuencia de imágenes del vídeo. Le di instrucciones de que, si lograba extraer algo de los registros del sistema entre enero y marzo de 2010, se concentrara en alguna visita. Mira, aquí me está enviando una imagen donde se ve al cura tocando la puerta. Tiene un pequeño canasto con tres botellas de vino. Mira, aquí hay otra imagen donde se ve a Klaus con el cura en la cocina, aceptándole las botellas. Ese maldito cura sabía que a Klaus le fascinaban los vinos artesanales. Maldita sea, así lo fue envenenando progresivamente. Mira, aquí está Klaus, ya muerto, donde lo encontraron los gitanos, y aquí, en esta otra imagen, se ve al otro maldito esculcando entre los papeles que tenía Klaus en la casa. Aquí, en esta secuencia, se ve a ese maldito saliendo de la casa. Marcos siempre tuvo la razón. ¿Sabes qué, Stephanie?, creo que la muerte de Eva fue un evento colateral. Recuerdo que ella me dijo en algún momento que Klaus le había regalado una botella de vino artesanal que le habría gustado compartir conmigo en su nombre. Lo íbamos a hacer cuando sucedió la sobredosis de Hanna. Si Hanna no hubiese recaído, tal vez yo también estaría muerto. La botella de vino estaba en la mesa donde encontraron muerta a Eva.

***

—Buenas tardes. En la recepción nos han dicho que usted es Stephanie Brinkhaus.

—Sí, señor. Ustedes deben ser los padres de Verónica. Lamento mucho su pérdida. Todos lamentamos la pérdida de su hija, señor Craviotto. Fue una gran mujer que nos aportó mucho a todos. Entiendo que era su única hija. Es un momento difícil para todos. Por favor, síganme y no se preocupen, que todo el proceso está a cargo de Interpol.

»Les presento mis disculpas, pero en este momento me tengo que retirar. Les dejo con el agente Arjan, aquí presente, quien les acompañará en este difícil proceso y les dará las instrucciones correspondientes para asegurar la repatriación de Verónica. Como les dije antes, no tienen de qué preocuparse, todo está a cargo de Interpol. Cualquier cosa que necesiten, por favor, recurran a Arjan y él les dará una solución.

Saliendo del centro médico, recibo una llamada del capitán Dunnebier.

—Hola, Stephanie, ¿cómo van las cosas por allí?

—Bien, capitán, ya han llegado los padres de Verónica. Arjan ha quedado a cargo del procedimiento, como ha solicitado. La hermana de Marcos aún no ha llegado. La esperaré mañana.

—Bien, Stephanie. Te agradezco tu apoyo en este momento tan complejo para todos. ¿Podrías pasar por mi oficina antes de ir a tu casa? Necesito entregarte algo.

—Okey, capitán, en media hora estoy en su oficina.

—Bien, Stephanie, muchas gracias.

***

—Buenas tardes, capitán. Cuénteme.

—Hola, Stephanie, gracias por venir. He estado revisando la última información que Marcos recopiló del caso y que estaba pendiente de remitir a las oficinas principales. Me he encontrado con este robusto sobre sellado para ti. Supongo que no forma parte de las evidencias porque no está relacionado en el inventario final de documentos a remitir. Tal vez pretendía enviártelo por correo certificado.

—Okey, capitán Dunnebier. Muchas gracias por entregármelo. ¿Le gustaría saber qué hay en este sobre?

—Pues, para serte sincero, asumo que es un asunto personal y respeto la decisión que tomes cuando lo abras.

—Así es, capitán, muchas gracias. Lo revisaré con tranquilidad en mi casa. Como le comenté, mañana esperaré a la hermana de Marcos. Hasta luego, capitán. Por favor, descanse, que hoy ha sido un día lleno de mucha angustia y presión para todos.

—Sí, Stephanie, descansa tú también.

Ahí estás, mi viejo, esperándome como todos los días de nuestras vidas.

—Hola, mi viejo, ¿cómo estás? ¿Te has tomado tus medicinas? Veo que ya has preparado la cena. Gracias, mi viejo lindo. Pon música. Ven, bailemos, hoy ha sido un día triste y te quiero abrazar mucho.

Amo a este hombre. Gracias por amarme, mi viejo lindo, y gracias por acompañarme siempre.

—Descansa un rato. Te dejo encendido el televisor. Ponte cómodo. Voy al segundo piso, leo esto y bajo después.

Ya acomodada en el estudio, me dispongo a abrir el sobre que me entregó el capitán Dunnebier. Es un sobre amarillo, robusto, de papel kraft reforzado, un tanto grande y pesado a mi parecer.

Hola, Stephanie.
Es muy posible que las cosas no terminen tan bien como todos esperamos. Sinceramente, eso fue lo que sentí cuando viajé a Sa-

llanches. Entiendo, ahora sí, al capitán Vegner y sus razones no expuestas para cerrar el caso de Maikel De Jaager como lo hizo.

Él avanzó mucho, y estoy seguro de que tenía la convicción de que lo iba a resolver y tal vez sabía que lo estaban siguiendo. Lo que todavía no puedo articular es por qué se aisló. Quizás no era consciente del poder y del sigilo de su asesino o simplemente se abandonó a su ansiedad. Me encontré con elementos muy complejos y de difícil conexión, pero tengo la convicción de que, evidentemente, hay un homicida y, por qué no, tal vez también una mente maestra detrás de todo esto.

Sé que quien asesinó al capitán Vegner fue quien asesinó a Maikel De Jaager, y hoy voy a forzarlo a que confiese. Me queda la incertidumbre de los detalles y elementos tangibles de la investigación seguida por Maikel y que aparecen parcialmente descritos en los seis diarios que encontré en Colombia. Mi duda se mantiene con respecto a cómo de involucrado estuvo Antonio Correa Landines, o por lo menos el papel que jugó o qué supuso su presencia en la vida de Maikel entre 2005 y 2008, y su interacción en el desarrollo científico que Maikel De Jaager estaba realizando en Holanda. Antonio Correa Landines sí que desapareció, pero no en Colombia, como aparece en la denuncia. Su rastro se pierde aquí, en Holanda, en diciembre de 2008. Verónica hizo una revisión exhaustiva con migración de los recorridos hechos por él. Al parecer, Maikel De Jaager lo suplantó o se suplantaron entre sí como un juego de niños gemelos con consecuencias impredecibles.

En mi opinión, y después de analizarlo todo racionalmente, es muy probable que Correa Landines haya estado sigilosamente detrás de todo esto. El demiurgo que puso todo este enredo en marcha. En fin, eso no lo sé aún con claridad, pero es lo más probable. Según lo que encontré en los diarios que estaban en Colombia, Maikel De

Jaager, entre los años 2005 y 2008, estuvo trabajando por su propia cuenta en algo relacionado con una técnica de entrelazamiento cuántico a escala macroscópica y, para mi sorpresa, avanzó significativamente, al parecer, con la ayuda permanente de Sylvia.

Condensó todas sus hipótesis en los escritos que encontrarás en este sobre, los que pude recuperar. Desafortunadamente, el desarrollo experimental y la forma en que logró demostrar sus hipótesis no los pude encontrar. Tal vez lo dejó escrito en algún lado o en ninguno (yo me entiendo). No obstante, hay una palabra, «inrichting», que se repite una y otra vez en los registros específicos del tema, en los diarios de 2007 y de 2008, que a mi entender puede interpretarse como un artilugio o un dispositivo.

La información que hay aquí, en este sobre, es muy valiosa desde el punto de vista científico y tecnológico y te pido por favor que se la envíes a Sofía a la Universidad de Barcelona.

Estoy seguro de que ella le dará el tratamiento que amerita y, con un poco de esfuerzo de su parte, es posible que la investigación desarrollada por Maikel De Jaager no quede en el olvido. Te he enviado también una cajita por correo certificado. Por favor, remítesela a Sofí junto con la información que hay en este sobre. Te agradecería que prestases especial atención a la memoria USB.

A mi parecer, el peor error que cometió Maikel De Jaager fue dejarse llevar por su fe católica. Al comentarle sus logros en secreto de confesión al reverendo Heinrich, marcó su propio destino. Esto lo hizo en 2007, como también quedó registrado en el diario de ese año. El reverendo Heinrich, como sabes, es un cura benedictino a la vieja usanza y, la verdad, no entiendo cómo es posible o cómo fue posible que haya estado al frente tanto tiempo del grupo de soporte estudiantil de la Universidad de Twente y que haya liderado discusiones académicas y científicas.

El hecho de confesarle en ese momento que estaba a las puertas de descubrir el modo de alterar la materia y de que eventualmente podría estar en dos sitios al mismo tiempo fue su ruina. El don de la ubicuidad, ese don solo atribuible a las deidades, dejaría de ser un don celestial, porque le aseguró al reverendo Heinrich que es un atributo que se puede lograr a partir del entendimiento profundo de la mecánica cuántica y del control de las leyes básicas de la naturaleza.

Un descubrimiento de dicha magnitud aturdiría a cualquiera, aun siendo una persona tan brillante y cuerda en apariencia como Maikel De Jaager, como se interpreta a partir de sus escritos. Entender totalmente el entrelazamiento cuántico a escala macroscópica y aparentemente desarrollar el procedimiento para controlar el fenómeno sin que haya algún tipo de perturbación, alteración o efecto secundario o desacople no tiene antecedentes. Era algo que, desde mi punto de vista, solo podría ser posible en la ciencia ficción. Para el padre Heinrich, un radical absurdamente fanático, esto significaba atentar contra la esencia de Dios y su única explicación era un pacto con el demonio. Qué estupidez, todo el trabajo y los descubrimientos hechos por Maikel De Jaager destruidos por un fanático de mierda. En el diario de 2008, Maikel De Jaager hizo un recuento de la situación con el reverendo Heinrich donde registra que la relación con él fue amable inicialmente, como él lo expresa, y posteriormente se convirtió en un tormento porque sentía que indirectamente lo acosaba cada vez que asistía a misa dominical o se lo encontraba en el campus. Expresaba que el reverendo Heinrich mostraba dos posiciones totalmente contradictorias, tal vez para disuadirlo, darle confianza y posteriormente acabar con su existencia.

Te cuento que en algún momento llegué a pensar que tú y Di Alphonse estabais encubriendo al capitán Vegner. Hubo muchos eventos de los que pude deducir que la casualidad de mis hallazgos no era tal. De hecho, tengo la certeza de que vosotros dos, de alguna forma, orientasteis esta investigación al comienzo. Ahora lo entiendo. No me encontré por casualidad con el reporte del capitán Vegner sobre el cierre del caso. La amistad que había entre vosotros era muy fuerte y el equipo que formabais los cuatro era sencillamente maravilloso.

Te confieso que esa es una de las tantas frustraciones que hay en mi vida: no haber sido capaz de generar en mí relevancia hacia el sentimiento de amistad. Los casos de los homicidios de Maikel De Jaager, el capitán Vegner y Eva quedan resueltos.

El caso de la desaparición de Antonio Correa Landines me parece que fue algo conveniente, y realmente eso es muy difuso aún para mí. Continúa siendo un cabo suelto si realmente desapareció o anda por ahí vagando, tal vez observándonos. No hay registro ni reclamación de nadie al respecto de Correa Landines. Sin embargo, la Fiscalía colombiana ha quedado al frente de las pesquisas.

Aunque en todo este periplo pude acercarme, a través de los diarios de Maikel De Jaager, al portador del nombre Σίλβια Δομενίτσα (Sylvia Doménica), impreso en el baúl de Maikel De Jaager, en el baúl en la casa de Correa Landines y en el sobre que hallé en el estudio del capitán Vegner, nombre usado también como clave para acceder a los portátiles de Maikel De Jaager y, por último, nombre de la casa campestre de Antonio, esa persona ya no existe desafortunadamente, también fue eliminada. No obstante, con Verónica llegamos a la conclusión de que ese «querido universo» recurrente en los escritos de Maikel De Jaager era ella.

En los últimos días estuvimos revisando e indagando sobre Sylvia Doménica y nos llevamos una gran sorpresa. Sylvia Doménica era doctora en Física Cuántica del Instituto de Tecnología de Mas-

sachusetts (MIT) y, al parecer, se vio con Maikel De Jaager aquí en Holanda por primera vez durante una pasantía que Sylvia Doménica hizo en la Universidad Tecnológica de Eindhoven a principios de 2005, y lo reconoció sin decirlo el día en que Maikel y Antonio se vieron cara a cara por primera vez, según los diarios.

Pudimos deducir de la lectura de los libros encontrados en Colombia que Sylvia Doménica posteriormente interactuó permanentemente con Maikel De Jaager a pesar de que tenía una relación sentimental con Antonio. Para reforzar el tema, encontramos varios registros de entradas y salidas de Sylvia Doménica a Holanda. La relación fue más allá de ser una relación netamente profesional.

Maikel De Jaager escribía prácticamente todo, y eso lo hacía porque, a raíz del traumatismo que presentó durante su nacimiento, quedaron algunas secuelas cognitivas que sus padres mitigaron enseñándole a escribir desde los dos años. Según lo que pudimos indagar, tanto Maikel De Jaager como Antonio Correa Landines eran personas muy aisladas y su interacción social se limitaba a actividades muy especializadas en los diversos proyectos de desarrollo en los que participaron independientemente y juntos como consultores. Eran dos tipos muy solitarios, pero, por esas cosas del azar, puedo concluir que el par de hermanos resultaron enamorados de la misma mujer: Sylvia Doménica.

La presencia de los dos coches encontrados en la casa de Antonio registrados a nombre de Sylvia y las evidencias circunstanciales que allí encontramos en conjunto con la policía colombiana me inducen a concluirlo. La gente de alrededor, tanto de Maikel De Jaager como de Antonio Correa Landines, solo los conocía por referencias indirectas. Nadie los vio juntos y tampoco se encontró evidencia de que alguien los haya visto juntos en algún proyecto. Los vecinos de la casa de Antonio no informaron absolutamente nada. Simplemente, eran inexistentes en ese entorno.

Teniendo en cuenta las entrevistas que hice en Barrancabermeja, Correa Landines tuvo más roce social por su actividad base en Colombia, pero al parecer tampoco generó vínculos fuertes comerciales o de negocios con alguien específico. Solo aparece en escena Sylvia Doménica, y es muy probable que ella y Antonio se hubieran conocido mucho antes de la aparición de Maikel De Jaager en la vida de Antonio, y tal vez Maikel y Sylvia sostuvieron un romance, y es posible que Antonio lo haya sabido y sufrido en silencio, no lo sé, en los diarios no está muy clara la secuencia.

Al final, lo único que puedo hacer es especular sobre el destino de Correa Landines, y mi incertidumbre no la podré resolver por ahora. Recapitulando sobre todo este enredo, osaría a concluir que el móvil principal en este caso puede ser algo más sencillo, más mundano y en beneficio tal vez de Antonio Correa Landines o provocado por él mismo, tal vez induciendo y manipulando al reverendo Heinrich a hacer lo que hizo. Aunque queda resuelto el caso, seguiré tras la pista de Correa Landines, porque estoy seguro de que anda por ahí. Muchos distractores emergieron sistemáticamente. En Colombia quedó el caso abierto y la fiscal va a seguir con las indagaciones hasta dar con el paradero de Antonio.

Stephanie, hoy es el día de mi encuentro con el reverendo Heinrich para así desenmascararlo de una vez por todas. No lo conozco personalmente aún. Verónica sí. Ya sé cómo es de peligroso. Lo he citado en la cafetería del campus universitario, pero sugirió que nos viéramos a las afueras, en el lateral del club de tenis. Quiero ir solo, pero Verónica insiste en acompañarme. No quiero exponerla. Además, si voy solo, me sentiría más seguro si en algún momento tengo que reaccionar.

Con esto no es que me esté despidiendo de ti. No creas que te voy a dejar en paz. Solo quiero que estas notas de Maikel De Jaager lleguen pronto a su destino, porque estoy seguro de que, si las dejo entre las evidencias, allí se perderán en el tiempo, y si las envío directamente a Sofía, sucederá lo mismo porque ni siquiera las aceptaría al ver el remitente. Ya después tendré tiempo para abordarla con tranquilidad y tolerancia, si todo nos sale bien hoy.

Gracias por todo, Stephanie. Sigue siendo feliz.

Sinceramente, Marky.

Ay, Marky. Cumpliré tu voluntad. Espero que hayas hecho las cosas lo suficientemente bien como para que no me hayas metido en un enredo por quedarte con evidencias y hacérmelas llegar.

Si supieras que Verónica me contaba todo, absolutamente todo... En fin, mañana será otro día, como suele decir mi viejo lindo. Sea lo que sea que esté escrito en estas notas, y las repercusiones que posteriormente tenga si la Sofía esa logra hacer algo, me tiene sin cuidado. Ni siquiera las ojearé. Al fin y al cabo, ya he visto suficiente en este mundo y en cualquier momento me voy con mi viejo lindo. Qué mierdas, a esta edad, el futuro ya no me pertenece.

***

—Hola, señora Brinkhaus. Soy Lucía, la hermana de Marcos. Acabo de llegar a Ámsterdam. ¿Podría decirme dónde debo ir para verlo?

—Hola, Lucía. Bienvenida, desafortunadamente, en este momento tan doloroso para todos. Está en el Medisch Spectrum, en Twente. Hay oficiales de Interpol a cargo de la situación. Si desea viajar ahora mismo, está a tiempo de comprar un billete de metro. El trayecto es de dos horas aproximadamente.

—Okey, señora Brinkhaus. Muchas gracias por todo lo que ha hecho por mi hermano. Espero encontrarme con usted allí mañana por la mañana. Adiós.

11. Inconsciencia

¿Dónde estoy? Mis sentidos se han invertido. Aparento estar normal, como la gente de allá afuera, pero no es así: el sabor ahora lo percibo con mis ojos, los sonidos los percibo con mi piel, veo con mi nariz, el tacto está en mi boca y huelo con mis oídos. Siento otras cosas extrañas, a las que llamo el sentido del alba y el sentido del ocaso, no sé si la gente de allá afuera también sentirá lo mismo. Quizás sí, estos dos sentidos me han permitido pasar desapercibido entre la gente de allá afuera y sobrevivir con la normalidad de los hábitos de la gente de allá afuera. Por esos azares de la vida de los de allá afuera, he entendido que siento distinto. Mi sinestesia no es vulgar, mi sinestesia es inmaculada, es genial y prístina.

Allí estaba ella, sentada, esperándome plácidamente entre la multitud de los de allá afuera, inerme ante los de allá afuera, blanca, hermosa, pasiva y ansiosa a la vez por encontrarme entre los de allá afuera, por abrazarme, por manifestarse... Oh, epifanía, el tiempo se detuvo en un eterno segundo. Los de allá afuera ya no existían, estábamos solos ella y yo. Allí estaba, límpida, perfecta. Levantó sus preciosas manos que suavemente recorrieron mi rostro y así escuché su más hermosa composición, percibí su encantadora armonía que deshizo mi estructura y satisfizo mi locura. El eterno segundo terminó, ¿dónde estás?, y me quedé solo entre la multitud de los de allá afuera. Sí, cuando los de allá afuera vivían en medio del caos y yo vivía en la lejanía en medio del mío, con mis angustias, con mis temores, con mis emociones, con mis amores, con mis alegrías, con mis tristezas..., pero allí estaba, entre los de allá afuera, siendo parte de ellos, compartiendo el entorno, la naturaleza y su belleza, viviendo, subsistiendo, creando, siempre pensando, observando, tratando de entender la dinámica y la cinética de los de allá afuera, creyendo en la virtud y poniendo mi fe en los de allá afuera, libre de lastres únicos y en equilibrio.

Tengo miedo, ya no hay equilibrio, las cosas han cambiado y aún no sé si estoy preparado para aceptar estos cambios tan repentinos y si aún tengo la capacidad suficiente de raciocinio para entenderlos. Es lo único que recuerdo después de ese segundo eterno en medio de los de allá afuera. Aquel momento en que entendí que sentía diferente, que me siento diferente... Tengo miedo, porque los de allá afuera están cerca y me quieren lejos. No, por favor, no me pongáis vuestros lastres, no incrementéis mi agonía, no exacerbéis mi sentido del ocaso, me duele intensamente, arde, quema. Los de allá afuera lo consiguieron, estoy lejos... No me entiendo, no entiendo lo que pienso. El ocaso... Lo lograron los de allá afuera, solo siento ocaso. Hoy es un día como cualquier otro, me levanto, me doy una ducha, me visto, preparo algo para comer y salgo hacia la oficina.

En el recorrido me encuentro con ese bendito perro que, siempre que me ve, me ladra, y, la verdad, me gustaría entenderlo. Ah, cómo disfruto de este recorrido en bicicleta, me encanta esta sensación de libertad y particularmente cómo el rocío de la mañana se mezcla con mi sudor. ¿Qué sucede? ¿Tanto me he distraído que no me he dado cuenta de en qué momento he llegado a la oficina? ¿Y dónde está mi bicicleta? Sofi, ¿tú qué haces aquí, en la oficina? ¿Qué melodía es esa? Estoy abstraído, distraído tal vez, no entiendo, no puede ser..., la sensación del alba... ¿Estás ahí, Sofi? Ponte a este lado para que me escuches. Por favor, no llores. Perdóname por no haber pensado en ti, perdona mi altruismo y mi egoísmo, perdona mi arrogancia. Sé que me amaste desde que tan tierna y dulcemente me conociste, pero quiero decirte que no me arrepiento, aun cuando veas que el mar fluye, por favor, no lo detengas, por favor, no me detengas. Aunque los ocasos duelen, las albas son aún más dolorosas, porque me abren el alma y destrozan mi espíritu.

¿Por qué me engañaste? ¿Por qué me mentiste? Aun cuando veas que el mar fluye, por favor, no lo detengas, por favor, no me detengas más, estoy cansado..., estoy cansado de lidiar con los de allá afuera, que no entienden que por eso es por lo que siento diferente, que me siento diferente, que cada paso que doy entre las multitudes de los de allá afuera es una travesía nauseabunda entre la sensación del alba y del ocaso. Que mis sentidos invertidos escudriñan en los sentidos de los de allá afuera en busca de correspondencia y coherencia, pero los de allá afuera no entienden que siento diferente, que esta máscara que me pusieron los de allá afuera no me permite identificar ni palpar a los que están allá afuera, que entiendan que anhelo que ese segundo eterno se repita, que anhelo percibir nuevamente aquella melodía que deshizo mi estructura y satisfizo mi locura. ¿Por qué me engañaste? ¿Por qué me mentiste? ¡Sofi!

Un grito desgarrador inunda la habitación donde me encuentro. Reconozco inmediatamente a mi hermana, que rompe en llanto de alegría y no sabe si abrazarme o llamar a los doctores.

—¡Hermanito, has despertado! ¡Gracias, Dios mío, gracias!

Trato de hablar, pero las palabras no me salen como habitualmente lo recuerdo. Mi hermana trata de traducir lo que estoy queriendo decirle, pero no encuentra la forma de entenderme aunque se esfuerce como lo hace, aún está en *shock*. Me calmaré para que ella se tranquilice también.

Me duele todo, siento ardor en mi espalda. Intento incorporarme, pero los doctores y las enfermeras me obligan a mantenerme acostado. Me aplican una inyección. El ardor de la espalda disminuye, el dolor en el resto del cuerpo cesa. Escucho a lo lejos el llanto de mi hermana y la desesperación por saber si mi despertar será definitivo o volveré a caer en este estado de mínima consciencia. Ya no escucho nada, solo el *tinnitus* recalcitrante de siempre: mi vida con Sofi. ¿Dónde estoy? ¿Que soy? No me reconozco. ¿Cuánto tiempo ha pasado? ¿Cuánto tiempo llevo en este estado? No lo sé, tampoco lo sé, no lo entiendo.

El dolor vuelve, se intensifica cada segundo, es una montaña rusa infinita, percibo cómo fluyen clavos por mis venas, siento cómo se colapsan mis arterias, me siento viajar a través de ellas, veo mi corazón palpitar lentamente. ¿De verdad lo veo? ¿Lo estoy imaginando? Mi cerebro es un caos. ¿Qué estoy sintiendo realmente? ¿Dónde estoy? Me siento salir por mis propios ojos, todo es un caos aquí y allá. Mis oídos estallan, estoy en medio de un combate, tengo atuendo militar, llevo un arma, escucho mi nombre a lo lejos, un nombre que creo que no reconozco.

Cuidado..., una explosión, el zumbido de las balas rozándome la cabeza. ¿Dónde estoy? ¿Qué soy? ¿Por qué estoy aquí? Vuelvo a escuchar mi nombre, pero ¿cuál es mi nombre? Sé que se dirigen a mí, vienen a por mí, mis piernas no responden, mis manos están llenas de sangre, huele a pólvora, el fuego se aplaca a mi alrededor. ¿Dónde estoy?

Escucho a lo lejos que un vehículo se acerca, la sirena se intensifica, voces ininteligibles, música con sabor a fuego, sangre humeante emana de mi cuerpo, mi saliva es arena húmeda, estoy herido, sé que estoy herido, pero no sé por qué. Estoy boca abajo, me duele todo. Me agarran con decisión y fortaleza, quedo boca arriba, me cuesta respirar, las voces ininteligibles continúan, intento identificar los rostros que me acompañan. ¿Dónde estoy? ¿Qué demonios estoy haciendo aquí? Pierdo lentamente el sentido. Despierto súbitamente y me veo en un lugar que reconozco. El sargento Hekkema está sentado a mi lado y tiene en sus manos un fascículo del *New Herald*.

—Capitán Wolke, qué bien, ha despertado. Enfermera, por favor, llame al doctor Moeller. El capitán Wolke ya ha despertado.

—Hekkema, ¿qué ha sucedido? No recuerdo nada.

—Tranquilícese, capitán. Ya vienen a atenderlo. Todo está bien. ¿Realmente no recuerda nada, capitán?

—No, Hekkema, no recuerdo nada en absoluto. Bueno, sí que sé quién soy y qué estaba haciendo hace un par de días, pero no recuerdo por qué estoy aquí.

Hekkema me observa con una expresión de asombro.

—Capitán, hace una semana que usted perdió la consciencia. Pensábamos que no iba a despertar. El impacto fue muy fuerte.

Miro a Hekkema con desconcierto. Trato de buscar en mi memoria qué fue lo que me sucedió. No tengo éxito. Necesito ayuda. Sé que soy capitán del ejército de los Estados Unidos y que estoy asignado a una operación de búsqueda y rescate en Afganistán. El doctor Moeller, acompañado de una enfermera, entra súbitamente en la habitación donde me encuentro. Sus rostros muestran gestos de alegría incierta.

—Capitán, ¿qué es lo que recuerda? ¿Reconoce en dónde estamos? ¿Sabe qué día es hoy? ¿Sabe cuál es su nombre completo, su edad y en qué trabaja con el sargento Hekkema?

Las preguntas del doctor Moeller me inquietan, si bien entiendo que forman parte del procedimiento para abordar a los pacientes que han perdido la consciencia. De repente, siento un dolor punzante en mi pierna derecha. Trato de mirarme. Levanto la sábana y me encuentro con mis piernas pobladas de artefactos metálicos incrustados y distribuidos desde la parte superior de la rodilla hasta los tobillos. Me siento muy incómodo. Una venda cubre parte de mi cabeza, mis orejas y el cuello. Empiezo a contestarle con detalle al doctor Moeller cada una de las preguntas formuladas. Ante mis respuestas, Hekkema y el doctor Moeller asienten. Asumo que he contestado lo que quieren escuchar.

—Okey, capitán Wolke, muy bien. Vamos a activar el protocolo.

—¿Qué protocolo? —le pregunto disimuladamente a Hekkema. Hekkema hace un gesto moviendo ligeramente hacia arriba y hacia abajo su mano derecha. Comprendo el gesto y trato de relajarme un poco. El doctor Moeller y la enfermera se retiran—. Ahora sí, Hekkema, cuénteme qué fue lo que me pasó. ¿Por qué estoy aquí internado? ¿A qué protocolo se refería el doctor Moeller?

—Capitán Wolke, como le dije, ha estado inconsciente desde hace una semana. Fallamos en la operación de rescate. Nos emboscaron. Quedamos atrapados bajo el fuego de los terroristas aproximadamente media hora, hasta que llegó el soporte aéreo. El Humvee en el que usted iba fue impactado directamente por un mortero y voló en pedazos. Pensamos que usted estaba muerto cuando lo encontramos. Tuvimos tres bajas. Perdimos a Rodríguez, a Tyson y a Cooper.

—Hekkema, estaba convencido de que solo habían pasado dos o tres días como máximo después del ataque. Ya empiezo a recordarlo.

—Capitán, no llegamos a acercarnos ni a dos kilómetros del objetivo. Nos emboscaron y no tuvimos tiempo de reaccionar. Tenemos que replantear la estrategia con el mayor Morris. Según los reportes de inteligencia, esos malditos terroristas no correlacionaron nuestra presencia con la intención de extraer el objetivo, por lo tanto, la puerta aún está abierta para completar la misión. Bajo ese contexto, la acción terrorista fue circunstancial. No se evaluó el riesgo de la presencia terrorista como resultado del despliegue del grupo a raíz de los bombardeos en Nangarhar los días previos a la ejecución de la misión. Nos dieron el *go* sin considerar la disgregación del grupo terrorista.

—Okey, Hekkema, entiendo. Tendré que recuperarme pronto. ¿Qué dicen los médicos? ¿Cuándo me pueden dar de alta?

—Capitán, según lo informado por el cuerpo médico, debe estar fuera de servicio por seis meses como mínimo. Va a ser trasladado a la base aliada en Grecia, donde estará dos semanas, y posteriormente lo trasladarán a casa, en New Hampshire. Un tal capitán Brown fue designado para tomar el mando de nuestro grupo. No me gusta la idea porque el tipo acaba de salir de Camp Mackall y lo enviaron directamente aquí a comandarnos. Me preocupa porque esto está cada día más intenso, y en esta oportunidad tuvimos suerte.

De repente, todo el mundo corre. Todo el mundo grita. Se escuchan disparos cerca. Hekkema se levanta de la silla y desenfunda su arma. Al intentar abrir la puerta, lo empujan fuertemente, entran dos terroristas y le disparan sin cesar. Estoy inmóvil, no puedo reaccionar. Los tipos se me acercan. Uno de ellos me agarra del cuello y el otro retira la sábana que me cubre. Ambos me apuntan con sus armas. Hekkema, agonizante, hace un último intento por protegernos. Le dispara por la espalda al terrorista que tiene cerca, pero este reacciona y lo remata. Los dos se miran. El que me tiene agarrado por el cuello apunta su arma en mi cabeza. «Estoy desarmado», le digo. Este hace caso omiso, me saca con fuerza de la camilla y me tumba en el suelo. No entiendo lo que dice. Caigo boca arriba. Me escupe a la cara, me patea las piernas. El dolor es intenso e insoportable. Los artefactos que tengo en mis piernas se incrustan aún más. Escucho gritos y más disparos que vienen de fuera. Esto es un caos. Sin mediar palabra, me patea con fuerza descomunal el abdomen. El otro terrorista cae al suelo. El disparo de Hekkema fue efectivo, le causó una herida en el cuello. Su cabeza choca contra la mía al caer. Su sangre se empieza a mezclar con la mía. Su olor se manifiesta. Lo miro fijamente a los ojos y veo cómo su vida se extingue lentamente. De repente, se escucha el zumbido penetrante de un F14, seguido un estruendo ensordecedor.

Todo se oscurece. Los gritos afuera se transforman en silencio sepulcral por un instante y posteriormente en gemidos de dolor, llanto, tristeza y desolación que inundan la habitación. Me coge de la mano izquierda y me arrastra con afán y sin remordimiento. Como si fuera su trofeo. La sangre está brotando a caudales de mis piernas, dejando una estela en el recorrido sobre el suelo de baldosines blancos. Los artefactos de mis piernas rechinan contra el piso y se atascan levemente una y otra vez. El polvo no me deja respirar. Me lleva hasta la puerta, me patea la cabeza y vuelve a escupirme. No entiendo por qué tanta crueldad. El dolor continúa y se intensifica. Mi corazón late descontroladamente, mi respiración se agita. Aún tengo insertadas las agujas en mi brazo. La adrenalina sube exponencialmente. Intento mover las piernas. No puedo, no hay forma. Estoy perdiendo la consciencia. El dolor es insoportable. Nuevamente el zumbido del F14.

***

—Hermanito, hermanito, despierta. Soy Lucía, tu hermana. Recuerda que te amo mucho y quiero que estés bien. ¿Te acuerdas de cómo solíamos jugar y que cuando te vencía te hacías el inconsciente y lograbas desesperarme? Hermanito, no juegues conmigo. Levántate, por favor. No quiero más este juego, te necesito aquí conmigo. No me hagas sufrir, que yo te amo, flaquito. Nunca te lo he dicho, pero siempre me he sentido muy orgullosa de ti y de lo que has hecho en tu vida. Levántate, por favor, flaquito, levántate. No quiero quedarme sola, te echo mucho de menos, hermanito. No quiero verte más así. Así no era la forma en que quería que me hicieras venir a Europa a visitarte. Acuérdate de lo que me prometiste cuando nos vimos en la base de la Fuerza Aérea en Miami. Por favor, hermanito, recupérate, que no quiero verte más así.

***

Insisto, reconozco el lugar en donde estoy, pero no alcanzo a racionalizar si estoy soñando. Alguien se me acerca y todo empieza a ser más claro. Me da un beso en la mejilla y percibo el aliento dulce de Jennifer, mi hermosa y única hijita de seis años. «Hola, papito», me dice con ese tono de voz recién levantada que me enamora. «Hola, mi amor», le respondo con ternura, y la abrazo con fuerza. «Ven acuéstate aquí con nosotros», le digo. Jennifer, con sus rizos rubios desordenados y vestida con el pijama azul aguamarina que le regalé la semana pasada, salta a la cama y se mete en el pequeño espacio que me separa de Andrea.

Andrea está de espaldas, en posición fetal, como siempre ha dormido a mi lado para que la abrace. Jennifer se acomoda y la abraza y la saluda. Andrea se da la vuelta, le imprime un beso en la frente y la arropa con las sábanas que apenas nos cubren. Andrea estira sus brazos como siempre lo hace y nos abraza a los dos. Andrea y yo nos quedamos mirándonos fijamente, hablándonos con nuestras miradas. Sonriendo ligeramente y al unísono, como si nos estuviéramos poniendo de acuerdo en nuestro pensamiento, expresamos con un amor desbordante todo lo que sentimos por nuestra hija. Jennifer se sonroja de alegría, pero no saca su dedito pulgar de la boca.

Jennifer se da la vuelta hacia mí, dándole la espalda a Andrea, para que la abrace. Me mira con picardía como querién-

446

dome decir con sus ojitos: «mi mamita es mía». Saca su dedito pulgar de la boca y me besa la frente diciéndome: «Te amo, papito lindo». Hoy es nuestro día preferido. Es el día en que salimos a disfrutar de la playa como de costumbre. Aunque el día estará perfecto, no queremos salir de la cama. Jennifer sigue su ritual para quedarse dormida, mete su dedito pulgar nuevamente en su boquita, agarra un borde de la sábana y empieza a rozarlo con sus deditos índice y corazón. Se arrulla en el vientre de Andrea y se queda dormidita.

No me canso de contemplarlas. Me enamoran. Me hacen vibrar de amor. La energía pura que emanan me aliviana. Entre susurros, para no distraer el sueño de Jennifer, le expreso a Andrea que la amo. «Andrea, eres una mujer maravillosa, eres mi vida». Andrea me responde igual. Me fascina ver su felicidad y me encanta la forma en que tiernamente acaricia mi cabeza.

—Andrea, me gusta cómo me consientes. Me gusta sentirte tan cercana todos los días de nuestra vida juntos.

—Sí, Martín, mi amor. Te amo incondicionalmente y te doy las gracias por hacerme sentir siempre feliz y por nuestra maravillosa hija. Gracias, Martín, por cuidar de nosotras, por cuidarnos mutuamente y por permitirnos la comprensión y la tranquilidad que nos das. No me canso de expresarte que eres mi complemento, que el amor que siento por ti jamás podré explicarlo y no me importa conocer la razón por la cual te amo tanto. Nuestra hija es perfecta, está creciendo perfecta, está creciendo libre, sin ataduras, y aun así es tan perfecta que su amor por nosotros dos se observa, se huele, se palpa, se renueva sin cesar.

—Gracias amor, gracias, Andrea, mi vida hermosa. Te amo también incondicionalmente y así mismo te doy las gracias por hacerme sentir siempre feliz. Te agradezco también por nuestra maravillosa hija, por cuidarla, por protegerla, por vivirla, por hacer que se sienta feliz todos los días de nuestra vida juntos y hasta el final de los tiempos. Nuestro amor trasciende, Andrea. Nuestro amor es único e irrepetible. En ti convergen todas mis expectativas con respecto al amor: compartir vida y construir. Tú, Jennifer y yo conformamos un ensamble, con una energía de agregación continua que emana y se refuerza permanentemente en nuestro ser. Te amo, mi vida hermosa. Te amo intensamente.

Ya han pasado casi dos horas desde que Jennifer se acostó junto a nosotros. Las dos están durmiendo plácidamente. Me levanto y salgo de la cama sin hacer el más mínimo ruido. Qué alegría, qué felicidad, me repito una y otra vez. Estoy muy feliz, me siento muy orgulloso y agradecido por las dos. Son mujeres maravillosas. Ningún obstáculo que no podamos sortear los tres unidos en correspondencia. Enciendo la estufa, empiezo la rutina de la preparación del desayuno que tanto les gusta a ellas. Quiero darles la sorpresa esta vez. Voy a incluir un ingrediente adicional que sé que le gustará a mi Jennifer. Qué lástima, la leche se descompuso. Tendré que salir a buscar. El desayuno debe quedar perfecto esta vez. Estoy seguro de que así será.

Todos corren. Gritos se escuchan a lo largo de mi recorrido de retorno. ¿Qué está pasando?

—¡Se está quemando, se están quemando! ¡Corra, corra!

¿Qué se está quemando? ¿Quiénes se están quemando? No entiendo. Me uno a la avalancha de gente que se mueve en todas las direcciones ¿Qué está pasando? Un escalofrío intenso me inunda. Siento que todos me miran.

—¡Martín, Martín, corra, corra, su rancho se está quemando!

No, no, no, no puede ser. Intensifico el ritmo de mi carrera, me tropiezo contra todo el mundo a mi alrededor. Una punzada en mi corazón me hace detenerme. Caigo de rodillas al ver la voracidad del infierno enfrente de mis ojos. Las lágrimas empiezan a brotar. Jennifer, Andrea, por Dios. Maldita sea, ¿por qué me haces esto, Dios? Escucho los gritos desesperados de dolor de Andrea y de Jennifer. Me levanto con dificultad, intento gritar de dolor, pero no soy capaz de emitir sonido alguno. Corro con decisión a internarme en ese infierno. No puedo avanzar, maldita sea.

—Suéltenme, no me detengan, por Dios, no me detengan.

—¡Papito, papito, auxilio, papito! ¡Mamita, auxilio! ¡Papito, ayúdame!

Escucho los gritos de dolor y el llanto desesperado y desolador de mi Jennifer. Mi hijita linda. ¿Qué he hecho? Maldita sea, ¿qué te he hecho? ¡No, no, nooooooo!, grito con dolor y angustia. Mi alma sucumbe. Con mis lágrimas mezclándose con mi sudor, grito impasiblemente:

—¡Suéltenme, suéltenme, mi hija me necesita, tengo que protegerla, tengo que protegerlas, son mi vida! ¡Suéltenme, maldita sea, suéltenme!

—¡No, Martín, no lo hagas!

Corro con desesperación. Ya no escucho a mi Jennifer, ya no escucho nada.

***

—Doctor, ¿usted cree que esta vez mi hermano sí que despertará? Ya ha pasado casi tres meses en ese estado. Esta es la tercera reacción, pero veo que ha recaído nuevamente.

—Lucía, entiendo su preocupación. Le hemos aplicado una dosis alta de sedantes porque, a diferencia de las dos primeras reacciones, a los quince días de estar internado y al mes siguiente, esta vez ha sido muy fuerte y sus signos vitales alcanzaron unos niveles que sabemos que solo se experimentan en los casos de pacientes con quemaduras generalizadas de tercer grado. Por lo tanto, asumimos que su hermano está sintiendo un dolor intenso, aunque no lo notemos ni nos lo comunique directamente. Sabemos que es así por el seguimiento que estamos haciendo, pero lo más frustrante es que no sabemos qué lo está provocando.

»Su hermano recibió una punzada en el pecho, de la cual ya se han recuperado tanto el esternón como la carina traqueal. La reconstrucción fue exitosa y ha respondido muy bien. El disparo que recibió su hermano en la cabeza afectó parcialmente la parte superior del lóbulo frontal y del lóbulo parietal. No obstante, y realmente no sabemos cómo, su hermano sigue con vida. Tal vez el hecho de que la bala, que era de un calibre pequeño, haya salido en el acto, sumado a la acción rápida de los médicos y paramédicos que lo intervinieron en primera instancia en el Medisch Spectrum en Twente, quienes redujeron drásticamente su temperatura corporal, y su posterior traslado aquí, es lo que, en mi opinión, ha posibilitado que su hermano se mantenga con signos vitales.

»No tenemos la certeza de que vaya a despertar o que vaya a hacerlo pronto. Lo que sí sabemos es que, con base en los resultados de los exámenes practicados hasta el momento, los signos vitales han venido progresando, es decir, el tratamiento, al parecer, está funcionando. Como usted sabe, la respiración ha mejorado sustancialmente y la herida del pecho está sanando excepcionalmente.

—Sí, doctor, lo entiendo. Lo único que para mí es difícil de comprender es: ¿por qué mi hermano ha presentado ya tres reacciones? Eso no es normal, ¿verdad? Por casualidad, las he presenciado todas, y pareciera que mi hermano estuviera saliendo a la superficie a respirar, como lo hacen los delfines o las ballenas, para nuevamente sumergirse en las profundidades del mar.

—Ojalá tuviera la respuesta, Lucía. El cerebro es complejo, y más complejo aún con un trauma físico y tal vez esencial como el que presenta el cerebro de su hermano. Lo único que sé es que estamos haciendo todo lo que está a nuestro alcance para «sacar a flote» definitivamente a Marcos, y tenemos los recursos técnicos y científicos para lograrlo. Este caso, precisamente por las reacciones súbitas y erráticas, tiene toda la atención del cuerpo médico de Radboud y de la Universidad como tal. Es un caso especial al que le hemos dedicado muchas horas de disertación con nuestros colegas y profesores.

»Hemos vinculado al panel de expertos a un reconocido psicólogo norteamericano de Tulane que se interesó por el caso después de una charla reciente que sostuvimos durante un congreso de neurociencia en Nueva York. Como le decía, Lucía, el cerebro es complejo, y más aún la mente y la forma en que el cerebro actúa para tratar de sanarse y recuperarse. Como suele decir nuestro experto psicólogo, el doctor Meyer: «Cuando el cerebro se autoexamina y determina su viabilidad para autorrecuperarse y, por lo tanto, facilitar la recuperación que se le procura externamente, el éxito está asegurado, de lo contrario, procede así mismo a extinguirse sin contemplación alguna». Esto suena un poco irracional proviniendo de un científico. En los veinte años que llevo ejerciendo la neurociencia, no ha habido un solo día en que no me sorprenda de lo que es capaz de hacer el cerebro para mantenerse viable. Tal vez es eso lo que está sucediendo con el cerebro de Marcos. No sabemos cómo, pero el comportamiento nos induce a pensar que es probable que esté sucediendo.

—De cierta forma, me alivia, doctor, porque he estado a punto de claudicar. Esto es muy difícil para mí. Solo somos nosotros dos. Quiero mucho a mi hermano, aunque nos hayamos separado físicamente hace mucho tiempo por cumplir nuestros sueños individuales.

—Tranquila, Lucía, no se desanime. Marcos es fuerte y ha respondido, desde nuestra percepción, como debe ser. El doctor Jens Meyer tiene previsto viajar desde Estados Unidos a Holanda dentro de dos semanas. Vamos a reunirnos con el panel de expertos para discutir algunas ideas para dar el siguiente paso en el tratamiento para Marcos. Después de esa reunión, me gustaría presentárselo. Es posible que en algún momento requiramos de una autorización suya para proceder. Por favor, no se llene de expectativas, porque cualquier cosa puede suceder, y en cualquier momento. Espero que entienda a qué me refiero. No tenemos el conocimiento completo de lo que está sucediendo con el cerebro de Marcos, no obstante, permítanos hacer lo que consideramos que tenemos que hacer cuando llegue el momento.

—Sí, doctor, que así sea.

***

Ahí estás, madre mía, sentada en tu sillón favorito haciendo lo que más te gusta: tejer y bordar para tus nietos mientras disfrutas de tu jubilación. El día de hoy ha sido un tanto agotador y ver a mi madre ahí, tranquila, tan saludable y activa como siempre la he conocido, me genera el optimismo de poder llegar a su edad. Me quedo observándola un rato mientras espero la habitual reacción de ella cuando se siente jocosamente intimidada por mí.

—¿Se le perdió algo, mijito? ¿No tiene más nada que hacer? Yo sí le pongo oficio si no tiene.

—Ja, ja, ja, ja, ja.

—Alcánceme el control remoto del televisor más bien y siéntese aquí y cuénteme cómo me le fue hoy.

Tus deseos son órdenes, madre mía. Tomo el control del televisor, se lo paso con delicadeza y aprovecho para marcarle un beso en la frente, que, como siempre, me deja los labios impregnados de sus cremas hidratantes. Porque, eso sí, la vanidad no la ha perdido. Acaricio sus pies, los cuales los tiene levantados para que su circulación fluya, como dice el médico, y aprovecho para hacerle cosquillas.

—No me haga cosquillas, carajo. ¿Qué le pasa?, usted sabe que no me gusta que me hagan cosquillas. Suélteme, no me moleste. Sí se da cuenta, carajito, me hizo perder el hilo del tejido.

—Ja, ja, ja, ja, ja. Literalmente, madre mía, ja, ja, ja, ja, ja. Si me muero primero, eso será lo primero que voy a hacerle la primera noche que esté muerto. Le voy a hacer cosquillas en esos piececitos arrugaditos y olorosos.

—Respete, carajo. Qué olorosos ni qué nada. No, mijito, de aquí a que usted se muera yo ya me habré muerto dos veces, mínimo. Así que más bien alístese usted para el día en que yo me muera, porque me va a tener ahí, abrazándolo y consintiéndolo.

—Ja, ja, ja, ja, ja, madre mía, no diga eso, que yo me muero primero.

—No, señor, así no funciona la naturaleza. Los padres no ven morir a sus hijos. Los hijos ven morir a sus padres. El tiempo de Dios así lo determina.

¿Qué me sucede? Una sensación extraña pasa por mi mente y me agita. Mi madre ya murió, y murió en un accidente hace mucho tiempo.

***

—Lucía, buenos días. Acabamos de salir de una discusión acalorada del panel de expertos. Le presento al doctor Jens Meyer. Bueno, con su permiso, me retiro. Les dejo hablar tranquilos. Tengo unos pacientes por atender.

—Gracias, doctor. Hola, doctor Meyer. Es un placer conocerle.

—Hola, Lucía, ¿cómo está? Un placer conocerla también. Su hermano es un hombre fuerte y valiente, y su cerebro, algo intrigante también. Yo espero hacer un buen trabajo juntos y que Marcos se recupere muy pronto. Por favor, hábleme de usted y de Marcos.

—Sí, doctor Meyer, muchas gracias por todo su esfuerzo y por el esfuerzo del cuerpo médico de Radboud. Esto ha sido muy difícil para mí. Todavía no me siento preparada para perder a mi hermano, y creo que jamás lo estaré. Nuestros padres murieron en un accidente cuando él tenía dieciséis años y yo veinte. De ahí en adelante, todo fue un poco difícil, porque los dos estábamos asistiendo a la universidad. A mí me faltaba poco para terminar, pero Marcos apenas estaba empezando. No obstante, logramos terminar nuestras carreras y hacer posgrados.

»Logré una beca para continuar mis estudios en Norteamérica y Marcos se quedó en España como catedrático. Posteriormente, ingresó en las fuerzas de policía de Barcelona y, por último, fue promovido a Interpol. Ahí nos distanciamos un poco. No obstante, siempre hemos tratado de mantenernos cerca en la medida de nuestras posibilidades y si nuestros trabajos nos lo permiten. A pesar de la distancia, somos muy cercanos, a veces decimos que nos percibimos en la distancia, y, bueno, nos alternamos visitas regularmente cada año. Doctor Meyer, por favor, salven a mi hermano, que quiero disfrutarlo mucho tiempo más. No quiero quedarme sin él.

—La entiendo, Lucía. Estamos haciendo lo posible por lograrlo y, con base en lo que observamos, su hermano tiene voluntad de hacerlo. Hemos estado discutiendo sobre cuáles deberían ser los siguientes pasos en el tratamiento y hemos deducido que su presencia es esencial. Considero que no es casualidad que Marcos reaccione cuando está cerca. Al fin y al cabo, usted es la persona, *per se,* que él ama. Tenga la certeza de que él siente su presencia y la escucha, aunque en este momento su cerebro no pueda articular reacciones estables o normales para nuestro entorno. Su estímulo es esencial en la recuperación de Marcos, porque, desde mi análisis, le da enfoque a su inconsciencia. Pero, como le han dicho aquí en varias ocasiones, mantenga expectativas objetivas.

»No conocemos cómo está funcionando su cerebro en este momento, y mucho menos su mente ni qué tipo de interacciones se están presentando a nivel basal, y solo podemos, por ahora, limitarnos a la observación.

—¿A qué se refiere, doctor Meyer?

—Sí, Lucía, hemos estado discutiendo con el grupo la posibilidad de implementar un procedimiento intrusivo experimental para hacer seguimiento al comportamiento del cerebro de Marcos. Es un tema que he venido estudiando profundamente en Norteamérica. Aún no es un procedimiento aprobado por la FDA, pero los ensayos clínicos preliminares nos han dado una probabilidad de éxito que se acerca al setenta y cinco por ciento. Se han hecho ensayos con pacientes que han sufrido traumas craneoencefálicos no tan severos, particularmente en casos donde no se han presentado hemorragias craneales. Pero, como le digo, es un procedimiento experimental y no está aprobado aún.

—Pero, doctor Meyer, no me ha dicho en qué consiste el procedimiento.

—Todo a su debido tiempo, Lucía. Lo único que le puedo decir en este momento es que tiene que ver con estimulación cerebral profunda. Tenemos que seguir evaluando si Marcos puede ser un candidato de éxito. Hasta el momento, los resultados del seguimiento que sistemáticamente ha sido implementado por el grupo de especialistas nos indican que sí puede ser un candidato de éxito. No obstante, el criterio asociado al daño cerebral causado por el proyectil nos genera un alto grado de incertidumbre. Quiero ser muy claro con usted al respecto. Todos estamos manejando con mucha prudencia la caracterización de Marcos, particularmente por los intentos que su cerebro ha hecho por «entrar en línea» nuevamente, por eso es esencial su presencia en todo este proceso el tiempo que sea necesario, si en común acuerdo concluimos que estamos listos para dar el siguiente paso. Estoy seguro de que el cerebro de Marcos está intentando sanarse.

»Lo que hemos visto al comparar las primeras imágenes diagnósticas tomadas cuando fue internado con las imágenes diagnósticas tomadas hace dos días muestra un proceso de recuperación complejo de interpretar. Desconocemos la fenomenología de las interacciones a nivel celular que se están llevando a cabo en el cerebro de Marcos. Desconocemos si es un proceso asociado al metabolismo, genético o simplemente una condición natural no observada o que haya sido descubierta previamente. Lo que sí sabemos es que sí está sucediendo, cualquiera que sea la explicación. Imagíneselo como un proceso de regeneración como el que observamos en los reptiles.

»Tenemos claro que un ser humano puede continuar siendo totalmente funcional aun cuando se le haya extirpado parcialmente el cerebro, no obstante, esto solo sucede si y solo si se realiza bajo condiciones controladas, y este no es el caso, y no pretendemos hacerle una lobectomía a su hermano, por supuesto. Con el daño que hizo el disparo ya fue suficiente. El cerebro es complejo, y aún más la mente. Evaluar o clasificar en qué estado se encuentra Marcos forma parte de los criterios para determinar la probabilidad de éxito del procedimiento.

»Estamos asumiendo que Marcos ha caído en un estado híbrido entre el estado de coma y el estado de mínima consciencia. Yo hipotetizo sobre lo que puede estar sucediendo y por qué los pacientes despiertan. Voy a plantearle una analogía para que me siga: ¿ha experimentado alguna vez lo que se conoce técnicamente como parálisis del sueño?

—Pues, sinceramente, no lo sé, doctor Meyer. Si se refiere a los famosos terrores nocturnos, sí, por supuesto. En más de una ocasión me ha sucedido, y siempre lo he asociado con una indigestión.

—Exacto, Lucía, muy buena correlación. Sí, la parálisis del sueño es esa sensación que tienes normalmente cuando estás durmiendo plácidamente, sabes que estás soñando y posteriormente sientes que necesitas despertar porque no te gusta lo que sueñas y no puedes hacerlo. Sabes inconscientemente que haces un esfuerzo enorme para que tu cuerpo responda y no lo consigues inmediatamente, sino cuando tu cerebro entra en estado de alerta. De repente, te despiertas completamente agitado y con angustia y todo vuelve a la normalidad. Venga, Lucía, la invito a un café.

—Gracias, doctor Meyer. Vamos a la cafetería de la universidad y seguimos conversando.

Ya con este café en la mano y con su delicioso aroma acogiéndonos, es más agradable y fluye mejor mi lenguaje.

—Bueno, Lucía, como le venía comentando, hipotetizo sobre este tema, que me apasiona y es la razón por la cual me decidí a hacer las carreras de Psicología y de Neurología. Lo que le acabo de comentar es lo que considero que sucede, en un grado mucho más complejo, en los pacientes que caen en estado comatoso o de mínima consciencia.

»En el ser humano, al sufrir un accidente craneoencefálico y posteriormente caer en estado comatoso, el cerebro pierde la capacidad para «despertarse» sincronizado con el cuerpo. Se genera un «cortocircuito» a nivel del tallo cerebral que lo inhabilita por completo. Por eso es esencial considerar el tipo de daño cerebral que ocurre para establecer la probabilidad de retornar al estado de consciencia y, por lo tanto, considero el estado comatoso como un mecanismo de defensa en el cual el cerebro minimiza sus funciones para recuperarse. Por eso, a mi parecer, es tan variable e impredecible, hasta el momento, el tiempo en que los pacientes comatosos retornan.

»De ahí también parte la discusión ética y moral sobre la calidad de vida, pero me pregunto: ¿la calidad de vida del paciente en estado comatoso, o de las personas que están alrededor? Como sabrá, es un tema álgido y que ha sido regulado en algunos países. No obstante, todavía no hay un estudio concreto que permita establecer, a través del método científico, cuál es la mejor decisión al momento de enfrentar como familia una condición o situación de estas. Una razón más para continuar adelante con lo que hemos estado haciendo. Algunos ciudadanos responsables toman las decisiones con anticipación a un suceso de este tipo, tal y como sucede con los donantes voluntarios de órganos. Otros simplemente transfieren la responsabilidad a sus familias o seres queridos ya en el momento en que sucede. En eso estoy enfocado, en encontrar los criterios claros y reproducibles que permitan guiar a los galenos en las decisiones correctas cuando se enfrenten a estos casos. De hecho, estoy enfocado en encontrar una relación de proporcionalidad entre el daño cerebral y el tiempo estimado que tardaría un paciente comatoso en regresar.

»Retomando el tema de la consciencia, no desde el punto fisiológico, sino desde el punto de vista psicológico, considero que el cerebro se reacomoda para generar estados alternos de consciencia que permitan desenfocar la intervención de la mente en la necesidad primaria de la supervivencia. De esta forma, el metabolismo actúa con libertad en la recuperación física del cerebro y, por supuesto, de sus conexiones vitales.

»Por estados alternos de consciencia, o, como yo los denomino, estados de hibernación onírica, quiero decir realidades alternas que experimentan los pacientes comatosos. Realidades alternas a esta, por supuesto, sin ningún tipo de conexión con la realidad real o consciencia de este entorno real. Realidades alternas producto de las reacciones químicas internas en el cerebro, promovidas por todas las experiencias vividas en el pasado que precede al incidente. Los deseos, anhelos, angustias, observaciones, conclusiones, sensaciones, frustraciones, temores, etcétera, que van quedando almacenados consciente e inconscientemente en la memoria.

»Insisto en la tesis de que el cerebro tiene capacidad de autorrecuperación, no obstante, esta capacidad depende claramente del metabolismo del paciente y, por supuesto, ahora, de nuestra intervención, que espero que llegue a ser sistemática algún día y se convierta en un protocolo para salvar racionalmente más vidas.

—Doctor Meyer, todo esto que me acaba de trasmitir es excepcional. Totalmente radical. Aunque mi formación académica es en ciencias políticas, sigo claramente su tesis y me despierta el interés y la intención de seguir adelante con lo que sea, esté o no el procedimiento aprobado por la FDA.

—Gracias, Lucía. Insisto en las expectativas objetivas. Mantenga la prudencia, que, como le he comentado, aún estamos evaluando si el cerebro de Marcos es viable o no. No quiero que se llene de expectativas y el resultado no sea el que espera.

—Está bien, doctor Meyer, lo entiendo claramente. Obviamente, todo esto activa mi ansiedad. Doctor Meyer, hay algo que me gustaría entender un poco más en su raciocinio: ¿cómo se interpretan esos estados de hibernación onírica?

—Lucía, a veces ni yo mismo soy capaz de describirlo con palabras y argumentos inteligibles, porque realmente es un tema que, por razones obvias, resulta subjetivo, y la subjetividad en la ciencia es duramente castigada. Partamos de la definición aceptada de «hibernación». Puede buscarla fácilmente en cualquier enciclopedia en línea.

»La hibernación es un fenómeno que ocurre en algunos seres vivos y que les permite sobrevivir en condiciones climáticas extremas en el cual el metabolismo decrece significativamente y se reducen la temperatura corporal, la frecuencia respiratoria y el ritmo cardiaco.

»Según mi opinión, el cerebro afectado entra en letargo para reducir su carga energética, no obstante, necesita intrínsecamente un estímulo constante para que, así mismo, sus funciones no cesen y pueda recuperarse. Este estímulo se da a partir de los sueños. El tema es delicado y, al llegar a este punto, puede interpretar lo que está escuchando no ya como algo excepcional o radical, como lo expresó anteriormente, sino como fantasía o imaginación pura. Lo entiendo. De eso se trata la investigación.

»Tenemos claro cómo medir a partir del registro de las ondas cerebrales, qué tipo reacciones ocurren a nivel integral que nos permiten deducir el momento exacto en que el cerebro está procesando los sueños, por lo tanto, es un hecho observable. Por eso insisto en que lo realmente importante es determinar con precisión el grado del daño cerebral. La escala de Glasgow es útil como primera aproximación, pero, desde mi punto de vista, hay que afinarla o modificarla o redefinirla para darle el contexto que corresponde a esta interpretación. ¿Le gustaría comer algo, Lucía?

—No, doctor Meyer. Si le apetece, podemos pedir un par de *croissants* con otra ronda de café. Con eso me conformo por ahora. Mi apetito se ha transformado en este momento en la necesidad de entender un poco más sobre qué trata todo esto.

Quiero ser totalmente sincera con usted. Si la idea es o era convencerme de someter a mi hermano a un procedimiento experimental, que no le quede la menor duda de que, desde que fue internado aquí, tienen mi aval para hacer todo lo que esté al alcance de ustedes para lograr su recuperación plena.

»Entiendo que haya incertidumbres con respecto al resultado final, pero, como solían decir mis padres: «La peor diligencia es la que no se hace». Así que adelante, doctor Meyer. En el momento en que el cuerpo médico estime conveniente dar el siguiente paso, cuenten con mi aval como único familiar de Marcos.

—Gracias por la confianza, Lucía. Tenga la seguridad de que, tan pronto como obtengamos los resultados de la viabilidad de la implementación del procedimiento, le solicitaremos la autorización correspondiente. Ya llegan nuestros *croissants*. Uhm, qué delicia, los preparan muy bien aquí, tal vez pida uno adicional más adelante.

»Bueno, Lucía, continuando con lo que le estaba comentando, tenemos los medios para monitorear los sueños que están siendo procesados por el cerebro. Normalmente, cuando estamos soñando, se registra actividad permanente en el hipocampo y disminuye la actividad en otras zonas del cerebro. Esto continúa sucediendo igual en pacientes que han sufrido algún tipo de daño cerebral en donde no se haya comprometido el hipocampo y sus conexiones. En síntesis, lo que le quiero decir es que se activan los sueños como mecanismo de defensa del cerebro ante un incidente de esta clase.

»La complejidad de la actividad cerebral para autorrecuperarse está asociada a la coherencia de los sueños. Cuanto más coherentes son, lo que hemos observado es que los patrones de las ondas cerebrales son más estables. En caso contrario, los patrones son erráticos. En una persona sin ningún tipo de lesión, la constante en los sueños es un comportamiento errático por la incoherencia de estos. Lo que hemos observado es que, en los pacientes comatosos, el comportamiento comienza errático y termina estable, indicándonos que existe una alta probabilidad de recuperación. Es decir, mientras se inicia el proceso de autorrecuperación cerebral, los sueños son erráticos, incoherentes, como sucede en usted y en mí, que no tenemos daño cerebral; posteriormente, y a medida que evoluciona la autorrecuperación, los sueños alcanzan un grado mínimo de coherencia; y, por último, se produce un grado de coherencia medio a alto.

»Yo hipotetizo también sobre lo que sucede en esos sueños. Particularmente, me interesan la anacronía y la sensación de ubicuidad como factores que regulan la consciencia del entorno real. Puede ser que, en los sueños que se presentan durante la fase inicial de la autorrecuperación del cerebro, estos factores sean predominantes, permitiendo que el inconsciente se active, desencadenando una serie de reacciones que regulen el metabolismo.

»A medida que va avanzando el proceso de autorrecuperación, la predominancia de estos factores en los sueños va disminuyendo hasta tal punto que los sueños se vuelven planos o estables para asegurar la totalidad del proceso. Es ahí donde el tema se hace turbio e indescifrable.

»Como le comentaba anteriormente, esos sueños se convierten en la realidad para el paciente y, cuanta más coherencia tienen, mayor es la probabilidad de que los pacientes no regresen a nuestra realidad real, que, como le decía también, es esta realidad que usted y yo compartimos, la realidad de la que somos conscientes todos los seres de la naturaleza que no tenemos ningún desorden mental, este tiempo y espacio que compartimos y que nos sincroniza, esta realidad que percibimos con nuestros sentidos de la misma forma usted y yo y en la cual tenemos la certeza de que estamos inmersos e interactuamos como individuos de una sociedad real.

»Lo que le voy a decir a continuación es un pensamiento muy profundo que he venido estructurando desde que empecé a interesarme por darle una explicación argumentada a la razón por la cual los tiempos de regreso de los pacientes en estados comatosos son tan impredecibles. Personalmente, he concluido que los tiempos de regreso dependen de la calidad de la información que está siendo procesada y de la coherencia de los sueños.

»Cuanto más coherentes y continuos sean los sueños, la sensación de una realidad alterna ancla al paciente en ese estado, dando como resultado la recuperación de la estructura cerebral. Es como vivir una nueva vida mientras el cerebro se recupera. Si en esa realidad alterna convergen los deseos más profundos, si en esa realidad alterna se establece el alcance de la realización como ser humano, si en esa realidad subyace la perfección de vida y la sensación de recompensa frecuente, el paciente comatoso se demorará mucho tiempo más en regresar. Esto no significa otra cosa que el cerebro necesita más tiempo para recuperarse físicamente en su totalidad. Creo, y le digo creo porque no estoy seguro ni tengo argumentos válidos aún para sustentarlo, que el mismo cerebro se encarga de generar la incoherencia necesaria en los sueños para entrar «en línea» nuevamente y volver a la realidad real.

»Podría decirle que las reacciones que ha visto de Marcos están determinadas por ese proceso de autorrecuperación de su cerebro y que las realidades alternas que posiblemente esté experimentando no son lo suficientemente coherentes por ahora. Y es ahí cuando debemos empezar a intervenir para asegurarnos de que ciertamente regrese y para culminar el trabajo que eficientemente hace la naturaleza, pero, esta vez, en estado consciente.

—Paradoja, doctor Meyer, paradoja: ¿quién de nosotros dos está en coma?

—Ja, ja, ja, ja, ja, Lucía. Tal y como lo inmortalizó Samuel Langhorne Clemens: «Todo es un sueño, un sueño grotesco y disparatado. Nada existe sino tú. Y tú no eres sino un pensamiento, un pensamiento nómada, inútil, sin hogar propio, que vagabundea desamparado por el vacío de las eternidades». Me gusta que lo cuestione, Lucía. Me gusta que cuestione su realidad y la mía. ¿Otro *croissant,* otro café?